U0902088

张志祥◎著

吉林文史出版社

图书在版编目 (CIP) 数据

水浒中的三国谜影 / 张志祥著 . —— 长春 : 吉林文史出版社 , 2021.4

ISBN 978-7-5472-7690-7

Ⅰ . ①水… Ⅱ . ①张… Ⅲ . ①章回小说—古典小说—小说研究—中国—明代 Ⅳ . ① I207.41

中国版本图书馆 CIP 数据核字 (2021) 第 065878 号

水浒中的三国谜影

SHUIHUZHONG DE SANGUO MIYING

著　　者 / 张志祥

策划编辑 / 王阿林　刘　芬

责任编辑 / 王明智

封面设计 / 顽童书衣

出版发行 / 吉林文史出版社

地　　址 / 长春市福祉大路出版集团 A 座　　邮　　编 / 130118

网　　址 / www.jlws.com.cn

电　　话 / 0431-81629375

印　　刷 / 天津雅泽印刷有限公司

开　　本 / 710mm × 1000mm　　16 开

字　　数 / 419 千

印　　张 / 26.5

版　　次 / 2021 年 7 月第 1 版　　2021 年 7 月第 1 次印刷

书　　号 / ISBN 978-7-5472-7690-7

定　　价 / 68.00 元

前言

毛遂自荐

人贵在有追求、贵在执着。或许我不是最先研究《水浒传》的人，但我敢笃定的是，我是近七百年来第一个读懂《水浒传》的人。我知道我如此“厚颜无耻”地自夸会让各位看官略感不适，我自己也感到脸一阵阵发热。我自知文笔粗陋，唯恐各位连打开书的兴趣都没有，但我相信，我是近七百年来第一个真正读懂《水浒传》的人。若不信，不妨读完本人拙作，再发表意见。

我总是毫不掩饰地说着大实话，在写此书之前，我只写过作文。但这并不妨碍我爱阅读和勤思考，就这么一点点地积累起来，虽说写作水平没什么长进，但写出来的内容、反映出来的思想，我想还是说得过去的，的确值得各位看官花时间来阅读和思考。本书思路新颖，可以使读者耳目一新。无论对普通读者还是文学专家，阅读此书相信都能有所受益。

索隐派

因我的思路怪异清奇，有不少学者将我归入旧红学流派之一——索隐派，简而言之，就是说我的研究方向不是正道。起初闻此言，我心里着实难受了很久，但现在我已经坦然，已经看开，或者说已经通透。因为我最爱令狐冲，而令狐冲也是走“歪门邪道”的，能与偶像肩并肩，成为和他类似的人，我想我是幸运的，我该开心才是。只是不知道索隐派鼻祖蔡元培先生是否愿收我入派。

我知道我这样的人讲大道理想必是无人信服的，所以，大道理我也不讲，索性讲点有趣的事情。细细想来，这索隐派和考究派，像极了《笑傲江湖》里华山派的剑宗和气宗，他们都是在探讨中因争执而分派的。大家都说《笑傲江湖》讲的是政治，在我看来，《笑傲江湖》讲的更像学术。不过话又说回来，有争论其实更好吧。

非常感谢那些曾指点过我的学者，真心感谢！

集思广益

坦白讲，本书的内容是残缺不全的。例如，研究《水浒传》，我没有弄清《宋江三十六人赞》《大宋宣和遗事》和《水浒传》的关系。“字谜”部分，有好多还空缺着，我还没想出来；关于好多人的说法可能存在错误，有些可能被我解读错误了。本书肯定多多少少存在不足之处，不乏错讹和纰漏。但我有个不情之请，即使本书错误百出，也请各位看官们多多见谅。我真心希望有有识之士能提出更好的见解，期待着与您共同探讨。

关于金庸的部分

特别需要指出的是，本书是围绕《水浒传》和《三国演义》展开的，按理说，本不应加入对金庸小说的解读。但正因为在我思想形成的过程中，金庸小说起到了极为重要的作用，倘若没有金庸小说在前路引导，我想我不一定能真正读懂《水浒传》。所以，我也把对金庸小说的解读融入本书。

版本和作者问题

我解读的《水浒传》主要取材于通行的一百二十回繁本，当我发现繁本和简本的内容出现偏差、影响解读时，我便会将简本内容提出以做对比，简本我用的是一百一十五回的《水浒忠义志传》。其实，需要做对比的地方并不多，但我认为，比较出来的差异已经足以表明繁本和简本谁先谁后了。

另外，对于《水浒传》的作者，有学者认为是施耐庵，也有人认为是罗贯中。我倾向于罗贯中，之所以认为是罗贯中，是因为《水浒传》和《三国演义》的写法有很多相似之处，无论是在人物上，还是在战役上，故作此认定。

金庸小说有旧版、修订版和新修版三种，在解读时，我用的是修订版的，这也是我一直读的版本。金庸在不同时期的想法有所不同，根据比较上述版本的差异，可以了解金庸思想的变化，但在这一方面我便没有深入研究了。

目 录

第一章

《水浒传》和《三国演义》人物对应关系

本章内容是猜字谜，其过程比结果更为有趣。建议读者先少看一点儿内容，尽可能地享受“猜”的过程，最后再看结果。

题外话：此为本书的第一章，但并不是我思路中的第一章。依照我的思路，第一章本该是本书的附录金庸部分或第七章“被反讽的诸葛亮”，具体孰前孰后，现已忘得干净。之所以想把这两部分放在第一章，是因为在第七章我开始了关于《三国演义》的研究。而金庸小说则让我开始琢磨《水浒传》和《三国演义》，并发现了它们之间的微妙联系。

第七章的内容脱稿于2006年前后。之后很多年，虽然我一直没有停止琢磨，但始终未能找到《三国演义》和《水浒传》之间的关联所在。我一度很失望，一度怀疑自己想错了，甚至还灰心，为此低落了很久。但皇天不负有心人，2011年前后的某天，我突然隐约察觉到《三国演义》和《水浒传》的人物的对应关系，便试着对一些人物进行了比对，发现这种对应关系是真实存在的。但因我水平有限，进度相对缓慢，在经历了自我怀疑、停滞不前后，我终于挺过来了，继续咬牙进行研究，这一干就是八九年。虽然没有把人物的对应关系全部解读出来，而且肯定有错的，但目前已经完成了大部分人物的对比研究。正所谓聊胜于无，我很知足，而且也不会放弃。有时候，我觉得我挺像《鹿鼎记》中的“滇马”的，虽非千里马，但好在还有点儿耐力，跑得也够远。

《水浒传》和《三国演义》人物的对应关系，大致存在以下四个规律：

第一，《水浒传》里的马军、小彪将对应《三国演义》里的武将，其中《水浒传》里的步军为《三国演义》里的谋士，水军为吴国武将，其他人员为谋士或者文官。

第二，《水浒传》中人物的排名很有可能是罗贯中心中《三国演义》人物的排名。

第三，很多人物在情节上是相对应的，但多是反着来的。例如，刘备被冤枉写反诗，与之对应的宋江就真的写反诗。

第四，不妨在此卖个关子，我会在第五章里解答。

我用猜字谜的方式解读《水浒传》和《三国演义》中相对应的人物。关于我这种解读方法，我不知道对还是不对，但请不要轻易先认定其不对，因为

《水浒传》中有这样的解读法。例如，柴进化名“柯引”，投身方腊军中做了内应。

宋江与卢俊义在马上听了，寻思柴进口里说的话，知他心里的事。他把“柴”字改作“柯”字，“柴”即是“柯”也。“进”字改作“引”字，“引”即是“进”也。

细分析，这一处也许正是罗贯中给出的重要提示，“柯引”可以解读为“刻隐”，有刻意隐藏之意。如果您尊重原著，就不能妄下定论说我这个方法不对。

另外，《三国演义》中字谜的出现较为普遍。例如，《三国演义》从《世说新语》中引鉴的两段故事里就暗含字谜。

第一段是“绝妙好辤”。“辤”是“辞”的异体。因为我之前看的《三国演义》都为简体本，对于此处一直不甚了解。而后，慢慢地，我才明白过来，“辞”字要用异体。

操偶见壁间悬一碑文图轴，起身观之。问于蔡琰，琰答曰：“此乃曹娥之碑也。昔和帝时，上虞有一巫者，名曹盱，能婆娑乐神；五月五日，醉舞舟中，堕江而死。其女年十四岁，绕江啼哭七昼夜，跳入波中；后五日，负父之尸浮于江面；里人葬之江边。上虞令度尚奏闻朝廷，表为孝女。度尚令邯郸淳作文镌碑以记其事。时邯郸淳年方十三岁，文不加点，一挥而就，立石墓侧，时人奇之。妾父蔡邕闻而往观，时日已暮，乃于暗中以手摸碑文而读之，索笔大书八字于其背。后人镌石，并镌此八字。”操读八字云：“黄绢幼妇，外孙齑臼。”操问琰曰：“汝解此意否？”琰曰：“虽先人遗笔，妾实不解其意。”操回顾众谋士曰：“汝等解否？”众皆不能答。于内一人出曰：“某已解其意。”操视之，乃主簿杨修也。操曰：“卿且勿言，容吾思之。”遂辞了蔡琰，引众出庄。上马行三里，忽省悟，笑谓修曰：“卿试言之。”修曰：“此隐语耳。‘黄绢’乃颜色之丝也：色傍加丝，是‘绝’字。‘幼妇’者，少女也：女傍少字，是‘妙’字。‘外孙’乃女之子也：女傍子字，是‘好’字。‘齑臼’乃受五

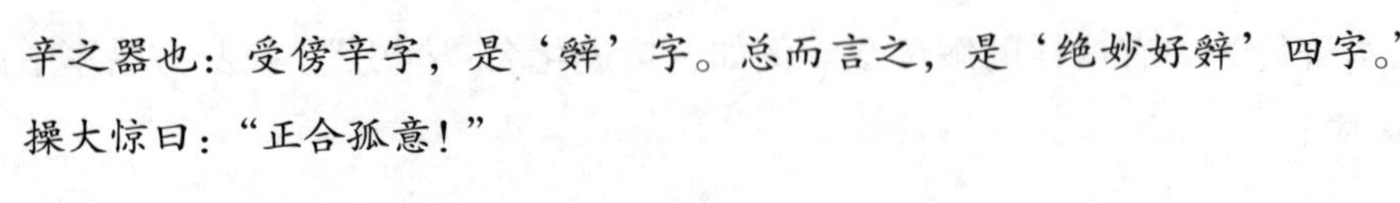

辛之器也：受傍辛字，是‘辤’字。总而言之，是‘绝妙好辤’四字。”操大惊曰：“正合孤意！”

第二段是“一合酥”以及“阔”：

操尝造花园一所；造成，操往观之，不置褒贬，只取笔于门上书一“活”字而去。人皆不晓其意。修曰：“门内添活字，乃阔字也。丞相嫌园门阔耳。”于是再筑墙围，改造停当，又请操观之。操大喜，问曰：“谁知吾意？”左右曰：“杨修也。”操虽称美，心甚忌之。又一日，塞北送酥一盒至。操自写“一合酥”三字于盒上，置之案头。修入见之，竟取匙与众分食讫。操问其故，修答曰：“盒上明书一人一口酥，岂敢违丞相之命乎？”操虽喜笑，而心恶之。

或许罗贯中在读《世说新语》时，觉得这种字谜既有趣又显才，便依葫芦画瓢，把人物绰号、名字做成了字谜。具体的，我们来一一分析。

1. 天魁星 及时雨宋江 总兵都头领 对应刘备

魁字可拆分为“斗”和“鬼”，因鬼形似魏，故将其解读为魏国（注：后文出现“鬼”的地方均解读为魏）。所谓“及时雨”，意为救旱，此处可解读为救汉。救汉和斗魏，再加上排行第一，非刘备莫属！

人物情节上的相似点为：

关于刘备和宋江，两部小说都有酒后感慨和失语惹祸的情节。刘备因惹了蔡氏，被冤枉写反诗；宋江则是酒后自己写反诗。因为刘表从来没有见过刘备写诗，因此猜到是离间计，没有追究刘备；而宋江则经常写诗，因此招来横祸。

《三国演义》中刘备酒后感慨“壮志未酬身已老”，失语惹祸还有反诗之事见下文（注：此时刘备被曹操击败，投奔刘表）：

原来蔡夫人素疑玄德，凡遇玄德与表叙论，必来窃听。是时正在屏风后，闻玄德此言，心甚恨之。玄德自知语失，遂起身如厕。因见己身髀肉复生，亦不觉潸然流涕。少顷复入席。表见玄德有泪容，怪问之。玄德长叹曰："备往常身不离鞍，髀肉皆散；分久不骑，髀里肉生。日月蹉跎，老将至矣，而功业不建：是以悲耳！"表曰："吾闻贤弟在许昌，与曹操青梅煮酒，共论英雄；贤弟尽举当世名士，操皆不许，而独曰：'天下英雄，惟使君与操耳，以曹操之权力，犹不敢居吾弟之先，何虑功业不建乎？'"玄德乘着酒兴，失口答曰："备若有基本，天下碌碌之辈，诚不足虑也。"表闻言默然。玄德自知语失，托醉而起，归馆舍安歇。

……

比及蔡瑁领军到馆舍时，玄德已去远矣。瑁悔恨无及，乃写诗一首于壁间，径入见表曰："刘备有反叛之意，题反诗于壁上，不辞而去矣。"表不信，亲诣馆舍观之，果有诗四句。诗曰："数年徒守困，空对旧山川。龙岂池中物，乘雷欲上天！"刘表见诗大怒，拔剑言曰："誓杀此无义之徒！"行数步，猛省曰："吾与玄德相处许多时，不曾见他作诗。此必外人离间之计也。"遂回步入馆舍，用剑尖削去此诗，弃剑上马。蔡瑁请曰："军士已点齐，可就往新野擒刘备。"表曰："未可造次，容徐图之。"

《水浒传》中宋江酒后感慨"壮志未酬身已老"和所作反诗见下文（注：此时宋江已被刺配江州）：

独自一个，一杯两盏，倚阑畅饮，不觉沉醉；猛然蓦上心来，思想道："我生在山东，长在郓城，学吏出身，结识了多少江湖上人；虽留得一个虚名，目今三旬之上，名又不成，利又不就，倒被文了双颊，配来在这里！我家乡中老父和兄弟如何得相见！"不觉酒涌上来，潸然泪下，临风触目，感恨伤怀。忽然做了一首《西江月》词，便唤酒保，索借笔砚来，起身观玩，见白粉壁上多有先人题咏。宋江寻思道："何不就书于此？倘若他日身荣，再来经过，重睹一番，以记岁月，想今日之苦。"乘着酒兴，磨得墨浓，蘸得笔饱，去那白粉壁上挥毫便写道：自幼曾攻经史，长成亦有权谋。恰如猛虎卧荒丘，潜伏爪牙忍受。不幸刺文双颊，那堪配在江州！他年若得报冤仇，血染浔阳江口！

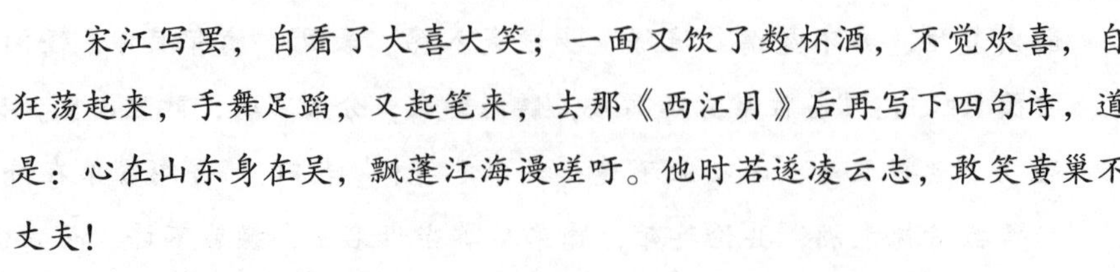

宋江写罢，自看了大喜大笑；一面又饮了数杯酒，不觉欢喜，自狂荡起来，手舞足蹈，又起笔来，去那《西江月》后再写下四句诗，道是：心在山东身在吴，飘蓬江海谩嗟吁。他时若遂凌云志，敢笑黄巢不丈夫！

宋江写罢诗，又去后面大书五字道：“郓城宋江作。”

题外话：有不少人质疑刘备，我则不然，我觉得刘备是个值得我们大部分人学习的英雄。抛开仁义什么的不讲，单说他百折不挠的志气：曾数次被打成丧家犬，致其妻离子散，但刘备并未因此倒下，依然顽强，数次东山再起，最终青史留名。我们常说“胜不骄，败不馁”，但个中深意恐怕多数人并不了解，“胜不骄”其实并不甚重要，重要的是“败不馁”。古往今来，“胜不骄”的大有人在，“败不馁”的却寥寥无几，因为大部分人都“壮志未酬身已老”。壮志注定难酬，而一旦气馁，壮志恐怕就没有机会得酬了。纵览古今，多少人的壮志豪情就是那么一点儿一点儿地“馁”没的。所以，当你气馁时，不妨想想刘备，对比之下，失败怕什么，爬起来，再战！

2. 天罡星 玉麒麟卢俊义 总兵都头领 对应孙策

“玉麒麟”解为“玉祈赁”，“玉”是玉玺，“赁”为租借之意。此处可解读为：孙策曾用玉玺做抵押，祈求袁术借兵给他。最后，孙策用这支部队给吴国打下了基础。孙策绰号小霸王，建立了吴国基业，可惜英年早逝，但排行第二，实至名归。

《三国演义》中孙策典当玉玺之事见下文（注：玉玺是在十八路诸侯勤王时，孙策的父亲孙坚在洛阳弄到的，孙坚也因这个玉玺而丢了性命）：

策视其人，乃袁术谋士，汝南细阳人，姓吕，名范，字子衡。策大喜，延坐共议。吕范曰：“只恐袁公路不肯借兵。”策曰：“吾有亡父留下传国玉玺，以为质当。”范曰：“公路款得此久矣！以此相质，必肯发兵。”三人计议已定。次日，策入见袁术，哭拜曰：“父仇不能报，今母舅吴景，又为扬州刺史刘繇所逼；策老母家小，皆在曲阿，必将被害。策敢借雄兵数千，渡江救难省亲。恐明公不信，有亡父遗下玉玺，权为质当。”术闻有玉玺，取而视之，大喜曰：“吾非要你玉玺，今且权留在此。我借兵三千、马五百匹与你。平定之后，可速回来。你职位卑微，难掌大权。我表你为折冲校尉、殄寇将军，克日领兵便行。”策拜谢，遂引军马，带领朱治、吕范、旧将程普、黄盖、韩当等，择日起兵。

另外，孙策不信邪，把众人追捧的“神仙”于吉当作妖人，要斩他，众人苦劝不听，最后被于吉索命而死；而《水浒传》中卢俊义则极其信邪，即使众人苦劝，卢俊义依然听不进去，以致中了梁山泊的调虎离山计，最终导致其家破人亡。（注：这里也是反着写的）

《三国演义》中此段是这样写的：

策起身凭栏观之，见一道人，身披鹤氅，手携藜杖，立于当道，百姓俱焚香伏道而拜。策怒曰：“是何妖人？快与我擒来！”左右告曰：“此人姓于，名吉，寓居东方，往来吴会，普施符水，救人万病，无有不验。当世呼为神仙，未可轻渎。”策愈怒，喝令：“速速擒来！违者斩！”

……

策曰：“汝毫不取人，衣服饮食，从何而得？汝即黄巾张角之流，今若不诛，必为后患！”叱左右斩之。张昭谏曰：“于道人在江东数十年，并无过犯，不可杀害。”策曰：“此等妖人，吾杀之，何异屠猪狗！”众官皆苦谏，陈震亦劝。策怒未息，命且囚于狱中。众官俱散。陈震自归馆驿安歇。孙策归府，早有内侍传说此事与策母吴太夫人知道。夫人唤孙策入后堂，谓曰：“吾闻汝将于神仙下于缧绁。此人多曾医人疾病，军民敬仰，不可加害。”策曰：“此乃妖人，能以妖术惑众，不可不除！”夫人再三劝解。策曰：“母亲勿听外人妄言，儿自有区处。”乃出唤狱吏取于吉来问。原来狱吏皆敬信于吉，吉在狱中时，尽去其枷锁；及策唤取，方带枷锁而出。策访知大怒，痛责狱吏，仍将于吉械系下狱。张昭等数十人，连名作状，拜求孙策，乞保于神仙。策曰：“公等皆读书人，何不达理？昔交州刺史张津，听信邪教，鼓瑟焚香，常以红帕裹头，自称可助出军之威，后竟为敌军所杀。此等事甚无益，诸君自未悟耳。吾欲杀于吉，正思禁邪觉迷也。”

《水浒传》中是这样描写的：

卢俊义开言道："我夜来算了一命，道我有百日血光之灾，只除非出去东南上一千里之外躲逃。因想东南方有个去处，是泰安州，那里有东岳泰山天齐仁圣帝金殿，管天下人民生死灾厄。我一者，去那里烧炷香，消灾灭罪；二者，躲过这场灾晦；三者做些买卖，观看外方景致。李固，你与我觅十辆太平车子，装十辆山东货物，你就收拾行李，跟我去走一遭。燕青小乙看管家里，库房钥匙只今日便与李固交割。我三日之内便要起身。"李固道："主人误矣。常言道：'贾卜卖卦，转回说话。'休听那算命的胡言乱语，只在家中，怕做甚么？"卢俊义道："我命中注定了。你休逆我。若有灾来，悔却晚矣。"燕青道："主人在上，须听小乙愚言。这一条路，去山东泰安州，正打梁山泊边过。近年泊内，是宋江一伙强人在那里打家劫舍，官兵捕盗，近他不得。主人要去烧香，等太平了去。休言夜来那个算命的胡讲。倒敢是梁山泊歹人，假装阴阳人来煽惑主人。小乙可惜夜来不在家里；若在家时，三言两语，盘倒那先生，倒敢有场好笑！"卢俊义道："你们不要胡说，谁人敢来赚我！梁山泊那伙贼男女打甚么紧！我看他如何同草芥，兀自要去特地捉他，把日前学成武艺显扬于天下，也算个男子大丈夫！"说犹未了，背后屏风背后，走出娘子贾氏来，也劝道："丈夫，我听你说多时了。自古道：出外一里，不如屋里。休听那算命的胡说，撇下海阔一个家业，担惊受怕，去虎穴龙潭做买卖。你且只在家里收拾别室，清心寡欲，高居静坐，自然无事。"卢俊义道："你妇人家省得甚么！宁可信其有，不可信其无，使术祸出师人是，义主吉凶。我既主意定了，你都不得多言多语。"

3. 天机星 智多星吴用 掌管机密军师 对应诸葛亮

诸葛亮排行第三没有问题。吴用用兵如神，和《三国演义》中的诸葛亮如出一辙。《水浒传》中也多次将两人联系起来：

这秀才乃是智多星吴用，表字学究，道号加亮先生，祖贯本乡人氏。曾有一首临江仙，赞吴用的好处：

万卷经书曾读过，平生机巧心灵，六韬三略究来精。胸中藏战将，腹内隐雄兵。谋略敢欺诸葛亮，陈平岂敌才能，略施小计鬼神惊。名称吴学究，人号智多星。

还有一处：

吴用笑道："我已安排定了圈套，只看他来的光景；力则力取，智则智取。我有一条计策，不知中你们意否？如此如此。"晁盖听了大喜，蛩着脚，道："好妙计！不枉了称你做智多星！果然赛过诸葛亮！好计策！"

4. 天闲星 入云龙公孙胜 掌管机密军师 对应司马懿

"公"可解读为"攻"。公孙胜，可以理解为"攻打孙吴获胜"；曹操、曹丕、刘备都攻打过吴国，但都失败了，只有司马氏建立的晋攻打吴国获胜了，公孙胜这一名字代表晋国。"入云"可解为升天，也就是死了的意思，"龙"代表皇帝，此处解读为"封帝"。故，"入云龙"可解为死后封帝。"入云龙公孙胜"即为死后封帝的晋国人，也就是司马懿和司马昭。排行第四，应该就是司马懿了。罗贯中将他排在这个位置，也是理所当然的，司马懿是晋国的开创者。

另外"天闲星"中的闲，应该是意指司马懿两次赋闲在家的事情，而赋闲在家，均因受人排挤。

司马懿第一次被贬后，在宛城闲住：

懿曰："此吴、蜀奸细反间之计，欲使我君臣自相残害，彼却乘虚而袭。某当自见天子辨之。"遂急退了军马，至睿车前俯伏泣奏曰："臣受先帝托孤之重，安敢有异心？必是吴、蜀之奸计。臣请提一旅之师，先破蜀，后伐吴，报先帝与陛下，以明臣心。"睿疑虑未决。华歆奏曰："不可付之兵权。可即罢归田里。"睿依言，将司马懿削职回乡，命曹休总督雍、凉军马。

……

钟繇奏曰："向者，诸葛亮欲兴师犯境，但惧此人，故散流言，使陛下疑而去之，方敢长驱大进。今若复用之，则亮自退矣。"睿问何人。繇曰："骠骑大将军司马懿也。"睿叹曰："此事朕亦悔之。今仲达现在何地？”繇曰：“近闻仲达在宛城闲住。”

第二次，司马懿装病闲在家里：

于是曹爽门下宾客日盛。司马懿推病不出，二子亦皆退职闲居。

而《水浒传》中公孙胜同样也有两次赋闲于家中的经历，只是都是他主动提出的。正好和《三国》反着。

第一次是在宋江上山后下山时，直到梁山攻打高唐州时才被请回来破高廉妖法：

第三日，晁盖又已备个筵席，庆贺宋江父子完聚，忽然感动公孙胜一个念头：思忆老母在蓟州，离家日久，未知如何。众人饮酒之时，只见公孙胜起身对众头领说道：“感蒙众位豪杰相带贫道许多时，恩同骨肉。只是小道自从跟着晁头领到山，逐日宴乐，一向不曾还乡看视老母。亦恐我真人本师悬望，欲待回乡省视一遭，暂别众头领三五个月，再回来相见，以满小道之愿，免致老母挂念悬望。”晁盖道：“向日已闻先生所言，令堂在北方无人侍奉，今既如此说时，难以阻挡，只是不忍分别。虽然要行，再待来日相送。”公孙胜谢了。当日尽醉方散，各自归房安歇。次日早，就关下排了筵席，与公孙胜饯行。

第二次征辽结束后回家，征方腊时未曾登场：

再说宋江众人，受恩回营。次日，只见公孙胜直至行营中军帐内，与宋江等众人，打了稽首，便禀宋江道：“向日本师罗真人嘱咐小道，令送兄长还京之后，便回山中。今日兄长功成名遂，贫道就今拜别仁兄，辞别众位，便归山中，从师学道，侍养老母，以终天年。”宋江见公孙胜说起前言，不敢翻悔，潸然泪下，便对公孙胜道：“我想昔日弟兄相聚，如花始开；今日弟兄分别，如花零落。吾虽不敢负汝前言，心中岂忍分别？”公孙胜道：“若是小道半途撇了仁兄，便是寡情薄义。今来仁兄功成名遂，只得曲允。”宋江再四挽留不住，便乃设一筵宴，令众弟兄相别，筵上举杯，众皆叹息，人人洒泪，各以金帛相赆。公孙胜推却不受，众兄弟只顾打拴在包裹。次日，众皆相别。公孙胜穿上麻鞋，背上包裹，打个稽首，望北登程去了。

5. 天勇星 大刀关胜 马军五虎将、左军大将（武将）对应关羽

《水浒传》中对于关胜的描写太多了：

此乃是汉末三分义勇武安王嫡派子孙，姓关，名胜；生得规模与祖上云长相似，使一口青龙偃月刀，人称为“大刀关胜”；现做蒲东巡检，屈在下僚。此人幼读兵书，深通武艺，有万夫不当之勇。

还有，关胜的马也是赤兔马：

关胜在阵上看见中伤，大挺神威，轮起青龙刀，纵开赤兔马，来救朱仝、雷横。

另外，关胜和关羽一样，也有一次单刀赴会经历。我们先来看看《三国演义》中关羽的单独赴会：

关平曰：“鲁肃相邀，必无好意；父亲何故许之？”云长笑曰：“吾岂不知耶？此是诸葛瑾回报孙权，说吾不肯还三郡，故令鲁肃屯兵陆口，邀我赴会，便索荆州。吾若不往，道吾怯矣。吾来日独驾小舟，只用亲随十余人，单刀赴会，看鲁肃如何近我！”

再看《水浒传》中关胜的单刀赴会：

单廷珪用好言说道：“如今朝廷不明，天下大乱，天子昏昧，奸臣弄权，我等归顺宋公明，且居水泊；久后奸臣退位，那时去邪归正，未为晚也。”魏定国听罢，沉吟半晌，说道：“若是要我归顺，须是关胜亲自

来请，我便投降；他若是不来，我宁死不辱！”单廷珪即便上马，回来报与关胜，关胜见说，便道：“关某何足为重，却承将军谬爱？”匹马单刀，别了众人及单廷便去。林冲谏道：“兄长，人心难忖，三思而行。”关胜道：“旧时朋友，何妨？”直到县衙。魏定国接著，大喜，愿拜投降；同叙旧情，设筵管待；当日带领五百火兵，都来大寨；与林冲、杨志并众头领俱各相见已了，即便收军回梁山泊来。

6. 天雄星 豹子头林冲 马军五虎将、右军大将（武将）对应张飞

张飞也是豹子头，两个人兵器都是丈八蛇矛。

《三国演义》中对张飞长相的描写如下，“豹头环眼，燕颔虎须”：

及刘焉发榜招军时，玄德年已二十八岁矣。当日见了榜文，慨然长叹。随后一人厉声言曰：“大丈夫不与国家出力，何故长叹？”玄德回视其人，身长八尺，豹头环眼，燕颔虎须，声若巨雷，势如奔马。玄德见他形貌异常，问其姓名。其人曰：“某姓张，名飞，字翼德。世居涿郡，颇有庄田，卖酒屠猪，专好结交天下豪杰。恰才见公看榜而叹，故此相问。”

《水浒传》中林冲的长相也是“豹头环眼，燕颔虎须”：

智深听得，收住了手看时，只见墙缺边立着一个官人，头戴一顶青纱抓角儿头巾；脑后两个白玉圈连珠鬓环；身穿一领单绿罗团花战袍；腰系一条双獭背银带；穿一对磕爪头朝样皂靴；手中执一把摺叠纸西川扇子；生的豹头环眼，燕颔虎须，八尺长短身材，三十四五年纪；口里道：“这个师父端的非凡，使得好器械！”众泼皮道：“这位教师喝彩，必然是好。”智深问道：“那军官是谁？”众人道：“这官人是八十万禁军枪棒教头林武师，名唤林冲。”

（注：简本《水浒》中无林冲“豹头环眼”的描述。）

再看兵器。《三国演义》中对张飞的兵器的描述是：

张飞造丈八点钢矛。各置全身铠甲。

而《水浒传》对林冲的兵器是这样描写的：

林冲挺丈八蛇矛迎敌。两个斗不到十合，林冲卖个破绽，放一丈青两口刀砍入来，林冲把蛇矛逼个住，两口刀逼斜了，赶拢去，轻舒猿臂，款扭狼腰，把一丈青只一拽，活挟过马来。

还有一次，林冲在上梁山泊时和朱贵的对话中，说他自己姓张，可能也是一种暗示吧：

林冲道："你道我是谁？"那汉道："你不是豹子头林冲？"林冲道："我自姓张。"

（注：简本《水浒》无林冲姓张这句。）

7. 天猛星 霹雳火秦明 马军五虎将、先锋大将（武将）对应张辽

"霹雳火"可解为"邳里获/活"。秦明在水浒人物中排名第七，武将里排第三，张辽应该还是配得上的。曹操于下邳击败吕布，吕布祈求投降但被杀了。张辽临死依然大骂曹操，曹操拔刀要杀，幸得刘备、关羽求情，曹操乃"亲释其缚，遂降"。

很好笑也很巧合的是张辽和秦明都有被人冒充的经历。请看下面的证据。

秦明被冒充：

宋江开话道："总管休怪，昨日因留总管在山，坚意不肯，却是宋江定出这条计来，叫小卒似总管模样的，却穿了足下的衣甲、头盔，骑着那马，横着狼牙棒，直奔青州城下，点拨红头子杀人。燕顺、王矮虎带领五十余人助战，只做总管去家中取老小。因此杀人放火，先绝了总管归路的念头。今日众人特地请罪。"

张辽被冒充：

张飞听得，便要去厮杀。云长曰："他伏瓮城边待我，去必有失。我有一计，可杀车胄：乘夜扮作曹军到徐州，引车胄出迎，袭而杀之。"飞然其言。那部下军原有曹操旗号，衣甲都同。当夜三更，到城边叫门。城上问是谁，众应是曹丞相差来张文远的人马。报知车胄，胄急请陈登议曰："若不迎接，诚恐有疑；若出迎之，又恐有诈。"胄乃上城回言："黑夜难以分辨，平明了相见。"城下答应："只恐刘备知道，疾快开门！"车胄犹豫未定，城外一片声叫开门。车胄只得披挂上马，引一千军出城；跑过吊桥，大叫："文远何在？"火光中只见云长提刀纵马直迎车胄，大叫曰："匹夫安敢怀诈，欲杀吾兄！"

张辽不怕死：

忽一人大叫曰："吕布匹夫！死则死耳，何惧之有！"众视之，乃刀斧手拥张辽至。操令将吕布缢死，然后枭首。却说武士拥张辽至。操指辽曰："这人好生面善。"辽曰："濮阳城中曾相遇，如何忘却？"操笑曰："你原来也记得！"辽曰："只是可惜！"操曰："可惜甚的？"辽曰："可惜当日火不大，不曾烧死你这国贼！"操大怒曰："败将安敢辱吾！"拔剑在手，亲自来杀张辽。辽全无惧色，引颈待杀。

秦明怕死：

秦明见说了，怒气于心，欲待要和宋江等厮并，却又自肚里寻思：一则是上界星辰契合，二乃被他们软困，以礼待之，三则又怕斗他们不过。因此只得纳了这口气，便说道："你们弟兄虽是好意，要留秦明，只是害得我忒毒些个，断送了我妻小一家人口。"宋江答道："不恁地时，兄长如何肯死心塌地？若是没了嫂嫂夫人，宋江恰知得花知寨有一妹，甚是贤惠，宋江情愿主婚，陪备财礼，与总管为室如何？"秦明见众人如此相敬相爱，方才放心归顺。

受降后张辽马上招降臧霸：

操拜辽为中郎将，赐爵关内侯，使招安臧霸。霸闻吕布已死，张辽已降，遂亦引本部军投降。

秦明则是招降黄信：

秦明道："这事容易，不须众弟兄费心。黄信那人，亦是治下；二者是秦明教他的武艺；三乃和我过得最好。明日我便先去叫开栅门，一席话，说他入伙投降，就取了花知寨宝眷，拿了刘高的泼妇，与仁兄报仇雪恨，作进见之礼如何？"宋江大喜道："若得总管如此慨然相许，却是多幸多幸！"当日筵席散了，各自歇息。次日早起来，吃了早饭，都各各披挂了。秦明上马，先下山来，拿了狼牙棒，飞奔清风镇来。

8. 天威星 双鞭呼延灼 马军五虎将、合后大将（武将）对应赵云

"双鞭"可解为"双变"，意为两次变心或两次变换主公。因为赵云先从袁绍，再从公孙瓒，最后才跟刘备，之前有过两变。

第一次变心：

那少年欠身答曰："某乃常山真定人也，姓赵，名云，字子龙。本袁绍辖下之人。因见绍无忠君救民之心，故特弃彼而投麾下，不期于此处相见。"

第二次变心：

玄德与赵云分别，执手垂泪，不忍相离。云叹曰："某曩日误认公孙瓒为英雄；今观所为，亦袁绍等辈耳！"玄德曰："公且屈身事之，相见有日。"洒泪而别。

而《水浒传》中，呼延灼也变节过两次。他起初是朝廷的武将，但战败后不敢回京，就投奔了青州慕容知府，后又投降梁山：

却说呼延灼折了许多官军人马，不敢回京，独自一个骑着那匹踢雪乌骓马，把衣甲拴在马上，于路逃难；又无盘缠；解下束腰金带，卖来盘缠。在路寻思道："不想今日闪得我如此！却是去投谁好？"猛然想起："青州慕容知府旧与我有一面相识，何不去那里投奔他？打慕容贵妃的关节，那时再引军来报仇不迟！"

……

次日天晓，径到府堂阶下，参拜了慕容知府。知府大惊，问道："闻知将军收捕梁山泊草寇，如何竟到此间？"呼延灼只得把上项诉说了一遍。慕容知府听了道："虽是将军折了许多人马，此非慢功之罪，中了贼人奸计，亦无奈何。下官所辖地面多被草寇侵害。将军到此，可先扫清桃花山，夺取那匹御赐的马；就连那二龙山，白虎山两处强人一发剿捕了时，下官自当一力保奏，再教将军引兵复仇，如何？"呼延灼再拜道："深谢恩相主监。若蒙如此，誓当效死报德！"慕容知府教请呼延灼去客里暂歇，一面更衣宿食。

另外，《三国演义》和《水浒传》中各有一次打阵，在《三国演义》中赵云是打阵的主角，在《水浒传》中则是呼延灼抓了打阵的人。反着来。

《三国演义》中的闯阵：

次日鸣鼓进军，布成一个阵势，使人问玄德曰："识吾阵势？"单福便上高处观看毕，谓玄德曰："此八门金锁阵也。八门者：休、生、伤、杜、景、死、惊、开。如从生门、景门、开门而入则吉；从伤门、惊门、休门而入则伤；从杜门、死门而入则亡。今八门虽布得整齐，只是中间通欠主持。如从东南角上生门击人，往正西景门而出，其阵必乱。"玄德传令，教军士把住阵角，命赵云引五百军从东南而入，径往西出。云得令，挺枪跃马，引兵径投东南角上，呐喊杀入中军。曹仁便投北走。云不追赶，却突出西门，又从西杀转东南角上来。曹仁军大乱。玄德麾军冲击，曹兵大败而退。

《水浒传》中的闯阵：

宋江喝道："只俺这九宫八卦阵势，虽是浅薄，你敢打么？"小将军大笑道："量此等小阵，有何难哉！你军中休放冷箭，看咱打你这个小阵！"

……

那兀颜小将军在阵内，四门无路可出，心中疑道："此必是宋江行持妖法。休问怎生，只就这里死撞出去。"众军得令，齐声呐喊，杀将出去。旁边撞出一员大将，高声喝道："孺子小将，走那里去！"兀颜小将军欲待来战，措手不及，脑门上早飞下一鞭来。那小将军眼明手快，便把方天戟来拦住。只听得双鞭齐下，早把戟杆折做两段。急待挣扎，被那将军扑入怀内，轻舒猿臂，款扭狼腰，把这兀颜小将军活捉过去。拦住后军，都喝下马来。众军黑天摸地，不辨东西，只得下马受降。拿住小将军的，不是别人，正是虎军大将双鞭呼延灼。当时公孙胜在中军作法，见报捉了小将军，便收了法术，阵中仍复如旧，青天白日。

9. 天英星 小李广花荣 马军八虎骑兼先锋使（武将）对应吕布

吕布辕门射戟，箭法堪比李广。"荣"字可拆为"草头"和"木"，花荣有"花""草""木"，据笔者推测，此处应该是比喻其为三姓家奴。

《三国演义》中吕布辕门射戟解斗刘备和袁术；《水浒传》中花荣同样射戟解斗吕方和郭胜。

《三国演义》中的射戟解斗：

吕布曰："我请你两家解斗，须不教你厮杀！"这边纪灵不忿，那边张飞只要厮杀。布大怒，教左右："取我戟来！"布提画戟在手，纪灵、玄德尽皆失色。布曰："我劝你两家不要厮杀，尽在天命。"令左右接过画戟，去辕门外远远插定。乃回顾纪灵、玄德曰："辕门离中军一百五十步，吾若一箭射中戟小枝，你两家罢兵；如射不中，你各自回营，安排厮杀。有不从吾言者，并力拒之。"纪灵私忖："戟在一百五十步之外，安能便中？且落得应允。待其不中，那时凭我厮杀。"便一口许诺。玄德自无不允。布都教坐，再各饮一杯酒。酒毕，布教取弓箭来。玄德暗祝曰："只愿他射得中便好！"只见吕布挽起袍袖，搭上箭，扯满弓，叫一声："着！"正是：弓开如秋月行天，箭去似流星落地，一箭正中画戟小枝。帐上帐下将校，齐声喝采。

《水浒传》中的射戟劝和：

两个壮士各使方天画戟，斗到三十余合，不分胜败。花荣和宋江两个在马上看了喝采。花荣一步步趱马向前看时，只见那两个壮士斗到间深里。这两枝戟上，一枝是金钱豹子尾，一枝是金钱五色幡，却搅做一团，上面绒绦结住了，那里分拆得开。花荣在马上看见了，便把马带住，左手去飞鱼袋内取弓，右手向走兽壶中拔箭，搭上箭，曳满弓，觑着豹尾绒绦较亲处，"飕"的一箭，恰好正把绒绦射断。只见两枝画戟分开做两下，那二百余人一齐喝声采。

……

宋江把上件事都告诉了，便道："既幸相遇，就与二位劝和如何？"两个壮士大喜，都依允了。

另外在《三国演义》中，吕布是张辽的主公，到了《水浒传》里，上山前秦明是花荣的上司，上山后成为花荣的妹夫。

10. 天贵星 小旋风柴进 掌管钱粮头领（文臣）对应孙权

"小"意为微，可解为"魏"。"旋"可解为"玄德"，代表蜀。"风"可解为"奉"，有两边都讨好的意思。孙权像墙头草一般，时而向魏称臣，时而与蜀国结盟。另外，柴进和孙权身份都很尊贵，一个是龙子龙孙，一个则是主公——吴国皇帝。

11. 天富星 扑天雕李应 掌管钱粮头领（文臣）对应荀彧

"扑天"解为"上"，"雕"解为"吊"，上吊即自杀。荀彧阻止曹操加九锡，受魏王。曹操不悦，送空盒给荀彧，荀彧乃服毒自杀。
（注：此处可能有误，但是能排到这么高位置的谋士荀彧应该还是最合适的了。）

12. 天满星 美髯公朱仝 马军八骠骑兼先锋使（武将）对应黄忠

“髯公”意为老头，“美”代表自满。黄忠虽年老，但一向骄傲，常中诸葛亮的激将法。武将里能排这么高位置的寥寥无几，黄忠排这里勉强可以接受。

13. 天孤星 花和尚鲁智深 步军头领（谋士）对应庞统

“花”解为“吪”，而“吪”意为鸾和凤凰一类鸟，庞统被称为凤雏，也就是小凤凰；“和尚”解为“祸上”，所以“和”也读“霍”，意指给上边的人带来祸害，指的卢马。庞统就是死在的卢马上的。

14. 天伤星 行者武松 步军头领（谋士）对应郭嘉

“行”解为走，有死亡、夭折之意。“者”解为砓，有艰险山路之意。郭嘉随曹操征乌桓，路途艰辛不幸染病英年早逝。这其中的伤字，似表达罗贯中对郭嘉英年早逝的惋惜。

15. 天立星 双枪将董平 马军五虎将、虎军大将（武将）对应马超

马超父亲是马腾，腾父马肃，母亲是羌女。有古代名马叫作“骕骦”，“骕”可以拆为“马肃”。双枪将的“双”对应“骦”，暗指马肃，“枪”指“羌女”，“将”解为“降”，后代之意。“双枪将”即解为马肃和羌女的后代。他们的儿子马腾实力不济，排名不可能这么靠前。所以，笔者认为，董平对应马超。

《三国演义》：

> 却说腾字寿成，汉伏波将军马援之后，父名肃，字子硕，桓帝时为天水兰干县尉；后失官流落陇西，与羌人杂处，遂娶羌女生腾。腾身长八尺。体貌雄异，禀性温良，人多敬之。

另外，《三国演义》中马超被称为“锦马超”，而《水浒传》中董平被称为“风流双枪将”，“锦”和“风流”也是一种对应关系。

除此之外，马超和董平都因为未能成为主公的女婿而生恨。

《三国演义》：

却说马超与庞德、马岱商议，径往汉中投张鲁。张鲁大喜，以为得马超，则西可以吞益州，东可以拒曹操，乃商议欲以女招超为婿。大将杨柏谏曰："马超妻子遭惨祸，皆超之贻害也。主公岂可以女与之？"鲁从其言，遂罢招婿之议。或以杨柏之言，告知马超。超大怒，有杀杨柏之意。杨柏知之，与兄杨松商议，亦有图马超之心。

《水浒传》：

原来程太守有个女儿，十分颜色，董平无妻。累累使人去求为亲，程万里不允。因此，日常间有些言和意不和。董平当晚领军入城；其日，使个就里的人，乘势来问这头亲事。程太守回说："我是文官，他是武官，相赘为婿，正当其理。只是如今贼寇临城，事在危急，若还便许，被人耻笑。待得退了贼兵，保护城池无事，那时议亲，亦未为晚。"那人把这话回复董平。董平虽是口里应道："说得是"，只是心中踌躇，不十分欢喜，恐怕他日后不肯……"

《三国演义》中的五虎将是关羽、张飞、赵云、马超、黄忠。但据《水浒传》解出来的却有所不同，减去了黄忠，加上了张辽，但黄忠排名依然在马超之前。细细想来，估计是关羽不愿意与黄忠并列之缘故，因而罗贯中用跟关羽关系很好的张辽替代了黄忠。

《三国演义》：

汉中王大喜，即差前部司马费诗为使，赍捧诰命投荆州来。云长出郭，迎接入城。至公廨礼毕，云长问曰："汉中王封我何爵？"诗曰："五虎大将之首。"云长问："那五虎将？"诗曰："关、张、赵、马、黄是也。"云长怒曰："翼德吾弟也；孟起世代名家；子龙久随吾兄，即吾弟也：位与吾相并，可也。黄忠何等人，敢与吾同列？大丈夫终不与老卒为伍？"

16. 天捷星 没羽箭张清 马军八骠骑兼先锋使（武将）对应张郃

“没”解为“殁”，是死了的意思，“没羽箭”意为死于雨箭。张郃追击诸葛亮，在剑门关中伏，百余部将被万弩射死。

《三国演义》中记载为：

张郃杀得性起，又见魏延大败而逃，乃骤马赶来。此时天色昏黑，一声炮响，山上火光冲天，大石乱柴滚将下来，阻截去路。郃大惊曰：“我中计矣！”急回马时，背后已被木石塞满了归路，中间只有一段空地，两边皆是峭壁，郃进退无路。忽一声梆子响，两下万弩齐发，将张郃并百余个部将，皆射死于木门道中。

17. 天暗星 青面兽杨志 马军八骠骑兼先锋使（武将）对应典韦

“青面兽”解为“擒冕兽”，“冕”有王或者第一之意，“冕兽”即老虎，典韦曾“逐虎过涧”。

《三国演义》记载为：

一日，夏侯惇引一大汉来见，操问何人，惇曰：“此乃陈留人，姓典，名韦，勇力过人。旧跟张邈，与帐下人不和，手杀数十人，逃窜山中。惇出射猎，见韦逐虎过涧，因收于军中。今特荐之于公。”

18. 天佑星 金枪手徐宁 马军八骠骑兼先锋使（武将）对应徐晃

“金枪手”解为“锦抢手”，曹操在铜雀台让武官比试弓箭，胜者赐锦衣，徐晃射断柳条夺得锦衣。“徐晃”意为“慢慢地晃动”，而“徐宁”意为“慢慢地宁静”。两者均有慢慢停止的趋向。

《三国演义》记载为：

操传令曰：“有能射中箭垛红心者，即以锦袍赐之；如射不中，罚水一杯。”

……

只见绿袍队里，一将应声而出，大叫："且留下锦袍与我徐晃！"渊曰："汝更有何射法，可夺我袍？"晃曰："汝夺射红心，不足为异。看我单取锦袍！"拈弓搭箭，遥望柳条射去，恰好射断柳条，锦袍坠地。徐晃飞取锦袍，披于身上，骤马至台前声喏曰："谢丞相袍！"曹操与众官无不称美。晃才勒马要回，猛然台边跃出一个绿袍将军，大呼曰："你将锦袍那里去？早早留下与我！"众视之，乃许褚也。晃曰："袍已在此，汝何敢强夺！"褚更不回答，竟飞马来夺袍。两马相近，徐晃便把弓打许褚。褚一手按住弓，把徐晃拖离鞍鞒。晃急弃了弓，翻身下马，褚亦下马，两个揪住厮打。操急使人解开。那领锦袍已是扯得粉碎。操令二人都上台。徐晃睁眉怒目，许褚切齿咬牙，各有相斗之意。操笑曰："孤特视公等之勇耳。岂惜一锦袍哉？"便教诸将尽都上台，各赐蜀锦一匹，诸将各各称谢。

在《三国演义》中，徐晃为了一件锦袍和许褚争抢，可以看出徐晃很重视这件锦袍。在《水浒传》中，徐宁也是极其重视一件"衣服"——赛唐猊，并因此被梁山给网罗了。

《水浒传》记载为：

汤隆道："徐宁祖传一件宝贝，世上无对，乃是镇家之宝。汤隆比时曾随先父知寨往东京视探姑母时，多曾见来，是一副镕砌就圈金甲，这副甲，披在身上，又轻又稳，刀剑箭矢急不能透；人都唤做'赛唐猊。'多有贵公子要求一见，造次不肯与人看。这副甲是他的性命；用一个皮匣子盛著，直挂在卧房梁上。若是先对付得他这副甲来时，不由他不到这里。"

另外，"赛唐猊"中唐猊这个词也出自《三国演义》：

两阵对圆，只见吕布顶束发金冠，披百花战袍，擐唐猊铠甲，系狮蛮宝带，纵马挺戟，随丁建阳出到阵前。

19. 天空星 急先锋索超 马军八骠骑兼先锋使（武将）对应乐进

“乐进”可解为“喜欢前进”，有冲动之意，“急先锋”也有类似的意思。

20. 天速星 神行太保戴宗 总探声息头领（谋士）对应程昱

“戴宗”解为“岱宗”，指泰山。程昱，原名“程立”，因梦在泰山捧日而改名程昱，“程”可以理解为路程，立为马上。“程立”可解为“路程很快走完”，即为神行。

《三国志》注释：

> 《魏书》曰：昱少时常梦上泰山，两手捧日。昱私异之，以语荀彧。及兖州反，赖昱得完三城。于是彧以昱梦白太祖。太祖曰：“卿当终为吾腹心。”昱本名立，太祖乃加其上“日”，更名“昱”也。

而戴宗在《水浒传》中与泰山也很有缘：

> 当有神行太保戴宗来探宋江，二人坐间闲话。只见戴宗起身道：“小弟已蒙圣恩，除授衮州都统制。今情愿纳下官诰，要去泰安州岳庙里，陪堂求闲，过了此生，实为万幸。”宋江道：“贤弟何故行此念头？”戴宗道：“兄弟夜梦崔府君勾唤，因此发了这片善心。”宋江道：“贤弟生身既为神行太保，他日必作岳府灵聪。”自此相别之后，戴宗纳还了官诰，去到泰安州岳庙里，陪堂出家，在每日殷勤奉祀圣帝香火，虔诚无怨。后数月，一夕无恙，请众道伴相辞作别，大笑而终。后来在岳庙里累次显灵，州人庙祝，随塑戴宗神像于庙里，胎骨是他真身。

21. 天异星 赤发鬼刘唐 步军头领（谋士）对应周瑜

“赤”解为“火”，“鬼”解为“魏”，意指用火攻魏，此处对应为火烧赤壁。在《水浒传》中，刘唐也曾放火烧了战船。具体见第七十九回“刘唐放火烧战船 宋江两败高太尉”。

那么，刘唐是怎么死的呢？《水浒传》有详细叙述：

且说副先锋卢俊义，引着林冲等，调兵攻打候潮门。军马来到城下，见城门不关，下着吊桥。刘唐要夺头功，一骑马，一把刀，直抢入城去。城上看见刘唐飞马奔来，一斧砍断绳索，坠下闸板。可怜悍勇刘唐，连马和人，同死于门下。

……

宋江听得又折了刘唐，被候潮门闸死，痛哭道："屈死了这个兄弟！自郓城县结义，跟着晁天王上梁山泊，受了许多年辛苦，不曾快乐。大小百十场，出战交锋，出百死得一生，未尝折了锐气。谁想今日却死于此处！"

刘唐的死法跟周瑜的"诈死"可以说如出一辙：

周瑜麾两翼军杀出，曹军大败。瑜自引军马追至南郡城下，曹军皆不入城，望西北面走。韩当、周泰引前部尽力追赶。瑜见城门大开，城上又无人，遂令众军抢城。数十骑当先而入。瑜在背后纵马加鞭，直入瓮城。陈矫在敌楼上，望见周瑜亲自入城来，暗暗喝彩道："丞相妙策如神！"一声梆子响，两边弓弩齐发，势如骤雨。争先入城的，都颠入陷坑内。周瑜急勒马回时，被一弩箭，正射中左肋，翻身落马。牛金从城中杀出，来捉周瑜；徐盛、丁奉二人舍命救去。

"自郓城县结义，跟着晁天王上梁山泊，受了许多年辛苦，不曾快乐"。这一句中的"不曾快乐"，我想是为周瑜的英年早逝而感到遗憾吧。"遥想公瑾当年，小乔初嫁了，雄姿英发"。有这样的条件却英年早逝，确实很可惜。题外话：简本《水浒传》中并无"不曾快乐"这句话。简本《水浒传》如下：

文仲容屡有战功，可怜未得受用。刘唐兄弟，郓城县跟晁天王上梁山泊，受了许多风霜辛苦，谁想今死！

22. 天杀星 黑旋风李逵 步军头领（谋士）对应鲁肃

"逵"解为"魁"，"斗""鬼"。"李"解为"利"，利于斗魏。"黑"有"乌"之意，解为"吴"。"旋"即"玄德"，"风"解为"奉"，有讨好、和好之意。综上，暗指鲁肃做中间人联合刘备、孙权，共同对抗曹操。

23. 天微星 九纹龙史进 马军八骠骑兼先锋使（武将）对应庞德

“九”字表示多，“广”也表示多，“九”可解为“广”；“纹”有加的意思，“广”加“龙”乃“庞”；“进”也有“得”之意。

24. 天究星 没遮拦穆弘 马军八骠骑兼先锋使（武将）对应于禁

“没遮拦”意为“没有遮拦”，可以解为下雨时没有遮拦，要被淋、被水淹。对应关羽水淹七军，擒于禁。“穆弘”可解为沐洪，“沐”表示沐浴，“洪”指洪水，指在洪水里沐浴，也暗指水淹七军。

《三国演义》中蜀国有“五虎将”，魏国也有“五子良将”；《水浒传》中的五虎将对应蜀国的五虎将，而八骠骑对应着魏国的五子良将，但这里做了更改，加了三人。五子良将是张辽、徐晃、于禁、乐进、张郃，其中张辽已经被算入五虎将中，所以，五虎将里掉出来的黄忠替换了进来，另加上吕布、典韦和庞德三人。

25. 天退星 插翅虎步雷 横步军头领（谋士）对应法正

法正死后封翼侯，对应插翅虎的“插翅”。

26. 天寿星 混江龙李俊 水军头领对应程普（吴国将军）

程普是出了名的长寿，对应寿星；混江龙是古代疏通河道的工具，“浚”是疏通的意思。“混江龙”解为“疏”，即普通的意思。

《三国志》：

> 先出诸将，普最年长，时人皆呼程公。

27. 天剑星 立地太岁阮小二 水军头领（吴国将军）对应太史慈

太史慈死时大呼：“大丈夫生于乱世，当带三尺剑立不世之功；今所志未遂，奈何死乎。”这里既有剑，又有立。“岁”有时间的意思，可解为“史”，太岁对应太史。

《三国演义》叙述为：

太史慈见城门大开，只道内变，挺枪纵马先入。城上一声炮响，乱箭射下，太史慈急退，身中数箭。背后李典、乐进杀出，吴兵折其大半，乘势直赶到寨前。陆逊、董袭杀出，救了太史慈。曹兵自回。孙权见太史慈身带重伤，愈加伤感。张昭请权罢兵。权从之，遂收兵下船，回南徐润州。比及屯住军马，太史慈病重；权使张昭等问安，太史慈大叫曰："大丈夫生于乱世，当带三尺剑立不世之功；今所志未遂，奈何死乎！"言讫而亡，年四十一岁。

28. 天平星 船火儿张横 水军头领对应吕蒙（吴国将军）

"船火儿"解为"闯祸了"。吕蒙杀了关羽后，张昭说："今主公损了关公父子，江东祸不远矣"！遂将关羽首级送给曹操，司马懿乃说："此乃东吴移祸之计也"。孔明也说："此是东吴欲移祸于曹操。"如上，三大谋士都说是祸，那么吕蒙确实闯大祸了，自己终被关羽索命而死。笔者认为："张横"可解为"长恨"或者"涨恨"。吕蒙杀了关羽，不仅罗贯中恨他，历朝历代的人也都恨他。

《三国演义》记载为：

忽报张昭自建业而来。权召入问之。昭曰："今主公损了关公父子，江东祸不远矣！此人与刘备桃园结义之时，誓同生死。今刘备已有两川之兵；更兼诸葛亮之谋，张、黄、马、赵之勇。备若知云长父子遇害，必起倾国之兵，奋力报仇，恐东吴难与敌也。"

……

权从其言，随遣使者以木匣盛关公首级，星夜送与曹操。时操从摩陂班师回洛阳，闻东吴送关公首级至，喜曰："云长已死，吾夜眠贴席矣。"阶下一人出曰："此乃东吴移祸之计也。"操视之，乃主簿司马懿也。操问其故，懿曰："昔刘、关、张三人桃园结义之时，誓同生死。今东吴害了关公，惧其复仇，故将首级献与大王，使刘备迁怒大王，不攻吴而攻魏，他却于中乘便而图事耳。"

……

孔明与众官再三劝解。玄德曰："孤与东吴，誓不同日月也！"孔明曰："闻东吴将关公首级献与曹操，操以王侯礼祭葬之。"玄德曰："此何意也？"孔明曰："此是东吴欲移祸于曹操，操知其谋，故以厚礼葬关公，令王上归怨于吴也。"

另外，张横和吕蒙还有相似的被鬼魂附身的经历，并最终都因此而死。《三国演义》叙述为：

蒙接酒欲饮，忽然掷杯于地，一手揪住孙权，厉声大骂曰："碧眼小儿！紫髯鼠辈！还识我否？"众将大惊，急救时，蒙推倒孙权，大步前进，坐于孙权位上，两眉倒竖，双眼圆睁，大喝曰："我自破黄巾以来，纵横天下三十余年，今被汝一旦以奸计图我，我生不能啖汝之肉，死当追吕贼之魂！我乃汉寿亭侯关云长也。"权大惊，慌忙率大小将士，皆下拜。只见吕蒙倒于地上，七窍流血而死。

《水浒传》记载为：

张横道："我不是张横。"宋江道："你不是张横，却是谁？"张横道："小弟是张顺。因在涌金门外，被枪箭攒死，一点幽魂，不离水里飘荡，感得西湖震泽龙君，收做金华太保，留于水府龙宫为神。今日哥哥打破了城池，兄弟一魂缠住方天定，半夜里随出城去，见哥哥张横在大江里，来借哥哥身壳，飞奔上岸，跟在五云山脚下，杀了这贼，径奔来见哥哥。"说了，蓦然倒地。宋江亲自扶起，张横睁开眼，看了宋江并众将，刀剑如林，军士丛满，张横道："我莫不在黄泉见哥哥么？"宋江哭道："却才你与兄弟张顺附体，杀了方天定这贼，你不曾死，我等都是阳人，你可精细着。"张横道："恁地说时，我的兄弟已死了！"宋江道："张顺因要从西湖水底下去水门，入城放火，不想至涌金门外越城，被人知觉，枪箭攒死在彼。"张横听了，大哭一声："兄弟！"蓦然倒了。众人看张横时，四肢不举，两眼朦胧，七魄悠悠，三魂杳杳。

在《三国演义》中，吕蒙偷袭击败了关羽，但在《水浒传》中，“关羽”识破了“吕蒙”的偷袭，并抓住了他。

《三国演义》中吕蒙抓了关羽，《水浒传》中则反过来，关胜抓了张横：

张顺苦谏不听，当夜张横点了小船五十余只，每船上只有三五人，浑身都是软甲，手执苦竹枪，各带蓼叶刀，趁着月光微明，寒露寂静，把小船直至旱路。……此时约有二更时分。却说关胜正在中军帐里点灯看书。有伏路小校悄悄来报：“芦花荡里，约有小船四五十只，人人各执长枪，尽去芦苇里两边埋伏，不知何意，特来报知。”关胜听了，微微冷笑：“盗贼之徒，不足与吾对敌。”当时暗传号令，教众军俱各如此准备，“喊兵入寨，帐前一声锣响，四下各自捉人”。三年得令，各自潜伏。且说张横将引三二百人，从芦苇中间藏踪蹑迹，直到寨边，拔开鹿角，径奔中军，望见帐中灯烛荧煌，关胜手捻髭髯，坐看兵书，张横暗喜，手搦长枪，抢入帐房里来。旁边一声锣响，众军喊动，如天崩地塌，山倒江翻，吓得张横拖长枪转身便走。四下里伏兵乱起。可怜会水张横，怎脱平川罗网。二三百人不曾走得一个，尽数被缚，推到帐前。关胜看了，笑骂：“无端草贼，小辈匹夫，安敢侮吾！”将张横陷车盛了，其余的尽数监了，直等捉了宋江，一并解上京师不负赞举荐之意”。

29. 天罪星 短命二郎阮小五 水军头领对应周泰（吴国将军）

“短命”即为夭，可解为“幺、一”的意思，“短命二郎”即为一二郎，“一二”解为“十二”。孙权和周泰守宣城，山贼窃发，周泰为保护孙权，身被十二枪，幸得华佗医治而未死。阮小五对应的就是吴国的周泰。

《三国演义》叙述为：

却说孙权与周泰守宣城，忽山贼窃发，四面杀至。时值更深，不及抵敌，泰抱权上马。数十贼众，用刀来砍。泰赤体步行，提刀杀贼，砍杀十余人。随后一贼跃马挺枪直取周泰，被泰扯住枪，拖下马来，夺了枪马，杀条血路。救出孙权。余贼远遁。周泰身被十二枪，金疮发胀，命在须臾。

30. 天损星 浪里白跳张顺 水军头领对应甘宁（吴国将军）

“浪”解为“埌、墓地”，“浪里”解为“敢死队”，有视死如归之意。“白跳”的“白”解为“百”，因跳像骑马的动作，“白跳”因此可解为“一百骑兵”。“浪里白跳”喻指甘宁百骑劫曹营。

（注：张顺绰号有说为“浪里白条”，也有说为“浪里白跳”。而最早的版本应该是“浪里白跳”，可能是大家觉得“浪里白条”更合理，就变出来个“浪里白条”了。）

张顺也曾有过类似于甘宁的孤胆英雄行为，不过失败了。

《三国演义》记载为：

> 甘宁见凌统回，即告权曰：“宁今夜只带一百人马去劫曹营；若折了一人一骑，也不算功。”
>
> ……
>
> 甘宁引百骑到寨，不折一人一骑；至营门，令百人皆击鼓吹笛，口称“万岁”，欢声大震。

《水浒传》张顺单独一人去偷袭，但被敌人发现，战死：

> 当日张顺对李俊说道：“南兵都已收入杭州城里去了。我们在此屯兵，今经半月之久，不见出战，只在山里，几时能够获功？小弟今欲从湖里没水过去，从水门中暗入城去，放火为号。哥哥便可进兵取他水门，就报与主将先锋，教三路一齐打城。”李俊道：“此计虽好，恐兄弟独力难成。”张顺道：“便把这命报答先锋哥哥许多年好情分，也不多了。”李俊道：“兄弟且慢去，待我先报与哥哥，整点人马策应。”张顺道：“我这里一面行事，哥哥一面使人去报。比及兄弟到得城里，先锋哥哥已自知了。”
>
> ……
>
> 张顺寻思道：“已是四更，将及天亮，不上城去，更待几时？”却才爬到半城，只听得上面一声梆子响，众军一齐起。张顺从半城上跳下水

池里去，待要趁水没时，城上踏弩、硬弓、苦竹箭、鹅卵石，一齐都射打下来。可怜张顺英雄，就涌金门外水池中身死。

31. 天败星 活阎罗阮小七 水军头领对应黄盖（吴国将军）

“阎罗”即鬼王，解为魏王曹操；“活”解为“惑”，意为迷惑、设计之意，暗指黄盖使苦肉计让曹操上当。

32. 天牢星 病关索杨雄 步军头领（谋士）对应荀攸

“病关”解为“宾馆”，“索”解为“所”，为住的意思。“荀攸”读音近“巡游”，可解为“巡游住宾馆”。

33. 天慧星 拼命三郎石秀 步军头领（谋士）对应贾诩

“拼命”解为“聘命”，“三郎”可解为“三个人”。贾诩先后受命于三个人，先是和董卓一伙，再与张绣，最后侍曹操，“拼命三郎”指的是贾诩先后投靠他们三个。慧也符合贾诩生平，他可能是三国时期最有智慧的人。

34. 天暴星 两头蛇解珍 步军头领（谋士）对应顾雍

“两头蛇”尾巴长得像头一样，即无尾，解为“吴魏”。“解珍”解为“解阵、解和”。曹操和孙权于濡须口对阵月余，张昭、顾雍提议求和纳贡，曹操同意，然后双方罢兵。因为解宝，此处解为“顾雍”，而不是张昭。

35. 天哭星 双尾蝎解宝 步军头领（谋士）对应张昭

“双尾”即无头，“无”可解为“吴”，而“头”解为“投降”。“解宝”解为“卸掉保护、放弃抵抗之意”。赤壁之战前，张昭主张投降。“解珍”解为“张昭”。

36. 天巧星 浪子燕青 步军头领（谋士）对应徐庶

“浪子”解为“不孝子”，徐庶被假家书骗到曹营，被母亲痛骂，然后母亲自杀而死。且燕青也叫作小乙，“小乙”应该解为“一”，也就是单，而徐庶化名是“单福”。

《水浒传》中燕青曾和宋徽宗讨了一个“护身符”：

李师师撒娇撒痴，奏天子道：“我只要陛下亲书一道赦书，赦免我兄弟，他才放心。”天子云：“又无御宝在此，如何写得？”李师师又奏道：“陛下亲书御笔，便强似玉宝天符。救济兄弟做的护身符时，也是贱人遭际圣时。”天子被逼不过，只得命取纸笔。婢子随即捧过文房四宝。燕青磨得墨浓，李师师递过紫毫象管，天子拂开花嫩黄纸，横内大书一行。临写，又问燕青道：“寡人忘卿姓氏。”燕青道：“男女唤作燕青。”天子便写御书道：

神霄王府真主宣和羽士虚靖道君皇帝，特赦燕青本身一应无罪，诸司不许拿问！

写罢，下面押个御书花字。燕青再拜，叩头受命，李师师执盏擎杯谢恩。

《三国演义》中徐庶也曾向庞统讨了一个“护身符”：

却说庞统闻言，吃了一惊，急回视其人，原来却是徐庶。统见是故人，心下方定。回顾左右无人，乃曰：“你若说破我计，可惜江南八十一州百姓，皆是你送了也！”庶笑曰：“此间八十三万人马，性命如何？”统曰：“元直真欲破我计耶？”庶曰：“吾感刘皇叔厚恩，未尝忘报。曹操送死吾母，吾已说过终身不设一谋，今安肯破兄良策？只是我亦随军在此，兵败之后，玉石不分，岂能免难？君当教我脱身之术，我即缄口远避矣。”统笑曰：“元直如此高见远识，谅此有何难哉！”庶曰：“愿先生赐教。”统去徐庶耳边略说数句。庶大喜，拜谢。庞统别却徐庶，下船自回江东。

且说徐庶当晚密使近人去各寨中暗布谣言。次日，寨中三三五五，交头接耳而说。早有探事人报知曹操，说：“军中传言西凉州韩遂、马腾谋反，杀奔许都来。”操大惊，急聚众谋士商议曰：“吾引兵南征，心中所忧者，韩遂、马腾耳。军中谣言，虽未辨虚实，然不可不防。”言未毕，徐庶进曰：“庶蒙丞相收录，恨无寸功报效。请得三千人马，星夜往

散关把住隘口；如有紧急，再行告报。”操喜曰：“若得元直去，吾无忧矣！散关之上，亦有军兵，公统领之。目下拨三千马步军，命臧霸为先锋，星夜前去，不可稽迟。”徐庶辞了曹操，与臧霸便行。此便是庞统救徐庶之计。

37. 地魁星 神机军师朱武 大副军师 对应袁绍

地魁星的“魁”和刘备的“魁”一样，解为“斗”“鬼”，有讨伐魏国之意。“神”解为“审，审配”；“机”解为“纪，逢纪”。“军”解为“均”，分的意思。审配和逢纪两个人在袁绍死后拥立袁尚，导致袁谭和袁尚分裂，这个就是分师。

袁绍，字本初，刚开始时往往什么都没有。这里“朱武”，解为“诸无”，就是什么都没有。

38. 地煞星 镇三山黄信 小彪将兼斥候（武将）对应许褚

“镇三山”解为“山中之王”，有老虎之意。许褚被封为虎侯。“黄信”，估计应该解为“换行”，或者还（húan）行，“倒着走”的意思。许褚曾用耕牛与山贼交换粮食，拿到粮食后，许褚“双手掣二牛尾，倒行百余步”。许褚排在这个位置还是可以的，恐怕还有不少人觉得排行低了。

39. 地勇星 病尉迟孙立 小彪将兼斥候（武将）对应魏延

“尉”为多音字，这里解为“魏”；“迟”有“延”的意思。“尉迟”即“魏延”。

40. 地杰星 丑郡马宣赞 小彪将兼斥候（武将）对应夏侯惇

“丑郡马”解为“筹军马”，有“犒劳军马”的意思。“宣”有“散布”的意思，“赞”可解为“藏”，有储蓄的意思，也就是散布储蓄，犒劳军马。

《三国志》记载为：

惇虽在军旅，亲迎师受业。性清俭，有余财辄以分施。不足资之于官，不治产业。

41. 地雄星 井木犴郝思文 马军小彪将（武将）对应夏侯渊

夏侯渊死后谥曰“愍侯”。井木犴中的“井”可解为“近”，近似的意思（注：“近”为前鼻音，“井”为后鼻音。但因为我普通话实在太差，完全分不清前鼻音和后鼻音。所以就将“井”解为“近”。结合后边的解读，好像还是正确的。很可能罗贯中也不太会区分前鼻音和后鼻音吧。）；“木”为“目”，有“看”的意思；“犴”读 an 或者 han，这里解为“憨”。综合起来就是看起来近似憨，“愍”和“憨”确实很像。郝思文中的“郝”解为“好”，意为“恰好”；“思”解为“心字底”。郝思文就是恰好都有“心字底”和“文”。“愍”和“憨”都有“心字底”和“文”。

42. 地威星 百胜将韩滔 马军小彪将（武将）对应曹仁

百胜将此处为反语，讽刺曹仁。

《三国演义》记载为：

却说败军回见曹仁，报说：“二吕被杀，军士多被活捉。”曹仁大惊，与李典商议。典曰：“二将欺敌而亡，今只宜按兵不动，申报丞相，起大兵来征剿，乃为上策。”仁曰：“不然。今二将阵亡，死折许多军马，此仇不可不急报。量新野弹丸之地，何劳丞相大军？”典曰：“刘备人杰也，不可轻视。”仁曰：“公何怯也！”典曰：“兵法云知彼知己，百战百胜。某非怯战，但恐不能必胜耳。”仁怒曰：“公怀二心耶？吾必欲生擒刘备！”典曰：“将军若去，某守樊城。”仁曰：“汝若不同去，真怀二心矣！”典不得已，只得与曹仁点起二万五千军马，渡河投新野而来。

李典说：“兵法云：‘知彼知己，百战百胜。’某非怯战，但恐不能必胜耳。”曹仁执意要战，反面说明他心里认为此战“百分百胜”。

除此之外，还有一处：

却说曹仁输了一阵，方信李典之言；因复请典商议，言：“刘备军中

必有能者，吾阵竟为所破。”李典曰：“吾虽在此，甚忧樊城。”曹仁曰：“今晚去劫寨，如得胜，再作计议；如不胜，便退军回樊城。”李典曰：“不可。刘备必有准备。”仁曰：“若如此多疑，何以用兵！”遂不听李典之言。自引军为前队，使李典为后应，当夜二更劫寨。

43. 地英星 天目将彭玘 马军小彪将（武将）对应马腾

“天目”解为“第三只眼”，有“隔墙有耳”之意。“彭玘”解为“隐射彭越”。“玘”解为“起”，“起”和“越”都是向上的动作，所以“彭玘”解为“隐射彭越”。彭越和马腾都是因手下人告密而死的，“第三只眼”这个亏，马腾一共吃过三次。和彭越稍有不同的是，彭越是被自己下人出卖，而马腾每次都是被盟友下人告密，可谓倒霉到家了。

《资治通鉴》彭越被下人告密：

上之击陈豨也，征兵于梁；梁王称病，使将将兵诣邯郸。高帝怒，使人让之。梁王恐，欲自往谢。其将扈辄曰：“王始不往，见让而往，往则为禽矣。不如遂发兵反。”梁王不听。梁太仆得罪，亡走汉，告梁王与扈辄谋反。于是上使使掩梁王，梁王不觉，遂囚之洛阳。

《三国演义》中，马腾第一次被“第三只眼”偷看：

恰好长安城中马宇家僮出首家主与刘范、种邵，外连马腾、韩遂，欲为内应等情。李傕、郭汜大怒，尽收三家老少良贱斩于市，把三颗首级，直来门前号令。马腾、韩遂见军粮已尽，内应又泄，只得拔寨退军。李傕、郭汜令张济引军赶马腾，樊稠引军赶韩遂，西凉军大败。

第二次“第三只眼”告密：

庆童怀恨，夤夜将铁锁扭断，跳墙而出，径入曹操府中，告有机密事。操唤入密室问之。庆童云：“王子服、吴子兰、种辑、吴硕、马腾五人在家主府中商议机密，必然是谋丞相。家主将出白绢一段，不知写着甚的。近日吉平咬指为誓，我也曾见。”曹操藏匿庆童于府中，董承只道逃往他方去了，也不追寻。

第三次的“第三只眼”，直接要了他的命：

妾以言挑之。奎乘醉言曰：“汝乃妇人，尚知邪正，何况我乎？吾所恨者，欲杀曹操也！”妾曰：“若欲杀之，如何下手？”奎曰：“吾已约定马将军，明日在城外点兵时杀之。”妾告于苗泽，泽报知曹操。

……

曹操教将黄奎与马腾父子，一齐绑至。黄奎大叫：“无罪！”操教苗泽对证。马腾大骂曰：“竖儒误我大事！我不能为国杀贼，是乃天也！”操命牵出。马腾骂不绝口，与其子马休，及黄奎，一同遇害。

44. 地奇星 圣水将单廷珪 马军小彪将（武将）对应周仓

“圣水”可以解为“乘水”，“乘”为多音字，“乘”也有“坐”（交通工具）的意思。水上的交通工具就是舟。“圣水将”即为周仓。

45. 地猛星 神火将魏定国 马军小彪将（武将）对应廖化

“神火”，读音近“生火”，即解为“生火”，“燎”也有生火之意。“神火将魏定国”对应廖化。

“圣水将”和“神火将”之所以能解为周仓、廖化，还有一个重要原因是，在《水浒传》中，他二人都是由关羽对应的关胜收降的，和《三国演义》如出一辙。

46. 地文星 圣手书生萧让 文书营指挥、知行文走檄调遣事（文官）对应董承

“圣”为皇帝，“手”为手写。“圣手书生”即解为“皇帝手写书给他的人”，即董承。萧让也许应该解为“笑让”。

《三国演义》中皇帝手书：

帝乃自作一密诏，咬破指尖，以血写之，暗令伏皇后缝于玉带紫锦衬内，却自穿锦袍，自系此带，令内史宣董承入。

董承笑让诏书：

操谓承曰："国舅即以此袍带转赐与吾，何如？"承告曰："君恩所赐，不敢转赠；容某别制奉献。"操曰："国舅受此衣带，莫非其中有谋乎？"承惊曰："某焉敢？丞相如要，便当留下。"操曰："公受君赐，吾何相夺？聊为戏耳。"遂脱袍带还承。

萧让管行文走檄调遣事，而衣带诏就是让董承调兵遣将谋诛。

诏曰："朕闻人伦之大，父子为先；尊卑之殊，君臣为重。近日操贼弄权，欺压君父；结连党伍，败坏朝纲；敕赏封罚，不由朕主。朕夙夜忧思，恐天下将危。卿乃国之大臣，朕之至戚，当念高帝创业之艰难，纠合忠义两全之烈士，殄灭奸党，复安社稷，祖宗幸甚！破指洒血，书诏付卿，再四慎之，勿负朕意！建安四年春三月诏。"

47. 地正星 铁面孔目裴宣 功罪营指挥、知定功赏罚政法事（文官）对应陈宫

地正星的"正"和"铁面"都是在说这个人很正直。陈宫当之无愧，并且裴宣，"裴"解为"沛"，"宣"解为"玄"，就是让玄德去小沛。

《三国演义》中因为曹操是义士，陈宫私放曹操：

且说曹操逃出城外，飞奔谯郡。路经中牟县，为守关军士所获，擒见县令。操言："我是客商，复姓皇甫。"县令熟视曹操，沉吟半晌，乃曰："吾前在洛阳求官时，曾认得汝是曹操，如何隐讳！且把来监下，明日解去京师请赏。"把关军士赐以酒食而去。至夜分，县令唤亲随人暗地取出曹操，直至后院中审究；问曰："我闻丞相待汝不薄，何故自取其祸？"操曰："燕雀安知鸿鹄志哉！汝既拿住我，便当解去请赏。何必

多问！”县令摒退左右，谓操曰：“汝休小觑我。我非俗吏，奈未遇其主耳。”操曰：“吾祖宗世食汉禄，若不思报国，与禽兽何异？吾屈身事卓者，欲乘间图之，为国除害耳。今事不成，乃天意也！”县令曰：“孟德此行，将欲何往？”操曰：“吾将归乡里，发矫诏，召天下诸侯兴兵共诛董卓：吾之愿也。”县令闻言，乃亲释其缚，扶之上坐，再拜曰：“公真天下忠义之士也！”曹操亦拜，问县令姓名。县令曰：“吾姓陈，名宫，字公台。老母妻子，皆在东郡。今感公忠义，愿弃一官，从公而逃。”操甚喜。是夜陈宫收拾盘费，与曹操更衣易服，各背剑一口，乘马投故乡来。

因曹操滥杀无辜而离开曹操，但却觉得“杀之不义”而没有杀曹操：

宫大惊曰：“适才误耳，今何为也？”操曰：“伯奢到家，见杀死多人，安肯干休？若率众来追，必遭其祸矣。”宫曰：“知而故杀，大不义也！”操曰：“宁教我负天下人，休教天下人负我。”陈宫默然。

当夜，行数里，月明中敲开客店门投宿。喂饱了马，曹操先睡。陈宫寻思：“我将谓曹操是好人，弃官跟他，原来是个狼心之徒！今日留之，必为后患。”便欲拔剑来杀曹操。

却说陈宫临欲下手杀曹操，忽转念曰：“我为国家跟他到此，杀之不义。不若弃而他往。”插剑上马，不等天明，自投东郡去了。

曹操要打陶谦，陈宫做说客劝阻：

时陈宫为东郡从事，亦与陶谦交厚；闻曹操起兵报仇，欲尽杀百姓，星夜前来见操。操知是为陶谦作说客，欲待不见，又灭不过旧恩，只得请入帐中相见。宫曰：“今闻明公以大兵临徐州，报尊父之仇，所到之处欲尽杀百姓，某因此特来进言。陶谦乃仁人君子，非好利忘义之辈；尊父遇害，乃张闿之恶，非谦罪也。且州县之民，与明公何仇？杀之不祥。望三思而行。”操怒曰：“公昔弃我而去，今有何面目复来相见？陶谦杀吾一家，誓当摘胆剜心，以雪吾恨！公虽为陶谦游说，其如吾不听何！”

陈宫辞出，叹曰："吾亦无面目见陶谦也！"遂驰马投陈留太守张邈去了。

曹操杀陈宫时，陈宫还在骂他：

徐晃解陈宫至。操曰："公台别来无恙！"宫曰："汝心术不正，吾故弃汝！"操曰："吾心不正，公又奈何独事吕布？"宫曰："布虽无谋，不似你诡诈奸险。"

安排玄德驻守小沛则是在辅助吕布时期。

陈宫曰："不可。术据寿春，兵多粮广，不可轻敌。不如请玄德还屯小沛，使为我羽翼。他日令玄德为先锋，那时先取袁术，后取袁绍，可纵横天下矣。"布听其言，令人赍书迎玄德回。

48. 地阔星 摩云金翅欧鹏 马军小彪将（武将）对应高览

"摩云"为高，"金"解为"睛"，"翅"解为"驰"。在高处驰目，即为高览。"欧鹏"可以解为"鸥"和"鹏"，鸥和鹏在空中驰目，也是高览。即从高处看视野开阔，亦即为地阔星。

49. 地阖星 火眼狻猊邓飞 马军小彪将（武将）对应袁术

"阖"有全部的意思。"火"解为"伙或者合伙"，"眼"解为"厌"，"狻猊"解为"篡逆"。从读音上看，suān ní 和 cuàn nì 的读音有出入，可解为算逆，"算"有谋的意思，此处解为谋逆。总的来说，可解为大家都讨厌谋逆的人，袁术谋逆，被刘备、吕布、孙策、曹操合起来打垮了，即使他的哥哥袁绍也不帮他。

"邓飞"解为"等妃"，袁术和曹操对立最重要的一个原因是，袁术等着东宫妃，派人去吕布那边催亲，但是曹操间接破坏了这门亲事，同时还杀掉了去求亲的人，便惹恼了袁术。

《三国演义》叙述为：

因命使催取吕布之女为东宫妃，却闻布已将韩胤解赴许都，为曹操所斩，乃大怒；遂拜张勋为大将军，统领大军二十余万，分七路征徐州。

50. 地强星 锦毛虎燕顺 马军小彪将（武将）对应颜良

“锦毛虎”为大猫，其中“锦毛”意为漂亮，为颜良之意；“燕顺”解为“颜顺、顺眼”，也是颜良的意思。

51. 地暗星 锦豹子杨林 马军小彪将（武将）对应文丑

“锦豹子”为小猫。“杨林”也就是树林，其中“杨”指树。“树林”可解为疏临，有疏于临摹之意，对应文丑。

之所以会有大猫和小猫之分，是因为颜良和文丑以兄弟相称。

《三国演义》叙述为：

帐下一人应声而进曰：“颜良与我如兄弟，今被曹贼所杀，我安得不雪其恨？”玄德视其人，身长八尺，面如獬豸，乃河北名将文丑也。

52. 地轴星 轰天雷凌振 造炮营指挥、知锻铸大小号炮事、对应马岱

“雷”是从天上往地下打的，“轰天的雷”即为倒戈。“凌振”解为“临阵”。总的来说，就是临阵倒戈的意思。投降的人很多，出其不意叛乱的也有，临阵倒戈的人中最出名的恐怕就是马岱斩魏延了。虽然是马岱受了孔明之计，但也是临阵倒戈的。别的人物我没有想到的了，所以将凌振对应于马岱。当然，错误也是可能的。

《三国演义》记载为：

……“汝敢在马上连叫三声‘谁敢杀我’，便是真大丈夫，吾就献汉中城池与汝。”延大笑曰：“杨仪匹夫听着！若孔明在日，吾尚惧他三分；他今已亡，天下谁敢敌我？休道连叫三声，便叫三万声，亦有何难！”遂提刀按辔，于马上大叫曰：“谁敢杀我？”一声未毕，脑后一人厉声而应曰：“吾敢杀汝！”手起刀落，斩魏延于马下。众皆骇然。斩魏延者，乃马岱也。原来孔明临终之时，授马岱以密计，只待魏延喊叫时，

便出其不意斩之；当日，杨仪读罢锦囊计策，已知伏下马岱在彼，故依计而行，果然杀了魏延。

53. 地会星 神算子蒋敬 账目营指挥、知考算钱粮支出事（文官）对应逢纪

“会”有恰逢之意，即为逢。“神算子”解为“计”，引为纪，合起来就是逢纪。

54. 地佐星 小温侯吕方 骑兵营正指挥（武将）对应袁谭

“小”解为“效”，为效仿之意。“温侯”是吕布，“小温侯”即效仿吕布。“吕方”解为屡反，像吕布一样屡次造反，再结合下一个“赛仁贵”的解读，“小温侯吕方”为袁谭。袁谭的屡次造反见下文。

《三国演义》中袁谭假投降曹操：

谭与郭图计议。图曰：“今城中粮少，彼军方锐，势不相敌。愚意可遣人投降曹操，使操将兵攻冀州，尚必还救。将军引兵夹击之，尚可擒矣。若操击破尚军，我因而敛其军实以拒操。操军远来，粮食不继，必自退去。我可以仍据冀州，以图进取也。”谭从其言。

后袁谭反叛：

郭图谓袁谭曰：“曹操以女许婚，恐非真意。今又封赏吕旷、吕翔，带去军中，此乃牢笼河北人心。后必终为我祸。主公可刻将军印二颗，暗使人送与二吕，令作内应。待操破了袁尚，可乘便图之。”谭依言，遂刻将军印二颗，暗送与二吕。二吕受讫，径将印来禀曹操。操大笑曰：“谭暗送印者，欲汝等为内助，待我破袁尚之后，就中取事耳。汝等且权受之，我自有主张。”自此曹操便有杀谭之心。

……

尚无心战斗，径奔幽州投袁熙。谭尽降其众，欲复图冀州。操使人召之，谭不至。操大怒，驰书绝其婚，自统大军征之，直抵平原。

而后又想投降：

> 谭军败走，退入南皮。操遣军四面围住。谭着慌，使辛评见操约降。

55. 地佑星 赛仁贵郭盛 骑兵营副指挥（武将）对应袁尚

“赛”解为“塞”，意为边塞，这里指乌桓；“仁”为人，“贵”解为“看重”。袁尚在冀州被曹操击败后，逃到乌桓，因为袁氏之前于此有恩，所以他们支持袁尚继续抗曹。

《三国演义》记载为：

> 郭嘉曰：“诸公所言错矣。主公虽威震天下，沙漠之人恃其边远，必不设备；乘其无备，卒然击之，必可破也。且袁绍与乌桓有恩，而尚与熙兄弟犹存，不可不除。刘表坐谈之客耳，自知才不足以御刘备，重任之则恐不能制，轻任之则备不为用。虽虚国远征，公无忧也。”

袁谭和袁尚为两兄弟，一个是地佐星，一个地佑星，“佐”“佑”相反。在袁绍死后，兄弟两人内斗不息，反倒让曹操捡了个大便宜。

例如，《三国演义》中荀攸所说：“袁氏据四州之地，带甲数十万，若二子和睦，共守成业，天下事未可知也。”

56. 地灵星 神医安道全 医疾营指挥、知治诸疾内外科事 对应吉平

详见第三章。

57. 地兽星 紫髯伯皇甫端 内愈兽营指挥、知医兽一应马匹事 对应蒯良

蒯越说出了的卢马的秘密，吓得刘表把马还给刘备。蒯越的相马术正是从蒯良那里学得的。“紫髯”代指孙权，孙权外观描述是紫髯，“伯”为大哥的意思。“紫髯伯”就是孙权的大哥孙策。“皇”解为“换”，“甫”解为“父”，“端”解为“断”，为“断绝、拒绝之意”。总的来说，就是拒绝孙策换孙策父亲。那么，孙策要换他父亲的什么呢？——尸首。

《三国演义》中，孙策请求用黄祖交换孙坚尸首，蒯良拒绝。

刘表军自入城。孙策回到汉水，方知父亲被乱箭射死，尸首已被刘表军士扛抬入城去了，放声大哭。众军俱号泣。策曰："父尸在彼，安得回乡！"黄盖曰："今活捉黄祖在此，得一人入城讲和，将黄祖去换主公尸首。"言未毕，军吏桓阶出曰："某与刘表有旧，愿入城为使。"策许之。桓阶入城见刘表，具说其事。表曰："文台尸首、吾已用棺木盛贮在此。可速放回黄祖，两家各罢兵，再休侵犯。"桓阶拜谢欲行，阶下蒯良出曰："不可！不可！吾有一言，今江东诸军片甲不回。请先斩桓阶，然后用计。"

却说蒯良曰："今孙坚已丧，其子皆幼。乘此虚弱之时，火速进军，江东一鼓可得。若还尸罢兵，容其养成气力，荆州之患也。"表曰："吾有黄祖在彼营中，实忍弃之？"良曰："舍一无谋黄祖而取江东，有何不可？"表曰："吾与黄祖心腹之交，舍之不义。"遂送桓阶回营，相约以孙坚尸换黄祖。

蒯良精通相马：

次日出城，见玄德所乘之马极骏，问之，知是张武之马，表称赞不已。玄德遂将此马送与刘表。表大喜，骑回城中。蒯越见而问之。表曰："此玄德所送也。"越曰："昔先兄蒯良，最善相马；越亦颇晓。此马眼下有泪槽，额边生白点，名为的卢，骑则妨主。张武为此马而亡。主公不可乘之。"表听其言。

58. 地微星 矮脚虎王英 察查队都统制 对应袁熙

"微"有细的意思，解为"熙"。"矮"解为"爱"。"脚"解为"娇"，意指美丽的女子。"虎"解为"扈"，"扈"通"户"，为家的意思，这里可解为"嫁"。"矮脚虎"可解为"深爱的美丽的女子嫁给了他"。再结合扈三娘的解，此处即袁熙。

59. 地慧星 / 地彗星 一丈青扈三娘 采事队都统制 对应甄姬

“一丈青”解为一战擒。

《三国演义》中冀州城破，曹丕抢了袁熙的媳妇。

> 却说曹丕见二妇人啼哭，拔剑欲斩之。忽见红光满目，遂按剑而问曰：“汝何人也？”一妇人告曰：“妾乃袁将军之妻刘氏也。”丕曰：“此女何人？”刘氏曰：“此次男袁熙之妻甄氏也。因熙出镇幽州，甄氏不肯远行，故留于此。”丕拖此女近前，见披发垢面。丕以衫袖拭其面而观之，见甄氏玉肌花貌，有倾国之色。遂对刘氏曰：“吾乃曹丞相之子也。愿保汝家。汝勿忧虑。”道按剑坐于堂上。
>
> 却说曹操统领众将入冀州城，将入城门，许攸纵马近前，以鞭指城门而呼操曰：“阿瞒，汝不得我，安得入此门？”操大笑。众将闻言，俱怀不平。操至绍府门下，问曰：“谁曾入此门来？”守将对曰：“世子在内。”操唤出责之。刘氏出拜曰：“非世子不能保全妾家，愿献甄氏为世子执箕帚。”操教唤出甄氏拜于前。操视之曰：“真吾儿妇也？”遂令曹丕纳之。

《水浒传》中王英和扈三娘的故事情节和《三国演义》中袁熙和甄姬的情节相反。袁熙是被人抢了媳妇，王英则喜欢抢别人媳妇。扈三娘为丈夫报仇，最后一起死了。甄姬则相反，嫁给了曹丕，做了皇后，最后因为和曹丕的几个妃子争风吃醋被杀。

60. 地暴星 丧门神鲍旭 步军将校（谋士）对应辛毗

“丧门”解为“全家死光”。此处对应辛毗。辛毗全家被杀后变得很“暴”，因此“鲍旭”或许该解为“暴叙”，有愤怒地说的意思。不过，此处可能有错。

《三国演义》叙述为：

> 辛毗在城外，用枪挑袁尚印绶衣服，招安城内之人。审配大怒，将辛毗家属老小八十余口，就于城上斩之，将头掷下。辛毗号哭不已。
>
> ……

徐晃生擒审配，绑出城来。路逢辛毗，毗咬牙切齿，以鞭鞭配首曰："贼杀才！今日死矣！"配大骂："辛毗贼徒！引曹操破我冀州，我恨不杀汝也！"徐晃解配见操。操曰："汝知献门接我者乎？"配曰："不知。"操曰："此汝侄审荣所献也。"配怒曰："小儿不行，乃至于此！"操曰："昨孤至城下，何城中弩箭之多耶？"配曰："恨少！恨少！"操曰："卿忠于袁氏，不容不如此。今肯降吾否？"配曰："不降！不降"辛毗哭拜于地曰："家属八十余口，尽遭此贼杀害。愿丞相戮之，以雪此恨！"配曰："吾生为袁氏臣，死为袁氏鬼，不似汝辈谗谄阿谀之贼！可速斩我！"

61. 地然星 / 地默星 混世魔王樊瑞 步军将校 对应曹丕

"魔王"即鬼王，"混世"为"扰乱，给别人带来灾害"。曹丕连兄弟都滥杀，征战却从未赢过。比较有趣的是，罗贯中安排樊瑞做了公孙胜的徒弟，也就对应着曹丕做了司马懿的徒弟，司马懿教他为人。

62. 地猖星 毛头星孔明 步兵营正指挥（谋士）对应刘表

"毛头"一语双关，可以解为"冇投"，就是没有投降；也可解为"瑁投"，指蔡瑁投降了。刘表生前一直抗曹。但是死后，蔡瑁作为托孤大臣就投降了。孔明的"明"有外表的意思，对应刘表。

63. 地狂星 独火星孔亮 步兵营副指挥（谋士）对应田丰

"独火"解为"度祸"，"度"有预测之意，预测到了灾祸。

《三国演义》记载为：

却说田丰在狱中。一日，狱吏来见丰曰："与别驾贺喜！"丰曰："何喜可贺？"狱吏曰："袁将军大败而回，君必见重矣。"丰笑曰："吾今死矣！"狱吏问曰："人皆为君喜，君何言死也？"丰曰："袁将军外宽而内忌，不念忠诚。若胜而喜，犹能赦我；今战败则羞，吾不望生矣。"狱吏未信。忽使者赍剑至，传袁绍命，欲取田丰之首，狱吏方惊。丰曰："吾固知必死也。"狱吏皆流泪。丰曰："大丈夫生于天地间，不识其主而事之，是无智也！今日受死，夫何足惜！"乃自刎于狱中。

64. 地飞星 八臂哪吒项充 步军将校 对应曹植

此处放在下一章里详解。

65. 地走星 飞天大圣李衮 步军将校 对应曹昂

“飞天”即为升天，有死之意。“大”可以解为“搭”，搭乘马。“圣”解为“生”，有活之意。“地走星”中的“走”指的是走，并没有骑马。把“地走星”的“走”加在“飞天大圣”前边，便是走飞天大圣，可解为走的人死了，骑马的人活着。“衮”有皇帝之意。李衮可解为理应当皇帝。曹昂是曹操的大儿子，被张绣袭击时他把自己的马让给曹操，曹操得以存活，但是曹昂却被杀死了，如果曹昂不死，曹昂作为长子，做魏国皇帝的就是他，而不是曹丕了。

《三国演义》叙述为：

> 却说曹操赖典韦当住寨门，乃得从寨后上马逃奔，只有曹安民步随。操右臂中了一箭，马亦中了三箭。亏得那马是大宛良马，熬得痛，走得快。刚刚走到淯水河边，贼兵追至，安民被砍为肉泥。操急骤马冲波过河，才上得岸，贼兵一箭射来，正中马眼，那马扑地倒了。操长子曹昂，即以己所乘之马奉操。操上马急奔。曹昂却被乱箭射死。操乃走脱。

樊瑞、项充、李衮都在芒砀山落草，现在推测为曹操的三个儿子，应该也是罗贯中有意安排的。

66. 地巧星 玉臂匠金大坚 内务处兼雕刻营指挥、知篆刻兵符印信事 对应陈登

“玉臂”可解为“玉璧、玉石”。“匠”解为“降”，有降生之意。陈登父亲叫陈珪，珪为玉器。玉臂匠即为陈珪的儿子陈登。“金”解为“进”；“大”是“小”的反义，在之前我已经将“小”解为魏国了，这里的“大”就解为反魏的势力；“坚”可解为“间”。“金大坚”解为“进入反魏势力里面做间谍”，这里指陈珪受曹操之命卧底吕布，最终立下大功击败吕布。

《三国演义》叙述为：

陈登密谏操曰："吕布，豺狼也，勇而无谋，轻于去就，宜早图之。"操曰："吾素知吕布狼子野心，诚难久养。非公父子莫能究其情，公当与吾谋之。"登曰："丞相若有举动，某当为内应。"操喜，表赠陈珪秩中二千石，登为广陵太守。登辞回，操执登手曰："东方之事，便以相付。"登点头允诺。

金大坚负责营指挥知篆刻兵符印信事，也就是刻兵符，陈珪最出名的则是虚传信息，调虎离山。

时布已回徐州，欲同陈登往救小沛，令陈珪守徐州。陈登临行，珪谓之曰："昔曹公曾言东方事尽付与汝。今布将败，可便图之。"登曰："外面之事，儿自为之；倘布败回，父亲便请糜竺一同守城，休放布入，儿自有脱身之计。"珪曰："布妻小在此，心腹颇多，为之奈何？"登曰："儿亦有计。"乃入见吕布曰："徐州四面受敌，操必力攻，我当先思退步：可将钱粮移于下邳，倘徐州被围，下邳有粮可救。主公盍早为计？"布曰："元龙之言甚善。吾当并妻小移去。"遂令宋宪、魏续保护妻小与钱粮移屯下邳；一面自引军与陈登往救萧关。到半路，登曰："容某先到关探曹操虚实，主公方可行。"布许之，登乃先到关上。陈宫等接见。登曰："温侯深怪公等不肯向前，要来责罚"。宫曰："今曹兵势大，未可轻敌。吾等紧守关隘，可劝主公深保沛城，乃为上策。"陈登唯唯。至晚，上关而望，见曹兵直逼关下，乃乘夜连写三封书，拴在箭上，射下关去。次日辞了陈宫，飞马来见吕布曰："关上孙观等皆欲献关，某已留下陈宫守把，将军可于黄昏时杀去救应。"布曰："非公则此关休矣。"便教陈登飞骑先至关，约陈宫为内应，举火为号。登径往报宫曰："曹兵已抄小路到关内，恐徐州有失。公等宜急回。"宫遂引众弃关而走。登就关上放起火来。吕布乘黑杀至，陈宫军和吕布军在黑暗里自相掩杀。曹兵望见号火，一齐杀到，乘势攻击。孙观等各自四散逃避去了。吕布直杀到天明，方知是计；急与陈宫回徐州。到得城边叫门时，城上乱箭射下。糜竺在敌楼上喝曰："汝夺吾主城池，今当仍还吾主，汝不得复入此城也。"布大怒曰："陈珪何在？"竺曰："吾已杀之矣"。布回顾宫曰："陈登安在？"宫曰："将军尚执迷而问此佞贼乎？"布令遍寻军中，却只不见。宫劝布急投小沛，布从之。行至半路，只见一彪军骤至，视之，乃高顺、张辽也。布问之，答曰："陈登来报说主公被围，令某等急来救解。"宫曰："此又佞贼之计也。"布怒曰："吾必杀此贼！"急驱马至小沛。只见小沛城上尽插曹兵旗号。原来曹操已令曹仁袭了城池，引军把守。吕布于城下大骂陈登。登在城上指布骂曰："吾乃汉臣，安肯事汝反贼耶！"

67. 地明星 铁笛仙马麟 马军小彪将 对应纪灵

"仙"解为"弦"，笛弦就是笛的旋律，即为律（音律）。"铁笛仙"可解为"铁律"。"地明星"中的明可解为公开，而公开的铁律即为法律。纪灵的"纪"有法律的意思，"灵"则通令，也有法令的意思。纪谐音骑（读jī，目前已经被废除，但在元朝、明朝这样读应该很普通），纪灵解为"骑灵"，"骑"为"马"，马麟也。

68. 地进星 出洞蛟童威 水军对应凌统（吴国将领）

"洞"可解为"东"，"蛟"可解为"郊"，意为偏远地区。凌统生前最后做的事情就是向东进山中招兵。

《三国志·凌统传》记载为：

统以山中人尚多壮悍，可以威恩诱也。权令东占且讨之，命敕属城，凡统所求，皆先给后闻。统素爱士，士亦慕焉。得精兵万余人，过本县，步入寺门，见长吏怀三版，恭敬尽礼，亲旧故人，恩意益隆，事毕当出，会病卒，时年四十九。

69. 地退星 翻江蜃童猛 水军对应虞翻（吴国将领）

"蜃"即能制造海市蜃楼的海怪。笼统地讲，海怪也算是鱼吧，翻江鱼即解为"虞翻"。

70. 地满星 玉幡竿孟康 造船营指挥 对应徐盛

“盛”有极的意思，对应满。“玉”解为“语”，说的意思。“幡”解为“藩”，藩国，为从属国。“竿”可解为“甘”，有甘心甘愿之意。“孟”解为“猛”，有强烈之意，“康”解为“亢或抗”，有反抗或者刚强之意。吕蒙杀关羽后，孙权害怕刘备复仇，主动归属魏国称藩，徐盛对此很不满。

《三国演义》：

却说孙权聚集百官，商议御蜀兵之策。忽报魏帝封主公为王，礼当远接，顾雍谏曰：“主公宜自称上将军、九州伯之位，不当受魏帝封爵。”权曰：“当日沛公受项羽之封，盖因时也；何故却之？”遂率百官出城迎接。邢贞自恃上国天使，入门不下车。张昭大怒，厉声曰：“礼无不敬，法无不肃，而君敢自尊大，岂以江南无方寸之刃耶？”邢贞慌忙下车，与孙权相见，并车入城。忽车后一人放声哭曰：“吾等不能奋身舍命，为主并魏吞蜀，乃令主公受人封爵，不亦辱乎！”众视之，乃徐盛也。邢贞闻之，叹曰：“江东将相如此，终非久在人下者也！”

《三国志·徐盛传》还要更明显一些：

及权为魏称藩，魏使邢贞拜权为吴王。权出都亭候贞，贞有骄色，张昭既怒，而盛忿愤。顾谓同列曰：“盛等不能奋身出命，为国家并许、洛，吞巴、蜀，而令吾君与贞盟，不亦辱乎！”因涕泣横流。贞闻之，谓其旅曰：“江东将相如此，非久下人者也。”

71. 地遂星 通臂猿侯健 兼织造营指挥 对应董袭

“遂”有延续的意思，“袭”有继承的意思，这两个相互对应。侯健的职业是裁缝，“袭”也有衣服的意思，董袭可以视为懂衣服，也就是裁缝。另外，侯健和董袭都是船翻了溺水而死的。

《三国演义》中关于董袭船翻溺水的描写：

董袭在船上，令众军擂鼓呐喊助威。忽然江上猛风大作，白浪掀天，波涛汹涌。军士见大船将覆，争下脚舰逃命。董袭仗剑大喝曰："将受君命，在此防贼，怎敢弃船而去！"立斩下船军士十余人。须臾，风急船覆，董袭竟死于江口水中。

《水浒传》中关于侯健船翻溺水的描写：

江唤到帐前问时，说道："小弟和张横和侯健、段景住带领水手，海边觅得船只，行至海盐等处，指望便使入钱塘江来。不期风水不顺，打出大洋里去了。急使得回来，又被风打破了船，众人都落在水里。侯健、段景住不识水性，落下去淹死海中。众多水手各自逃生，四散去了。小弟赴水到海口，进得赭山门，被潮直漾到半墦山，赴水回来。却见张横哥哥在五云山江里。本待要上岸来，又不知他在那地里。昨夜望见城中火起，又听得连珠炮响，想必是哥哥在杭州城厮杀，以此从江里上岸来。不知张横曾到岸也不曾？"

72. 地周星 跳涧虎陈达 马军小彪将（武将）对应孟达

"跳"可解为"挑"，"涧"解为"间"，"跳涧"即挑拨离间。"周"为周而复始、回到原点之意。

孟达挑拨离间刘封，劝刘封不救关羽，以致关羽丧命，后畏罪投降魏国。而后又和诸葛亮勾结，再入蜀国，此处即为周而复始。

《三国演义》中关于孟达挑拨离间一事的描写：

封曰："吾亦知之。奈关公是吾叔父，安忍坐视而不救乎？"达笑曰："将军以关公为叔，恐关公未必以将军为侄也。某闻汉中王初嗣将军之时，关公即不悦。后汉中王登位之后，欲立后嗣，问于孔明，孔明曰：'此家事也，问关、张可矣，'汉中王遂遣人至荆州问关公，关公以将军乃螟蛉之子，不可僭立，劝汉中王远置将军于上庸山城之地，以杜后患。此事人人知之，将军岂反不知耶？何今日犹沾沾以叔侄之义，而欲冒险轻动乎？"

关于孟达投降魏国的描写：

达大喜，急问何计。耽曰："吾弟兄欲投魏久矣，公可作一表，辞了汉中王，投魏王曹丕，丕必重用。吾二人亦随后来降也。"达猛然省悟，即写表一通，付与来使；当晚引五十余骑投魏去了。

对于孟达复回蜀国的描写：

丰曰："昔日孟达降魏，乃不得已也。彼时曹丕爱其才，时以骏马金珠赐之，曾同辇出入，封为散骑常侍，领新城太守，镇守上庸、金城等处，委以西南之任。自丕死后，曹睿即位，朝中多人嫉妒，孟达日夜不安，常谓诸将曰：'我本蜀将，势逼于此。'今累差心腹人，持书来见家父，教早晚代禀丞相：前者五路下川之时，曾有此意；今在新城，听知丞相伐魏，欲起金城、新城、上庸三处军马，就彼举事，径取洛阳：丞相取长安，两京大定矣。今某引来人并累次书信呈上。"孔明大喜，厚赏李丰等。

73. 地隐星 白花蛇杨春 马军小彪将（武将）对应韩当

"白"可解为"百"，"蛇"可解为"折"，"白花蛇"解为"百花折"，"杨春"解为"阳春"。总的来说，就是阳春时百花凋零，也就只有当寒潮来时，即为当寒，对应韩当。

74. 地异星 白面郎君郑天寿 步军将校 对应审配

"白"解为"北"，"面"为"面向"，"郎君"解为"主公"。审配死时，要求面向北方，因为他的主公袁尚在北面。而审配字正南，死时向北，相反，即为异，地异星。

《三国演义》叙述为：

配曰："吾生为袁氏臣，死为袁氏鬼，不似汝辈谗谄阿谀之贼！可速斩我！"操教牵出。临受刑，叱行刑者曰："吾主在北，不可使我面南而死！”乃向北跪，引颈就刃。

75. 地理星 九尾龟陶宗旺 内务处兼工程营指挥、知城垣筑造工程事 对应公孙瓒

“九尾龟”的“九”代表大，与“魏”相反，在对应关系中，一般指袁绍。“尾”解为“围”，有围困之意。“龟”在此处指的就是乌龟。九尾龟就是被袁绍围起来时像乌龟一样龟缩起来。“陶宗旺”的“陶”对应“逃”；“宗”本就是宗，表示人；旺就是旺，表示多。陶宗旺即解为“逃跑的人很多”。

公孙瓒打不过袁绍，就筑城防守，消极抵抗，此处为“龟”。他不救属下，导致属下叛逃的人很多。陶宗旺在梁山泊的职务是筑造工程事，对应公孙瓒的筑城自守。

> 宠曰：“瓒与绍战不利，筑城围圈，圈上建楼，高十丈，名曰易京楼，积粟三十万以自守。战士出入不息，或有被绍围者，众请救之。瓒曰：‘若救一人，后之战者只望人救，不肯死战矣。’”遂不肯救。因此袁绍兵来，多有降者。

76. 地俊星 铁扇子宋清 内务处兼礼宾营指挥、知排设筵宴接待事 对应李典

“铁”解为帖，有记录之意，古语也可称“书或者文”。“扇子”中的“扇”解为“善”，“子”解为“字”。铁扇子就解为“用仁善的文字记录”。礼典为古时记录“礼”的书，也就是用以记录仁善的文字，所以宋清此处对应的是李典。

铁扇子宋清也许可以解为，记录着“善”的书送给你。罗贯中的意思应该是《水浒传》如同礼典一般，也是一本记录“善”的书籍。我们现在很多人还在质疑，有些好汉烧杀抢掠，何来的善？何来的正义？但其实只要到了此章后段，读者应该就能懂了，何为“善”。

77. 地乐星 铁叫子乐和 走报机密首兼哨兵队都统制 对应文聘

“铁”解为“帖”，有记录的意思，指代的是文。“叫子”解为“娇子”，

指美丽的女子。“乐和”解为“乐意和亲”。铁叫子乐和即为记录女子愿意和亲。聘有定亲和迎娶之意。所以，此处解文聘为记录定亲。

78. 地捷星 花项虎龚旺 步军将校 对应刘晔

“花”可解读为“话”，“项”即为“相”，“虎”解为“互相”，这里为相左相反之意。花项虎即为“话相互”，据笔者分析，此处意为自己前后说的话相左。而自己前后说的话相左的人，最具代表性的恐怕就是刘晔了，且刘晔字子扬，子扬即为旺。

刘晔前后语言相左的来由：

魏主大喜，问侍中刘晔曰：“子丹劝朕伐蜀，若何？”晔奏曰：“大将军之言是也。今若不剿除，后必为大患。陛下便可行之。”睿点头。晔出内回家，有众大臣相探，问曰：“闻天子与公计议兴兵伐蜀，此事如何？”晔应曰：“无此事也。蜀有山川之险，非可易图；空费军马之劳，于国无益。”众官皆默然而出。杨暨入内奏曰：“昨闻刘晔劝陛下伐蜀；今日与众臣议，又言不可伐：是欺陛下也。陛下何不召而问之？”睿即召刘晔入内问曰：“卿劝朕伐蜀；今又言不可，何也？”晔曰：“臣细详之，蜀不可伐。”睿大笑。少时，杨暨出内。晔奏曰：“臣昨日劝陛下伐蜀，乃国之大事，岂可妄泄于人？夫兵者，诡道也：事未发切宜秘之。”睿大悟曰：“卿言是也。”自此愈加敬重。

79. 地速星 中箭虎丁得孙 步军将校 对应陈群

“中”解为“踵”，“箭”解为“肩”，“虎”解为“互相”，中箭虎即为“比肩接踵”，形容人多，成群结队的意思。“丁”指人，“丁得孙”即为一个人得了孙子，依此分析，就是他还有儿子。那么，三个人加在一起就是群。所以，中箭虎丁得孙解对应陈群。

80. 地镇星 小遮拦穆春 步军将校 对应陈琳

“陈”有安置的意思，“琳”解为“凛”，凛冬的意思。陈琳即“陈凛”，置身于凛冬之中，冷嘛，都晓得穿衣服，躲屋子里，都是遮拦，此处即为小遮拦，小就是晓，冷的时候人们还都希望冬天快点结束，春天早日到来，也就是慕春，思念春天，对应穆春。综上所述，陈琳对应小遮拦穆春。

81. 地羁星 操刀鬼曹正 内务处兼屠宰营指挥 知屠宰一切牲口事 对应杨修

“操”指代曹操，“刀”为杀，“鬼”为魏国人。曹正表示曹氏摆正，内部一致。

曹操选择继承人时在曹植和曹丕之间有过犹豫，杨修是曹植的老师，可能是为了避免袁氏兄弟的悲剧，曹操找理由杀了杨修。杀掉杨修后，曹丕的位子就坐正了。

《三国演义》中关于曹氏兄弟相争的描写：

> 操第三子曹植，爱修之才，常邀修谈论，终夜不息。操与众商议，欲立植为世子，曹丕知之，密请朝歌长吴质入内府商议；因恐有人知觉，乃用大簏藏吴质于中，只说是绢匹在内，载入府中。修知其事，径来告操。操令人于丕府门伺察之。丕慌告吴质，质曰：“无忧也：明日用大簏装绢再入以惑之。”丕如其言，以大簏载绢入。使者搜看簏中，果绢也，回报曹操。操因疑修谮害曹丕，愈恶之。操欲试曹丕、曹植之才干。一日，令各出邺城门；却密使人吩咐门吏，令勿放出。曹丕先至，门吏阻之，丕只得退回。植闻之，问于修。修曰：“君奉王命而出，如有阻当者，竟斩之可也。”植然其言。及至门，门吏阻住。植叱曰：“吾奉王命，谁敢阻当！”立斩之。于是曹操以植为能。后有人告操曰：“此乃杨修之所教也。”操大怒，因此亦不喜植。修又尝为曹植作答教十余条，但操有问，植即依条答之。操每以军国之事问植，植对答如流。操心中甚疑。后曹丕暗买植左右，偷答教来告操。操见了大怒曰：“匹夫安敢欺我耶！”此时已有杀修之心；今乃借惑乱军心之罪杀之。

曹正在《水浒传》中负责屠宰牲口，而杨修之所以被杀，也是因为“鸡肋”一事，这也是一种对应关系。

操屯兵日久，欲要进兵，又被马超拒守；欲收兵回，又恐被蜀兵耻笑，心中犹豫不决。适庖官进鸡汤。操见碗中有鸡肋，因而有感于怀。正沉吟间，夏侯惇入帐，禀请夜间口号。操随口曰："鸡肋！鸡肋！"惇传令众官，都称"鸡肋"。行军主簿杨修，见传"鸡肋"二字，便教随行军士，各收拾行装，准备归程。有人报知夏侯惇。惇大惊，遂请杨修至帐中问曰："公何收拾行装？"修曰："以今夜号令，便知魏王不日将退兵归也：鸡肋者，食之无肉，弃之有味。今进不能胜，退恐人笑，在此无益，不如早归：来日魏王必班师矣。故先收拾行装，免得临行慌乱。"夏侯惇曰："公真知魏王肺腑也！"遂亦收拾行装。

地羁星的"羁"，也符合杨修的个性：

原来杨修为人恃才放旷，数犯曹操之忌。

82. 地魔星 云里金刚宋万 步军将校

83. 地妖星 摸着天杜迁 步军将校

84. 地幽星 病大虫薛永 步军将校 对应沮授

"病"解为"得罪"，"大"解为"小的相反"，"小"为微，指魏，大是魏的对手，这里指袁绍。"虫"解为"宠"，有宠信之意。病大虫便可解为一个得罪了袁绍的宠臣。"薛"解为"削"，有削弱之意，"永"解为"勇"，意为勇气、士气。薛勇解为"怠慢军心"。地幽星的"幽"解为"幽禁"，意为关。沮授和田丰、郭图、逢纪是袁绍手下的四大谋士，称得上是宠臣了。官渡之战时，沮授被袁绍以怠慢军心为由关了起来。

《三国演义》记载为：

沮授曰："我军虽众，而勇猛不及彼军；彼军虽精，而粮草不如我军。彼军无粮，利在急战；我军有粮，宜且缓守。若能旷以日月，则彼军不战自败矣。"绍怒曰："田丰慢我军心，吾回日必斩之。汝安敢又如此！”叱左右：“将沮授锁禁军中，待我破曹之后，与田丰一体治罪！”于是下令，将大军七十万，东西南北，周围安营，连络九十余里。

85. 地伏星 金眼彪施恩 步军将校 对应蒯越

蒯越为蒯良的弟弟，是刘表的第一谋士。“金眼彪”可解为“进言表”，也就是刘表的谋士。施恩解为“师恩”，有恩的老师应该是伯乐。蒯越学得蒯良的识马术，识别出来了卢马，也称得上是一名伯乐。

86. 地僻星 打虎将李忠 步军将校

87. 地空星 小霸王周通 马军小彪将

88. 地孤星 金钱豹子汤隆 内务处兼兵器营指挥、知打造军器铁甲事

89. 地全星 鬼脸儿杜兴 内务处迎宾八使之首兼南山酒店 正掌店对应曹洪

“鬼”如前文一样，同样可解为“魏”，指曹；“脸”解为“廉”，“儿”解为“子”，“鬼脸儿”即为曹廉子。曹洪，字子廉，即曹子廉。所以，鬼脸儿解为“曹洪”。

地全星的“全”可解为保全，曹洪曾两次救下曹操的性命。

第一次救曹操：

夏侯惇抵敌吕布不住，飞马回阵。布引铁骑掩杀，操军大败，回望荥阳而走。走至一荒山脚下，时约二更，月明如昼。方才聚集残兵，正欲埋锅造饭，只听得四围喊声，徐荣伏兵尽出。曹操慌忙策马，夺路奔逃，正遇徐荣，转身便走。荣搭上箭，射中操肩膊。操带箭逃命，踅过山坡。两个军士伏于草中，见操马来，二枪齐发，操马中枪而倒。操翻身落马，被二卒擒住。只见一将飞马而来，挥刀砍死两个步军，下马救起曹操。操视之，乃曹洪也。操曰：“吾死于此矣，贤弟可速去！”洪曰：“公急上马！洪愿步行。”操曰：“贼兵赶上，汝将奈何？”洪曰：“天

下可无洪，不可无公。”操曰：“吾若再生，汝之力也。”操上马，洪脱去衣甲，拖刀跟马而走。约走至四更余，只见前面一条大河，阻住去路，后面喊声渐近。操曰：“命已至此，不得复活矣！”洪急扶操下马，脱去袍铠，负操渡水。才过彼岸，追兵已到，隔水放箭。操带水而走。比及天明，又走三十余里，土冈下少歇。

第二次救曹操：

曹操正走之间，背后一骑赶来，回头视之，正是马超。操大惊。左右将校见超赶来，各自逃命，只撇下曹操。超厉声大叫曰：“曹操休走！”操惊得马鞭坠地。堪堪赶上，马超从后使枪搠来。操绕树而走，超一枪搠在树上；急拔下时，操已走远。超纵马赶来，山坡边转过一将，大叫：“勿伤吾主！曹洪在此！”抡刀纵马，拦住马超。操得命走脱。洪与马超战到四五十合，渐渐刀法散乱，气力不加。夏侯渊引数十骑随到。马超独自一人，恐被所算，乃拨马而回，夏侯渊也不来赶。

90. 地短星 出林龙邹渊 步军将校 对应刘琮

“出”解为“楚”，荆州正位于楚地；“林”解为“临时”的意思；“龙”通常指皇帝，这里表示首领、诸侯。“出林龙”就是临时驻守荆州的诸侯。“短”暗示时间很短。父亲刘表去世后，刘琮接任荆州，做了一方诸侯，但是很快曹操便杀到，他就投降了。

《三国演义》记载为：

刘表既死，蔡夫人与蔡瑁、张允商议，假写遗嘱，令次子刘琮为荆州之主，然后举哀报丧。

……

于是刘琮意决，便写降书，令宋忠潜地往曹操军前投献。宋忠领命，直至宛城，接着曹操，献上降书。操大喜，重赏宋忠，吩咐教刘琮出城迎接，便着他永为荆州之主。

91. 地角星 独角龙邹润 步军将校 对应刘琦

“独角龙”为单数，即为奇。邹润和邹渊是两兄弟，这里就解为“刘琦”。刘琦同样是刘表的儿子，即刘琮的哥哥。《三国演义》中的两兄弟对应《水浒传》中的两兄弟。

无论是袁氏兄弟，还是曹氏兄弟，罗贯中总是将他们安排在一起，我想，罗贯中也是希望天下的兄弟们都能团结起来的，不要自相残杀。这里体现了“善”字。

92. 地囚星 旱地忽律朱贵 内务处迎宾使 对应田畴

“律”解为“绿”，即绿洲，“旱地忽律”解为“干旱的地方突然出现绿洲”，绿洲应该指水，“忽”应该表示偶然。田畴曾作为向导带曹操征乌桓，所以就安排他为迎宾使。在征乌桓期间，曹操大军行至约二百里，才偶然找到水源。

《三国演义》关于曹操大军偶然发现水源一事的描写：

> 时天气寒且旱，二百里无水，军又乏粮，杀马为食，凿地三四十丈，方得水。操回至易州，重赏先曾谏者。

“囚”是田畴自己说的，他说他自己是“负义逃窜之人”：

> 操收军入柳城，封田畴为柳亭侯，以守柳城。畴涕泣曰：“某负义逃窜之人耳，蒙厚恩全活，为幸多矣；岂可卖卢龙之寨以邀赏禄哉！死不敢受侯爵。”操义之，乃拜畴为议郎。

93. 地藏星 笑面虎朱富 内务处监造、知米油酿造发酵事 对应张鲁

“笑”为“小”，即微，指魏国。“面”为“勉”，有奖励之意。“虎”为“护”，指保护。“朱”解为“贮”。“富”为“府”。合起来就是魏国奖励他，因为他保护了用以贮藏的府库。张鲁逃离汉中时没有烧掉仓库，因而投降曹操后受曹操厚待。且张鲁是五斗米教的天师，《水浒传》中安排给朱富的职务是知

米油酿造发酵事。

《三国演义》中关于张鲁保护仓库的描写：

张鲁见其势已极，与弟张卫商议。卫曰："放火尽烧仓廪府库，出奔南山，去守巴中可也。"杨松曰："不如开门投降。"张鲁犹豫不定。卫曰："只是烧了便行。"张鲁曰："我向本欲归命国家，而意未得达；今不得已而出奔，仓廪府库，国家之有，不可废也。"遂尽封锁。是夜二更，张鲁引全家老小，开南门杀出。曹操教休追赶；提兵入南郑，见鲁封闭库藏，心甚怜之。

……

张鲁无路可走，操从后追至，大叫："何不早降！"鲁乃下马投拜。操大喜；念其封仓库之心，优礼相待，封鲁为镇南将军。

94. 地平星 铁臂膊蔡福 军法行刑 对应王朗

如果"铁叫子"和"铁扇子"一般，那么，此处的"铁"也可解为"文"，为写或书的意思。"臂"解为"毙"，"膊"解为"驳"，有争论、论战的意思。"铁臂膊"也就是"书毙驳"，理解为在书中死于论战。据笔者分析，《三国演义》中是这样死法的只有王朗了，他和诸葛亮论战，被诸葛亮活活骂死。而为什么蔡福在《水浒传》中被设定为行刑刽子手呢？因为曹丕篡汉时，王朗出力不小。

帮助曹丕篡汉的刽子手：

帝曰："祥瑞图谶，皆虚妄之事；奈何以虚妄之事，而遽欲朕舍祖宗之基业乎？"王朗奏曰："自古以来，有兴必有废，有盛必有衰，岂有不亡之国、不败之家乎？汉室相传四百余年，延至陛下，气数已尽，宜早退避，不可迟疑；迟则生变矣。"帝大哭，入后殿去了。百官哂笑而退。

……

帝大惊，拂袖而起，王朗以目视华歆。歆纵步向前，扯住龙袍，变色而言曰："许与不许，早发一言！"帝战栗不能答。

诸葛亮骂死王朗不存在于史书中，但笔者猜想，应是罗贯中想骂他吧。其他人帮助曹丕篡汉也就罢了，王朗可是经学大师，校注儒家经典的人他却一边教育别人“忠”，一边帮助反臣篡逆。活脱脱伪君子一个，的确该骂！

朗曰：“来日可严整队伍，大展旌旗。老夫自出，只用一席话，管教诸葛亮拱手而降，蜀兵不战自退。”

……

孔明暗忖曰：“王朗必下说词，吾当随机应之。”

……

孔明在车上大笑曰：“吾以为汉朝大老元臣，必有高论，岂期出此鄙言！吾有一言，诸军静听：昔日桓、灵之世，汉统陵替，宦官酿祸；国乱岁凶，四方扰攘。黄巾之后，董卓、傕、汜等接踵而起，迁劫汉帝，残暴生灵。因庙堂之上，朽木为官，殿陛之间，禽兽食禄；狼心狗肺之辈，滚滚当道，奴颜婢膝之徒，纷纷秉政。以致社稷丘墟，苍生涂炭。吾素知汝所行：世居东海之滨，初举孝廉入仕；理合匡君辅国，安汉兴刘；何期反助逆贼，同谋篡位！罪恶深重，天地不容！天下之人，愿食汝肉！今幸天意不绝炎汉，昭烈皇帝继统西川。吾今奉嗣君之旨，兴师讨贼。汝既为谄谀之臣，只可潜身缩首，苟图衣食；安敢在行伍之前，妄称天数耶！皓首匹夫！苍髯老贼！汝即日将归于九泉之下，何面目见二十四帝乎！老贼速退！可教反臣与吾共决胜负！”

王朗听罢，气满胸膛，大叫一声，撞死于马下。

95. 地损星 一枝花蔡庆 军法行刑 对应董昭

“地”是董昭，不是董承。董承是衣带诏主角，是忠于汉室的。而董昭也是覆灭汉朝的刽子手之一。上文中多次将“一”解读为“微”，对应魏。这里的“一”也是如此，解为“魏”。“枝”解为“址”，即地址、选址的意思。“花”可解为“话”。“一枝花”可解为“魏址话”，理解为说出选址魏地的话。董昭最出名的事情就是让曹操迁都于魏地，当时董昭还是个中央的官员，居然让曹操迁都。可以说曹操迁汉献帝于魏地，董昭居功至伟。而从迁都开始，汉朝气数逐步散尽。因此，在《水浒传》中与董昭对应的蔡庆也是一直负责行刑的。

操见昭言语投机，便问以朝廷大事。昭曰："明公兴义兵以除暴乱，入朝辅佐天子，此五霸之功也。但诸将人殊意异，未必服从：今若留此，恐有不便。惟移驾幸许都为上策。然朝廷播越，新还京师，远近仰望，以冀一朝之安；今复徙驾，不厌众心。夫行非常之事，乃有非常之功，愿将军决计之。"

……

操由是日与众谋士密议迁都之事。时侍中太史令王立私谓宗正刘艾曰："吾仰观天文，自去春太白犯镇星于斗牛，过天津，荧惑又逆行，与太白会于天关，金火交会，必有新天子出。吾观大汉气数将终，晋魏之地，必有兴者。"又密奏献帝曰："天命有去就，五行不常盛。代火者土也。代汉而有天下者，当在魏。"操闻之，使人告立曰："知公忠于朝廷，然天道深远，幸勿多言。"操以是告彧。彧曰："汉以火德王，而明公乃土命也。许都属土，到彼必兴。火能生土，土能旺木：正合董昭、王立之言。他日必有兴者。"

96. 地奴星 催命判官李立 内务处迎宾使 对应崔琰

"催命"的"命"谐音为"鸣"，可以解读为"发声"，意为催鸣，即为催促发声。"崔琰"即"催言"，也有催促发声的意思。崔琰，字季珪，谐音为"记鬼"。判官应该是用生死簿记录生死的，而李立的职务是迎宾使。这种对应可能和一个故事有关：曹操曾让崔琰冒充他接待匈奴使节，因为崔琰长得帅。"李立"，也许可以解为丽吏，即漂亮的官员。

《世说新语》记载为：

魏武将见匈奴使，自以形陋，不足雄远国，使崔季珪代，帝自捉刀立床头。既毕，令间谍问曰："魏王何如？"匈奴使答曰："魏王雅望非常，然床头捉刀人，此乃英雄也。"魏武闻之，追杀此使。

97. 地察星 青眼虎李云 内务处监造

98. 地恶星 没面目焦挺 步军将校（谋士）对应糜芳

“没”解为“磨”；“面”即面；“目”解为“木”，意为植物。“没面目”可解读为“可以磨面的一种植物”。“焦”解为“娇”，“挺”解为“婷”，“焦挺”引申为美丽。“糜”是食物，可以磨面。“芳”表示美丽，即娇婷。没面目焦挺即为糜芳。

99. 地丑星 石将军石勇 步军将校（谋士）对应傅士仁

“石将军”解为“石人”，谐音为“士仁”，即傅士仁。“石勇”解为“指使、怂恿”，暗示傅士仁怂恿糜芳叛吴。

《三国演义》中的傅士仁和糜芳叛逃孙吴，间接害死了关羽，比刘封和孟达的不救还严重，具体经过如下：

却说傅士仁听知荆州有失，急令闭城坚守。虞翻至，见城门紧闭，遂写书拴于箭上，射入城中。军士拾得，献与傅士仁。士仁拆书视之，乃招降之意。览毕，想起“关公去日恨吾之意，不如早降。”即令大开城门，请虞翻入城。二人礼毕，各诉旧情。翻说吴侯宽宏大度，礼贤下士；士仁大喜，即同虞翻赍印绶来荆州投降。孙权大悦，仍令去守公安。吕蒙密谓权曰：“今云长未获，留士仁于公安，久必有变；不若使往南郡招糜芳归降。”权乃召傅士仁谓曰：“糜芳与卿交厚，卿可招来归降，孤自当有重赏。”傅士仁慨然领诺，遂引十余骑，径投南郡招安糜芳。

却说糜芳闻荆州有失，正无计可施。忽报公安守将傅士仁至，芳忙接入城，问其事故。士仁曰：“吾非不忠。势危力困，不能支持，我今已降东吴。将军亦不如早降。”芳曰：“吾等受汉中王厚恩，安忍背之？”士仁曰：“关公去日，痛恨吾二人；倘一日得胜而回，必无轻恕。公细察之。”芳曰：“吾兄弟久事汉中王，岂可一朝相背？”正犹豫间，忽报关公遣使至，接入厅上。使者曰：“关公军中缺粮，特来南郡、公安二处取白米十万石，令二将军星夜解去军前交割。如迟立斩。”芳大惊，顾谓傅士仁曰："今荆州已被东吴所取，此粮怎得过去？"士仁厉声曰："不必多疑！"遂拔剑斩来使于堂上。芳惊曰："公如何斩之？"士仁曰："关公此意，正要斩我二人。我等安可束手受死？公今不早降东吴，必被关公所杀。"正说间，忽报吕蒙引兵杀至城下。芳大惊，乃同傅士仁出城投降。蒙大喜，引见孙权。权重赏二人。安民已毕，大犒三军。

100. 地数星 小尉迟孙新 内务处迎宾使 对应华歆

"小"解为"微"，表魏；"尉"解为"伪，伪造"；"迟"解为"敕"，皇帝诏令。"小尉迟"即为魏国伪造敕命。"孙新"的"新"暗示华歆。

《三国演义》中关于华歆伪造敕命、帮助曹丕篡位的描写：

忽报华歆自许昌飞马而至，众皆大惊。须臾华歆入，众问其来意，歆曰："今魏王薨逝，天下震动，何不早请世子嗣位？"众官曰："正因不及候诏命，方议欲以王后卞氏慈旨立世子为王。"歆曰："吾已于汉帝处索得诏命在此。"众皆踊跃称贺。歆于怀中取出诏命开读。原来华歆谄事魏，故草此诏，威逼献帝降之；帝只得听从，故下诏即封曹丕为魏王、丞相、冀州牧。丕即日登位，受大小官僚拜舞起居。

华歆还做帮凶，捕伏皇后：

少顷，尚书令华歆引五百甲兵入到后殿，问宫人："伏后何在？"宫人皆推不知。歆教甲兵打开朱户，寻觅不见；料在壁中，便喝甲士破壁搜寻。歆亲自动手揪后头髻拖出。后曰："望免我一命！"歆叱曰："汝自见魏公诉去！"后披发跣足，二甲士推拥而出。原来华歆素有才名，向与邴原、管宁相友善。时人称三人为一龙：华歆为龙头，邴原为龙腹，管宁为龙尾。一日，宁与歆共种园蔬，锄地见金。宁挥锄不顾；歆拾而视之，然后掷下。又一日，宁与歆同坐观书，闻户外传呼之声，有贵人乘轩而过。宁端坐不动，歆弃书往观。宁自此鄙歆之为人，遂割席分坐，不复与之为友。后来管宁避居辽东，常戴白帽，坐卧一楼，足不履地，终身不肯仕魏；而歆乃先事孙权，后归曹操，至此乃有收捕伏皇后一事。

华歆还怂恿曹丕杀兄弟曹植：

华歆问曰："适来莫非太后劝殿下勿杀子建乎？"丕曰："然。"歆曰："子建怀才抱智，终非池中物；若不早除，必为后患。"丕曰："母命不可违。"歆曰："人皆言子建出口成章，臣未深信。主上可召入，以才试之。若不能，即杀之；若果能，则贬之，以绝天下文人之口。"丕从之。

这样挑拨兄弟关系的行为罗贯中应该深恶痛绝吧：

诩大笑曰："汝可便回见本初，道汝兄弟尚不能容，何能容天下国士乎！"

袁氏兄弟不和时也写了兄弟团结的话：

修曰："兄弟者，左右手也。今与他人争斗，断其右手，而曰我必胜，安可得乎？夫弃兄弟而不亲，天下其谁亲之？彼谗人离间骨肉，以求一朝之利，原塞耳勿听也。"

101. 地阴星 母大虫顾大嫂 内务处迎宾使 对应刘夫人

刘夫人为袁绍妻子、袁尚之母。"大"解为"小"，即微的反面，和前述的金大坚一样，解为魏的敌对势力，此处代表袁绍。"母"解为"配偶"，意为嫁。"虫"解为"宠"，"顾"解为"辜"，意为祸害。"嫂"解为"妻"；结合故事情节，全句可解为：嫁给袁绍受宠，袁绍死后害死了袁绍其他妻子。

《三国演义》叙述为：

袁绍既死，审配等主持丧事。刘夫人便将袁绍所爱宠妾五人尽行杀害；又恐其阴魂于九泉之下再与绍相见，乃髡其发，刺其面，毁其尸：其妒恶如此。袁尚恐宠妾家属为害，并收而杀之。

102. 地刑星 菜园子张青 内务处迎宾使 对应蔡瑁

“张青”解为“长得青”，意为菜园子里的菜长得青，即为“茂，菜茂”，解为“蔡瑁”。

103. 地壮星 母夜叉 / 母药叉 孙二娘 内务处迎宾 对应蔡夫人

蔡夫人为刘表之妻、刘琮之母亲、蔡瑁之姐，和蔡瑁狼狈为奸，谋害刘备、刘琦。“二娘”对应她刘琦的继母的身份。

《三国演义》记载为：

> 琦曰：“继母蔡氏，常怀谋害之心；侄无计免祸，幸叔父指教。”玄德劝以小心尽孝，自然无祸。次日，琦泣别。

《三国演义》中蔡夫人和蔡瑁偷偷摸摸地干坏事儿。到了《水浒传》里与二人对应的人也一样偷偷摸摸地干坏事。

104. 地劣星 活闪婆王定六 内务处迎宾使 对应杨松

“活”解为“祸”，有祸害之意；“闪”解为“上”，代表主公；“婆”解为“破”，有破败之意。“王”解为“魏王”，“定”解为“平定”，“六”对应的是“陆”，为“六”的大写，解为“鲁”。综合起来就是，在曹操平定张鲁时，他会害主公失败。“地劣星”也是在说此人人品低劣，就是指杨松了。

《三国演义》中由于杨松的罪恶，致使马超叛变：

> 玄德曰：“吾见马超英勇，甚爱之。如何可得？”孔明曰：“亮闻东川张鲁，欲自立为‘汉宁王’。手下谋士杨松，极贪贿赂。主公可差人从小路径投汉中，先用金银结好杨松，后进书与张鲁云：‘吾与刘璋争西川，是与汝报仇。不可听信离间之语。事定之后，保汝为汉宁王。’令其撤回马超兵。待其来撤时，便可用计招降马超矣。”

旋即又让庞德叛变了：

各将皆于操前夸庞德好武艺。曹操心中大喜，与众将商议："如何得此人投降？"贾诩曰："某知张鲁手下，有一谋士杨松。其人极贪贿赂。今可暗以金帛送之，使谮庞德于张鲁，便可图矣。"

最后直接把张鲁卖了：

杨松以密书报操，便教进兵，松为内应。操得书，亲自引兵往巴中。张鲁使弟卫领兵出敌，与许褚交锋；被褚斩于马下。败军回报张鲁，鲁欲坚守。杨松曰："今若不出，坐而待毙矣。某守城，主公当亲与决一死战。"鲁从之。阎圃谏鲁休出。鲁不听，遂引军出迎。未及交锋，后军已走。张鲁急退，背后曹兵赶来。鲁到城下，杨松闭门不开。张鲁无路可走，操从后追至，大叫："何不早降！"鲁乃下马投拜。操大喜；念其封仓库之心，优礼相待，封鲁为镇南将军。阎圃等皆封列侯。于是汉中皆平。曹操传令各郡分设太守，置都尉，大赏士卒。惟有杨松卖主求荣，即命斩之于市曹示众。

105. 地健星 险道神郁保四 内务处监造 对应许攸

"地健星"在此处指代"贱"，对应许攸的人品极差。详见第三章。

106. 地耗星 白日鼠白胜 机密传达 对应老百姓

"白胜"解为"白身"，为老百姓的意思。"白日鼠"可以解为"老鼠过街——人人喊打"。兴，百姓苦，亡，百姓苦。

107. 地贼星 鼓上蚤时迁 机密传达 对应时间

"鼓上蚤"比喻时间悄无声息，"时迁"引申为时过境迁。

108. 地狗星 金毛犬段景住

纵观上述分析，想来读者已经很清楚了，《水浒传》排行靠后的全是坏蛋。真的读懂《水浒传》就明白了，虽然这些人都属于好汉，但其实作者在心里把他们当作"贼人"。作者将他们写在好汉之列里，只是在批判他们的"恶行”，并非让我们模仿。这应该就是作者“善”字的一部分。另外，除了这些好汉，《水浒传》中其他人物应该也有原型。例如：

镇关西郑屠。这个人我想应该对应何进。“镇关西”可以解为“征召关西的将军”。何进屠夫出身，十常侍之乱时，他招董卓进京，而董卓当时驻守关西。

那何进起身屠家；因妹入宫为贵人，生皇子辩，遂立为皇后。进由是得权重任。

……

操退曰：“乱天下者，必进也。”进乃暗差使命，赍密诏星夜往各镇去。却说前将军、鳌乡侯、西凉刺史董卓，先为破黄巾无功，朝议将治其罪，因贿赂十常侍幸免；后又结托朝贵，遂任显官，统西州大军二十万，常有不臣之心。是时得诏大喜，点起军马，陆续便行。

……

另外，其他还有一些人物我会在后文中慢慢剖析，但解出来的不多。

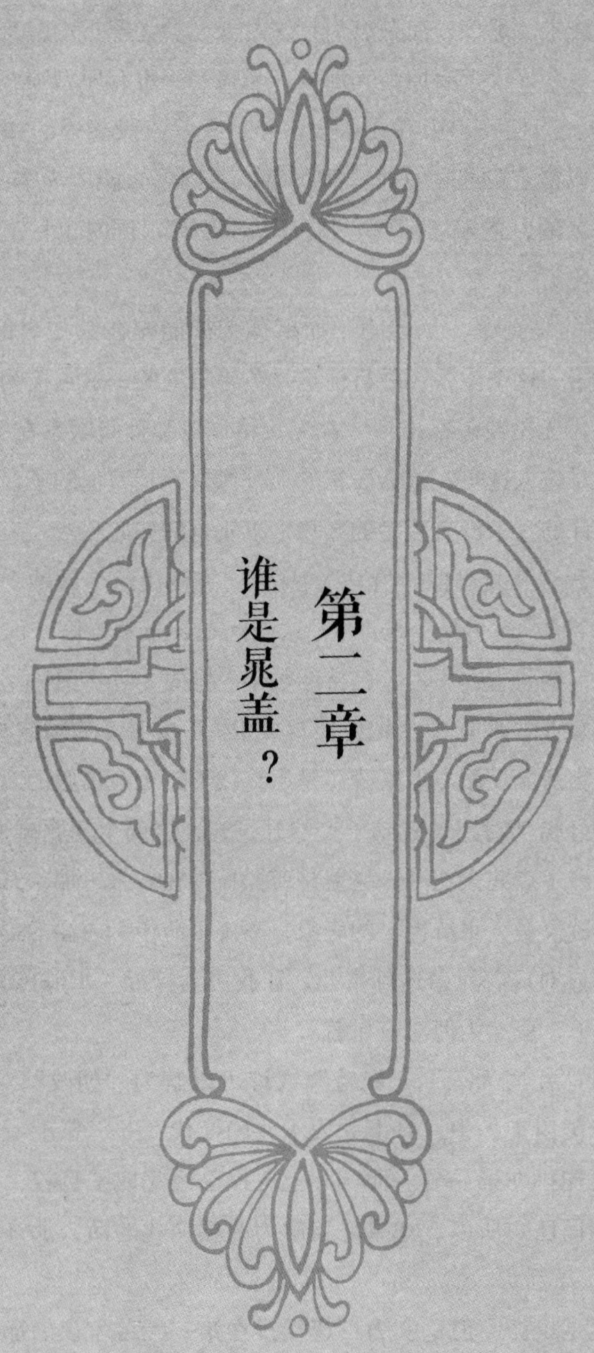

第二章

谁是晁盖？

晁盖是个很特殊的人物，他是梁山好汉里唯一一个在征方腊以前就死了的，关键他还是寨主。那么，晁盖有何特殊之处，会让罗贯中将其故事如此安排。试想，如果每个好汉都有原型，那么，晁盖是否也有原型呢？这样安排的意义何在？这些疑问在我心中存在了很多年，我一直没想通。如果晁盖有原型，那么首先可以肯定的是，这个人很厉害，否则怎么能成为寨主？要知道，他可是排在第一名的，连宋江都要尊其一声“大哥”。同时也肯定存在某种原因，作者让他先死了。

我最先想到的是孙坚。论能力，如果孙策都能排在第二名的话，那么，孙坚绝对配得上第一这个位置，并且他也是英年早逝的，这点极为符合晁盖早死的情况。但是，无论我怎么推演，都无法将晁盖和孙坚联系在一起。可是，还有其他合适的对应人选吗？这么厉害的人好像找不到其他的了，又或许这就是罗贯中单独设计的一个没有原型的人物，事实真的如此吗？

在上一章中我说我自己像“滇马”，那么，在解决这个问题上，我又显现出来“滇马”的特质了。“晁盖是谁？”这个问题，虽然未解，但是它并未因此被我尘封起来，我一直在思考，已持续数年。同时，还有另外一个问题也一直困扰着我，那就是“罗贯中会把曹操写成谁？”按照《三国演义》的思路，曹操应是高俅，实乃大反派。但是我还是始终找不到令我信服的对应证据。直到某天，某根神经恰巧对路，我脑子突然开了窍，这两个问题碰撞在了一起，还出乎意料地碰出了点儿火花——晁盖是曹操！现在看来，那次开窍，意义重大。上一章的字谜仅是《水浒传》的表象，离《水浒传》内涵的揭示还有较大距离。而明白曹操对应着晁盖这件事儿，让我更为接近《水浒传》的内涵了。下文就来解读一下，曹操为何对应晁盖。

晁盖，绰号“托塔天王”。“晁盖”或许可以解为“朝改”，即改朝换代的意思。在《三国演义》中，有谁完成了改朝换代？——曹丕。但以曹丕的能力，他是不可能排在第一的。而实际上曹操已经完成了篡权，只是在名义上还臣服于汉朝而已。所以，如果晁盖解为改朝换代的话，那么，曹操是对得上的。

另外，虽然是反派，但论实力，曹操排在第一无可争议。那么，我再找找其他令我信服的证据。仔细回看《水浒传》，我果然发现晁盖绰号的由来与曹操很有渊源：

原来那东溪村保正，姓晁名盖，祖是本县本乡富户；平生仗义疏财，专爱结识天下好汉。但有人来投奔他的，不论好歹，便留在庄上住。若要去时，又将银两赍助他起身；最爱刺枪使棒，亦自身强力壮，不娶妻室，终日只是打熬筋骨。郓城县管下东门外有两个村坊，一个东溪村，一个西溪村。两村只隔着一条大溪。当初这西溪村常常有鬼白日迷人，下水在溪里，无可奈何。忽一日，有个僧人经过，村中人备细说知此事。僧人指个去处，教用青石凿个宝塔，放于所在，镇住溪边。其时西溪村的鬼，都赶过东溪村来。那时晁盖得知了，大怒。从溪里走将过去，把青石宝塔独自夺了过来东溪村放下。因此人皆称他做托塔天王。

从这段晁盖“托塔天王”这一绰号的来历中可以得知，晁盖将西溪村中的宝塔背到了东溪村，用以镇鬼。而在上篇字谜中，“鬼”解为“魏”，“镇鬼”可解为“镇魏，坐镇魏地”，而坐镇魏地的人即是魏王曹操。到这里，判断曹操对应着晁盖已经十拿九稳了。接着再看下一段，更稳了。

一、“我不自去，谁肯向前”和“我不自往，谁肯向前”

《三国演义》曹操在濮阳攻打吕布。吕布让田氏诈降，赚了曹操进城，差一点儿就杀了曹操，曹操得到典韦等人全力相救才幸免于难。虽然吕布没有杀掉曹操，但曹操已身受重伤。曹操索性将计就计，以诈死引诱吕布主动出击，进而击败吕布。曹操身先士卒，在进城前，李典让曹操不要进去，曹操大喝：“我不自往，谁肯向前！”

却说吕布到寨，与陈宫商议。宫曰：“濮阳城中有富户田氏，家僮千百，为一郡之巨室；可令彼密使人往操寨中下书，言‘吕温侯残暴不仁，民心大怨。今欲移兵黎阳，止有高顺在城内。可连夜进兵，我为内应’。操若来，诱之入城，四门放火，外设伏兵。曹操虽有经天纬地之才，到此安能得脱也？”吕布从其计，密谕田氏使人径到操寨。操因新败，正在踌躇，忽报田氏人到，呈上密书云：“吕布已往黎阳，城中空虚。万望速来，当为内应。城上插白旗，大书‘义’字，便是暗号。”操大喜曰：“天使吾得濮阳也！”

……

数内有军人乘势混过阵来见操，说是田氏之使，呈上密书。约云：“今夜初更时分，城上鸣锣为号，便可进兵。某当献门。”操拨夏侯惇引军在左，曹洪引军在右，自己引夏侯渊、李典、乐进、典韦四将，率兵入城。李典曰：“主公且在城外，容某等先入城去。”操喝曰：“我不自往，谁肯向前！”遂当先领兵直入。

时约初更，月光未上。只听得西门上吹蠃壳声，喊声忽起，门上火把燎乱，城门大开，吊桥放落。曹操争先拍马而入。直到州衙，路上不见一人，操知是计，忙拨回马，大叫：“退兵！”州衙中一声炮响，四门烈火，轰天而起；金鼓齐鸣，喊声如江翻海沸。

……

曹操随后亦出。方到门道边，城门上崩下一条火梁来，正打着曹操战马后胯，那马扑地倒了。操用手托梁推放地上，手臂须发，尽被烧伤。典韦回马来救，恰好夏侯渊亦到。两个同救起曹操，突火而出。操乘渊马，典韦杀条大路而走。直混战到天明，操方回寨。

众将拜伏问安，操仰面笑曰：“误中匹夫之计，吾必当报之！”郭嘉曰：“计可速发。”操曰：“今只将计就计：诈言我被火伤，已经身死。布必引兵来攻。我伏兵于马陵山中，候其兵半渡而击之，布可擒矣。”嘉曰：“真良策也！”于是令军士挂孝发丧，诈言操死。早有人来濮阳报吕布，说曹操被火烧伤肢体，到寨身死。

再说《水浒传》中的晁盖，其前去攻打曾头市，曾头市指使僧人诈降，诱使晁盖出兵，以致中了曾头市的埋伏，晁盖中箭受伤，虽得好汉全力救回，但还是因此而死。这里的计谋、语言、劝告等情节，和上一段引用的《三国演义》中的内容都极其相似。尤其晁盖不听林冲的劝阻，并说道：“我不自去，谁肯向前！”和曹操所言几乎一样。

第四日，忽有两个僧人直到晁盖寨里投拜。军人引到中军帐前，两僧人跪下告道："小僧是曾头市上东边法华寺里监寺僧人；今被曾家五虎不时常来本寺作践罗造，索要金银财无所不至！小僧尽知他的备细出没去处，只今特来拜请头领入去劫寨。剿除了他时，当坊有幸！"晁盖见说大喜，便请两个僧人坐了，置酒相待。独有林冲谏道："哥哥休得听信，其中莫非有诈。"晁盖道："他两个出家人，怎肯妄语？我梁山泊久行仁义之道，所过之处并不扰民；他两个与我何仇，却来掇赚？况兼曾家未必赢得我们大军，何故相疑？兄弟休生疑心，误了大事。我今晚自去走一遭。"林冲苦谏，道："哥哥必要去时，林冲分一半人马去劫寨，哥哥只在外面接应。"晁盖道："我不自去，谁肯向前？你却留一半军马在外接应。"

……

行不到五里多路，黑影处不见了两个僧人，前军不敢行动；看四处时，又且路径甚杂，都不见有人家。军士却慌起来，报与晁盖知道。呼延灼便叫急回旧路。走不到百十步，只见四下里金鼓齐鸣，喊声震地，一望都是火把。晁盖众将引军夺路而走，才转得两个弯，撞见一彪军马，当头乱箭射将来，扑的一箭，正中晁盖脸上，倒撞下马来；却得三阮，刘唐，白胜五个头领死并将去，救得晁盖上马，杀出村中来。村口林冲等引军接应。刚才敌得个住。两军混战，直杀到天明，各自归寨。林冲回来点军，三阮、宋万、杜迁，水里逃得自家性命；带去二千五百人马止剩得一千二三百人，跟欧鹏都回到寨中。众头领且来看晁盖时，那枝箭正射在面颊上；急拔得箭出，晕倒了；看那箭时，上有"史文恭"字。林冲叫取金疮药敷贴上。原来却是一枝药箭。晁盖中了箭毒，已自言语不得。

简本《水浒传》此处缺"我不自去，谁肯向前"，仅一笔带过。由此，简本、繁本孰先孰后，其实已经分辨得出来了。但在后边的内容里，这样的区别，我依然能找得出。

简本《水浒传》：

林冲曰："哥哥休去。我等分一半人马去劫寨，哥哥外面接应。"晁盖坚意自去。

关于曹操与晁盖的这两段，读者们多读两遍就会发现其中的相似之处。除了曹操是炸死、晁盖是真死外，几乎一致。如果晁盖的原型不是曹操，如何能有这般的巧？到此，我觉得晁盖的原型是曹操已经是板上钉钉了。除此之外，我又找出了一个好汉的原型。

八臂哪吒项充，这个人物我在上一章将其解为曹植，但是没有做详细解释，是因为这个人物和晁盖有重大关系。如果不解出晁盖，是解不出他的。解出了晁盖，就能把他解出来了。

晁盖绰号“托塔天王”，“托塔天王”是李靖，哪吒是李靖的儿子。如果确定了晁盖对应着曹操，那么就能推断出项充可能对应着曹操的儿子，有没有可能呢？曹操儿子中出名的也就是曹丕和曹植了。曹丕已经解为樊瑞了，所以不是。曹植呢？曹植最出名的事迹是什么？七步成诗，为什么是七步呢，因为要是八步就得毙命。所以八臂应该就是八毙，而八臂哪吒就对应曹植了。这个也可以反证晁盖对应曹操。

卞氏洒泪而入，丕出偏殿，召曹植入见。华歆问曰：“适来莫非太后劝殿下勿杀子建乎？”丕曰：“然。”歆曰：“子建怀才抱智，终非池中物；若不早除，必为后患。”丕曰：“母命不可违。”歆曰：“人皆言子建出口成章，臣未深信。主上可召入，以才试之。若不能，即杀之；若果能，则贬之，以绝天下文人之口。”丕从之。须臾，曹植入见，惶恐伏拜请罪。丕曰：“吾与汝情虽兄弟，义属君臣，汝安敢恃才蔑礼？昔先君在日，汝常以文章夸示于人，吾深疑汝必用他人代笔。吾今限汝行七步吟诗一首。若果能，则免一死；若不能，则从重治罪，决不姑恕！”植曰：“愿乞题目。”时殿上悬一水墨画，画着两只牛，斗于土墙之下，一牛坠井而亡。丕指画曰：“即以此画为题。诗中不许犯着‘二牛斗墙下，一牛坠井死’字样。”植行七步，其诗已成。诗曰：“两肉齐道行，头上带凹骨。相遇块山下，郯起相搪突。二敌不俱刚，一肉卧土窟。非是力不如，盛气不泄毕。”曹丕及群臣皆惊。丕又曰：“七步成章，吾犹以为迟。汝能应声而作诗一首否？”植曰：“愿即命题。”丕曰：“吾与汝乃兄弟也。以此为题。亦不许犯着‘兄弟’字样。”植略不思索，即口占一首曰：“煮豆燃豆萁，豆在釜中泣，本是同根生，相煎何太急！”曹丕闻之，潸然泪下。其母卞氏，从殿后出曰：“兄何逼弟之甚耶？”丕慌忙离座告曰：“国法不可废耳。”于是贬曹植为安乡侯。植拜辞上马而去。

由以上内容可确定，晁盖对应曹操。那么，晁盖的绰号“托塔天王”又该怎么解呢？“托塔天王”是李靖的绰号。“李靖”可解为“礼敬”，似为礼敬曹操。可是，罗贯中不是很讨厌曹操吗？这才将曹操写成《三国演义》中的大反派。说实话，曹操对应晁盖已经令我震惊了，难不成还要震惊我一次——罗贯中写作的目的就是礼敬曹操。我着实有点儿不敢相信，只能先找找看有没有能令我信服的证据。

二、三国中的曹操

因为要写第七章，我先行查看了《资治通鉴》。虽然看得不多，但已经让我发现很多异常情况了。很多人都认为，罗贯中不喜欢曹操，因为曹操是反派，《三国演义》的立场是站在刘、关、张一边的，但是事实并非如此。我仔细比对过《三国演义》和《资治通鉴》的差别，发现《三国演义》可能已经在尽力美化曹操了。

（一）为尊者讳，掩盖了曹操不好的记载

1. 掩盖曹操靠出卖别人而发迹的可能性

怎么说曹操可能是靠出卖别人而发迹的呢？《资治通鉴·汉纪·汉纪五十一》中的文字指出，四月，曹操的父亲从太尉被免了职，王芬想另立新君而寻求曹操支持，被曹操拒绝。实际上，王芬肯定不是找曹操的，因为曹操当时在家闲着，就是一个普通的官二代，影响力很小。但他父亲不一样，只不过刚被罢免了太尉一职而已。

夏，四月，太尉曹嵩罢。

……

故太傅陈蕃子逸与术士襄楷会于冀州刺史王芬坐，楷曰：“天文不利宦者，黄门、常侍真族灭矣。”逸喜。芬曰：“若然者，芬愿驱除！”因与豪杰转相招合，上书言黑山贼攻劫郡县，欲因以起兵。会帝欲北巡河间旧宅，芬等谋以兵徽劫，诛诸常侍、黄门，因废帝，立合肥侯，以其谋告议郎曹操。操曰：“夫废立之事，天下之至不祥也。古人有权成败、计轻重而行之者，伊、霍是也。伊、霍皆怀至忠之诚，据宰辅之势，因秉政之重，同众人之欲，故能计从事立。今诸君徒见曩者之易，未睹当今之难，而造作非常，欲望必克，不亦危乎！”芬又呼平原华歆、陶丘洪共定计。洪欲行，歆止之曰：“夫废立大事，伊、霍之所难。芬性疏而不武，此必无成。”洪乃止。会北方夜半有赤气，东西竟天，太史上言：“北方有阴谋，不宜北行。”帝乃止。敕芬罢兵，俄而征之。芬惧，解印绶亡走，至平原，自杀。

秋，七月，以射声校尉马日磾为太尉。日磾，融之族孙也。

八月，初置西园八校尉，以小黄门蹇硕为上军校尉，虎贲中郎将袁绍为中军校尉，屯骑校尉鲍鸿为下军校尉，议郎曹操为典军校尉，赵融为助军左校尉，冯芳为助军右校尉，谏议大夫夏牟为左校尉，淳于琼为右校尉；皆统于蹇硕。帝自黄巾之起，留心戎事；硕壮健有武略，帝亲任之，虽大将军亦领属焉。

我觉得是这样的：王芬要另立新君，那么，三公九卿当然也要另找人选了，曹操的父亲曹嵩刚刚被罢免了太尉之职，那么找曹嵩来新君这边当太尉，更利于拉拢人心。且曹嵩被贬，在正常情况下应该是恨中央的，会支持王芬，因此，王芬才会联系到他，但没有想到被拒绝了。而王芬最后因为有人泄密，事败身死了，谁泄密的？资治通鉴里没答案，但我想史家们已经推测出答案来了。整个事件中，《资治通鉴》只提及三个知晓原委的人，即曹操、华歆、陶丘洪，并没提其他人。我相信是因为编制史书的人觉得曹操和华韵泄密的嫌疑最大，因为这两个人名声都很烂，所以，《资治通鉴》索性不提别人，就记他俩。为什么不是陶丘洪呢？因为，据记载，陶丘洪本来有意参加，而华歆阻止了他，说明陶丘洪是倾向于支持王芬的。因为没有胆量参加，所以，他虽然有这个心，但是应该不会泄密。但华韵和曹操就不一样了。

《世说新语·德行第一》中记载：

管宁、华歆共园中锄菜。见地有片金，管挥锄与瓦石不异，华捉而掷去之。又尝同席读书，有乘轩冕过门者，宁读书如故，歆废书出观。宁割席分坐，曰："子非吾友也。"

华歆一直为人所鄙视，是典型的墙头草、卑鄙小人，所以，他很有可能是告密者，有很大的嫌疑，但相对而言，曹操的嫌疑更大。王芬死后，华韵是第二年才升官的，而曹操于当年八月，在王芬尸骨未寒时就升官了，还是从庶民直接升为西园八校尉，和袁绍同级别，这提升的速度如火箭飞天一样。要说他是靠他父亲曹嵩的关系得到提拔的，但他父亲当时都自身难保被罢官了，和袁绍四世三公相比更不值一提，这里似乎就有些蹊跷。有没有可能是曹操当时抓住了举报王芬这个救命稻草，进行实名举报后得到天子嘉奖的，曹操由此被提拔了？虽然没有证据，但是可能性很高。

这样重要的一条信息，被罗贯中隐藏了，不得不说罗贯中对曹操真的很是照顾了。如果我是罗贯中，我讨厌曹操的话，肯定会加油添醋写上一堆。又可能是为了怕人想起来，后边相似的袁绍支持刘虞做皇帝而曹操反对的事也被罗贯中隐匿了。

2. 掩盖曹操的暴行——杀人狂

《资治通鉴》记载为：

前太尉曹嵩避难在琅邪，其子操令泰山太守应邵迎之。嵩辎重百余两，陶谦别将守阴平，士卒利嵩财宝，掩袭嵩于华、费间，杀之，并少子德。秋，操引兵击谦，攻拔十余城，至彭城，大战，谦兵败，走保郯。初，京、雒遭董卓之乱，民流移东出，多依徐土，遇操至，坑杀男女数十万口于泗水，水为不流。操攻郯不能克，乃去，攻取虑、睢陵、夏丘，皆屠之，鸡犬亦尽，墟邑无复行人。

这一段是三国时期最为血腥的片段之一了。其实这一段严格意义上来说在《三国演义》里就没有提及。《三国演义》里是这样描写的：

且说操大军所到之处，杀戮人民，发掘坟墓。陶谦在徐州，闻曹操起军报仇，杀戮百姓，仰天恸哭曰："我获罪于天，致使徐州之民，受此大难！"

《三国演义》里只写曹操攻打了一次徐州，而在正史《资治通鉴》中曹操是攻打过两次的。

陶谦告急于田楷，楷与平原相刘备救之。备自有兵数千人，谦益以丹阳兵四千，备遂去楷归谦，谦表为豫州刺史，屯小沛。曹操军食亦尽，引兵还。

过一段时间后：

曹操使司马荀彧、寿张令程昱守鄄城，复往攻陶谦，遂略地至琅琊、东海，所过残灭。还，击破刘备于郯东。谦恐，欲走归丹杨。会陈留太守张邈叛操迎吕布，操乃引军还。

罗贯中写的曹操屠城这一段，只是描述了曹操后边的这一次，前边最惨的那一次直接略过了。此处不是在偏袒曹操，又为何这般？但是这还没有完呢。曹操这样的倒行逆施，做了这么多伤天害理的事情，导致几乎整个兖州都起义反抗他。

《三国演义》里是这么描述的：

宫说邈曰："今天下分崩，英雄并起；君以千里之众，而反受制于人，不亦鄙乎！今曹操征东，兖州空虚；而吕布乃当世勇士，若与之共取兖州，霸业可图也。"张邈大喜，便令吕布袭破兖州，随据濮阳。止有鄄城、东阿、范县三处，被荀彧、程昱设计死守得全，其余俱破。曹仁屡战，皆不能胜，特此告急。操闻报大惊曰："兖州有失，使吾无家可归矣，不可不亟图之！”郭嘉曰：“主公正好卖个人情与刘备，退军去复兖州。”操然之，即时答书与刘备，拔寨退兵。

看这样的文字，兖州背反，是因为陈宫、张邈、吕布是无义之徒，乘人不备背后偷袭，但实际呢？再看《资治通鉴》的描述，会有不一样的结论：

会陈留太守张邈叛操迎吕布，操乃引军还。初，张邈少时，好游侠，袁绍、曹操皆与之善。及绍为盟主，有骄色，邈正议责绍；绍怒，使操杀之。操不听，曰：“孟卓，亲友也，是非当容之。今天下未定，奈何自相危也！”操之前攻陶谦，志在必死，敕家曰：“我若不还，往依孟卓。”后还见邈，垂泣相对。陈留高柔谓乡人曰：“曹操军虽据兖州，本有四方之图，未得安坐守也。而张府君恃陈留之资，将乘间为变，欲与诸君避之，何如？”众人皆以曹、张相亲，柔又年少，不然其言。柔从兄幹自河北呼柔，柔举宗从之。

吕布之舍袁绍从张杨也，过邈，临别，把手共誓。绍闻之，大恨。邈畏操终为绍杀己也，心不自安。前九江太守陈留边让尝讥议操，操闻而杀之，并其妻子。让素有才名，由是兖州士大夫皆恐惧。陈宫性刚直壮烈，内亦自疑，乃与从事中郎许汜、王楷及邈弟超共谋叛操。宫说邈曰：“今天下分崩，雄杰并起，君以千里之众，当四战之地，抚剑顾眄，亦足以为人豪，而反受制于人，不亦鄙乎！今州军东征，其处空虚，吕布壮士，善战无前，若权迎之，共牧兖州，观天下形势，俟时事之变，此亦纵横之一时也。”邈从之。时操使宫将兵留屯东郡，遂以其众潜迎布为兖州牧。布至，邈乃使其党刘翊告荀彧曰：“吕将军业助曹使君击陶谦，宜亟供其军食。”众疑惑，彧知邈为乱，即勒兵设备，急召东郡太守夏侯惇于濮阳；惇来，布遂据濮阳。时操悉军攻陶谦，留守兵少，而督将、大吏多与邈、宫通谋。惇至，其夜，诛谋叛者数十人，众乃定。

豫州刺史郭贡率众数万来至城下，或言与吕布同谋，众甚惧。贡求见荀彧，彧将往，惇等曰：“君一州镇也，往必危，不可。”彧曰：“贡与邈等，分非素结也，今来速，计必未定，及其未定说之，纵不为用，可使中立。若先疑之，彼将怒而成计。”贡见彧无惧意，谓鄄城未易攻，遂引兵去。是时，兖州郡县皆应布，唯鄄城、范、东阿不动。布军降者言："陈宫欲自将兵取东阿，又使氾嶷取范。"吏民皆恐。程昱本东阿人，或谓昱曰："今举州皆叛，唯有此三城，宫等以重兵临之，非有以深结其心，三城必动。君，民之望也，宜往抚之。"昱乃归过范，说其令靳允曰："闻吕布执君母、弟、妻子，孝子诚不可为心。今天下大乱，英雄并起，必有命世能息天下之乱者，此智者所宜详择也。得主者昌，失主者亡。陈宫叛迎吕布而百城皆应，似能有为；然以君观之，布何如人哉？夫布粗中少亲，刚而无礼，匹夫之雄耳。宫等以势假合，不能相君也；兵虽众，终必无成。曹使君智略不世出，殆天所授。君必固范，我守东阿，则田单之功可立也。孰与违忠从恶而母子俱亡乎？唯君详虑之！"允流涕曰："不敢有贰心。"时氾嶷已在县，允乃见嶷，伏兵刺杀之，归，勒兵自守。

要特别注意上述这段中的几个要点：

一是曹操杀了一个好人边让，让众多士大夫都惶恐了。

"前九江太守陈留边让尝讥议操，操闻而杀之，并其妻子。让素有才名，由是兖州士大夫皆恐惧。"

二是曹操两次打陶谦，搞大屠杀，比董卓更为残暴，有良知的人肯定都看不过去的。

三是袁绍有骄色，张邈都要责骂，说明张邈应该是个很正直的人。曹操干了这么多伤天害理的事情，一个正直的人反叛他又有什么不可能的？

初，张邈少时，好游侠，袁绍、曹操皆与之善。及绍为盟主，有骄色，邈正议责绍。

四是反抗曹操的不止张邈、陈宫和吕布三个人。

"诛谋叛者数十人""是时，兖州郡县皆应布，唯鄄城、范、东阿不动。"

几乎全州都起来反抗曹操了。豫州刺史郭贡，靳允其实都是中立派，尤其是郭贡，跟张邈根本就不是一路人，但是也带兵来打曹操了，只是打不过，才放弃了。

五是曹操得到兖州主要还是陈宫的功劳，可能陈宫自己都没有想到，后来居然是自己带头反曹操的。

曹操部将东郡陈宫谓操曰："州今无主，而王命断绝，宫请说州中纲纪，明府寻往牧之，资之以收天下，此霸王之业也。"宫因往说别驾、治中曰："今天下分裂而州无主；曹东郡，命世之才也，若迎以牧州，必宁生民。"鲍信等亦以为然，乃与州吏万潜等至东郡，迎操领兖州刺史。

虽然没有《三国演义》里的"捉放曹"，但和小说中一样，陈宫选择之所以追随曹操是因为曹操是名世之才，而离开曹操是因为曹操滥杀无辜。

这件事可以说曹操引起众人怨了，但是罗贯中只一笔带过，将背反的罪责全部推卸给陈宫、吕布了。可以说，罗贯中对曹操真的是够照顾的。

这件事在发生后，还有两件与之相关联的事情被罗贯中给隐匿了。

一是曹操想投靠袁绍。这可能罗贯中怕影响了曹操的"气节"。

冬，十月，操至东阿。袁绍使人说操，欲使操遣家居鄴。操新失兖州，军食尽，将许之，程昱曰："意者将军殆临事而惧，不然，何虑之不深也！夫袁绍有并天下之心，而智不能济也；将军自度能为之下乎？将军以龙虎之威，可为之韩、彭邪？今兖州虽残，尚有三城，能战之士，不下万人，以将军之神武，与文若、昱等收而用之，霸王之业可成也，愿将军更虑之！"操乃止。

二是导致另一个天下义士被杀。他可以间接证明曹操的坏。

张超在雍丘，曹操围之急，韩曰："惟臧洪当来救吾。"众曰："袁、曹方睦，洪为袁所表用，必不败好以招祸。"超曰："子源天下义士，终不背本；但恐见制强力，不相及耳。"洪时为东郡太守，徒跣号泣，从绍请兵，将赴其难，绍不与；请自率所领以行，亦不许。雍丘遂溃，张超自杀，操夷其三族。洪由是怨绍，绝不与通。绍兴兵围之，历年不下。

……

绍见洪书，知无降意，增兵急攻。城中粮谷已尽，外无强救，洪自度必不免，呼将吏士民谓曰："袁氏无道，所图不轨，且不救洪郡将，洪于大义，不得不死。念诸君无事空与此祸，可先城未败，将妻子出。"皆垂泣曰："明府与袁氏本无怨隙，今为本朝郡将之故，自致残困；吏民何忍当舍明府去也！"初尚掘鼠煮筋角，后无可复食者。主簿启内厨米三升，请稍以为饘粥，洪叹曰："何能独甘此邪！"使作薄糜，遍班士众，又杀其爱妾以食将士。将士咸流涕，无能仰视者。男女七八千人，相枕而死，莫有离叛者。城陷，生执洪。绍大会诸将见洪，谓曰："臧洪，何相负若此！今日服未？"洪据地瞋目曰："诸袁事洪，四世五公，可谓受恩。今王室衰弱，无扶翼之意，欲因际会，希冀非望，多杀忠良以立奸威。洪亲见呼张陈留为兄，则洪府君亦宜为弟，同共戮力，为国除害，奈何拥众观人屠灭！惜洪力劣，不能推刃为天下报仇，何谓服乎！"绍本爱洪，意欲令屈服，原之；见洪辞切，知终不为己用，乃杀之。

臧洪为天下闻名的义士，他想救张邈的弟弟张超，说明在他眼里张超是正义的而曹操是个坏蛋。他在将死的时候说："洪亲见呼张陈留为兄，则洪府君亦宜为弟，同共戮力，为国除害，奈何拥众观人屠灭！惜洪力劣，不能推刃为天下报仇，何谓服乎！"这里面的"为国除害""观人屠灭""为天下报仇"，不都是指曹操吗？这些罗贯中没有写，真照顾曹操啊！

除了对攻打徐州陶谦时的屠杀一笔带过，曹操另外的屠杀罪行也被罗贯中有意忽略了，继续照顾。

《资治通鉴·汉纪·汉纪五十四》中记载曹操曾在攻打吕布时屠城：

冬，十月，操屠彭城。广陵太守陈登率郡兵为操先驱，进至下邳。布自将屡与操战，皆大败，还保城，不敢出。

在攻打张鲁时屠城：

夏，四月，操自陈仓出散关至河池，氐王窦茂众万馀人恃险不服，五月，攻屠之。四平、金城诸将麹演、蒋石等共斩送韩遂首。

（二）增加了一些对曹操的美化内容

1. 增加曹操辅助何进时的远见，实际大部分不存在

《三国演义》里的曹操很有远见，全程参与：

进大惊，急归私宅，召诸大臣，欲尽诛宦官。座上一人挺身出曰："宦官之势，起自冲、质之时；朝廷滋蔓极广，安能尽诛？倘机不密，必有灭族之祸：请细详之。"进视之，乃典军校尉曹操也。进叱曰："汝小辈安知朝廷大事！"

……

且说曹操当日对何进曰："宦官之祸，古今皆有；但世主不当假之权宠，使至于此。若欲治罪，当除元恶，但付一狱吏足矣，何必纷纷召外兵乎？欲尽诛之，事必宣露。吾料其必败也。"何进怒曰："孟德亦怀私意耶？"操退曰："乱天下者，必进也。"

……

进得诏便行。主簿陈琳谏曰："太后此诏，必是十常侍之谋，切不可去。去必有祸。"进曰："太后诏我，有何祸事？"袁绍曰："今谋已泄，事已露，将军尚欲入宫耶？"曹操曰："先召十常侍出，然后可入。"进笑曰："此小儿之见也。吾掌天下之权，十常侍敢待如何？"绍曰："公必欲去，我等引甲士护从，以防不测。"

……

曹操一面救灭宫中之火，请何太后权摄大事，遣兵追袭张让等，寻觅少帝。

《资治通鉴》中，曹操虽然有远见，但是整个过程却没怎么参与：

进新贵，素敬惮中官，虽外慕大名而内不能断，故事久不决。绍等又为画策，多召四方猛将及诸豪杰，使并引兵向京城，以胁太后；进然之；主簿广陵陈琳谏曰："谚称'掩目捕雀'，夫微物尚不可欺以得志，况国之大事，其要以诈立乎！今将军总皇威，握兵要，龙骧虎步，高下在心，此犹鼓洪炉燎毛发耳。但当速发雷霆，行权立断，则天人顺之。而反委释利器，更征外助，大兵聚会，强者为雄，所谓倒持干戈，授人以柄，功必不成，只为乱阶耳！"进不听。典军校尉曹操闻而笑曰："宦者之官，古今宜有，但世主不当假之权宠，使至于此。既治其罪，当诛元恶，一狱吏足矣，何至纷纷召外兵乎！欲尽诛之，事必宣露，吾见其败也。"

2. 编造曹操献刀之事，称得上极其英雄

《三国演义》中曹操欲借献刀之名行刺董卓，事不成，遂跑路：

坐中一人抚掌大笑曰："满朝公卿，夜哭到明，明哭到夜，还能哭死董卓否？"允视之，乃骁骑校尉曹操也。允怒曰："汝祖宗亦食禄汉朝，今不思报国而反笑耶？"操曰："吾非笑别事，笑众位无一计杀董卓耳。操虽不才，愿即断董卓头，悬之都门，以谢天下。"允避席问曰："孟德有何高见？"操曰："近日操屈身以事卓者，实欲乘间图之耳。今卓颇信操，操因得时近卓。闻司徒有七宝刀一口，愿借与操入相府刺杀之，虽死不恨！"允曰："孟德果有是心，天下幸甚！"遂亲自酌酒奉操。操沥酒设誓，允随取宝刀与之。操藏刀，饮酒毕，即起身辞别众官而去。众官又坐了一回，亦俱散讫。

《资治通鉴》记载的真相是曹操主动跑的：

又以袁术为后将军，曹操为骁骑校尉。术畏卓，出奔南阳。操变易姓名，间行东归，过中牟，为亭长所疑，执诣县。时县已被卓书，唯功曹心知是操，以世方乱，不宜拘天下雄俊，因白令释之。操至陈留，散家财，合兵得五千人。

3. 十八路诸侯讨伐董卓，曹操礼敬刘备和关羽，不像袁绍、袁术两兄弟狗眼看人低

实际历史上并未发生此事。而温酒斩华雄，不止美化了关羽，也美化了曹操。这一段，和袁绍兄弟这一对比，真是大大地美化了曹操。另外，在正史中，曹操也并非矫诏发起人。

《三国演义》叙述为：

操大喜。于是先发矫诏，驰报各道，然后召集义兵，竖起招兵白旗一面，上书“忠义”二字。不数日间，应募之士，如雨骈集。

礼敬刘关张：

曹操曰：“莫非破黄巾刘玄德乎？”瓒曰：“然。”即令刘玄德拜见。瓒将玄德功劳，并其出身，细说一遍。绍曰：“既是汉室宗派，取坐来。”命坐。备逊谢。绍曰：“吾非敬汝名爵，吾敬汝是帝室之胄耳。”玄德乃坐于末位，关、张叉手侍立于后。

……

言未毕，阶下一人大呼出曰：“小将愿往斩华雄头，献于帐下！”众视之，见其人身长九尺，髯长二尺，丹凤眼，卧蚕眉，面如重枣，声如巨钟，立于帐前。绍问何人。公孙瓒曰：“此刘玄德之弟关羽也。”绍问现居何职。瓒曰：“跟随刘玄德充马弓手。”帐上袁术大喝曰：“汝欺吾众诸侯无大将耶？量一弓手，安敢乱言！与我打出！”曹操急止之曰：“公路息怒。此人既出大言，必有勇略；试教出马，如其不胜，责之未迟。”袁绍曰：“使一弓手出战，必被华雄所笑。”操曰：“此人仪表不俗，华雄安知他是弓手？”关公曰：“如不胜，请斩某头。”操教酾热酒一杯，与关公饮了上马。关公曰：“酒且斟下，某去便来。”出帐提刀，飞身上马。众诸侯听得关外鼓声大振，喊声大举，如天摧地塌，岳撼山崩，众皆失惊。正欲探听，鸾铃响处，马到中军，云长提华雄之头，掷于地上。其酒尚温。后人有诗赞之曰：“威镇乾坤第一功，辕门画鼓响冬冬。云长停

盏施英勇，酒尚温时斩华雄。”曹操大喜。只见玄德背后转出张飞，高声大叫：“俺哥哥斩了华雄，不就这里杀入关去，活拿董卓，更待何时！”袁术大怒，喝曰：“俺大臣尚自谦让，量一县令手下小卒，安敢在此耀武扬威！都与赶出帐去！”曹操曰：“得功者赏，何计贵贱乎？”袁术曰：“既然公等只重一县令，我当告退。”操曰：“岂可因一言而误大事耶？”命公孙瓒且带玄德、关、张回寨。众官皆散。曹操暗使人赍牛酒抚慰三人。

4. 赏赐刘安杀妻

司马光曾比喻曹操为齐桓公，罗贯中就为曹操杜撰了一个类似齐桓公易牙烹子的故事，不过故事里的肉是刘备吃的，曹操只是赏赐了杀妻者，《资治通鉴》中我未见有机关记载。

玄德知是曹操之军，同孙乾径至中军旗下，与曹操相见，具说失沛城、散二弟、陷妻小之事。操亦为之下泪。又说刘安杀妻为食之事，操乃令孙乾以金百两往赐之。

齐桓公的故事，在《管子·小称》中记载为：

夫易牙以调和事公，公曰：惟烝婴儿之未尝。于是烝其首子而献之公。

5. 煮酒论英雄，同时美化刘备和曹操

玄德曰：“淮南袁术，兵粮足备，可为英雄？”操笑曰：“冢中枯骨，吾早晚必擒之！”玄德曰：“河北袁绍，四世三公，门多故吏；今虎踞冀州之地，部下能事者极多，可为英雄？”操笑曰：“袁绍色厉胆薄，好谋无断；干大事而惜身，见小利而忘命：非英雄也。”玄德曰：“有一人名称八俊，威镇九州：刘景升可为英雄？”操曰：“刘表虚名无实，非英雄也。”玄德曰：“有一人血气方刚，江东领袖——孙伯符乃英雄也？”操曰：“孙策藉父之名，非英雄也。”玄德曰：“益州刘季玉，可为英雄乎？”操曰：“刘璋虽系宗室，乃守户之犬耳，何足为英雄！”玄德曰：“如张

绣、张鲁、韩遂等辈皆何如？”操鼓掌大笑曰：“此等碌碌小人，何足挂齿！”玄德曰：“舍此之外，备实不知。”操曰：“夫英雄者，胸怀大志，腹有良谋，有包藏宇宙之机，吞吐天地之志者也。”玄德曰：“谁能当之？”操以手指玄德，后自指，曰：“今天下英雄，惟使君与操耳！”

6. 答应关羽苛刻投降条件，最后又放走关羽

过五关的主角除关羽外，还有曹操。这一系列故事不止表现出来关羽的义，曹操的爱才、信义也表现得淋漓尽致。放任强敌回敌军，这样的气概历史上几人有？关羽一度擒了曹操，一度让曹操差点儿迁都，但曹操就这样轻易地放他回刘备身边。如此背景下的曹操显得如此伟大啊，但在正史中没有此事。

公曰：“兄言三便，吾有三约。若丞相能从，我即当卸甲；如其不允，吾宁受三罪而死。”辽曰：“丞相宽宏大量，何所不容。愿闻三事。”公曰：“一者，吾与皇叔设誓，共扶汉室，吾今只降汉帝，不降曹操；二者，二嫂处请给皇叔俸禄养赡，一应上下人等，皆不许到门；三者，但知刘皇叔去向，不管千里万里，便当辞去：三者缺一，断不肯降。望文远急急回报。”张辽应诺，遂上马，回见曹操，先说降汉不降曹之事。操笑曰：“吾为汉相，汉即吾也。此可从之。”辽又言：“二夫人欲请皇叔俸给，并上下人等不许到门。”操曰：“吾于皇叔俸内，更加倍与之。至于严禁内外，乃是家法，又何疑焉！”辽又曰：“但知玄德信息，虽远必往。”操摇首曰：“然则吾养云长何用？此事却难从。”辽曰：“岂不闻豫让众人国士之论乎？刘玄德待云长不过恩厚耳。丞相更施厚恩以结其心，何忧云长之不服也？”操曰：“文远之言甚当，吾愿从此三事。”张辽再往山上回报关公。关公曰：“虽然如此，暂请丞相退军，容我入城见二嫂，告知其事，然后投降。”张辽再回，以此言报曹操。操即传令，退军三十里。荀彧曰：“不可，恐有诈。”操曰：“云长义士，必不失信。”

……

关公曰：“文远代禀三事，蒙丞相应允，谅不食言。”操曰：“吾言既出，安敢失信。”关公曰：“关某若知皇叔所在，虽蹈水火、必往从之。此时恐不及拜辞，伏乞见原。”操曰：“玄德若在，必从公去；但恐乱军

中亡矣。公且宽心，尚容缉听。”关公拜谢。

……

辽知公终不可留，乃告退，回见曹操，具以实告。操叹曰：“事主不忘其本，乃天下之义士也！”荀彧曰：“彼言立功方去，若不教彼立功，未必便去。”操然之。

……

却说曹操部下诸将中，自张辽而外，只有徐晃与云长交厚，其余亦皆敬服；独蔡阳不服关公，故今日闻其去，欲往追之。操曰：“不忘故主，来去明白，真丈夫也。汝等皆当效之。”遂叱退蔡阳，不令去赶。程昱曰：“丞相待关某甚厚，今彼不辞而去，乱言片楮，冒渎钧威，其罪大矣。若纵之使归袁绍，是与虎添翼也。不若追而杀了，以绝后患。”操曰：“吾昔已许之，岂可失信！彼各为其主，勿追也。”因谓张辽曰：“云长封金挂印，财贿不以动其心，爵禄不以移其志，此等人吾深敬之。想他去此不远，我一发结识他做个人情。汝可先去请住他，待我与他送行，更以路费征袍赠之，使为后日记念。”张辽领命，单骑先往。曹操引数十骑随后而来。

……

操曰：“吾欲取信于天下，安肯有负前言。恐将军途中乏用，特具路资相送。”一将便从马上托过黄金一盘。关公曰：“累蒙恩赐，尚有余资。留此黄金以赏将士。”操曰：“特以少酬大功于万一，何必推辞？”关公曰：“区区微劳，何足挂齿。”操笑曰：“云长天下义士，恨吾福薄，不得相留。锦袍一领，略表寸心。”令一将下马，双手捧袍过来。云长恐有他变，不敢下马，用青龙刀尖挑锦袍披于身上，勒马回头称谢曰：“蒙丞相赐袍，异日更得相会。”遂下桥望北而去。许褚曰：“此人无礼太甚，何不擒之？”操曰：“彼一人一骑，吾数十余人，安得不疑？吾言既出，不可追也。”曹操自引众将回城，于路叹想云长不已。

7. 厚葬沮授，表现了曹操敬重人才

《三国演义》叙述为：

却说袁绍兵败而奔，沮授因被囚禁，急走不脱，为曹军所获，擒见

曹操。操素与授相识。授见操，大呼曰："授不降也！"操曰："本初无谋，不用君言，君何尚执迷耶？吾若早得足下，天下不足虑也。"因厚待之，留于军中。授乃于营中盗马，欲归袁氏。操怒，乃杀之。授至死神色不变。操叹曰："吾误杀忠义之士也！"命厚礼殡殓，为建坟安葬于黄河渡口，题其墓曰："忠烈沮君之墓。"

《资治通鉴》中，没有厚葬沮授一事。

> 沮授不及绍渡，为操军所执，乃大呼曰："授不降也，为所执耳！"操与之有旧，迎谓曰："分野殊异，遂用圮绝，不图今日乃相禽也！"授曰："冀州失策，自取奔北。授知力俱困，宜其见禽。"操曰："本初无谋，不相用计，今丧乱未定，方当与君图之。"授曰："叔父、母弟，县命袁氏，若蒙公灵，速死为福。"操叹曰："孤早相得，天下不足虑也。"遂赦而厚遇焉。授寻谋归袁氏，操乃杀之。

从以上差别可以看出，罗贯中待曹操不薄，使其黑点减少、亮点增多。如今，曹操能得以平反，我想《三国演义》功不可没。

接着，我们再回看《水浒传》中晁盖被史文恭所害之事。史文恭是否有原型？我想了想，这个应该暗示史学家丑化曹操吧。嗯，又一次醍醐灌顶了。难怪曹操那么妖恶，罗贯中还帮他平反，我曾以为罗贯中有问题，恍然大悟后，原来是罗贯中觉得史学家有问题。

我的推测恐难以服众，所以便引用《笑傲江湖》中的一段故事来证明：

> 只听得有人向任我行揭发东方不败的罪恶，说他如何忠言逆耳，偏信杨莲亭一人，如何滥杀无辜，赏罚有私，爱听恭维的言语，祸乱神教。有人说他败坏本教教规，乱传黑木令，强人服食三尸脑神丸。另有一人说他饮食穷奢极欲，吃一餐饭往往宰三头牛、五口猪、十头羊。
>
> 令狐冲心道："一个人食量再大，又怎食得三头牛、五口猪、十头羊？他定是宴请朋友或是与众部属同食。东方不败身为一教之主，宰几头牛羊，又怎算是甚么大罪？"

但听各人所提东方不败罪名，越来越多，也越来越加琐碎。有人骂他喜怒无常，哭笑无端，有人骂他爱穿华服，深居不出。更有人说他见识肤浅，愚蠢糊涂；另有一人说他武功低微，全仗装腔作势吓人，其实没半分真实本领。

令狐冲寻思："你们指骂东方不败如何如何，我也不知你们说得对不对。可是适才我们五人敌他一人，个个死里逃生，险些儿尽数命丧他绣花针下。倘若东方不败武功低微，世上更无一个武功高强之人了。当真是胡说八道之至。"

接着又听一人说东方不败荒淫好色，强抢民女，淫辱教众妻女，生下私生子无数。

令狐冲心想："东方不败为练《葵花宝典》中的奇功，早已自宫，甚么淫辱妇女，生下私生子无数，哈哈，哈哈！"他想到这里，再也忍耐不住，不由得笑出声来。

这一纵声大笑，登时声传远近。长殿中各人一齐转过头来，向他怒目而视。

自古以来，成王败寇，曹操就是个"败寇"，被史学家们恣意蹂躏。

看看著名史家司马光在《资治通鉴》中对曹操的描写：

冬，十月，曹操东击孙权。董昭言于曹操曰："自古以来，人臣匡世，未有今日之功；有今日之功，未有久处人臣之势者也。今明公耻有惭德，乐保名节。然处大臣之势，使人以大事疑己，诚不可不重虑也。"乃与列侯诸将议，以丞相宜晋爵国公，九锡备物，以彰殊勋。荀彧以为："曹公本兴义兵以匡朝宁国，秉忠贞之诚，守退让之实。君子爱人以德，不宜如此。"操由是不悦。及击孙权，表请彧劳军于谯，因辄留彧，以侍中、光禄大夫、持节、参丞相军事。操军向濡须，彧以疾留寿春，饮药而卒。彧行义修整而有智谋，好推贤进士，故时人皆惜之。

臣光曰：孔子之言仁也重矣，自子路、冉求、公西赤门人之高第，令尹子文、陈文子诸侯之贤大夫，皆不足以当之，而独称管仲之仁，岂非以其辅佐齐桓，大济生民乎！齐桓之行若狗彘，管仲不羞而相之，其志盖以非桓公则生民不可得而济也，汉末大乱，群生涂炭，自非高世之才不能济也。然则荀彧舍魏武将谁事哉！

司马光拿荀彧比管仲，似为拿曹操比齐桓公，但却说齐桓公是猪狗，这不就是间接说曹操也是猪狗吗？可司马光是北宋人，曹操生活在三国时代，两人相差近千年，可谓八竿子打不着。若非要联系在一起，或许可以理解为有关曹操的史书是司马氏家写的，若真如此，司马光这是公报私仇。笔者翻阅相关书籍验证，司马光是司马懿的后人，其对曹操的看法，完全是重申司马炎和贾充的。

曹操曾云："若天命在吾，吾其为周文王乎！果有此事否？"充曰："操世受汉禄，恐人议论篡逆之名，故出此言。乃明教曹丕为天子也。"炎曰："孤父王比曹操何如？"充曰："操虽功盖华夏，下民畏其威而不怀其德。子丕继业，差役甚重，东西驱驰，未有宁岁。后我宣王、景王，累建大功，布恩施德，天下归心久矣。文王并吞西蜀，功盖寰宇。又岂操之可比乎？"

……

旁有黄门侍郎张节大喝曰："晋王之言差矣！昔日魏武祖皇帝，东荡西除，南征北讨，非容易得此天下；今天子有德无罪，何故让与人耶？"炎大怒曰："此社稷乃大汉之社稷也。曹操挟天子以令诸侯，自立魏王，篡夺汉室。吾祖父三世辅魏，得天下者，非曹氏之能，实司马氏之力也：四海咸知。吾今日岂不堪绍魏之天下乎？"节又曰："欲行此事，是篡国之贼也！"炎大怒曰："吾与汉家报仇，有何不可！"叱武士将张节乱棍打死于殿下。

《三国演义》中司马炎自称为汉报仇，此时曹操明显已被当作大反派。司马光很明显发扬了祖宗贬低曹操的做法，但作为史学家，有失公允。

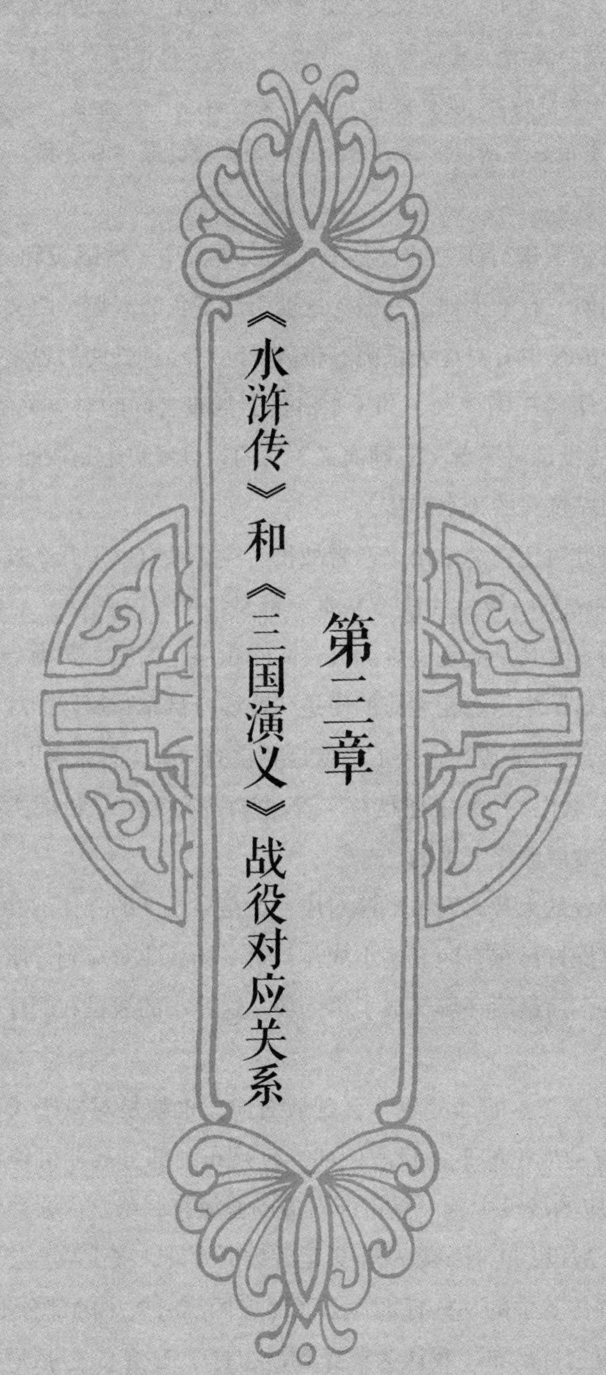

第三章 《水浒传》和《三国演义》战役对应关系

题外话：在第一章的开头，我建议读者少读多猜，以增加阅读趣味。而这一章恰恰相反，我建议读者，直接阅读、体会。但如果想读得更明白一些，建议辅以《三国演义》《水浒传》，以更好地印证本文内容。不妨直言，若不熟悉原著，可能阅读体验不会很好。所以，读者须知道战争大致的顺序和进程。

在对《水浒传》进行研究的过程中，我发现其中一些战役和《三国演义》中的战役极其相似，有不少如出一辙。这就引起了我的兴趣，两文会不会不仅人物相对应，连战役也有对应关系呢？带着疑问，经过长期的思索和探究，我最终发现且确定了《三国演义》和《水浒传》战役之间的对应关系。可以说，《水浒传》中的战役是对照着《三国演义》写的，且罗贯中是按照《三国演义》中故事发展的顺序撰写的《水浒传》。

经过我的研究对比，总结出来两者战役对应关系有以下几个规律：

一是《水浒传》中战役的情节基本上都是按照《三国演义》情节安排的顺序对应下来的，尤其是战役发生的大致时间顺序。例如，曹操最先和吕布交战，那么《水浒传》中与之相对应的便是“曹操打吕布”这样的战役。接着曹操攻打的是张绣，《水浒传》中接下来就是对应的“曹操打张绣”。下一战是曹操打袁术，那么《水浒传》中还是对应着“曹操打袁术”。以此类推，基本上都是按照三国的发展顺序下来的。

二是战役爆发的大致时间按顺序对应，但是战役中的具体战斗却可能是错开的。例如，曹操打吕布有四五场小战斗，第一场战斗对应到《水浒传》中可能成了最后一场，而最后一场又成了第一场，这些小的战役在顺序上有可能会错开很多。

甚至《三国演义》的部分战斗会延后对应，也就是对应于《水浒传》中按顺序本该对应的战役的下一役。例如，打吕布中部分战斗可能没有对应在《水浒传》相对应的战役中，而是可能对应到曹操打张绣这一役之中的小战役上，延后了一个战役；也有少数战斗会延后数个战役，极少数会提前。

三是《水浒传》中的一些标题涵盖了《三国演义》中的部分战役。例如，三打祝家庄对应三打吕布（我认为曹操和吕布打了三场），包括后边的两败童贯，三败高俅也是如此。但《水浒传》标题涵盖的战役不一定就会出现在《三国演义》中的同一场战役里。比如，三打吕布对应三打祝家庄，但是三打祝家庄只是标题上概括了三打吕布。但在三打祝家庄这一故事里，细节的战斗没有完全对应于三打吕布，有部分战斗对应在了别的水浒战役里。

另外，还有一些别的规律，详述至第五章。

下文我会把相应战役的对应关系详细地列出来，顺序按着《水浒传》中的出场顺序进行排列。

一、《水浒传》中攻打江州对应《三国演义》曹操得兖州后打陶谦

《水浒传》回合是：

第三十九回　梁山泊好汉劫法场　白龙庙英雄小聚义

第四十回　宋江智取无为军　张顺活捉黄文炳

《三国演义》的回合是：

第一十回　勤王室马腾举义　报父仇曹操兴师

详解：

首先，晁盖对应曹操，我在第二章已进行了详细分析。梁山军马的第一场战役就是晁盖组织的，即攻打江州，劫法场救宋江。那么对应于《三国演义》中哪一场战斗呢？经反复推断，确定对应的是曹操攻打陶谦。攻打陶谦是曹操得到兖州、成为地方割据势力之后的第一战，同时也是刘备第一次参加诸侯的争斗。之前无论是曹操还是刘备都只打过黄巾贼和董卓，并未和其他诸侯交手过，这是他俩逐鹿中原的开始。因此，《水浒传》中就以此开始与《三国演义》一一对应。

两场战役有以下对应关系：

对应 1：成全

曹操打徐州陶谦，间接成全了刘备。曹操出兵后，陶谦告急向孔融求救，孔融则请刘备前赴支援。在曹操退兵后，陶谦就挽留刘备驻扎于小沛。不久陶谦去世，临死前陶谦直接将徐州让给了刘备。在这之前刘备一直没有什么起

色，实为小人物一个。但不容忽视的是，从此时开始，刘备开始崛起，成了真正意义上的地方割据势力。而这一切，都是曹操间接促成的。刘备自己曾说："孔北海知世间有刘备耶？"没有曹操攻打陶谦一事，刘备多半没有出头之日，也就无法成为叱咤风云的英雄：

玄德敛容答曰："孔北海知世间有刘备耶？"乃同云长、翼德点精兵三千，往北海郡进发。

……

玄德入城，陶谦接着，共到府衙。礼毕，设宴相待，一壁劳军。陶谦见玄德仪表轩昂，语言豁达，心中大喜，便命糜竺取徐州牌印，让与玄德。

……

陶谦以手指心而死。众军举哀毕，即捧牌印交送玄德。玄德固辞。次日，徐州百姓，拥挤府前哭拜曰："刘使君若不领此郡，我等皆不能安生矣！"关、张二公亦再三相劝。玄德乃许权领徐州事；使孙乾、糜竺为辅，陈登为幕官；尽取小沛军马入城，出榜安民；一面安排丧事。玄德与大小军士，尽皆挂孝，大设祭奠祭毕，葬于黄河之原。将陶谦遗表，申奏朝廷。

操在鄄城，知陶谦已死，刘玄德领徐州牧，大怒曰："我仇未报，汝不费半箭之功，坐得徐州！吾必先杀刘备，后戮谦尸，以雪先君之怨！"

而晁盖打江州的结果是救了宋江。之前字谜已经解出来宋江对应刘备。晁盖救宋江，不就对应着曹操救刘备嘛，也就是《三国演义》中的曹操成全刘备。

对应 2：屠杀

《三国演义》中曹操屠杀徐州之事在第一章已进行了分析，这里不再赘述。而《水浒传》中在攻打江州这一役中，梁山泊的好汉也少见地屠杀百姓：

只见那人丛里那个黑大汉，轮两把板斧，一味地砍将来。晁盖等却不认得，只见他第一个出力，杀人最多。晁盖猛省起来，“戴宗曾说一个黑旋风李逵和宋三郎最好，是个莽撞之人。”晁盖便叫道：“前面那好汉莫不是黑旋风？”那汉那里肯应，火杂杂地抡着大斧只顾砍人。晁盖便叫背宋江、戴宗的两个小喽罗，只顾跟着那黑大汉走。当下去十字街口，不问军官百姓，杀得横尸遍地，血流成渠。推倒颠翻的，不计其数。众头领撇了车辆担仗，一行人跟了黑大汉，直杀出来。背后花荣，黄信，吕方，郭盛，四张弓箭，飞蝗般往后射来。那江州军民百姓谁敢近前。这黑大汉直杀到江边来，身上血溅满身，兀自在江边杀人。晁盖便挺朴刀，叫道：“不干百姓事，休只管伤人！”那汉那里来听叫唤，一斧一个，排头儿砍将去。

二、三打祝家庄对应曹操打吕布

《水浒传》回合：

第四十六回　扑天雕两修生死书　宋公明一打祝家庄

第四十七回　一丈青单捉王矮虎　宋公明二打祝家庄

第四十八回　解珍解宝双越狱　孙立孙新大劫牢

第四十九回　吴学究双掌连环计　宋公明三打祝家庄

《三国演义》回合：

第十一回　刘皇叔北海救孔融　吕温侯濮阳破曹操

第十二回　陶恭祖三让徐州　曹孟德大战吕布

如同本章开头所言，标题中三打祝家庄对应的是三打吕布。《三国演义》中，曹操打陶谦后随即攻打吕布，时间顺序一致。而曹操打吕布，有“三打”吗？据我分析是有的：第一打是曹操从徐州赶回后和吕布交战，互有胜负，濮阳还是在吕布手里的。因为蝗灾双方罢兵，第一打结束：

是年蝗虫忽起，食尽禾稻。关东一境，每谷一斛，直钱五十贯，人民相食。曹操因军中粮尽，引兵回鄄城暂住。吕布亦引兵出屯山阳就食。因此二处权且罢兵。

第二打，曹操得到信息，濮阳空虚，曹操再出兵，成功打下濮阳，同时大败吕布，吕布只好投奔徐州刘备：

曹操班师，曹仁、夏侯惇接见，言近日细作报说：兖州薛兰、李封军士皆出掳掠，城邑空虚，可引得胜之兵攻之，一鼓可下。操遂引军径奔商州。

第三打，吕布在投靠刘备后，鸠占鹊巢，反倒把刘备赶跑了，自己占了徐州。后曹操抓住机会，一举歼灭吕布。所以，总的为三打吕布。

《水浒传》这一役的标题为三打祝家庄，仅仅是概括。实际在这一战役中的小型战役，并没有全部对应三打吕布，只对应一打和二打吕布中的内容，还有部分战役延后对应到了水浒中后边的回合里了。不过，三打吕布本就在时间上和二打吕布相隔较远，对应于《水浒传》的战役也应在后边。

具体分析，两场战役有两个对应处，具体分析如下：

对应 1：都是在老巢附近

《水浒传》里祝家庄就在梁山泊边上，同在郓州境内：

再说杨雄，石秀，时迁，离了蓟州地面，在路夜宿晓行，不则一日，行到郓州地面。

……

小二道：“此间离梁山泊不远，只恐他那里里贼人来借粮，因此准备下。”

《三国演义》中吕布和曹操与之相对应的战斗的地方，就在曹操的老巢兖州内：

张邈大喜，便令吕布袭破兖州，随据濮阳。止有鄄城、东阿、范县三处，被荀彧、程昱设计死守得全，其余俱破。曹仁屡战，皆不能胜，特此告急。操闻报大惊曰："兖州有失，使吾无家可归矣，不可不亟图之！……"

对应2：林中伏兵

《三国演义》中吕布担心曹操会在林中设伏，要去烧林，但被曹操看穿了，中了曹操埋伏。而《水浒传》则反过来，祝家庄最厉害的手段就是在林中设伏。祝家庄的"盘陀路"和林中伏兵让宋江吃了第一场大败，幸得当地老人指点，否则恐怕只有烧林才能打败祝家庄了：

那老人道："你便从村里走去，只看有白杨树，便可转弯，不问路道阔狭，但有白杨树的转弯，便是活路，没那树时，都是死路，如有别的树木转弯，也不是活路。若还走差了，左来右去，只走不出去。更兼死路里地下埋藏着竹签铁蒺藜，若是走差了，踏着飞签，准定吃捉了，待走那里去！"

……

花荣在马上看见，把手指与宋江道："哥哥，你看见那树影里这碗烛灯么？只看我等投东，他便把那烛灯望东扯；若是我们投西，他便把那烛灯望西扯。只那些儿，想来便是号令。"宋江道："怎地奈何的他那碗灯？"花荣道："有何难哉！"便拈弓搭箭，纵马向前，望着影中只一箭，不端不正，恰好把那碗红灯射将下来。四下里埋伏军兵不见了那碗红灯，便都自乱撺起来。宋江叫石秀引路，且杀出村口去，只听得前山喊声连起，一带火把纵横撩乱，宋江教前军扎住，且使石秀领路去探。不多时，回来报道："是山寨中第二拨军马到了接应，杀散伏兵。"

《三国演义》中的"林中伏兵"：

细作报知吕布，布引军赶来。将近操寨，见左边一望林木茂盛，恐有伏兵而回。操知布军回去，乃谓诸将曰："布疑林中有伏兵耳，可多插旌旗于林中以疑之。寨西一带长堤，无水，可尽伏精兵。明日吕布必来烧林，堤中军断其后，布可擒矣。"

对应3：曹操和宋江都是死里逃生

《三国演义》中曹操差点儿被抓，因吕布不识其面目而逃过一劫：

却说曹操见典韦杀出去了，四下里人马截来，不得出南门；再转北门，火光里正撞见吕布挺戟跃马而来。操以手掩面，加鞭纵马竟过。吕布从后拍马赶来，将戟于操盔上一击，问曰："曹操何在？"操反指曰："前面骑黄马者是他。"吕布听说，弃了曹操，纵马向前追赶。

打祝家庄时宋江也差点儿被一丈青抓了：

正行之间，只见一丈青飞马赶来。宋江措手不及，便拍马望东而走。背后一丈青紧追着，八个马蹄翻盏撒相似，赶投深村处来。一丈青正赶上宋江，待要下手，只听得山坡上有人大叫道："那鸟婆娘赶我哥哥那里去！"

对应4：都靠内应破敌

《三国演义》中田氏有两次投降，即诈降和真降，罗贯中将其融为一体，对应孙立做内应打下祝家庄。田氏诈降时，曹操说："天使吾得濮阳也！"孙立投靠梁山泊时，宋江也说："这个祝家庄也是合当天败。"都是靠天的。

《三国演义》中田氏里应外合：

却说吕布到寨，与陈宫商议。宫曰："濮阳城中有富户田氏，家僮千百，为一郡之巨室；可令彼密使人往操寨中下书，言'吕温侯残暴不仁，民心大怨。今欲移兵黎阳，止有高顺在城内。可连夜进兵，我为内应'。操若来，诱之入城，四门放火，外设伏兵。曹操虽有经天纬地之才，到此安能得脱也？"吕布从其计，密谕田氏使人径到操寨。操因新败，正在踌躇，忽报田氏人到，呈上密书云："吕布已往黎阳，城中空虚。万望速来，当为内应。城上插白旗，大书'义'字，便是暗号。"操大喜曰："天使吾得濮阳也！"重赏来人，一面收拾起兵。

……

城上田氏，见布败回，急令人拽起吊桥。布大叫："开门！"田氏曰："吾已降曹将军矣。"布大骂，引军奔定陶而去。陈宫急开东门，保护吕布老小出城。操遂得濮阳，恕田氏旧日之罪。

《水浒传》中孙立里应外合：

吴学究笑道："这个祝家庄也是合当天败，却限有这个机会。吴用想来，事在旦夕可破。"宋江听罢，十分惊喜，连忙问道："这祝家庄如何旦夕可破？机会自何而来？"

……

吴学究商议已了，先来宋江寨中，见宋公明眉头不展，面带忧容，吴用置酒与宋江解闷，备说起石勇、杨林、邓飞三个的一起相识，是登州兵马提辖病尉迟孙立，和这祝家庄教师栾廷玉是一个师父教的。今来共有八人，投托大寨入伙，特献这条计策，以为进身之报。今已计较定了，里应外合，如此行事，随后便来参见兄长。宋江听说罢，大喜，把愁闷都撇在九霄云外，忙叫寨内置酒，安排筵席等来相待。

三、救柴进破高唐州对应曹操许都救驾

《水浒传》回合：

第五十一回　李逵打死殷天赐　柴进失陷高唐州

第五十二回　戴宗二取公孙胜　李逵独劈罗真人

第五十三回　入云龙斗法破高廉　黑旋风下井救柴进

《三国演义》回合是：

第十三回　李傕郭汜大交兵　杨奉董承双救驾

第十四回　曹孟德移驾幸许都　吕奉先乘夜袭徐郡

这一役总的有7个对应处，其中有2处是上一回曹操打吕布中延后的，另有5处和曹操救驾许都对应。

破高唐州这一战对应曹操打吕布的这两场战斗，是上一战中没有写的对应

事件的补充，所以这两个对应处，我没有按《水浒传》的时间顺序来写，而是先将这两个对应处单独列出来。其他内容我都是按《水浒传》的先后顺序写的。

对应 1：劫寨相似

陈宫提醒吕布："曹操极能用兵"，要小心他劫寨；吴用也提醒宋江，强调高廉会"神师技"，要小心他劫寨。"神师技"对应"极能用兵"。并且被劫寨的一方都有两个寨，被劫的寨兵马都少，不是主力。

《三国演义》中的曹操劫寨：

> 曹操输了一阵，回寨与诸将商议。于禁曰："某今日上山观望，濮阳之西，吕布有一寨，约无多军。今夜彼将谓我军败走，必不准备，可引兵击之；若得寨，布军必惧：此为上策。"操从其言，带曹洪、李典、毛玠、吕虔、于禁、典韦六将，选马步二万人，连夜从小路进发。
>
> 却说吕布于寨中劳军。陈宫曰："西寨是个要紧去处，倘或曹操袭之，奈何？"布曰："他今日输了一阵，如何敢来！"宫曰："曹操是极能用兵之人，须防他攻我不备。"

《水浒传》中的高廉劫寨：

> 吴学究道："若是这厮会使神师计，他必然今夜要来劫寨，可先用计提备，此处只可屯扎些少军马，我等去旧寨内驻扎。"宋江传令，只留下杨林、白胜看寨，其余人马，退去旧寨内将息。
>
> ……
>
> 当夜风雷大作，杨林、白胜引着三百余人伏在草里看时，只见高廉步走，引领三百神兵，吹风唿哨，杀入寨里来，见是空寨，回身便走。杨林、白胜呐声喊，高廉只怕中了计，四散便走，三百神兵各自奔逃。

简本中此处省去了"神师技"说，虽然劫寨一事能对应上，但是"曹操是极能用兵之人"这样的细节就不如繁本对得有韵味了。

简本《水浒传》：

与吴用商议曰："今番连折两阵，这厮今夜必来劫寨。我等去旧寨驻扎。"

对应 2：先设伏，然后诱敌出城劫寨，敌方中伏

《三国演义》中是曹操诈死引诱吕布出城劫寨，而后吕布中了埋伏。而《水浒传》中梁山好汉"大吹大擂"诱敌出城劫寨，而后高廉中了埋伏。"大吹大擂"是一种诱敌的方法，类似于张飞喝酒引诱张郃。

《三国演义》中曹操诈死诱敌：

众将拜伏问安，操仰面笑曰："误中匹夫之计，吾必当报之！"郭嘉曰："计可速发。"操曰："今只将计就计：诈言我被火伤，已经身死。布必引兵来攻。我伏兵于马陵山中，候其兵半渡而击之，布可擒矣。"嘉曰："真良策也！"于是令军士挂孝发丧，诈言操死。早有人来濮阳报吕布，说曹操被火烧伤肢体，到寨身死。布随点起军马，杀奔马陵山来。将到操寨，一声鼓响，伏兵四起。吕布死战得脱，折了好些人马；败回濮阳，坚守不出。

《水浒传》中梁山好汉"大吹大擂"诱敌：

次日，分兵四面围城，尽力攻打，公孙胜对宋江、吴用道："昨夜虽是杀败敌军大半，眼见得那三百神兵退入城中去了。今日攻击得紧，那厮夜间必来偷营劫寨。今晚可收军一处，至夜深，分去四面埋伏。这里虚扎寨栅，教众将只听霹雳响，看寨中火起，一齐进兵。"传令已了。当日攻城至未牌时分，都收四面军兵还寨，却在营中大吹大擂饮酒。看看天色渐晚，众头领暗暗分拨开去，四面埋伏已定。

和曹操许都救驾也有五个对应处，具体分析如下。

对应 1：救的都是"龙子龙孙"

《三国演义》中曹操救的是皇帝自不必说。《水浒传》里梁山好汉救下的

柴进，是柴世宗的后人，也是“龙子龙孙”：

柴进道：“直阁休恁相欺；我家也是龙子龙孙，放著先朝丹书铁券，谁敢不敬？”

除此之外，柴进说高唐州是禁城，但我认为，禁城一般都指皇城、都城。高唐州应该是没有资格被称为禁城的，这一处是否会是一种暗示？

柴进笑道：“可知朱仝要和你厮并，见面不得。这里是禁城之内，如何比得你小寨里横行？”李逵道：“禁城便怎地？江州无为军偏我不曾杀人？”

对应 2：敌对势力都会“妖法”

《水浒传》中高廉会妖法：

高廉见连折二将，便去背上掣出那口太阿宝剑来，口中念念有词，喝声道：“疾！”只见高廉队中卷起一道黑气。那道气散至半空里，飞沙走石，撼天摇地，括起怪风，迳扫过对阵来。林冲、秦明、花荣等众将对面不能相顾，惊得那坐下马乱撺咆哮，众人回身便走。高廉把剑一挥，指点那三百神兵从众里杀将出来。

《三国演义》中的反派有人也会“妖法”：

帝乃降诏，封傕为大司马。傕喜曰：“此女巫降神祈祷之力也！”遂重赏女巫，却不赏军将。骑都尉杨奉大怒，谓宋果曰：“吾等出生入死，身冒矢石，功反不及女巫耶！”

李傕是《三国演义》这一役中的反派，虽然他不会妖法，但是他的女巫懂妖法，而且还很厉害。

对应3："三百神兵"和"三百铁骑"

《水浒传》和《三国演义》中反派指挥的都是极其厉害的三百人。

《水浒传》中有三百神兵：

> 高廉手下有三百体己军士，号为飞天神兵，一个个都是山东、河北、江西、湖南、两淮、两浙选来的精壮好汉。

《三国演义》中则有三百铁骑：

> 次日，李傕军马来迎操兵。操先令许褚、曹仁、典韦领三百铁骑，于傕阵中冲突三遭，方才布阵。

对应4：引诱敌人中埋伏

《三国演义》中曹操招降了徐晃，杨奉在追击时中了曹操的埋伏，这个引诱不是很明显，但是可知是提前做好埋伏的，明显是由计划进行的。《水浒传》中梁山好汉则是假装救兵来了，诈败诱敌。

《三国演义》中叙述为：

> 晃遂引帐下数十骑，连夜同满宠来投曹操。早有人报知杨奉。奉大怒，自引千骑来追，大叫："徐晃反贼休走！"正追赶间，忽然一声炮响，山上山下，火把齐明，伏军四出，曹操亲自引军当先，大喝："我在此等候多时。休教走脱！"杨奉大惊，急待回军，早被曹兵围住。

《水浒传》中叙述为：

> 吴学究道："城中兵微将寡，所以他去求救。我这里可使两支人马，诈作救应军兵，于路混战：高廉必然开门助战，乘势一面取城，把高廉引入小路，必然擒获。"宋江听了大喜，令戴宗回梁山泊另取两枝军马，分作两路而来。

且说高廉每夜在城中空阔处，堆积柴草，竟天价放火为号，城上只望救兵到来。过了数日，守城军兵望见宋江阵中不战自乱，急忙报知。高廉听了，连忙披挂上城瞻望，只见两路人马战尘蔽日，喊杀连天，冲奔前来，四面围城军马，四散奔走。高廉知是两路救军到了，尽点在城军马，大开城门，分头掩杀出去。

且说高廉撞到宋江阵前，看见宋江引着花荣、秦明，三骑马望小路而走。高廉引了人马，急去追赶，忽听得山坡后连珠炮响，心中疑惑，便收转人马回来。两边锣响，左手下小温侯，右手下赛仁贵，各引五百人马冲将出来。高廉急夺路走时，部下军马折其大半；奔走脱得垓心时，望见城上已都是梁山泊旗号。

对应5：敌方内部有“叛徒”保护了要救的人，但这个人最后没有加入救人者的团队

《水浒传》中有狱卒违抗高廉之命，救了柴进，但这个狱卒没上梁山。梁山好汉走后，他会不会被秋后算账，不得而知：

只是没寻柴大官人处。吴学究教唤集高唐州押狱禁子问时，数内有一个禀道：“小人是当牢节级蔺仁。前日蒙知府高廉所委，专一牢固监守柴进，不得有失。又分付道：‘但有凶吉，你可便下手。’三日之前知府高廉要取柴进出来施刑，小人为见本人是个好男子，不忍下手，只推道：‘本人病至八分，不必下手。’后又催并得紧，小人回称：‘柴进已死。’因是连日厮杀，知府不闲，小人恐他差人下来看视，必见罪责。昨日引柴进去后面枯井边，开了枷锁，推放里面躲避，如今不知存亡。”

……

赏谢了蔺仁，再把府库财帛，仓廒粮米，并高廉所有家私，尽数装载上山。大小将校离了高唐州，得胜回梁山泊。

《三国演义》中虽然杨奉反叛李傕，救了皇帝，但是杨奉没有加入曹操阵营。接着，曹操迁都许昌，杨奉出面阻止，为曹操所败：

车驾正到华阴县，背后喊声震天，大叫："车驾且休动！"帝泣告大臣曰："方离狼窝，又逢虎口，如之奈何？"众皆失色。贼军渐近。只听得一派鼓声，山背后转出一将，当先一面大旗，上书"大汉杨奉"四字，引军千余杀来。

原来杨奉自为李傕所败，便引军屯终南山下；今闻驾至，特来保护。当下列开阵势。汜将崔勇出马，大骂杨奉"反贼"。奉大怒，回顾阵中曰："公明何在？"一将手执大斧，飞骤骅骝，直取崔勇。两马相交，只一合，斩崔勇于马下。杨奉乘势掩杀，汜军大败，退走二十余里。奉乃收军来见天子。帝慰谕曰："卿救朕躬，其功不小！"奉顿首拜谢。

……

杨奉、韩暹两个商议："今曹操成了大功，必掌重权，如何容得我等？"乃入奏天子，只以追杀傕、汜为名，引本部军屯于大梁去了。

四、破连环马对应曹操攻打张绣和刘表联军

《水浒传》回合：

第五十四回　高太尉大兴三路兵　呼延灼摆布连环马

第五十五回　吴用使时迁偷甲　汤隆赚徐宁上山

第五十六回　徐宁教使钩镰枪　宋江大破连环马

《三国演义》回合：

第十六回　吕奉先射戟辕门　曹孟德败师淯水

如同三打祝家庄对应三打吕布一样，标题仅是总的概括。破连环马这一役同样如此，在救驾后，曹操的下一场战役是攻打张绣，而张绣和刘表是联盟关系，连环马应该用以比喻张绣和刘表的联军，破连环马应该对应着曹操打败张绣刘表联军。但这里仅仅是大体上的对应。内容上，在《三国演义》中，曹操和张刘联军一共有过两次战役，中间有间隔，此处仅对应第一次战役。不过第二次打张刘联军，可能因为其内容少、不重要，《水浒传》中就没有再单独写对应的战役，而是穿插在别的战役中了，时间上倒还是按顺序来的。

《三国演义》和《水浒传》中的两场战役有四个对应处，具体分析如下。

对应 1：联合

《水浒传》中是马连环，也是联合；《三国演义》中则是张绣和刘表联合：

> 济侄张绣统其众，用贾诩为谋士，结连刘表，屯兵宛城，欲兴兵犯阙夺驾。

对应 2：均有三路大军

《水浒传》中标题就是三路大军：

> 第五十四回　高太尉大兴三路兵　呼延灼摆布连环马

《三国演义》中也有，虽然指挥三路大军的是曹操：

> 一面起兵十五万，亲讨张绣。分军三路而行，以夏侯惇为先锋。

对应 3：损失惨重

《三国演义》这一战中曹操惨败失典韦，其侄子曹安民、大儿子曹昂都被杀死：

> 韦身无片甲，上下被数十枪，兀自死战。刀砍缺不堪用，韦即弃刀，双手提着两个军人迎敌，击死者八九人，群贼不敢近，只远远以箭射之，箭如骤雨。韦犹死拒寨门。争奈寨后贼军已入，韦背上又中一枪，乃大叫数声，血流满地而死。死了半晌，还无一人敢从前门而入者。
>
> 却说曹操赖典韦当住寨门，乃得从寨后上马逃奔，只有曹安民步随。操右臂中了一箭，马亦中了三箭。亏得那马是大宛良马，熬得痛，走得快。刚刚走到清水河边，贼兵追至，安民被砍为肉泥。操急骤马冲波过河，才上得岸，贼兵一箭射来，正中马眼，那马扑地倒了。操长子曹昂，即以己所乘之马奉操。操上马急奔。曹昂却被乱箭射死。

《水浒传》在打方腊以前，这一战中梁山部队损失之大，实属罕见，有“折其大半”和“杀死者不计其数”之说：

那“连环马”直赶到水边，乱箭射来，船上有傍牌遮护，不能损伤，慌忙把船棹到鸭嘴滩，尽行上岸，就水寨里整点人马，折其大半；却喜众头领都全，虽然折了些马匹，都救得性命。少刻，只见石勇、时迁、孙新、顾大嫂都逃命上山，说：“步军冲杀将来，把店屋平拆了去。我等若无号船接应，尽被擒捉！”宋江一一亲自抚慰，计点众头领时，中箭者六人：林冲、雷横、李逵、石秀、孙新、黄信；小喽罗中伤带箭者不计其数。

……

却说呼延灼大获全胜，回到本寨，开放连环马，都次第前来请功。杀死者不计其数，生擒的五百余人，夺得战马三百余匹。

对应4：藏兵捉将

与其说藏兵捉将是《水浒传》中这一役中的一个重要计策，不如说这是对《三国演义》中对应的这一役的总结。在《三国演义》中，张绣投降后又想反，就派胡车儿偷了典韦的武器，可以称为“藏兵”。然后，幸得典韦拼死抵挡，曹操才走脱，否则就被抓了，此可称为“捉将”。

《水浒传》叙述为：

宋江道：“明日并不用一骑马军，众头领都是步战。孙吴兵法，却利于山林沮泽。今将步军下山，分作十队诱敌，但见军马冲掩将来，都望芦苇荆棘林中乱走。却先把钩镰枪军士埋伏在彼，每十个会使钩镰枪的，间着十个挠钩手，但见马到，一搅钩翻，便把挠钩搭将入去捉了。平川窄路，也如此埋伏。此法如何？”吴学究道：“正应如此藏兵捉将。”徐宁道：“钩镰枪并挠钩，正是此法。”

据查，在简本《水浒传》中，此处并无“藏兵捉将”说法。

《三国演义》叙述为：

当下献计于绣曰："典韦之可畏者，双铁戟耳。主公明日可请他来吃酒，使尽醉而归。那时某便混入他跟来军士数内，偷入帐房，先盗其戟，此人不足畏矣。"

……

须臾，四下里火起。操始着忙，急唤典韦。韦方醉卧，睡梦中听得金鼓喊杀之声，便跳起身来，却寻不见了双戟。

……

却说曹操赖典韦当住寨门，乃得从寨后上马逃奔，只有曹安民步随。

五、打青州对应打袁术

《水浒传》回合：

第五十七回　三山聚义打青州　众虎同心归水泊

《三国演义》回合是：

第十七回　袁公路大起七军　曹孟德会合三将

攻打完张绣以后，曹操就"挟天子以令诸侯"，自己做了盟主，带领各路诸侯攻打袁术。打青州这一役，正与此对应。

对应1：从标题可看出"三山聚义"和"会合三将"相对应

《水浒传》的"三山聚义"中的"三山"指的是桃花山的周通和李忠，二龙山的鲁智深、杨志、武松、施恩、曹正，白虎山的孔明、孔亮。

《三国演义》的"会合三将"中的"三将"指的是刘备、吕布、孙策。可以说这是除讨伐董卓外，魏、蜀、吴三股势力唯一一次团结合作，称得上"三山聚义"。此时的刘备、孙策、吕布都听从曹操的调遣，可以说是曹操名声上的巅峰了，称得上"众虎同心归水泊"。

与袁术对应的邓飞为什么叫作"火眼狻猊"，我对"火眼"的解读为"合伙讨厌"。能让这些本来自相攻击的诸侯来一起打他，袁术也是个人才。

忽曹操使至，拜策为会稽太守，令起兵征讨袁术。

……

一面先发人会合孙策与刘备、吕布。

……

操即分吕布一军在左，玄德一军在右，自统大军居中，令夏侯惇、于禁为先锋。

袁术知操兵至，令大将桥蕤引兵五万作先锋。两军会于寿春界口。桥蕤当先出马，与夏侯惇战不三合，被夏侯惇搠死。术军大败，奔走回城。忽报孙策发船攻江边西面，吕布引兵攻东面，刘备、关、张引兵攻南面，操自引兵十七万攻北面。

对应2：这里对应于曹操第二次打刘表、张绣联军

《三国演义》中曹操是在打完袁术后才对张、刘联军进行第二次攻打的，但可能因为打袁术这一役没有精彩之处，打张、刘联军的这次战斗就被作者放到了这里。

《三国演义》中曹操看城后声东击西，欲攻东南而诱敌西北防御；《水浒传》中吴用、宋江看城引诱呼延灼出城，并设伏把他抓了。两者都是在看城后想出诱敌之计。

《三国演义》中曹操看城后想出诱敌之计：

却说贾诩料知曹操之意，便欲将计就计而行，乃谓张绣曰："某在城上见曹操绕城而观者三日。他见城东南角砖土之色，新旧不等，鹿角多半毁坏，意将从此处攻进，却虚去西北上积草，诈为声势，欲哄我撤兵守西北，彼乘夜黑必爬东南角而进也。"绣曰："然则奈何？"诩曰："此易事耳。来日可今精壮之兵，饱食轻装，尽蒙于东南房屋内，却教百姓假扮军士，虚守西北。夜间任他在东南角上爬城。俟其爬进城时，一声炮响，伏兵齐起，操可擒矣。"绣喜，从其计。

《水浒传》中宋江看城想出诱敌之计：

只听的军校来报道：“城北门外土坡上，有三骑私自在那里看城。”

……

宋江、吴用、花荣三个，只顾呆了脸看城。呼延灼拍马上坡，三个勒转马头，慢慢走去。呼延灼奋力赶到前面几株枯树边厢，宋江、吴用、花荣三个齐齐的勒住马。呼延灼方才赶到枯树边，只听得呐声喊，呼延灼正踏着陷坑，人马都跌将下坑去了。两边走出五六十个挠钩手，先把呼延灼钩将起来，绑缚了拿去，后面牵着那匹马。

六、打华州对应第三次攻打吕布

《水浒传》回合：

第五十八回　吴用赚金铃吊挂　宋江闹西岳华山

《三国演义》回合：

第十九回　下邳城曹操鏖兵　白门楼吕布殒命

曹操打完张绣、袁术后接着第三次打吕布，这一次吕布被曹操击败诛杀了。曹操获胜的关键，在于调虎离山，而《水浒传》中这一役也全靠调虎离山。《水浒传》梁山泊攻华州无计可施，恰好遇到宿太尉降香。于是宋江截获宿太尉并冒充之，调虎离山，引诱贺太守出城，然后华州被轻易打下。贺太守虽然先派了推官探查，但也被宋江骗得“眼花心乱”：

宋江等看了西岳华山，见城池厚壮，形势坚牢，无计可施。吴用道：“且回寨里去，再作商议。”

……

吴用引到面前，埋怨推官道：“太尉是天子前近幸大臣，不辞千里之遥，特奉圣旨到此降香，不想于路染病未痊，本州众官，如何不来远接！”推官答道：“前路官司虽有文书到州，不见近报，因此有失迎迓。不期太尉先到庙里，本是太守便来，奈缘少华山贼人，纠合梁山泊草盗，要打城池，每日在彼提防，以此不敢擅离。特差小官先来贡献酒礼，太守随后便来参见。”吴学究道：“太尉涓滴不饮，只叫太守快来商议行礼。”

……

吴用叫推官看了，再收入柜匣内锁了。又将出中书省许多公文，付与推官，便叫太守来商议，拣日祭祀。推官和众多做公的，都见了许多物件文凭，便辞了客帐司，径回到华州府里，来报贺太守。

却说宋江暗暗地喝彩道：“这厮虽然奸猾，也骗得他眼花心乱了。”

《三国演义》中，陈登用了连环调虎离山计，让曹操轻易拿下了徐州，比《水浒传》中梁山的调虎离山计更为传奇和精彩。陈登对应人物金大坚，金大坚的职务是雕刻营指挥知篆刻兵符印信事，就是因此而来的：

登曰：“外面之事，儿自为之；倘布败回，父亲便请糜竺一同守城，休放布入，儿自有脱身之计。”珪曰：“布妻小在此，心腹颇多，为之奈何？”登曰：“儿亦有计了。”乃入见吕布曰：“徐州四面受敌，操必力攻，我当先思退步：可将钱粮移于下邳，倘徐州被围，下邳有粮可救。主公盍早为计？”布曰：“元龙之言甚善。吾当并妻小移去。”遂令宋宪、魏续保护妻小与钱粮移屯下邳。

……

次日辞了陈宫，飞马来见吕布曰：“关上孙观等皆欲献关，某已留下陈宫守把，将军可于黄昏时杀去救应。”布曰：“非公则此关休矣。”便教陈登飞骑先至关，约陈宫为内应，举火为号。登径往报宫曰：“曹兵已抄小路到关内，恐徐州有失。公等宜急回。”宫遂引众弃关而走。登就关上放起火来。吕布乘黑杀至，陈宫军和吕布军在黑暗里自相掩杀。曹兵望见号火，一齐杀到，乘势攻击。孙观等各自四散逃避去了。吕布直杀到天明，方知是计；急与陈宫回徐州。到得城边叫门时，城上乱箭射下。糜竺在敌楼上喝曰：“汝夺吾主城池，今当仍还吾主，汝不得复入此城也。”布大怒曰：“陈珪何在？”竺曰：“吾已杀之矣。”布回顾宫曰：“陈登安在？”宫曰：“将军尚执迷而问此佞贼乎？”布令遍寻军中，却只不见。宫劝布急投小沛，布从之。行至半路，只见一彪军骤至，视之，乃高顺、张辽也。布问之，答曰：“陈登来报说主公被围，令某等急来救解。”宫曰：“此又佞贼之计也。”布怒曰：“吾必杀此贼！”急驱马至小沛。只见小沛城上尽插曹兵旗号。原来曹操已令曹仁袭了城池，引军守把。

七、一打曾头市和一打北京为承前启后

《水浒传》回合：

第五十九回　公孙胜芒砀山降魔　晁天王曾头市中箭

第六十二回　宋江兵打大名城　关胜议取梁山泊

《三国演义》回合：

第十八回　贾文和料敌决胜　夏侯惇拔矢啖睛

第十九回　下邳城曹操鏖兵　白门楼吕布殒命

曹操在第三次打吕布，杀掉吕布后接着和刘备交战。而梁山泊打完华州后，即攻打曾头市，曾头市是否代表着刘备呢？我想是的，至少这二人都有“五虎将”。

这个曾头市上，共有三千余家，内有一家，唤做曾家府。这老子原是大金国人，名为曾长者；生下五个孩儿，号为曾家五虎：大的儿子，唤做曾涂，第二个唤做曾密，第三个唤做曾索，第四个唤做曾魁，第五个唤做曾升。

曹操打完刘备后打袁绍。《水浒传》中一打曾头市后就开始打北京（大名城），而袁绍占据的是冀州（河北），在《水浒传》中北京是河北第一大郡。所以据笔者推断，《水浒传》的北京隐喻袁绍。

按照标题来说，打曾头市和打北京两战分别对应打刘备和打袁绍。但笔者解读后认为，此处标题仅为大体事件，在内容上则是承前启后的。有些战役是对应着打张绣和刘表联军的，还有对应歼灭吕布的，这些我认为是承前。但

也有很多就是打刘备和袁绍的，这些是启后。正是因为有这些承前启后的内容，我才把这两役并在一起了。不过，曹操和刘备与袁绍之间的战事，经常都是交错进行的，曹操时而和刘备打，时而和袁绍打。所以在《水浒传》中，梁山泊打曾头市没有攻下，就去打北京了，最后打完北京才又去打曾头市。我想这样的情节应该也是跟《三国演义》相对应的。

那么，下文就先看对应关系中的承前部分。

对应1：曹操和晁盖均死于奸计

此处的对应关系在第二章中已经有过详解。《三国演义》中曹操于濮阳打吕布，被骗进城，后诈死引诱吕布。而《水浒传》中与之对应的就是晁盖在曾头市中计被射死。具体对应可以回上一章详看，这里不再赘述。但要说明的是，这一处对应关系本应存在于三打祝家庄中，但因为接下来的对应2中的原因，推迟到了此处。

对应2：史文恭射杀曹操对应“衣带诏”

第二章对史文恭已做了解读。“衣带诏”是个很关键的原因，“衣带诏”发生前，曹操才刚刚联合吕布、刘备和孙策一起打了袁术。当时袁绍作为袁术的哥哥都不肯帮袁术，我想袁氏兄弟不和是原因，但曹操的名正言顺也是令袁绍不敢轻动的重要因素，可以说在那个时候曹操的威望达到了巅峰。而“衣带诏”事件后，曹操基本上是人人喊打了。“衣带诏”这件事刚好发生在曹操杀了吕布后，刘备反曹之前。而发生“衣带诏”事件后，刘备就和曹操产生了第一次冲突。对应到《水浒传》中，史文恭杀晁盖也是于此时发生的，顺序完全对得上。我想这就是为什么晁盖被射杀这一役，本应对应在三打祝家庄中的战役却对应到攻打曾头市这里。

（注：“衣带诏”为汉献帝用手指的鲜血写的一份密令，让董承号召诸侯杀了曹操。可惜事情败露，最后董承等被杀，导致刘备、袁绍等开始反曹。内容详见于《三国演义》第二十回。）

对应3：都有盗马和抢马

《水浒传》和《三国演义》中这一对应事件均有盗马和抢马情节，抢的马均放在寺庙里，最终都想还马以求停战。

《三国演义》中抢马、盗马以及最后的换马求停战，都是在曹操最后一次攻打吕布前发生的，此时的刘备依附于曹操。盗马这些本来应该与攻打华州对应的，却延后了一役。

张飞抢了吕布的马：

忽人报："玄德在小沛招军买马，不知何意？"布曰："此为将者本分事，何足为怪。"正话间，宋宪、魏续至，告布曰："我二人奉明公之命，往山东买马，买得好马三百余匹；回至沛县界首，被强寇劫去一半。打听得是刘备之弟张飞，诈妆出贼，抢劫马匹去了。"

先是侯成后槽人盗马送给刘备，接着是侯成盗吕布赤兔马。注意，此处有交代，张飞将马养在寺中，后文有对应处：

却说侯成有马十五匹，被后槽人盗去，欲献与玄德。

……

侯成曰："我因追马受责，而布所倚恃者，赤兔马也。汝二人果能献门擒布，吾当先盗马去见曹公。"三人商议定了。是夜侯成暗至马院，盗了那匹赤兔马，飞奔东门来。

张飞把抢的马养在寺里，刘备想还马求和，但吕布不肯：

玄德唤张飞责之曰："都是你夺他马匹，惹起事端！如今马匹在何处？"飞曰："都寄在各寺院内。"玄德遂令人出城，至吕布营中，说情愿送还马匹，两相罢兵。布欲从之。陈宫曰："今不杀刘备，久后必为所害。"布听之，不从所请，攻城愈急。

《水浒传》中段景住偷了一匹千里马（对应赤兔马），想送给宋江，但是被曾头市给抢了。此处既对应着侯成后槽人偷马献给刘备，也对应着侯成偷吕布的赤兔马：

那汉答道："小人姓段，双名景住；人见小弟赤发黄须，都呼小人为金毛犬。祖贯是涿州人氏，平生只靠去北边地面盗马。今春去到枪竿岭北边，盗得一匹好马，雪练也似价白，浑身并无一根杂毛，头至尾，长一丈，蹄至脊，高八尺。那马又高又大，一日能行千里，北方有名，唤做‘照夜玉狮子马’，乃是大金王子骑坐的，放在枪竿岭下，被小人盗得来。江湖上只闻及时雨大名，无路可见，欲将此马前来进献与头领，权表我进身之意。不期来到凌州西南上曾头市过，被那曾家五虎夺了去。小人称说是梁山泊宋公明的，不想那厮多有污秽的言语，小人不敢尽说。逃走得脱，特来告知。”

第二次，曾头市又抢了梁山泊的一匹马，还把这匹马养在寺中。这一处对应张飞抢马养在寺里一事。

（注：这一处并非出自一打曾头市，而是出现在二打曾头市里面的，但是因为内容有联系，被我提前放到这里。）

话说当时段景住跑来，对林冲等说道：“我与杨林、石勇，前往北地买马，到彼选得壮窜有筋力好毛片骏马，买了二百余匹。回至青州地面，被一伙强人，为头一个唤做险道神郁保四，聚集二百余人，尽数把马劫夺，解送曾头市去了。石勇、杨林，不知去向。小弟连夜逃来，报知此事。”

……

这个青州郁保四，身长一丈，腰阔数围，绰号险道神，将这夺的许多马匹，都喂养在法华寺内。

宋江提议曾头市还马就和解遭拒，而对应的是刘备也想还马以换取停战，但最终被吕布拒绝。

（注：这一处出自二打曾头市，也是因为内容有联系，被我放在了这里。）

却使曾升带同郁保四，来宋江大寨讲和。二人到中军相见了，随后将原夺二次马匹，并金帛一车，送到大寨。宋江看罢道：“这马都是后次夺的。正有先前段景住送来那匹千里白龙驹照夜玉狮子马，如何不见将来？”曾升道：“是师父史文恭乘坐着，以此不曾将来。”宋江道：“你急忙快写书去，教早早牵那匹马来还我。”曾升便写书，叫从人还寨，讨这匹马来。史文恭听得，回道：“别的马将去不吝，这匹马却不与他。”从人往复去了几遭，宋江定死要这匹马。史文恭使人来说道：“若还定要我这匹马时，着他即便退军，我便送来还他。”

（注：上文的3个对应点均取材于打曾头市，下文的则取材于一打北京。）

对应4：追击

《水浒传》一打北京时有两次追击中计事件，我认为这两处取材于张绣和刘表对曹操的两次追击，形式虽有所区别，但是还是相似的。

（注：这里阐述的是曹操和张绣与刘表的第二次战役，之前有关“连环马”的战役都是对应第一次战役的。第二次战役的先前已经讲过了，被罗贯中穿插到了各个战役中。其中一部分就穿插在了攻打北京时。也正由于这些原因，我才将一打曾头市和一打北京解读为承上启下。）

《水浒传》中的第一次追击，先是示弱诱敌，然后再出奇兵制胜。李逵被马军冲散，女将迎敌可以称为示弱诱敌；“雾气遮天”我想应该是对出奇兵的一个暗示吧：

李成在马上看了，与索超大笑道：“每日只说梁山泊好汉，原来只是这等腌臜草寇，何足为道！先锋，你看么？何不先捉此贼？”索超笑道：“割鸡焉用牛刀，自有战将建功，不必主将挂念。”言未绝，索超马后一员首将，姓王，名定，手拈长枪，引领部下一百马军，飞奔冲将过来。李逵胆勇过人，虽是带甲遮护，怎当马军一冲，当时四下奔走。

……

且说这扈三娘引军红旗上，金书大字“女将一丈青”。左有顾大嫂，右有孙二娘，引一千余军马，都是七长八短汉，四山五岳人。李成看了道：“这等军人，作何用处！先锋与我向前迎敌，我却分兵勒捕四下草寇。”索超领了将令，手持金蘸斧，拍坐下马，杀奔前来。一丈青勒马回头，望山坳里便走。李成分开人马，四下里赶杀。正赶之间，只听得喊声震地，雾气遮天，一彪人马飞也似追来。李成急急退兵十四五里，首尾不能管顾。急退入庚家疃时，左冲出解珍、孔亮，部领人马，赶杀将来；右冲出孔明、解宝，部领人马，又杀到来。三员女将，拨转马头，随后杀来，赶得李成军马四分五落。急待回寨，黑旋风李逵当先拦住。李成、索超冲开人马，夺路而去。比及回寨，大折一阵。宋江军马也不追赶，一面收兵暂歇，扎下营寨。

《水浒传》中的这一次追击，对应于曹操的一次“出奇制胜”。曹操退兵，刘表、张绣在后追击，但曹操“缓诱之”，进而纵奇兵制胜。“缓诱之”就是指水浒中的示弱诱敌，奇兵对应着“雾气遮天”：

次日，忽荀彧差人报说：“刘表助张绣屯兵安众，截吾归路。”操答彧书曰：“吾日行数里，非不知贼来追我；然吾计划已定，若到安众，破绣必矣。君等勿疑。”便催军行至安众县界。刘表军已守险要，张绣随后引军赶来。操乃令众军黑夜凿险开道，暗伏奇兵。及天色微明，刘表、张绣军会合，见操兵少，疑操遁去，俱引兵入险击之。操纵奇兵出，大破两家之兵。

……

操回府，众官参见毕，荀彧问曰：“丞相缓行至安众，何以知必胜贼兵？”操曰：“彼退无归路，必将死战，吾缓诱之而暗图之，是以知其必胜也。”荀彧拜服。

在《水浒传》梁山攻打北京中的第二次追击中，宋江闻知关胜欲“围魏救赵”，攻打梁山泊老巢时，急退，但派强将殿后，又设下埋伏，击退北京宋军。此处完全是仿照曹操得知袁绍要打他老巢许都时，急退兵被张绣刘表追击，而他设下强兵，打退了追兵一役。

先看《三国演义》中贾诩料敌如神。曹操回救许都（对宋江回救梁山），因而急退，贾诩劝张绣、刘表勿追，刘表、张绣不听，以致惨败。而后贾诩让他们再追击，果然张绣获胜。张绣获胜后，贾诩还做了一个非常经典的讲解：

且说荀彧探知袁绍欲兴兵犯许都，星夜驰书报曹操。操得书心慌，即日回兵。细作报知张绣，绣欲追之。贾诩曰："不可追也，追之必败。"刘表曰："今日不追，坐失机会矣。"力劝绣引军万余同往追之。约行十余里，赶上曹军后队。曹军奋力接战，绣、表两军大败而还。绣谓诩曰："不用公言，果有此败。"诩曰："今可整兵再往追之。"绣与表俱曰："今已败，奈何复追？"诩曰："今番追去，必获大胜；如其不然，请斩吾首。"绣信之。刘表疑虑，不肯同往。绣乃自引一军往追。操兵果然大败，军马辎重，连路散弃而走。绣正往前追赶。忽山后一彪军拥出。绣不敢前追，收军回安众。刘表问贾诩曰："前以精兵追退兵，而公曰必败；后以败卒击胜兵，而公曰必克：究竟悉如公言。何其事不同而皆验也？愿公明教我。"诩曰："此易知耳。将军虽善用兵，非曹操敌手。操军虽败，必有劲将为后殿，以防追兵；我兵虽锐，不能敌之也：故知必败。夫操之急于退兵者，必因许都有事；既破我追军之后，必轻车速回，不复为备；我乘其不备而更追之：故能胜也。"刘表、张绣俱服其高见。

而宋江这一次退兵，模仿曹操，像极了贾诩所说的：

《三国演义》叙述为：

操军虽败，必有劲将为后殿，以防追兵；我兵虽锐，不能敌之也：故知必败。

《水浒传》：

闻达道："想是京师救军去取他梁山泊，这厮们恐失巢穴，慌忙归去。可以乘势追杀，必擒宋江。"

……

且说宋江引兵退回，见城中调兵追赶，舍命便走。直退到飞虎峪那边，只听的背后火炮齐响。李成、闻达吃了一惊，勒住战马看时，后面只见旗幡对刺，战鼓乱鸣。李成、闻达火急回军，左手下撞出小李广花荣，右手下撞出豹子头林冲，各引五百军马，两边杀来。措手不及，知道中了奸计，火速回军。前面又撞出呼延灼，引着一支马军，大杀一阵，杀的李成、闻达金盔倒纳，衣甲飘零，退入城中，闭门不出。

对应5：大将单挑时中了冷箭，然后大败

《三国演义》中夏侯惇和高顺单挑，被曹性射中眼睛，虽奋勇杀了曹性，但是依然落败。

（注：此处取自曹操破吕布，本应对应于《水浒传》中的打华州时，但如同其他战斗一样，被延后到了这里。）

惇不舍，亦绕阵追之。阵上曹性看见，暗地拈弓搭箭，觑得亲切，一箭射去，正中夏侯惇左目。惇大叫一声，急用手拔箭，不想连眼珠拔出，乃大呼曰："父精母血，不可弃也！"遂纳于口内啖之，仍复挺枪纵马，直取曹性。性不及提防，早被一枪搠透面门，死于马下。两边军士见者，无不骇然。夏侯惇既杀曹性，纵马便回。高顺从背后赶来，麾军齐上，曹兵大败。

在《水浒传》中则是索超中了暗箭，然后大败：

索超纵马，直挺秦明。二匹劣马相交，两般军器并举，众军呐喊。斗过二十余合，不分胜败。宋江军中，先锋队里转过韩滔，就马上拈弓搭箭，觑的索超较亲，飕地只一箭，正中索超左臂。撇了大斧，回马望本阵便走。宋江鞭梢一指，大小三军，一齐卷杀过来。杀得尸横遍野，流血成河，大败亏输。

对应6：乘胜追击，不给敌军机会恢复气势

《三国演义》中荀攸建议曹操乘吕布新败，"气未复"，速攻而擒之：

因聚众将曰："张杨虽幸自灭，然北有袁绍之忧，东有表、绣之患，下邳久围不克，吾欲舍布还都，暂且息战，何如？"荀攸急止曰："不可。吕布屡败，锐气已堕，军以将为主，将衰则军无战心。彼陈宫虽有谋而

迟。今布之气未复，宫之谋未定，作速攻之，布可擒也。”

《水浒传》中吴用劝宋江追击，以防“养成勇气”，此处的“养成勇气”对应“气未复”：

宋江就槐树坡寨内屯扎，吴用道：“军兵败走，心中必怯。若不乘势追赶，诚恐养成勇气，急忙难得。”宋江道：“军师之言极当。”

打刘备和袁绍的启后部分有两个对应点，具体分析如下。

对应1：都折旗子

《水浒传》叙述为：

宋江与吴用，公孙策众头领就山下金沙滩饯行。饮酒之间，忽起一阵狂风，正把晁盖新制的认军旗半腰吹折。众人见了，尽皆失色。吴学究谏道：“哥哥才出军，风吹折认旗，于军不利。不若停待几日，却去和那厮理会。”晁盖道：“天地风云，何足为怪？趁此春暖之时，不去拿他，直待养成那厮气势，却去进兵，那时迟了。你且休阻我；遮莫怎地，要去走一遭！”吴用一个那里别拗得住，晁盖引兵渡水去了。

《三国演义》中第二十四回的曹操折旗子提到此处，提前对应了一役，但同样都对应着曹操打刘备，应该是罗贯中顾及剧情做的改动：

且说曹操引军往小沛来。正行间，狂风骤至，忽听一声响亮，将一面牙旗吹折。操便令军兵且住，聚众谋士问吉凶。荀彧曰：“风从何方来？吹折甚颜色旗？”操曰：“风自东南方来，吹折角上牙旗，旗乃青红二色。”彧曰：“不主别事，今夜刘备必来劫寨。”操点头。忽毛玠入见曰：“方才东南风起，吹折青红牙旗一面。主公以为主何吉凶？”操曰：“公意若何？”毛玠曰：“愚意以为今夜必主有人来劫寨。”

对应 2：两个将军名字相反

《三国演义》中袁绍第一次和曹操交战，派的是文丑和颜良；而《水浒传》中北京负责统帅的则是闻达、李成。“闻达”这个名字，可将“闻”解为“文”，即闻达为文达，“达”字有精通的意思，而“丑”字则表示不好。文达可谓与文丑相反，闻达这个人应该对应着文丑。

八、后两次打北京对应曹操打刘备

《水浒传》回合：

第六十三回　呼延灼月夜赚关胜　宋公明雪天擒索超

第六十五回　时迁火烧翠云楼　吴用智取大名府

本战是回合的前部分

《三国演义》回合：

第二十二回　袁曹各起马步三军　关张共擒王刘二将

第二十四回　国贼行凶杀贵妃　皇叔败走投袁绍

第二十五回　屯土山关公约三事　救白马曹操解重围

在这里，读者可能有些不解，上文中说打北京对应打袁绍，怎么到这里打北京又变成打刘备了呢？先不急，听我细讲。上文作为承上启下，罗贯中用标题进行了概述，也给了曾头市对应打刘备，打北京对应袁绍的暗示。但是在此后的具体内容上，罗贯中还是按照顺序对应着写的。而按照正确的顺序，确实是先打刘备，再打袁绍。而之所以与曾头市和北京的战斗会交错进行，我上文已经分析了，估计是因为曹操和刘备、袁绍之间的战事也是交错的。而且这一段时间还有类似“衣带诏”这样的情节，既要兼顾对应关系，又要安排好剧情，可能作者就只好对偏了一点儿，但其实还是很正的，按大的方向来说，顺序正确。

对应 1：赚关胜和关羽投降

这两件事是这一对相互对应的战役里最有知名度的事情。

（注：标题中“屯土山关公约三事”就是关羽投降的事。）

对应2：劫寨时被泄密，因而劫了空寨

一个是中了八面埋伏，另一个是敌人分八路伏兵，均为八个方向。

《三国演义》中曹操及其下属通过折断的军旗预测到了刘备要来劫寨，提前做了准备——八面埋伏，刘备夜里劫了空寨，大败而逃。

忽毛玠入见曰："方才东南风起，吹折青红牙旗一面。主公以为主何吉凶？"操曰："公意若何？"毛玠曰："愚意以为今夜必主有人来劫寨。"操曰："天报应我，当即防之。"遂分兵九队，只留一队向前虚扎营寨，余众八面埋伏。

在《水浒传》中，此处一共劫了两次寨，即张横和阮小二分别劫关胜的寨。张横在人物对应关系中解为吕蒙，我认为张横此处的劫寨（偷袭）一事对应的是吕蒙袭荆州一战（详见人物对应关系吕蒙一处），在这里仅仅作为人物的故事而出现。原因是张横只在此处有机会和关胜对敌，其后关胜上山，他们是兄弟，不可能再战，所以只能把本应在后边出现的故事提到了这里。

所以，《三国演义》中的这次劫寨对应的是阮小二劫寨。阮小二将劫寨，被关胜小兵发现后，关胜安排了八路伏兵（对应曹操的八面埋伏）：

岸上小军，望见水面上战船如蚂蚁相似，都傍岸边，慌忙报知主帅。关胜笑道："无见识贼奴，何足为虑！"随即唤首将，附耳低言，如此如此。

且说三阮在前，张顺在后，呐声喊，抢入寨来。只见寨内枪刀竖立，旌旗不倒，并无一人。三阮大惊，转身便走。帐前一声锣响，左右两边，马军步军，分作八路，簸箕掌，栲栳圈，重重迭迭，围裹将来。

对应3：因投降的人带来了虚假消息，以致中伏被俘

《三国演义》中张飞出的计谋，故意泄露假的劫寨信息，然后殴打士兵并放他到刘岱那里投降报信，最后抓了刘岱：

飞守了数日，见岱不出，心生一计：传令今夜二更去劫寨；日间却在帐中饮酒诈醉，寻军士罪过，打了一顿，缚在营中，曰："待我今夜出兵时，将来祭旗！"却暗使左右纵之去。军士得脱，偷走出营，径往刘岱营中来报劫寨之事。刘岱见降卒身受重伤，遂听其说，虚扎空寨，伏兵在外。是夜张飞却分兵三路，中间使三十余人，劫寨放火；却教两路军抄出他寨后，看火起为号，夹击之。三更时分，张飞自引精兵，先断刘岱后路；中路三十余人，抢入寨中放火。刘岱伏兵恰待杀入，张飞两路兵齐出。岱军自乱，正不知飞兵多少，各自溃散。刘岱引一队残军，夺路而走，正撞见张飞，狭路相逢，急难回避，交马只一合，早被张飞生擒过去。

在《水浒传》中则是呼延灼诈降，引诱关胜前去劫寨，但是中伏被抓了。

是夜月光如昼。黄昏时候，披挂已了，马摘鸾铃，人披软战，军卒衔枚疾走，一齐乘马，呼延灼当先引路，众人跟着。转过山径，约行了半个更次，前面撞见三五十个伏路小军，低声问道："来的不是呼将军么？宋公明差我等在此迎接。"呼延灼喝道："休言语，随在我马后走！"呼延灼纵马先行，关胜乘马在后。又转过一层山嘴，只见呼延灼把枪尖一指，远远地一碗红灯。关胜勒住马，问道："有红灯处是那里？"呼延灼道："那里便是宋公明中军。"急催动人马。将近红灯，忽听得一声炮响，众军跟定关胜，杀奔前来。到红灯之下看时，不见一个，便唤呼延灼时，亦不见了。关胜大惊，知道中计，慌忙回马，听得四边山上，一齐鼓响锣鸣。正是慌不择路，众军各自逃生。关胜连忙回马时，只剩得数骑马军跟着。转出山嘴，又听得树林边脑后一声炮响，四下里挠钩齐出，把关胜拖下雕鞍，夺了刀马，卸去衣甲，前推后拥，拿投大寨里来。

对应4：关羽和关胜投降都征询别人的意见

《水浒传》中关胜征询宣赞和郝思文的意见：

关胜看了一班头领，义气深重，回顾宣赞、郝思文道："我们被擒在此，所事若何？"二人答道："并听将令。"关胜道："无面还京，愿赐早死！"

简本《水浒传》中无关胜询问宣赞、郝思文意见情节。

简本《水浒传》：

关胜见宋江义气深重，只得回顾宣赞、郝思文曰："我们被擒，无面回京，但赐一死。"

《三国演义》中关羽征询两个嫂子的意见：

二夫人曰："二叔今将若何？"公曰："关某出城死战，被困土山，张辽劝我投降，我以三事相约。曹操已皆允从，故特退兵，放我入城。我不曾得嫂嫂主意，未敢擅便。"二夫人问："那三事？"关公将上项三事，备述一遍。甘夫人曰："昨日曹军入城，我等皆以为必死；谁想毫发不动，一军不敢入门。叔叔既已领诺，何必问我二人？只恐日后曹操不容叔叔去寻皇叔。"公曰："嫂嫂放心，关某自有主张。"二夫人曰："叔叔自家裁处，凡事不必问俺女流。"

对应5：都是诈败然后将敌将引入圈套

《水浒传》和《三国演义》中均有将兵马潜入敌城内做内应放火之事。《三国演义》中是同一个计策，而《水浒传》中则将它分解成三次，但是三次战斗都是连着的。

《三国演义》中夏侯惇诈败将关羽诱出包围，同时投降了曹操的"旧兵"进城做内应放火：

却说程昱献计曰："云长有万人之敌，非智谋不能取之。今可即差刘备手下投降之兵，入下邳，见关公，只说是逃回的，伏于城中为内应；却引关公出战，诈败佯输，诱入他处，以精兵截其归路，然后说之可也。"操听其谋，即令徐州降兵数十，径投下邳来降关公。关公以为旧兵，留而不疑。

次日，夏侯惇为先锋，领兵五千来搦战。关公不出，惇即使人于城下辱骂。关公大怒，引三千人马出城，与夏侯惇交战。约战十余合，惇拨回马走。关公赶来，惇且战且走。关公约赶二十里，恐下邳有失，提兵便回。只听得一声炮响，左有徐晃，右有许褚，两队军截住去路，关公夺路而走，两边伏兵排下硬弩百张，箭如飞蝗。关公不得过，勒兵再回，徐晃、许褚接住交战。关公奋力杀退二人，引军欲回下邳，夏侯惇又截住厮杀。公战至日晚，无路可归，只得到一座土山，引兵屯于山头，权且少歇。曹兵团团将土山围住。关公于山上遥望下邳城中火光冲天，却是那诈降兵卒偷开城门，曹操自提大军杀入城中，只教举火以惑关公之心。关公见下邳火起，心中惊惶，连夜几番冲下山来，皆被乱箭射回。

宋江军马示弱引诱生擒索超，对应着夏侯惇诈败。《水浒传》叙述为：

却说索超策马上城，望见宋江军马各有惧色，东西策立不定，当下便点三百军马蓦地冲出城来。宋江军马四散奔波而走；却教水军头领李俊、张顺、身披软战，勒马横枪，前来迎敌。却才与索超交马，弃枪便走，特引索超奔陷坑边来。索超是个性急的。那里照顾？那里一边是路，一边是涧。李俊弃马跳入涧中，向着前面，口里叫道："宋公明哥哥快走！"索超听了，不顾身体，飞马撞过阵来。山背后一声炮响，索超连人和马跌将下去。后面伏兵齐起。这索超便有三头六臂，也须七损八伤。

呼延灼以"旧兵"身份投降关胜，关胜不疑。此处和关羽不疑心那几个投降了曹操的"旧兵"如出一辙：

那人道："小将呼延灼的便是。先前曾与朝廷统领连环马军，征进梁山泊。谁想中贼奸计，失陷了军机，不能还乡。听得将军到来，不胜之喜。早间宋江在阵上，林冲、秦明待捉将军，宋江火急收军，诚恐伤犯足下。此人素有归顺之意，独奈众贼不从。暗与呼延灼商议，正要驱使众人归顺。将军若是听从，明日夜间，轻弓短箭，骑着快马，从小路直入贼寨，生擒林冲等寇，解赴京师，共立功勋。"关胜听罢大喜，请入帐，置酒相待。备说宋江专以忠义为主，不幸从贼无辜。二人递相剖露衷情，并无疑心。

“旧兵”下邳放火则是对应时迁等元宵节灯会放火一事：
（注：这次放火发生在安道全医治宋江之后。）

吴用道：“即令冬尽春初，早晚元宵节近。大名年例大张灯火。我欲趁此机会，先令城中埋伏，外面驱兵大进，里应外合，可以破之。”宋江道：“此计大妙！便请军师发落。”吴用道：“为头最要紧的是城中放火为号。你众兄弟中谁敢与我先去城中放火？”只见阶下走过一人道：“小弟愿往。”众人看时，却是鼓上蚤时迁。时迁道：“小弟幼年间曾到大名，城内有楼，唤做翠云楼，楼上楼下大小有百十个阁子。眼见得元宵之夜必然喧哄。小弟潜地入城，到得元宵节夜，只盘去翠云楼上，放起火来为号，军师可自调遣人马入来。”

但为何在是元宵节放火？又为何本来连贯对应的内容中会隔着个安道全医治宋江？且看下文解答。

九、安道全医宋江对应吉平药曹操

《水浒传》回合：
第六十四回　托塔天王梦中显圣　浪里白条水上报冤
《三国演义》回合是：
第二十三回　祢正平裸衣骂贼　吉太医下毒遭刑

时间上，吉平药曹操发生在刘备击败刘岱后，被曹操击败前。按时间算，《水浒传》中与之对应的事也大致发生在这个时候。吉平药曹操是“衣带诏”的后续事件。

对应1：都以“南柯一梦”为开始

《水浒传》中宋江梦见了晁盖，此处为整件时间的开始：

是夜独坐帐中，忽然一阵冷风，刮得灯光如豆；风过处，灯影下，闪闪走出一人。宋江抬头看时，却是天王晁盖，却进不进，叫道：“兄弟，你在这里做甚么？”宋江吃了一惊，急起身问道：“哥哥从何而来？冤雠不曾报得，中心日夜不安；又因连日有事，一向不曾致祭；今日显灵，必有见责。”晁盖道：“兄弟不知，我与你心腹弟兄，我今特来救你。如今背上之事发了，只除江南地灵星可免无事，兄弟曾说：‘三十六计，走为上策。’今不快走时，更待甚么？倘有疏失，如之奈何！休怨我不来救你。”宋江意欲再问明白，赶向前去说道：“哥哥，阴魂到此，望说真实！”晁盖道：“兄弟，你休要多说，只顾安排回去，不要缠障。我便去也。”宋江撒然觉来，却是“南柯一梦”，便请吴用来到中军帐中；宋江备述前梦。

《三国演义》中董承梦见了曹操（晁盖），这个梦引出吉平决意用毒药杀曹操一事：

时值元宵，吉平辞去，承留住，二人共饮。饮至更余，承觉困倦，就和衣而睡。忽报王子服等四人至，承出接入。服曰：“大事谐矣！”承曰：“愿闻其说。”服曰：“刘表结连袁绍，起兵五十万，共分十路杀来。马腾结连韩遂，起西凉军七十二万，从北杀来。曹操尽起许昌兵马，分头迎敌，城中空虚。若聚五家僮仆，可得千余人。乘今夜府中大宴，庆赏元宵，将府围住，突入杀之。不可失此机会！”承大喜，即唤家奴各人收拾兵器，自己披挂绰枪上马，约会都在内门前相会，同时进兵。夜至二鼓，众兵皆到。董承手提宝剑，徒步直入，见操设宴后堂，大叫：“操贼休走！”一剑剁去，随手而倒。霎时觉来，乃南柯一梦，口中犹骂“操贼”不止。

对应2：医生救人和医生药人

《水浒传》中的安道全是神医，很快便引出宋江体内的“毒气”，救了宋江的命：

寨中大小头领接着，拥到宋江卧榻内，就床上看时，口内一丝两气。安道全先诊了脉息，说道：“众头领休慌，脉体无事。身躯虽是沉重，大体不妨。不是安某说口，只十日之间，便要复旧。”众人见说，一齐便拜。安道全先把艾培引出毒气，然后用药：外使敷贴之饵，内用长托之剂。五日之间，渐渐皮肤红白，肉体滋润。不过十日，虽然疮口未完，却得饮食如旧。

吉平为太医，替董承看病时，找到了董承的病因，还决定治好董承的病——毒杀曹操。

《三国演义》叙述为：

承乃取出衣带诏，令平视之；且曰：“今之谋望不成者，乃刘玄德、马腾各自去了，无计可施，因此感而成疾。”平曰：“不消诸公用心。操贼性命，只在某手中。”承问其故。平曰：“操贼常患头风，痛入骨髓；才一举发，便召某医治。如早晚有召，只用一服毒药，必然死矣，何必举刀兵乎？”

对应3：“杀人者安道全”

张顺书写的数十个“杀人者，我安道全也”，反喻吉平至死不出卖董承等。

综合此处内容，安道全这个名字可以如此解：

“安”有“岂”的意思，“安道全”，就是“岂能全部告诉”，隐喻吉平不说同谋者，不出卖同伴的节气，所以安道全对应于吉平。

《水浒传》叙述为：

张顺懊恼无及，忽然想着武松自述之事，随即割下衣襟，沾血去粉墙写道："杀人者，我安道全也！"一连写了数十余处。

《三国演义》叙述为：

> 操笑曰："量汝是个医人，安敢下毒害我？必有人唆使你来。你说出那人，我便饶你。"平叱之曰："汝乃欺君罔上之贼，天下皆欲杀汝，岂独我乎！"操再三磨问。平怒曰："我自欲杀汝，安有人使我来？今事不成，惟死而已！"
>
> ……
>
> 操曰："同谋者先有六人。与汝共七人耶？"平只是大骂。王子服等四人面面相觑，如坐针毡。操教一面打，一面喷。平并无求饶之意。操见不招，且教牵去。
>
> ……
>
> 操指谓承曰："此人曾攀下王子服等四人，吾已拿下廷尉。尚有一人，未曾捉获。"因问平曰："谁使汝来药我？可速招出！"平曰："天使我来杀逆贼！"
>
> ……
>
> 操令割其舌。平曰："且勿动手。吾今熬刑不过，只得供招。可释吾缚。"操曰："释之何碍？"遂命解其缚。平起身望阙拜曰："臣不能为国家除贼，乃天数也！"拜毕，撞阶而死。

简本《水浒传》中此处无张顺书写"杀人者，我安道全也"数十个。语言看起来很接近，但是加了这"数十个"意义区别就大了。

简本《水浒传》：

> 张顺割下衣襟抹血，去粉壁上写曰："杀人者安道全也"。

我曾在前文中提了两个问题，一是为何在元宵节放火，二是为何要放在安道全医治宋江之后。我觉得是因为有一场放火和吉平有关，发生在吉平药曹操之后，所以元宵节放火这一事就被安排在了安道全医治宋江后边。具体为哪

一场火呢？那就是五汉臣元宵节放火，而五汉臣中有两个是吉平的儿子。

五汉臣放火发生在很久以后，于《三国演义》中第六十九回合发生。但可能因为都和吉平有关，而罗贯中很欣赏吉平，就把这场放火的一些元素放在了对应于时迁北京放火之处。还有一个原因可能是，“衣带诏”、吉平药曹操、五汉臣放火都是反曹的，罗贯中将他们对应的故事集中放在了这几回中。

五汉臣元宵节灯会放火：

> 祎曰：“我有心腹二人，与操贼有杀父之仇，现居城外，可用为羽翼。”耿纪问是何人。祎曰：“太医吉平之子：长名吉邈，字文然；次名吉穆，字思然。操昔日为董承衣带诏事，曾杀其父；二子逃窜远乡，得免于难。今已潜归许都，若使相助讨贼，无有不从。”耿纪、韦晃大喜。金祎即使人密唤二吉。须臾，二人至。祎具言其事。二人感愤流泪，怨气冲天，誓杀国贼。金祎曰：“正月十五日夜间，城中大张灯火，庆赏元宵。耿少府、韦司直，你二人各领家僮，杀到王必营前；只看营中火起，分两路杀入……今日约定，至期二更举事。”

时迁等北京放火和五汉臣放火，不止同在元宵节，还都是在二更时候：

> 这八路马步军兵，各自取路，即今便要起行，毋得时刻有误。正月十五日二更为期，都要到北京城下。马军步军，一齐进发。

《三国演义》中金祎劝王必必须放灯；《水浒传》中则是闻达劝梁中书必须放灯。《水浒传》和《三国演义》对这场灯会的描写都极其精彩。

《三国演义》叙述为：

> 金祎先期来见王必，言：“方今海宇稍安，魏王威震天下；今值元宵令节，不可不放灯火以示太平气象。”王必然其言，告谕城内居民，尽张灯结彩，庆赏佳节。至正月十五夜，天色晴霁，星月交辉，六街三市，竞放花灯。真个金吾不禁，玉漏无催！王必与御林诸将在营中饮宴。二更以后，忽闻营中呐喊，人报营后火起。

《水浒传》:

闻达便道："想此贼人，潜地退去，没头告示乱贴，此是计穷，必无主意，相公何必多虑。若还今年不放灯时，这厮们细作探知，必然被他耻笑。

……

家家门前扎起灯栅，都要赛挂好灯，巧样烟火；户内缚起山棚，摆放五色屏风炮灯，四边都挂名人书画，并奇异古董玩器之物；在城大街小巷，家家都要点灯。大名府留守司州桥边，搭起一座鳌山，上面盘红黄纸龙两条，每片鳞甲上点灯一盏，口喷净水。去州桥河内周围上下，点灯不计其数。铜佛寺前扎起一座鳌山，上面盘青龙一条，周回也有千百盏花灯。翠云楼前也扎起一座鳌山，上面盘着一条白龙，四面灯火，不计其数。

十、关胜降水火二将对应关羽千里走单骑及前后战役

《水浒传》回合：

第六十六回　宋江赏步三军　关胜降水火二将

《三国演义》回合：

第二十七回　美髯公千里走单骑　汉寿侯五关斩六将

第二十八回　斩蔡阳兄弟释疑　会古城主臣聚义

《三国演义》中曹操打败刘备后，就是关羽千里走单骑的故事了。在走单骑过程中，关羽除了过五关斩六将外，还收服了廖化和周仓，廖化和周仓在人物对应关系里已经解为魏定国和单廷珪了。所以，这里看标题就知道对应关系了。详细对应关系看下文。

对应 1：关羽和关胜都不被信任

《三国演义》中张飞不信任关羽：

关公望见张飞到来，喜不自胜，付刀与周仓接了，拍马来迎。只见张飞圆睁环眼，倒竖虎须，吼声如雷，挥矛向关公便搠。关公大惊，连忙闪过，便叫："贤弟何故如此？岂忘了桃园结义耶？"飞喝曰："你既无义，有何面目来与我相见！"关公曰："我如何无义？"飞曰："你背了兄长，降了曹操，封侯赐爵。今又来赚我！我今与你拼个死活！"

……

飞曰："嫂嫂休要被他瞒过了！忠臣宁死而不辱。大丈夫岂有事二主之理！"

《水浒传》中吴用不信任关胜，派林冲督战。一百单八将互相不信任，这应该是唯一一处吧。

众头领回到忠义堂上，吴用便对宋江说道："关胜此去，未保其心，可以再差良将，随后监督，就行接应。"宋江道："吾观关胜义气凛然，始终如一，军师不必多疑。"吴用道："只恐他心不似兄长之心。可再叫林冲、杨志领兵，孙立、黄信为副将，带领五千人马，随即下山。"

简本《水浒传》中没有梁山好汉怀疑关胜内容，梁山好汉间互不信任确实突兀和不可思议。

简本《水浒传》:

关胜领五千人马下山去了。吴用便教林冲、杨志、孙立、黄信带军马随后接应。

对应2：都有三次诱敌

第二次诱敌时皆有叙旧环节，第三次诱敌都有与"火"相关的埋伏，但也都因得到了忠告而未中伏。

《三国演义》的第一次诱敌中，韩福诱关羽：

孟坦曰："吾有一计：先将鹿角拦定关口，待他到时，小将引兵和他交锋，佯败诱他来追，公可用暗箭射之。若关某坠马，即擒解许都，必得重赏。”

在《水浒传》的第一次诱敌中，水火二将诱擒宣赞和郝思文：

正斗之间，两将拨转马头，望本阵便走。郝思文、宣赞随即追赶，冲入阵中。

……

且说宣赞正赶之间，只见四五百步军，都是红旗红甲，一字儿围裹将来，挠钩齐下，套索飞来，和人连马，活捉去了。再说郝思文追住单廷珪到右边，只见五百来步军，尽是黑旗黑甲，一字儿裹转来，脑后众军齐上，把郝思文生擒活捉去了。

在《三国演义》的第二次诱敌中，卞喜诱关羽。期间关羽和普净有叙旧情节：

当下闻知关公将到，寻思一计：就关前镇国寺中，埋伏下刀斧手二百余人，诱关公至寺，约击盏为号，欲图相害。安排已定，出关迎接关公。公见卞喜来迎，便下马相见。

……

内有一僧，却是关公同乡人，法名普净。当下普净已知其意，向前与关公问讯，曰："将军离蒲东几年矣？"关公曰："将及二十年矣。"普净曰："还认得贫僧否？"公曰："离乡多年，不能相识。"普净曰："贫僧家与将军家只隔一条河。"卞喜见普净叙出乡里之情，恐有走泄，乃叱之曰："吾欲请将军赴宴，汝僧人何得多言！"关公曰："不然。乡人相遇，安得不叙旧情耶？"

在《水浒传》的第二次诱敌中，关胜引诱单廷珪追他，随后将其降服。林冲来问交战过程，关胜说"诉旧论新"，此"诉旧论新"对应关羽和普净的叙旧：

关胜听了，舞刀拍马。两个斗不到五十余合，关胜勒转马头，慌忙便走，单廷珪随即赶将来。约赶十余里，关胜回头喝道："你这厮不下马受降，更待何时！"单廷珪挺枪，直取关胜后心。关胜使出神威，拖起刀背，只一拍，喝一声："下去！"单廷珪落马。

……

林冲接见二人并马行来，便问其故。关胜不说输赢，答道："山僻之内，诉旧论新，招请归降。"林冲等众皆大喜。

在《三国演义》中的第三次诱敌中，王植假意示好关羽，引诱关羽入住官驿，打算纵火烧死他。关羽不知真相，即将遭难，幸得胡班告知真相，关羽得免一难：

却说王植密唤从事胡班听令曰："关某背丞相而逃，又于路杀太守并守关将校，死罪不轻！此人武勇难敌。汝今晚点一千军围住馆驿，一人一个火把，待三更时分，一齐放火；不问是谁，尽皆烧死！吾亦自引军接应。"胡班领命，便点起军士，密将干柴引火之物，搬于馆驿门首，约时举事。

胡班寻思："我久闻关云长之名，不识如何模样，试往窥之。"乃至驿中，问驿吏曰："关将军在何处？"答曰："正厅上观书者是也。"胡班潜至厅前，见关公左手绰髯，于灯下凭几看书。班见了，失声叹曰："真天人也！"公问何人，胡班入拜曰："荥阳太守部下从事胡班。"关公曰："莫非许都城外胡华之子否？"班曰："然也。"公唤从者于行李中取书付班。班看毕，叹曰："险些误杀忠良！"遂密告曰："王植心怀不仁，欲害将军，暗令人四面围住馆驿，约于三更放火。今某当先去开了城门，将军急收拾出城。"

在《水浒传》第三次诱敌中，魏定国诈败引诱关胜，关胜要赶，幸好被单廷珪制止，没有去赶。虽没有赶去，但他依然吃了"火兵"大亏，要是赶去，必凶多吉少：

两将斗不到十合，魏定国望本阵便走。关胜却欲要追，单廷珪大叫道："将军不可去赶。"关胜连忙勒住战马。说犹未了，凌州阵内，早飞出五百火兵，身穿绛衣，手执火器，前后拥出有五十辆火车，车上都满装芦苇引火之物。军人背上，各拴铁葫芦一个，内藏硫黄焰硝，五色烟药，一齐点着，飞抢出来。人近人倒，马过马伤。关胜军兵四散奔走，退四十余里扎住。

对应3：敌对方都是被人绕后，腹背受敌

《水浒传》中关胜和魏定国在前方交战，李逵偷偷地绕到后边打下城池：

魏定国收转军马回城，看见本州烘烘火起，烈烈烟生。原来却是黑旋风李逵与同焦挺、鲍旭带领枯树山人马，都去凌州背后，打破北门，杀入城中，放起火来，劫掳仓库钱粮。魏定国知了，不敢入城，慌速回军，被关胜随后赶上追杀，首尾不能相顾。

《三国演义》此处对应于关羽过五关后，刘关张汇合的第一次战斗，当时刘备腹背受敌，被曹操分兵绕后击溃：

次日，又使赵云搦战。操兵旬日不出。玄德再使张飞搦战，操兵亦不出。玄德愈疑。忽报龚都运粮至，被曹军围住，玄德急令张飞去救。忽又报夏侯惇引军抄背后径取汝南，玄德大惊曰："若如此，吾前后受敌，无所归矣！"

对应4：单人单骑去劝降一个宁死不辱的人

这个人投降的条件很苛刻，别人都觉得不可信，但主将答应了他的条件。《水浒传》中魏定国宁死不辱，单廷珪单人单骑前去招降。魏定国投降条件苛刻，让关胜必须亲自来请才投降，否则绝不投降。林冲不信魏定国的话，让关胜三思，关胜觉得"好汉做事无妨"，大胆前往，魏定国乃降：

单廷珪便对关胜、林冲等众位说道："此人是一勇之夫，攻击得紧，

他宁死，必不辱。事宽即完，急难成效。小弟愿往县中，不避刀斧，用好言招抚此人，束手来降，免动干戈。”关胜见说，大喜，随即叫单廷珪单人匹马到县。小校报知，魏定国出来相见了。单廷珪用好言说道：“如今朝廷不明，天下大乱，天子昏昧，奸臣弄权，我等归顺宋公明，且居水泊。久后奸臣退位，那时去邪归正，未为晚矣。”魏定国听罢，沉吟半晌，说道：“若是要我归顺，须是关胜亲自来请，我便投降；他若是不来，我宁死不辱！”单廷珪即便上马回来，报与关胜。关胜见说，便道：“大丈夫作事，何故疑惑？”便与单廷珪匹马单刀而去。林冲谏道：“兄长，人心难忖，三思而行。”关胜道：“好汉作事无妨。”直到县衙。魏定国接着，大喜，愿拜投降，同叙旧情，设筵管待。当日带领五百火兵，都来大寨，与林冲、杨志并众头领，俱各相见已了，即便收军回梁山泊来。

这里对应于《三国演义》的两处，可谓“一语双关”。

双关之一：关羽不肯降对应魏定国宁死不辱。而单廷珪单骑劝降对应于张辽单骑劝降。魏定国苛刻投降条件对应于关羽投降的三个条件。林冲则和荀攸对应，两个都质疑。关胜的“好汉做事无妨”对应曹操的“云长义士，必不失信”。

郭嘉曰：“云长义气深重，必不肯降。若使人说之，恐被其害。”

……

忽见一人跑马上山来，视之乃张辽也。

……

公曰：“兄言三便，吾有三约。若丞相能从，我即当卸甲；如其不允，吾宁受三罪而死。”辽曰：“丞相宽宏大量，何所不容。愿闻三事。”公曰：“一者，吾与皇叔设誓，共扶汉室，吾今只降汉帝，不降曹操；二者，二嫂处请给皇叔俸禄养赡，一应上下人等，皆不许到门；三者，但知刘皇叔去向，不管千里万里，便当辞去：三者缺一，断不肯降。望文远急急回报。”

……

关公曰：“虽然如此，暂请丞相退军，容我入城见二嫂，告知其事，然后投降。”张辽再回，以此言报曹操。操即传令，退军三十里。荀彧曰："不可，恐有诈。"操曰："云长义士，必不失信。"遂引军退。

双关之二：单廷珪和关胜匹马单刀前去招降魏定国，对应后边关羽的单刀赴会。单刀赴会这一项在"人物对应关系"一篇中已经讲了，这里不再赘述。

十一、破曾头市对应官渡之战

《水浒传》回合：

第六十七回　宋公明夜打曾头市　卢俊义活捉史文恭

《三国演义》回合：

第三十回　战官渡本初败绩　劫乌巢孟德烧粮

如上一役一样，曾头市原该对应曹操打刘备，此处内容延后了。

对应 1：侦察兵的情报立首功

《水浒传》中曾头市挖了很多陷阱，以为是上计。但却都被时迁探明后做了标记，吴用根据时迁得到的情报设下计策。这一役时迁居首功。

史文恭道："梁山泊军马来时，只是多使陷坑，方才捉得他强兵猛将。这伙草寇，须是这条计，以为上策。"曾长官便差庄客人等，将了锄头铁锹，去村口掘下陷坑数十处，上面虚浮土盖，四下里埋伏了军兵，只等敌军到来。又去曾头市北路，也掘下十数处陷坑。比及宋江军马起行时，吴用预先暗使时迁又去打听。数日之间，时迁回来报说："曾头市寨南寨北，尽都掘下陷坑，不计其数，只等俺军马到来。"

……

吴用再使时迁扮作伏路小军，去曾头市寨中，探听他不出何意，所有陷坑，暗暗地记着，离寨多少路远，总有几处。时迁去了一日，都知备细，暗地使了记号，回报军师。

简本《水浒传》中此处介绍比较简略，时迁的作用不是很突出。

吴用使时迁又去探知根由。

《三国演义》中的官渡之战中，也是小侦察兵立了首功，不过这个小侦察兵却是敌军的。曹操抓了袁绍的细作，得知袁绍部将韩猛要运粮，然后派兵劫粮，这个细作提供了情报，立了首功。

绍军约退三十余里，操遣将出营巡哨。有徐晃部将史涣获得袁军细作，解见徐晃。晃问其军中虚实。答曰："早晚大将韩猛运粮至军前接济，先令我等探路。"徐晃便将此事报知曹操。荀攸曰："韩猛匹夫之勇耳。若遣一人引轻骑数千，从半路击之，断其粮草，绍军自乱。"

对应2：为分散敌军，乃佯攻引诱敌军分兵去救，然后再打

《水浒传》中吴用设计，梁山东寨鲁智深、武松佯攻，西寨朱仝、雷横佯攻，引诱史文恭先分出两路兵去救应后，吴用才打他。

次后，只见东寨边来报道："一个和尚抡着铁禅杖，一个行者舞起双戒刀，攻打前后。"史文恭道："这两个必是梁山泊鲁智深、武松。"犹恐有失，便分人去帮助曾魁。只见西寨边又来报道："一个长髯大汉，一个虎面贼人，旗号上写着美髯公朱仝、插翅虎雷横，前来攻打甚急。"史文恭听了，又分拨人去帮助曾索。

《三国演义》中则是曹操佯攻酸枣和黎阳，诱使袁绍分了两路兵前去救应。等袁绍兵动，曹操就带大队杀入。

荀攸献计曰："今可扬言调拨人马，一路取酸枣，攻邺郡；一路取黎阳，断袁兵归路。袁绍闻之，必然惊惶，分兵拒我；我乘其兵动时击之，绍可破也。"操用其计，使大小三军，四远扬言。绍军闻此信，来寨中报说："曹操分兵两路：一路取邺郡，一路取黎阳去也。"绍大惊，急遣袁谭分兵五万救邺郡，辛明分兵五万救黎阳，连夜起行。

曹操探知袁绍兵动，便分大队军马，八路齐出，直冲绍营。

对应3：都是老天爷透露要被劫寨的情报

《水浒传》中宋江祈祷得到一课，吴用看后知敌军要来劫寨，宋江深信不疑：

宋江又自己焚香祈祷，暗卜一课。吴用看了卦象，便道："恭喜大事无损，今夜倒主有贼兵入寨。"宋江道："可以早作准备。"吴用道："请兄长放心，只顾传下号令。先去报与三寨头领，今夜起东西二寨，便教解珍在左，解宝在右，其余军马各於四下里埋伏。"已定。

《三国演义》中沮授夜观天象，预测到要被劫寨，但袁绍认为他在妄言惑众：

授曰："适观天象，见太白逆行于柳、鬼之间，流光射入牛、斗之分，恐有贼兵劫掠之害。乌巢屯粮之所，不可不提备。宜速遣精兵猛将，于间道山路巡哨，免为曹操所算。"绍怒叱曰："汝乃得罪之人，何敢妄言惑众！"因叱监者曰："吾令汝拘囚之，何敢放出！"遂命斩监者，别唤人监押沮授。授出，掩泪叹曰："我军亡在旦夕，我尸骸不知落何处也！"

对应4：乘着敌人连败，军心不稳时劫寨

《水浒传》中宋江连败两场后，史文恭认为梁山泊"必然惧怯"，应该去劫寨。

是夜，天清月白，风静云闲，史文恭在寨中对曾升道："贼兵今日输了两将，必然惧怯，乘虚正好劫寨。"

《三国演义》中袁绍连续两次被烧粮后，军心惶惶，许攸劝曹操此时前去劫寨。"军心惶惶"对应"必然惧怯"。

却说袁绍既去了许攸，又去了张郃、高览，又失了乌巢粮，军心皇皇。许攸又劝曹操作速进兵；张郃、高览请为先锋；操从之。

简本《水浒传》中虽然也有劫寨，但是省去了“必然惧怯”，不像繁本对得上“军心惶惶”。

简本《水浒传》：

是夜，史文恭在寨中对曾昇曰：“贼兵败了，乘势正好劫寨。”

对应5：靠“换”深入敌巢

《水浒传》中梁山泊和曾头市互换人质，而梁山泊的人质后边做了内应，立了大功。《三国演义》中则是曹操让军马换成袁绍旗号，诈称袁绍军马后渗透防线，在袁绍核心要塞乌巢放火。

《水浒传》中梁山泊和曾头市互换人质讲和：

次日，曾长官又使人来说：“若肯讲和，各请一人质当。”宋江不肯，吴用便道：“无伤。”随即便差时迁、李逵、樊瑞、项充、李衮五人，前去为信。临行时，吴用叫过时迁，附耳低言：“如此如此，休得有误。”

……

急望本寨去时，只见曾头市里锣鼓炮响，却是时迁爬去法华寺钟楼上撞起钟来，声响为号，东西两门，火炮齐响，喊声大举，正不知多少军马，杀将入来。却说法华寺中李逵、樊瑞、项充、李衮，一齐发作，杀将出来。

《三国演义》中曹操军马换了袁绍旗号去烧乌巢，要骗过多个营寨才能达到乌巢，可谓乌巢是“内部”：

教张辽、许褚在前，徐晃、于禁在后，操自引诸将居中：共五千人马，打着袁军旗号，军士皆束草负薪，人衔枚，马勒口，黄昏时分，望乌巢进发。

……

却说曹操领兵夜行，前过袁绍别寨，寨兵问是何处军马。操使人应曰："蒋奇奉命往乌巢护粮。"袁军见是自家旗号，遂不疑惑。凡过数处，皆诈称蒋奇之兵，并无阻碍。及到乌巢，四更已尽。操教军士将束草周围举火，众将校鼓噪直入。

对应6：叛变的人建议去劫寨，这个人还都"私逃出寨"

《水浒传》中曾头市郁保四被擒后，遂做了叛徒，投降宋江。宋江让他"私逃出寨"，劝曾头市过去劫宋江寨。

郁保四听言，情愿投拜，从命帐下。吴用授计与郁保四道："你只做私逃还寨，与史文恭说道：'我和曾升去宋江寨中讲和，打听得真实了；如今宋江大意，只要赚这匹千里马，实无心讲和；若还与了他，必然翻变。如今听得青州、凌州两路救兵到了，十分心慌。正好乘势用计，不可有误。'他若信从了，我自有处置。"郁保四领了言语，直到史文恭寨里，把前事具说了一遍。

《三国演义》中隶属袁绍的许攸"暗步出营"，叛变投降曹操，劝曹操劫乌巢：

却说许攸暗步出营，径投曹寨，伏路军人拿住。

……

攸曰："袁绍军粮辎重，尽积乌巢，今拨淳于琼守把，琼嗜酒无备。公可选精兵诈称袁将蒋奇领兵到彼护粮，乘间烧其粮草辎重，则绍军不三日将自乱矣。"操大喜，重待许攸，留于塞中。次日，操自选马步军士五千，准备往乌巢劫粮。

从上述内容可以看出，郁保四对应的是许攸。他的名字还可以这么解。"郁"解为"语"，"保"解为"报"，报字古代通"赴"，"四"解为"死"。郁保四即为"为语赴死"，比喻许攸因说话不当而被杀：

却说曹操统领众将入冀州城，将入城门，许攸纵马近前，以鞭指城门而呼操曰："阿瞒，汝不得我，安得入此门？"操大笑。众将闻言，俱怀不平。

……

一日，许褚走马入东门，正迎许攸，攸唤褚曰："汝等无我，安能出入此门乎？"褚怒曰："吾等千生万死，身冒血战，夺得城池，汝安敢夸口！"攸骂曰："汝等皆匹夫耳，何足道哉！"褚大怒，拔剑杀攸。

对应7：都有"番犬伏窝之计"

即你来劫我的寨，我就去劫你的寨，互相劫寨。

《水浒传》中曾头市要来劫寨，吴用便安排梁山泊好汉劫他寨：

吴用道："若是郁保四不回，便是中俺之计。他若今晚来劫我寨，我等退伏两边，却教鲁智深、武松引步军杀入他东寨，朱仝、雷横引步军杀入他西寨，却令杨志、史进引马军截杀北寨：此名'番犬伏窝之计'，百发百中。"

《三国演义》中曹操劫了袁绍寨，袁绍就去劫曹操的寨：

却说袁绍在帐中，闻报正北上火光满天，知是乌巢有失，急出帐召文武各官，商议遣兵往救。张郃曰："某与高览同往救之。"郭图曰："不可。曹军劫粮，曹操必然亲往；操既自出，寨必空虚，可纵兵先击曹操之寨；操闻之，必速还：此孙膑围魏救赵之计也。"张郃曰："非也。曹操多谋，外出必为内备，以防不虞。今若攻操营而不拔，琼等见获，吾属皆被擒矣。"郭图曰："曹操只顾劫粮，岂留兵在寨耶！"再三请劫曹营。绍乃遣张郃、高览引军五千，往官渡击曹营；遣蒋奇领兵一万，往救乌巢。且说曹操杀散淳于琼部卒，尽夺其衣甲旗帜，伪作淳于琼部下收军回寨，至山僻小路，正遇蒋奇军马。奇军问之，称是乌巢败军奔回，奇遂不疑，驱马径过。张辽、许褚忽至，大喝："蒋奇休走！"奇措手不及，被张辽斩于马下，尽杀蒋奇之兵。又使人当先伪报云："蒋奇已自杀散乌巢兵了。"袁绍因不复遣人接应乌巢，只添兵往官渡。

十二、打东平府、东昌府对应曹操灭袁绍

《水浒传》回合：

第六十八回　东平府误陷九纹龙　宋公明义释双枪将

第六十九回　没羽箭飞石打英雄　宋公明弃粮擒壮士

《三国演义》回合：

第三十一回　曹操仓亭破本初　玄德荆州依刘表

第三十二回　夺冀州袁尚争锋　决漳河许攸献计

此处我将东平府和东昌府两战合并为一战，对应于《三国演义》中的曹操灭袁绍事件，包括除官渡之战外，曹操和袁绍的全部战役，有延津之战、仓亭之战，还有剿灭袁尚、袁谭兄弟事件。

对应1：二人争权

《水浒传》中宋江和卢俊义争梁山泊之主，二人约定分别攻打东昌府和东平府，先打下者坐第一把交椅。不过宋江和卢俊义都很谦让，想让对方做寨主：

> 话说宋江不负晁盖遗言，要把主位，让与卢员外。众人不伏。宋江又道："目今山寨钱粮缺少，梁山泊东，有两个州府，却有钱粮：一处是东平府，一处是东昌府。我们自来不曾搅扰他那里百姓。今去问他借粮，可写下两个阄儿，我和卢员外各拈一处。如先打破城子的，便做梁山泊主，如何？"吴用道："也好。"卢俊义道："休如此说。只是哥哥为梁山泊主，某听从差遣。"

《三国演义》中袁谭、袁尚为争冀州之主，兄弟相杀：

> 袁谭与郭图、辛评议曰："我为长子，反不能承父业；尚乃继母所生，反承大爵：心实不甘。"图曰："主公可勒兵城外，只做请显甫、审配饮酒，伏刀斧手杀之，大事定矣。"
>
> ……

尚与审配商议。配曰："此必郭图之计也。主公若往，必遭奸计；不如乘势攻之。"袁尚依言，便披挂上马，引兵五万出城。袁谭见袁尚引军来，情知事泄，亦即披挂上马，与尚交锋。尚见谭大骂。谭亦骂曰："汝药死父亲，篡夺爵位，今又来杀兄耶！"二人亲自交锋，袁谭大败。尚亲冒矢石，冲突掩杀。

对应2：都有抓阄

《水浒传》中涉及多次抓阄，其他的可能都没有对应关系。而此处从时间剧情上看，应该是存在对应的：

此时不由卢俊义，当下便唤铁面孔目裴宣，写下两个阄儿。焚香对天祈祷已罢，各拈一个。宋江拈着东平府，卢俊义拈着东昌府。众皆无语。

《三国演义》叙述为：

图曰："军中无人商议良策，愿乞审正南、逢元图二人为辅。"尚曰："吾亦欲仗此二人早晚画策，如何离得！"图曰："然则于二人内遣一人去，何如？"尚不得已，乃令二人拈阄，拈着者便去。逢纪拈着，尚即命逢纪赍印绶，同郭图赴袁谭军中。

对应3：里应外合失败，且都曾靠无辜百姓做掩护

《水浒传》中史进主动请求前往东平府做内应，却被娼妓举报，自己先被抓了。顾大嫂要和他里应外合越狱，结果狱卒记错时间，完全失败！

只见九纹龙史进起身说道："小弟旧在东平府时，与院子里一个娼妓有交，唤做李瑞兰，往来情熟。我如今多将些金银，潜地入城，借他家里安歇。约时定日，哥哥可打城池。只等董平出来交战，我便爬去更鼓楼上，放起火来，里应外合，可成大事。"

……

程太守看了，大骂道："你这厮胆包身体，怎敢独自个来做细作！若不

是李瑞兰父亲首告，误了我一府良民！快招你的情由！宋江教你来怎地？”

……

顾大嫂见这牢内人多，难说备细，只说得：“月尽夜打城，叫你牢中自挣扎。”史进再要问时，顾大嫂被小节级打出牢门。史进只记得“月尽夜”。

原来那个三月，却是大尽。到二十九，史进在牢中，见两个节级说话，问道：“今朝是几时？”那个小节级却错记了，回说道：“今日是月尽夜，晚些买帖孤魂纸来烧。”

……

史进在牢里，不敢轻出。外厢的人，又不敢进去。顾大嫂只叫得苦。

梁山泊佯攻汶上县，致无辜百姓出逃，顾大嫂混入难民中进入东平府：

“兄长可先打汶上县，百姓必然都奔东平府。却叫顾大嫂杂在数内，乘势入城，便无人知觉。”吴用设计已罢，上马便回东昌府去了。宋江点起解珍、解宝，引五百余人，攻打汶上县，果然百姓扶老携幼，鼠窜狼奔，都奔东平府来。

却说顾大嫂头髻蓬松，衣服蓝缕，杂在众人里面，挨入城来，绕街求乞。

《三国演义》中袁氏兄弟想靠百姓做掩护进行里应外合，但被曹操识破，最终失败。此处，百姓出城即对应汶上县百姓逃难：

审配认得是李孚声音，放入城中，说：“袁尚已陈兵在阳平亭，等候接应，若城中兵出，亦举火为号。”配教城中堆草放火，以通音信。孚曰：“城中无粮，可发老弱残兵并妇人出降；彼必不为备，我即以兵继百姓之后出攻之。”配从其论。

次日，城上竖起白旗，上写“冀州百姓投降。”操曰：“此是城中无粮，教老弱百姓出降，后必有兵出也。”操教张辽、徐晃各引三千军来，伏于两边。操自乘马、张麾盖至城下，果见城门开处，百姓扶老携幼，手持白旗而出。百姓才出尽，城中兵突出。操教将红旗一招，张辽、徐晃两路兵齐出乱杀，城中兵只得复回。

对应4：都是靠诈败诱敌入埋伏而制胜

《水浒传》中梁山好汉靠诈败引诱董平中埋伏，一百多人埋伏来抓董平一人，不知道算不算十面埋伏？

> 宋江军马佯败，四散而奔。
>
> 董平要逞骁勇，拍马赶来。宋江等却好退到寿春县界。宋江前面走，董平后面追。离城有十数里，前至一个村镇，两边都是草屋，中间一条驿路。董平不知是计，只顾纵马赶来。宋江因见董平了得，隔夜已使王矮虎、一丈青、张青、孙二娘四个带一百余人，先在草屋两边埋伏，却拴数条绊马索在路上，又用薄土遮盖，只等来时鸣锣为号，绊马索齐起，准备捉这董平。

在《三国演义》的仓亭之战中，曹操先设好十面埋伏，然后诈败诱袁绍人马进入埋伏：

> 操与诸将商议破绍之策。程昱献十面埋伏之计，劝操退军于河上，伏兵十队，诱绍追至河上，“我军无退路，必将死战，可胜绍矣。”

对应5：都是投降之人赚开城门

《水浒传》中董平投降后，赚开城门：

> 董平道：“程万里那厮原是童贯门下门馆先生；得此美任，安得不害百姓？若是兄长肯容董平回去，赚开城门，杀入城中，共取钱粮，以为报效。”
>
> 宋江大喜。便令一行人将过盔甲枪马，还了董平，披挂上马。董平在前，宋江军马在后，卷起旗，都往东平城下。董平军马在前，大叫：“城上快开城门！”把门军士将火把照时，认得是董都监，随即大开城门，

放下吊桥。

董平拍马先入，砍断铁锁；背后宋江等长驱人马杀入城来。

《三国演义》中的吕旷、吕翔均为袁绍降将，二人赚开了壶关口。只是此处细节上多了一个诱敌出城之计：

荀攸曰："若破干，须用诈降计方可。"操然之。唤降将吕旷、吕翔，附耳低言如此如此。吕旷等引军数十，直抵关下，叫曰："吾等原系袁氏旧将，不得已而降曹。曹操为人诡谲，薄待吾等；吾今还扶旧主。可疾开关相纳。"高干未信，只教二将自上关说话。二将卸甲弃马而入，谓干曰："曹军新到，可乘其军心未定，今夜劫寨。某等愿当先。"干喜从其言，是夜教二吕当先，引万余军前去。将至曹寨，背后喊声大震，伏兵四起。高干知是中计，急回壶关城，乐进、李典已夺了关、高干夺路走脱，往投单于。

对应6：抢女人

《水浒传》中董平抢的是程太守的女儿，就是第一章中不要董平做女婿的那个程太守的女儿。不过，程太守不愿女儿嫁给他，对应着张鲁不嫁女儿给马超。这个在战役对应关系中并不对应，只是人物故事对应，但抢女马超人却是战役对应着的。

在《水浒传》中，董平抢程太守的女儿：

董平拍马先入，砍断铁锁；背后宋江等长驱人马杀入城来。都到东平府里。急传将令：不许杀害百姓、放火烧人房屋。董平径奔私衙，杀了程太守一家人口，夺了这女儿。

在《三国演义》曹操灭袁氏中，攻破冀州后，曹丕抢了袁熙之妻：

丕曰："此女何人？"刘氏曰："此次男袁熙之妻甄氏也。因熙出镇幽州，甄氏不肯远行，故留于此。"丕拖此女近前，见披发垢面。丕以衫袖拭其面而观之，见甄氏玉肌花貌，有倾国之色。

……

操教唤出甄氏拜于前。操视之曰："真吾儿妇也？"遂令曹丕纳之。

对应7：连续两次用军用物资诱敌，敌人因为太贪心被引诱战败

《水浒传》中宋江设计用粮草引诱张清出城，张清先抢了粮车，又要去抢粮船，结果被活捉了：

张清道："今晚出城，先截岸上车子，后去取他水中船只。太守助战一鼓而得。"

……

张清夺得粮车，见果是粮米，心中欢喜，不来追赶鲁智深，且押送粮草。推入城来。太守见了大喜，自行收管。张清要再抢河中米船。太守道："将军善觑方便。"张清上马，转过南门。此时望见河港内粮船不计其数。张清便叫开城门，一齐呐喊，抢到河边，都是阴云布满，黑雾遮天；马步军兵回头看时，你我对面不见。此是公孙胜行持道法。

张清看见，心慌眼暗，却待要回，进退无路。四下里喊声乱起，正不知军兵从那里来。

《三国演义》中与之对应的延津之战发生在较早以前，是曹操和袁绍之间的第一次战斗，但这场战事前后都是曹操打刘备。可能就是这个原因，罗贯中将它推迟对应到了这一战中，和其他打袁绍的战役放在一起。

第一次曹操放粮草先行，以粮草为诱饵。第二次则是放马引诱，文丑军终因太贪，导致兵乱，被曹操一击制胜。

传下将令：以后军为前军，以前军为后军；粮草先行，军兵在后。吕虔曰："粮草在先，军兵在后，何意也？"操曰："粮草在后，多被剽掠，故令在前。"虔曰："倘遇敌军劫去，如之奈何？"操曰："且待敌军到时，却又理会。"虔心疑未决。操令粮食辎重沿河堑至延津。操在后军，听得前军发喊，急教人看时，报说："河北大将文丑兵至，我军皆弃粮

草，四散奔走。后军又远，将如之何？”操以鞭指南阜曰：“此可暂避。”人马急奔土阜。操令军士皆解衣卸甲少歇，尽放其马。文丑军掩至。众将曰：“贼至矣！可急收马匹，退回白马！”荀攸急止之曰：“此正可以饵敌，何故反退？”操急以目视荀攸而笑。攸知其意，不复言。文丑军既得粮草车仗，又来抢马。军士不依队伍，自相杂乱。曹操却令军将一齐下土阜击之，文丑军大乱。

对应8：张清连打梁山泊十五名好汉，可能对应于关羽斩杀颜良、文丑

关羽降曹后，曾参与与袁绍的战事，期间颜良、文丑无人能敌，关羽挺身而出，轻松斩杀了他们。为了反衬关羽，《三国演义》中此处将颜良和文丑都塑造得极其神勇。颜良连斩两将后又败徐晃，文丑则连败张辽、徐晃。如此耗费笔墨衬托关羽，恐怕也只有张清连打梁山泊十五好汉才能与之对应了。

关于颜良的神勇，描写如下：

颜良横刀立马于门旗下；见宋宪马至，良大喝一声，纵马来迎。战不三合，手起刀落，斩宋宪于阵前。曹操大惊曰：“真勇将也！”魏续曰：“杀我同伴，愿去报仇！”操许之。续上马持矛，径出阵前，大骂颜良。良更不打话，交马一合，照头一刀，劈魏续于马下。操曰：“今谁敢当之？”徐晃应声而出，与颜良战二十合，败归本阵。诸将栗然。

关于文丑的神勇，描写如下：

张辽、徐晃飞马齐出，大叫：“文丑休走！”文丑回头见二将赶上，遂按住铁枪，拈弓搭箭，正射张辽。徐晃大叫：“贼将休放箭！”张辽低头急躲，一箭射中头盔，将簪缨射去。辽奋力再赶，坐下战马，又被文丑一箭射中面颊。那马跪倒前蹄，张辽落地。文丑回马复来，徐晃急抡大斧，截住厮杀。只见文丑后面军马齐到，晃料敌不过，拨马而回。文丑沿河赶来。

不过要比起来，还是关羽更为神勇，具体描写如下：

程昱曰："某举一人可敌颜良。"操问是谁。昱曰："非关公不可。"

……

谓关公曰："河北人马，如此雄壮！"关公曰："以吾观之，如土鸡瓦犬耳！"操又指曰："麾盖之下，绣袍金甲，持刀立马者，乃颜良也。"关公举目一望，谓操曰："吾观颜良，如插标卖首耳！"操曰："未可轻视。"关公起身曰："某虽不才，愿去万军中取其首级，来献丞相。"张辽曰："军中无戏言，云长不可忽也。"关公奋然上马，倒提青龙刀，跑下山来，凤目圆睁，蚕眉直竖，直冲彼阵。河北军如波开浪裂，关公径奔颜良。颜良正在麾盖下，见关公冲来，方欲问时，关公赤兔马快，早已跑到面前；颜良措手不及，被云长手起一刀，刺于马下。忽地下马，割了颜良首级，拴于马项之下，飞身上马，提刀出阵，如入无人之境。

……

忽见十余骑马，旗号翩翻，一将当头提刀飞马而来，乃关云长也，大喝："贼将休走！"与文丑交马，战不三合，文丑心怯，拨马绕河而走。关公马快，赶上文丑，脑后一刀，将文丑斩下马来。

十三、两败童贯对应两败曹仁

《水浒传》回合：

第七十六回　吴加亮布四斗五方旗　宋公明排九宫八卦阵

第七十七回　梁山泊十面埋伏　宋公明两赢童贯

《三国演义》回合：

第三十六回　玄德用计袭樊城　元直走马荐诸葛

第四十回　蔡夫人议献荆州　诸葛亮火烧新野

《三国演义》中曹操灭袁氏后，接着又跟刘备打，刘备军先是计袭樊城，接着火烧博望坡，再下来火烧新野。除去中间隔着的火烧博望坡是夏侯惇进攻外，其余两次都是曹仁进攻，所以，我推断两败童贯对应两败曹仁，罗贯中将其放到了一起，而火烧博望坡则延到后边。

下文的上半段一败童贯对应于《三国演义》中的计袭樊城。

对应1：毕胜

如同文丑对应闻达，毕胜这个人也对应着《三国演义》中的人物。在人物对应关系一篇中，百胜将韩滔已经被解为曹仁，“百胜”和“毕胜”有相似的意思，百战百胜就是毕胜。“毕胜”也就解为曹仁，这一战即对应两败曹仁。

对应2：八路军马

《水浒传》叙述为：

八路军马，分于左右，前面发三百铁甲哨马前去探路，回来报与童贯中军知道，说：“前日战场上，并不见一个军马。”

《三国演义》此战发生在火烧新野后，但是是和火烧新野连在一起的：

却说曹仁收拾残军，就新野屯住，使曹洪去见曹操，具言失利之事。操大怒曰：“诸葛村夫，安敢如此？”催动三军，漫山塞野，尽至新野下寨。传令军士一面搜山，一面填塞白河。令大军分作八路，一齐去取樊城。

对应3：出兵前都有人劝不要轻视对手，但是劝说人都被骂懦夫

《水浒传》中童贯轻视梁山，张叔夜劝他谨慎，被骂懦夫：

童枢密道：“水洼草贼，杀害良民，邀劫商旅，造恶非止一端，往往剿捕，盖为不得其人，致容滋蔓。吾今统率大军十万，战将百员，刻日要扫清山寨，擒拿众贼，以安兆民。”张叔夜答道：“枢相在上，此寇潜伏水泊，虽然是山林狂寇，中间多有智谋勇烈之士，枢相勿以怒气自激，引军长驱，必用良谋，可成功绩。”童贯听了大怒，骂道：“都似你这等懦弱匹夫，畏刀避剑，贪生怕死，误了国家大事，以致养成贼势。吾今到此，有何惧哉！”

《三国演义》中曹仁轻视刘备，李典劝他小心，也被曹仁骂“怯”：

典曰：“二将欺敌而亡，今只宜按兵不动，申报丞相，起大兵来征剿，乃为上策。”仁曰：“不然。今二将阵亡，死折许多军马，此仇不可不急报。量新野弹丸之地，何劳丞相大军？”典曰：“刘备人杰也，不可轻视。”仁曰：“公何怯也！”

对应4：都有彩旗军

《水浒传》叙述为：

童贯令左右拢住战马，自上将台看时，只见山东一路军马涌出来：前一队军马红旗，第二队杂彩旗，第三队青旗，第四队又是杂彩旗。只见山西一路人马也涌来：前一队人马是杂彩旗，第二队白旗，第三队又是杂彩旗，第四队皂旗，旗背后尽是黄旗。

《三国演义》彩旗军出现于火烧新野，颜色较少，只有红旗和青旗，不过还好，也是彩色的：

再令糜芳、刘封：“二人带二千军。一半红旗，一半青旗，去新野城外三十里鹊尾坡前屯住。一见曹军到，红旗军走在左，青旗军走在右。他心疑必不敢追。汝二人却去分头埋伏。只望城中火起，便可追杀败兵，然后却来白河上流头接应。”

对应5：都有斗阵，经过斗阵，终于把先前那个自大的人打服气了

《水浒传》中童贯和梁山泊斗阵后，惊得魂飞魄散：

童贯中军立起攒木将台，令拨法官二员上去，左招右递，一起一伏，摆作四门斗底阵。

……

枢密使童贯在阵中将台上，定睛看了梁山泊兵马，无移时，摆成这

个九宫八卦阵势，军马豪杰，将士英雄，惊得魂飞魄散，心胆俱落，不住声道："可知但来此间收捕的官军，便大败回，原来如此利害！"

《三国演义》中在和单福斗阵后，曹仁最终对单福敬佩有加：

乃调李典领后军，仁自引兵为前部。次日鸣鼓进军，布成一个阵势，使人问玄德曰："识吾阵势？"单福便上高处观看毕，谓玄德曰："此八门金锁阵也。八门者：休、生、伤、杜、景、死、惊、开。如从生门、景门、开门而入则吉；从伤门、惊门、休门而入则伤；从杜门、死门而人则亡。今八门虽布得整齐，只是中间通欠主持。如从东南角上生门击人，往正西景门而出，其阵必乱。"

……

却说曹仁输了一阵，方信李典之言；因复请典商议，言："刘备军中必有能者，吾阵竟为所破。"

这一篇中，上半段一败童贯对应一败曹仁，而下半段二败童贯则对应火烧新野。

对应6：不见一人或一个军马

《水浒传》中水泊边不见一个军马：

官军迤逦前行，直进到水泊边，竟不见一个军马，但见隔水茫茫荡荡，都是芦苇烟火。远远地遥望见水浒寨山顶上，一面杏黄旗在那里招展，亦不见些动静。

《三国演义》中城中不见一人：

曹仁领兵到，教且夺新野城歇马。军士至城下时，只见四门大开。曹兵突人，并无阻当，城中亦不见一人，竟是一座空城了。曹洪曰："此是势孤计穷，故尽带百姓逃窜去了。我军权且在城安歇，来日平明进兵。"

对应7：都是一个人心疑，但另一人不怕

《水浒传》中童贯心疑想退，酆美不怕：

童贯听了心疑，自来前军问酆美、毕胜道："退兵如何？"酆美答道："休生退心，只顾冲突将去。长蛇阵摆定，怕做甚么？"

《三国演义》中许褚疑心有伏兵，曹仁则无惧：

许褚勒马，教且休进："前面必有伏兵。我兵只在此处住下。"许褚一骑马飞报前队曹仁。曹仁曰："此是疑兵，必无埋伏。可速进兵。我当催军继至。"

对应8：中计之初，都很镇定

《水浒传》中童贯中伏后，酆美、毕胜起初都很镇定：

却才分到山前，只听得芦苇中一个轰天雷炮飞起，火烟缭乱。两边哨马齐回来报："有伏兵到了。"童贯在马上，那一惊不小。酆美、毕胜两边差人，教军士休要乱动，数十万军都掣刀在手。前后飞马来叫道："如有先走的便斩！"按住三军人马。

《三国演义》中至火烧新野之处，曹仁"不可自惊"：

曹仁、曹洪就在衙内安歇。初更已后，狂风大作。守门军士飞报火起。曹仁曰："此必军士造饭不小心，遗漏之火，不可自惊。"

对应9：宋江、吴用和刘备、诸葛亮都在山顶观战

《水浒传》中宋江、吴用等在山上"鼓乐喧天"，童贯大怒但无计可施：

童贯知有伏兵，把军马约住，教不要去赶，只见山顶上闪出那个杏

黄旗来，上面绣着“替天行道”四字。童贯趕过山，那边看时，见山头上一簇杂彩绣旗开处，显出那个郓城县盖世英雄山东“呼保义”宋江来。背后便是军师吴用、公孙胜、花荣、徐宁、金枪手、银枪手，众多好汉。

童贯见了大怒，便差人马上山来拿宋江。大军人马，分为两路，却待上山，只听得山顶上鼓乐喧天，众好汉都笑。童贯越添心上怒，咬碎口中牙，喝道：“这贼怎敢戏吾！我当自擒这厮。”酆美谏道：“枢相，彼必有计，不可亲临险地，且请回军，来日却再打听虚实，方可进兵。”

《三国演义》中刘备、诸葛亮在山上“大吹大擂”地饮酒，许褚大怒，但也无计可施：

许褚方欲前进，只听得山上大吹大擂。抬头看时，只见山顶上一簇旗，旗丛中两把伞盖：左玄德，右孔明，二人对坐饮酒。许褚大怒，引军寻路上山。

对应 10：都中十面埋伏之计

《水浒传》中梁山好汉在战斗结束后的总结：

宋江回到忠义堂上，再与吴用等众头领商量。原来今次用此十面埋伏之计，都是吴用机谋布置，杀得童贯胆寒心碎，梦里也怕，大军三停折了二停。

《三国演义》中于此处没有明写用的是十面埋伏，但从所用计策的内容来看，确实就是十面埋伏之计。

曹仁等方才脱得火厄，背后一声喊起，赵云引军赶来混战，败军各逃性命，谁肯回身厮杀。正奔走间，糜芳引一军至，又冲杀一阵。曹仁大败，夺路而走，刘封又引一军截杀一阵。到四更时分，人困马乏，军士大半焦头烂额；奔至白河边，喜得河水不甚深，人马都下河吃水：人相喧嚷，马尽嘶鸣。

却说云长在上流用布袋遏住河水，黄昏时分，望见新野火起；至四更，忽听得下流头人喊马嘶，急令军士一齐掣起布袋，水势滔天，望下流冲去，曹军人马俱溺于水中，死者极多。曹仁引众将望水势慢处夺路而走。行到博陵渡口，只听喊声大起，一军拦路，当先大将，乃张飞也，大叫："曹贼快来纳命！"曹军大惊。

十四、一败高俅对应赤壁前刘备和曹操的一些争斗

《水浒传》回合：

第七十八回　十节度议取梁山泊　宋公明一败高太尉

第七十九回　刘唐放火烧战船　宋江两败高太尉（少量对应）

《三国演义》回合：

第三十六回　玄德用计袭樊城　元直走马荐诸葛

第三十九回　荆州城公子三求计　博望坡军师初用兵

在第二章中提到过，我曾怀疑高俅对应着曹操，最后才确定是晁盖。而在战役对应的这章中，经过分析后，我推断三败高俅应该是对应着曹操赤壁前后的三败（不算先前曹仁的两败）。第一次是夏侯惇被火烧博望，第二次是赤壁兵败，第三次则是曹仁失樊城。虽然一次是夏侯惇，另一次是曹仁，曹操并非是直接指挥的主将，但他是主公，他的将军败了即是他败了。

不过，三败高俅也只是做了大体总结。在这几回合中，能对应上战斗的其实还有点分散。其中一败高球比较像是为了补足一些遗漏的战斗，发生于赤壁前，却没有与之对应的；可以对应上的有徐庶破曹仁、诸葛亮火烧博望，也有少量可以找到对应的别的战役。

对应 1：击败对手后追击，前面还有人截击

《水浒传》中董平击败王文德后追击，前方张清截击：

王文德料道赢不得董平，喝一声："少歇再战！"各归本阵。王文德

分付众军，休要恋战，直冲过去。王文德在前，三军在后，大发声喊，杀将过去。董平后面引军追赶。将过林子，正走之间，前面又冲出一彪军马来。为首一员上将，正是没羽箭张清，在马上大喝一声："休走！"

《三国演义》中此处是在徐庶一败曹仁时发生的，赵云击败吕旷、吕翔后追击，前方还有关羽和张飞截击：

玄德大怒，使赵云出马。二将交战，不数合，赵云一枪刺吕旷于马下。玄德麾军掩杀，吕翔抵敌不住，引军便走。正行间，路旁一军突出，为首大将，乃关云长也；冲杀一阵，吕翔折兵大半，夺路走脱。行不到十里，又一军拦住去路，为首大将，挺矛大叫："张翼德在此！"直取吕翔。翔措手不及，被张飞一矛刺中，翻身落马而死。

对应2：都有"令其首尾不能相顾"之计，前面交战，却从别路攻击老巢

《水浒传》中高俅从陆路佯攻，却从水路偷袭梁山老巢：

王焕等禀复道："太尉先教马步军去探路，引贼出战，然后却调水路战船，去劫贼巢，令其两下不能相顾，可获群贼矣！"

《三国演义》中此计是在徐庶一败曹仁时所用。正面，刘备和曹仁交战，关羽却趁机偷袭樊城：

且说单福得胜回县，谓玄德曰："曹仁屯兵樊城，今知二将被诛，必起大军来战。"玄德曰："当何以迎之？"福曰："彼若尽提兵而来，樊城空虚，可乘间夺之。"

……

曹仁渡过河面，上岸奔至樊城，令人叫门。只见城上一声鼓响，一将引军而出，大喝曰："吾已取樊城多时矣！"众惊视之，乃关云长也。

对应3：都有一方轻入芦苇深处后被轻松歼灭

《水浒传》中刘梦龙追到芦苇深处后，被梁山泊轻而易举打败：

且说刘梦龙和党世雄布领水军，乘驾船只，迤逦前投梁山泊深处来，只见茫茫荡荡，尽是芦苇蒹葭，密密遮定港汊。这里官船、樯篙不断，相连十余里水面。正行之间，只听得山坡上一声炮响，四面八方，小船齐出，那官船上军士，先有五分惧怯，看了这等芦苇深处，尽皆慌了；怎禁得芦苇里面埋伏着小船，齐出冲断大队！官船前后不相救应，大半官军，弃船而走。梁山泊好汉，看见官军阵脚乱了，一齐鸣鼓摇船，直冲上来。

《三国演义》中夏侯惇被刘备诱入芦苇深处后施以火攻，大败而归：

夏侯惇只顾催军赶杀。于禁、李典赶到窄狭处，两边都是芦苇。

……

禁曰："南道路狭，山川相逼，树木丛杂，可防火攻。"夏侯惇猛省，即回马令军马勿进。言未已，只听背后喊声震起，早望见一派火光烧着，随后两边芦苇亦着。一霎时，四面八方，尽皆是火；又值风大，火势愈猛。曹家人马，自相践踏，死者不计其数。

简本中《水浒传》此处对"芦苇深处"描述得很简略，但《三国演义》中此处多次出现"芦苇""树木丛杂"。

简本《水浒传》：

正行之间，只听得山坡上炮响，芦苇里埋伏小舡齐出，冲断官舡，前后不应。

十五、二败和三败高俅对应赤壁之战及少数刘备和曹操的交战

《水浒传》回合：

第七十九回　刘唐放火烧战船　宋江两败高太尉

第八十回　张顺凿漏海鳅船　宋江三败高太尉

《三国演义》回合：

第四十三回　诸葛亮舌战群儒　鲁子敬力排众议

第四十六回　用奇谋孔明借箭　献密计黄盖受刑

第四十七回　阚泽密献诈降书　庞统巧授连环计

第四十八回　宴长江曹操赋诗　锁战船北军用武

第四十九回　七星坛诸葛祭风　三江口周瑜纵火

这二败和三败高俅主要对应赤壁之战及少数其他战役。至于本应设为第三败的曹仁失樊城被放在了后边。

对应 1：生擒敌军后又放回，还都是两个人

这个在《三国演义》中不属于赤壁之战，本该对应到二打北京时。但我想可能是因为，在一百单八将大聚义前，捉到的将领都归降梁山了，不便设置捉住又放，所以就延到大聚义后。

生擒。

《水浒传》中梁山一败高俅时生擒党世雄：

党世雄见不是头，撇了铁搠，也跳下水里去了。见水底下钻出船火儿张横来，一手揪住头发，一手提定腰胯，滴溜溜丢上芦苇根头；先有十数个小喽啰躲在那里，挠钩套索搭住，活捉上水浒寨来。

《水浒传》中梁山在两败高俅时生擒了韩存保：

呼延灼道："我漏你到这里，正要活捉你。你性命只在顷刻！"

……

正解拆不开，岸上一彪军马赶到，为头的是没羽箭张清。众人下手，活捉了韩存保。

《三国演义》中关羽生擒王忠：

王忠拦截不住，恰待骤马奔逃，云长左手倒提宝刀，右手揪住王忠勒甲绦，拖下鞍鞒，横担于马上，回本阵来。王忠军四散奔走。

《三国演义》中张飞生擒刘岱：

刘岱引一队残军，夺路而走，正撞见张飞，狭路相逢，急难回避，交马只一合，早被张飞生擒过去。余众皆降。

放归。

《水浒传》中宋江说梁山众人不得已而谋反，然后再客客气气地款待韩存保和党世雄后，将韩存保和党世雄都放了。两人离开后都“说宋江许多好处”，但结果都要被高俅所杀，幸得王焕等官跪求才免一死：

宋江道：“二位将军，切勿相疑。宋江等并无异心，只被滥官污吏逼得如此。若蒙朝廷赦罪招安，情愿与国家出力。”韩存保道：“前者陈太尉赍到招安诏敕来山，如何不乘机会去邪归正？”宋江答道：“便是朝廷诏书，写得不明。更兼用村醪倒换御酒，因此弟兄众人心皆不伏。那两个张干办、李虞候，擅作威福，耻辱众将。”韩存保道：“只因中间无好人维持，误了国家大事。”宋江设筵管待已了，次日，具备鞍马，送出谷口。这两个在路上说宋江许多好处，回到济州城外，却好晚了。次早入城，来见高太尉，说宋江把二将放回之事。高俅大怒道：“这是贼人诡计，慢我军心。你这二人，有何面目见吾！左右与我推出，斩讫报来！”王焕等众官都跪下告道：“非干此二人之事，乃是宋江、吴用之计。若斩此二人，反被贼人耻笑。”高太尉被众人苦告，饶了两个性命，削去本身职事，发回东京泰乙宫听罪。

《三国演义》中不杀刘岱和王忠是为了求和，和《水浒传》中梁山借机讨招安用意相似：

玄德教付衣服酒食，且暂监下，待捉了刘岱，再作商议。云长曰："某知兄有和解之意，故生擒将来。"玄德曰："吾恐翼德躁暴，杀了王忠，故不教去。此等人杀之无益，留之可为解和之地。"

《三国演义》中刘备也说自己未曾谋反，谋反是不得已的，然后款待了刘岱、王忠后，将他俩放回。两人也说刘备的好，"言刘备不反"，也都差点儿被曹操所杀，也是幸得孔融谏言而得活的：

遂迎入徐州，放出王忠，一同管待。玄德曰："前因车胄欲害备，故不得不杀之。丞相错疑备反，遣二将军前来问罪。备受丞相大恩，正思报效，安敢反耶？二将军至许都，望善言为备分诉，备之幸也。"刘岱、王忠曰："深荷使君不杀之恩，当于丞相处方便，以某两家老小保使君。"……

刘岱、王忠回见曹操，具言刘备不反之事。操怒骂："辱国之徒，留你何用！"喝令左右推出斩之。

却说曹操欲斩刘岱、王忠。孔融谏曰："二人本非刘备敌手，若斩之，恐失将士之心。"操乃免其死，黜罢爵禄。欲自起兵伐玄德。

对应 2：连锁连环

《水浒传》中高太尉也曾用过铁索连环：

赏了牛邦喜，便传号令，教把船都放入阔港，每三只一排钉住，上用板铺，船尾用铁环锁定；尽数发步军上船，其余马军，近水护送船只。比及编排得军士上船，训练得熟，已得半月之久，梁山泊尽都知了。

《三国演义》的庞统献铁索连环毒计给曹操：

统曰：“某有一策，使大小水军，并无疾病，安稳成功。”操大喜，请问妙策。统曰：“大江之中，潮生潮落，风浪不息；北兵不惯乘舟，受此颠播，便生疾病。若以大船小船各皆配搭，或三十为一排，或五十为一排，首尾用铁环连锁，上铺阔板，休言人可渡，马亦可走矣，乘此而行，任他风浪潮水上下，复何惧哉？”曹操下席而谢曰：“非先生良谋，安能破东吴耶！”统曰：“愚浅之见，丞相自裁之。”操即时传令，唤军中铁匠，连夜打造连环大钉，锁住船只。诸军闻之，俱各喜悦。

对应 3：祭风

《水浒传》公孙胜除下面两处之外的多次祭风，一般不做对应。别处虽有祭风，但都比较简略，未有提前做准备这样的叙述：

又于水边树木丛杂之处，都缚旌旗于树上，每一处设金鼓火炮，虚屯人马，假设营垒，请公孙胜作法祭风。

……

只听得山上连珠炮响，芦苇中飕飕有声，却是公孙胜披发仗剑，踏罡布斗，在山顶上祭风。初时穿林透树，次后走石飞砂，须臾白浪掀天，顷刻黑云覆地，红日无光，狂风大作。

《三国演义》中诸葛亮要祭风，提前准备了七星坛：

孔明曰：“亮虽不才，曾遇异人，传授奇门遁甲天书，可以呼风唤雨。都督若要东南风时，可于南屏山建一台，名曰七星坛：高九尺，作三层，用一百二十人，手执旗幡围绕。亮于台上作法，借三日三夜东南大风，助都督用兵，何如？”

对应 4：诱敌深入

《水浒传》中用打鱼船和牧童两拨人引诱刘梦龙：

先说水路里船只，连篙不断，金鼓齐鸣，迤逦杀入梁山深处，并不

> 见一只船。看看渐近金沙滩，只见荷花荡里两只打鱼船，每只船上只有两个人，拍手大笑。头船上刘梦龙便叫放箭乱射。渔人都跳下水底去了。刘梦龙催动战船，渐近金沙滩头。一带阴阴的都是细柳，柳树上拴着两头黄牛，绿莎草上睡着三四个牧童。远远地又有一个牧童，倒骑着一头黄牛，口中呜呜咽咽吹着一管笛子来。刘梦龙便教先锋悍勇的，首先登岸。那几个牧童跳起来呵呵大笑，都穿入柳阴深处去了。前队五七百人抢上岸去。那柳阴树中一声炮响，两边战鼓齐鸣。左边就冲出一队红甲军，为头是霹雳火秦明；右边冲出一队黑甲军，为头是双鞭将呼延灼。各带五百军马，截出水边。刘梦龙急招呼军士下船时，已折了大半军校。

《三国演义》中此处对应的小型战役不属于赤壁之战，是火烧博望坡里的诸葛亮引诱夏侯惇。火烧博望坡这一役被拆分为两对应点，芦苇深处被火烧对应的是一败高俅中刘梦龙在芦苇深处被打败一事。而引诱夏侯惇进入芦苇深处，则是对应到了这里。敌人都是刘梦龙。这一役，赵云和刘备两人先后诱敌，对应着打鱼船和牧童两次诱敌：

> 两马相交，不数合，云诈败而走。夏侯惇从后追赶。云约走十余里，回马又战。不数合又走。韩浩拍马向前谏曰："赵云诱敌，恐有埋伏。"惇曰："敌军如此，虽十面埋伏，吾何惧哉！"遂不听浩言，直赶至博望坡。一声炮响，玄德自引军冲将过来，接应交战。夏侯惇笑谓韩浩曰："此即埋伏之兵也！吾今晚不到新野，誓不罢兵！"乃催军前进。玄德、赵云退后便走，时天色已晚，浓云密布，又无月色；昼风既起，夜风愈大。夏侯惇只顾催军赶杀。

对应5：火烧战船

第一章已经写了刘唐对应周瑜，在《三国演义》中是周瑜火烧战船，在《水浒传》里是刘唐火烧战船，看标题就很清楚了。由此可知：《水浒传》第七十九回　刘唐放火烧战船　宋江两败高太尉，对应《三国演义》第四十九回　七星坛诸葛祭风　三江口周瑜纵火

对应6：追赶高俅和对曹操赶尽杀绝

《水浒传》中吴用有个追赶之计，赶得高俅魂不附体：

转过山嘴，早不见索超。正走间，背后豹子头林冲，引军赶来，又杀一阵。再走不过六七里，又是“青面兽”杨志，引军赶来，又杀一阵。又奔不到八九里，背后“美髯公”朱仝赶上来，又杀一阵。这是吴用使的追赶之计：不去前面拦截，只在背后赶杀——败军无心恋战，只顾奔走，救护不得后军。因此高太尉被追赶得慌，飞奔济州。比及入得城时，已自三更。又听得城外寨中火起，喊声不绝。原来被石秀、杨雄埋伏下五百步军，放了三五把火，潜地去了。惊得高太尉魂不附体，连使人探视。回报“去了”，方才放心。整点军马，折其大半。

《三国演义》中刘备、孙权赶得曹军亡魂丧胆：

正走间，背后一军赶到，大叫：“曹贼休走！”火光中现出吕蒙旗号。操催军马向前，留张辽断后，抵敌吕蒙。却见前面火把又起，从山谷中拥出一军，大叫：“凌统在此！”曹操肝胆皆裂。

……

马延、张凯二将飞骑前行。不到十里，喊声起处，一彪军出。为首一将，大呼曰：“吾乃东吴甘兴霸也！”

……

操曰：“吾不笑别人，单笑周瑜无谋，诸葛亮少智。若是吾用兵之时，预先在这里伏下一军，如之奈何？”说犹未了，两边鼓声震响，火光竟天而起，惊得曹操几乎坠马。刺斜里一彪军杀出，大叫：“我赵子龙奉军师将令，在此等候多时了！”

……

操曰：“吾笑诸葛亮、周瑜毕竟智谋不足。若是我用兵时，就这个去处，也埋伏一彪军马，以逸待劳；我等纵然脱得性命，也不免重伤矣。彼见不到此，我是以笑之。”正说间，前军后军一齐发喊、操大惊，弃甲上马。众军多有不及收马者。早见四下火烟布合，山口一军摆开，为首乃燕人张翼德，横矛立马，大叫："操贼走那里去！"

……

曰："人皆言周瑜、诸葛亮足智多谋，以吾观之，到底是无能之辈。若使此处伏一旅之师，吾等皆束手受缚矣。"

言未毕，一声炮响，两边五百校刀手摆开，为首大将关云长，提青龙刀，跨赤兔马，截住去路。操军见了，亡魂丧胆，面面相觑。

对应7：战时的船上大宴

《水浒传》中高俅开战前在船上大宴三日，曹操若知，得自愧不如：

高俅叫取京师原带来的歌儿舞女，都令上船作乐侍宴。一面教军健车船，演习飞走水面，船上笙箫谩品，歌舞悠扬，游乐终夕不散。当夜就船中宿歇。次日，又设席面饮酌，一连三日筵宴，不肯开船。

《三国演义》中曹操也在船上设宴，不知这样于战前在船中大宴者，史上有几人？

操令："置酒设乐于大船之上，吾今夕欲会诸将。"天色向晚，东山月上，皎皎如同白日。长江一带，如横素练。操坐大船之上，左右侍御者数百人，皆锦衣绣袄，荷戈执戟。文武众官，各依次而坐。

对应8：用假人引诱敌人射箭后称谢敌人资助

《水浒传》中梁山泊用金银箔纸糊成的假人引诱高俅射箭，而后张顺说"承谢送船到泊"：

远远地望见明晃晃都是戎装衣甲，却原来尽把金银箔纸糊成的。三个先锋见了，便叫前船上将火炮，火枪，火箭，一齐打放。

……

（张顺）乘着船，高声说道："承谢送船到泊。"

《三国演义》中诸葛亮草船借箭，借箭后让士兵喊“谢丞相箭”：

操传令曰：“重雾迷江，彼军忽至，必有埋伏，切不可轻动。可拨水军弓弩手乱箭射之。”又差人往旱寨内唤张辽、徐晃各带弓弩军三千，火速到江边助射。比及号令到来，毛玠、于禁怕南军抢入水寨，已差弓弩手在寨前放箭；少顷，旱寨内弓弩手亦到，约一万余人，尽皆向江中放箭：箭如雨发。孔明教把船吊回，头东尾西，逼近水寨受箭，一面擂鼓呐喊。待至日高雾散，孔明令收船急回。二十只船两边束草上，排满箭枝。孔明令各船上军士齐声叫曰：“谢丞相箭！”

对应9：都有“天助”

《水浒传》叙述为：

造船将完，看看冬到。其年天气甚暖，高太尉心中暗喜，以为天助。

但简本《水浒传》中此处并无“天助”。

《三国演义》中曹操赤壁之战时文中两次提到天助：

操升帐谓众谋士曰：“若非天命助吾，安得凤雏妙计？铁索连舟，果然渡江如履平地。”

……

饮至半夜，操酒酣，遥指南岸曰：“周瑜、鲁肃，不识天时！今幸有投降之人，为彼心腹之患，此天助吾也。”

对应10：出战前激怒对方

《水浒传》中梁山泊写诗讽刺激怒高俅：

忽有人报道：“梁山泊贼人写一首诗，贴在济州城里土地庙前，有人揭得在此。”其诗写道：

帮闲得志一高俅，漫领三军水上游。

便有海鳅船万只，俱来泊内一齐休。

高太尉看了诗大怒，便要起军征剿："若不杀尽贼寇，誓不回军！"

《三国演义》中于三江口折兵时周瑜激怒曹操：

瑜大怒，更不开看，将书扯碎，掷于地下，喝斩来使。肃曰："两国相争，不斩来使。"瑜曰："斩使以示威！"

……

却说曹操知周瑜毁书斩使，大怒，便唤蔡瑁、张允等一班荆州降将为前部，操自为后军，催督战船，到三江口。

对应 11：都有人觉得危险，但自大的人则不以为然

《水浒传》中闻参谋觉得高俅亲自出征很危险，高俅则认为必胜：

闻参谋谏道："主帅只可监督马军，陆路进发，不可自登水路，亲临险地。"高太尉道："无伤。前番二次，皆不得其人，以致失陷了人马，折了许多船只。今番造得若干好船，我若不亲临监督，如何擒捉此寇？今次正要与贼人决一死战，汝不必多言！"闻参谋再不敢开口，只得跟随高太尉上船。

《三国演义》中焦触和张南要乘船出击，曹操先是担心北方人不善于水战，而后又担心乘小船不便接战，但焦触和张南却信心满满地坚持出战：

操顾诸将曰："青、徐、燕、代之众，不惯乘舟。今非此计，安能涉大江之险！"只见班部中二将挺身出曰："小将虽幽、燕之人，也能乘舟。今愿借巡船二十只，直至江口，夺旗鼓而还，以显北军亦能乘舟也。"操视之，乃袁绍手下旧将焦触、张南也。操曰："汝等皆生长北方，恐乘舟不便。江南之兵，往来水上，习练精熟，汝勿轻以性命为儿戏也。"焦触、张南大叫曰："如其不胜，甘受军法！"操曰："战船尽已连锁，惟有小舟。每舟可容二十人，只恐未便接战。"触曰："若用大船，何足为奇？

乞付小舟二十余只，某与张南各引一半，只今日直抵江南水寨，须要夺旗斩将而还。”

对应 12：水中发生了硬碰硬的正面交战，都有杀“驾舟军士”之事，还都登上了敌船

《水浒传》中梁山泊一边砍踏车的军士，一边有军士爬上先锋船：

看逼将拢来，一个把挠钩搭住了舵，一个把板刀便砍那踏车的军士。早有五六十个爬上先锋船来。

简本《水浒传》中并无杀踏车军士和军士爬上先锋船情节。

《三国演义》中周泰跳上敌船，杀驾舟军士：

周泰一臂挽牌，一手提刀，两船相离七八尺，泰即飞身一跃，直跃过张南船上，手起刀落，砍张南于水中，乱杀驾舟军士。

对应 13：提前做了埋伏，敌军来攻打时被前后夹击

《水浒传》中高俅派兵从旱路攻打梁山泊，梁山泊提前做了准备，派了大队人马在暗地埋伏好，正面迎敌时伏兵杀出前后夹击，杀退高俅军队：

两将就山前大路上交锋，斗不到二十余合，未见胜败。只听得后队马军，发起喊来。原来梁山泊大队军马，都埋伏在山前两下大林丛中，一声喊起，四面杀将出来。

《三国演义》中此处为一败曹仁时，单福预测曹仁会劫寨，提前做了准备，先让赵云正面掩杀，后边又有张飞接应。

却说单福正与玄德在寨中议事，忽信风骤起。福曰：“今夜曹仁必来劫寨。”玄德曰：“何以敌之？”福笑曰：“吾已预算定了。”遂密密分拨已

毕。至二更，曹仁兵将近寨，只见寨中四围火起，烧着寨栅。曹仁知有准备，急令退军。赵云掩杀将来。仁不及收兵回寨，急望北河而走。将到河边，才欲寻船渡河，岸上一彪军杀到：为首大将，乃张飞也。

对应 14：梁山泊放了高俅和关羽义释曹操

《水浒传》和《三国演义》都设计为把最大的反派放了，从时间上看，均吻合。

十六、征辽对应赤壁后的多次战役

征辽过程中战役比较多，对应的战役，都是赤壁之战后的，前期对应曹仁大战东吴兵，后期则对应曹操破马超，还夹杂着几场刘备派黄忠打汉中时的战役。因为征辽是个整体，我就把它们都集中在了一起。

《水浒传》回合：

第八十三回　宋公明奉诏破大辽　陈桥驿滴泪斩小卒

第八十四回　宋公明兵打蓟州城　卢俊义大战玉田县

第八十五回　宋公明夜度益津关　吴学究智取文安县

第八十六回　宋公明大战独鹿山　卢俊义兵陷青石峪

第八十七回　宋公明大战幽州　呼延灼力擒番将

第八十八回　颜统军阵列混天象　宋公明梦授玄女法

第八十九回　宋公明破阵成功　宿太尉颁恩降诏

《三国演义》回合：

第五十一回　曹仁大战东吴兵　孔明一气周公瑾

第五十八回　马孟起兴兵雪恨　曹阿瞒割须弃袍

第五十九回　许褚裸衣斗马超　曹操抹书问韩遂

第六十七回　曹操平定汉中地　张辽威震逍遥津

第 七 十 回　猛张飞智取瓦口隘　老黄忠计夺天荡山

第七十一回　占对山黄忠逸待劳　据汉水赵云寡胜众

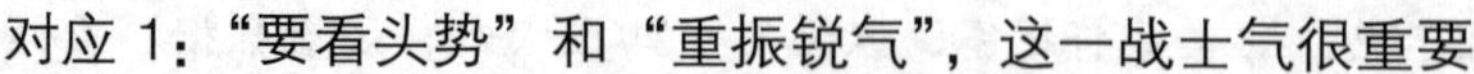

对应 1："要看头势"和"重振锐气"，这一战士气很重要

《水浒传》中宋江欲攻打密云县，交战前宋江说了"要看头势"。辽国守将阿里奇主动出击最后战败身死。

> 阿里奇听了笑道："既是这伙草寇，何足道哉！"传令教番兵扎掂已了，来日出密云县，与宋江交锋。
>
> 次日，宋江听报辽兵已近，即时传令，将士交锋，要看头势，休要失支脱节。

简本《水浒传》没有"要看头势"的言语。

《三国演义》中在"曹仁大战东吴兵"时，周瑜出兵南郡，曹仁手下牛金认为应该"重振锐气"，主动出击，但是被包围了。

> 仁曰："坚守勿战为上。"骁将牛金奋然进曰："兵临城下而不出战，是怯也。况吾兵新败，正当重振锐气。某愿借精兵五百，决一死战。"仁从之，令牛金引五百军出战。丁奉纵马来迎。约战四五合，奉诈败，牛金引军追赶入阵。奉指挥众军一裹围牛金于阵中。金左右冲突，不能得出。

对应 2：靠诱敌出城打下城池，交战前还有大骂

《水浒传》中，宋兵用粮船诱辽兵出城抢粮，宋兵乘势取城。交战前，李逵引军在城下大骂：

> 宋江道："今次厮杀，不比在梁山泊时，可要先探水势深浅，方可进兵。我看这条潞水，水势甚急，倘或一失，难以救应。尔等宜仔细，不可托大！将船只盖伏的好着，只扮作运粮船相似。你等头领，各带暗器，潜伏于船内。止著三五人撑驾摇橹，岸上著两人牵拽，一步步挨到城下，把船泊在两岸，待我这里进兵。城中知道，必开水门来抢粮船。尔等伏兵却起，夺他水门，可成大功。"
>
> ……

再说宋江人马，当晚黄昏，左侧，李逵、樊瑞为首，将引步军在城下大骂。

《水浒传》简本中此处无骂人情节。

《三国演义》中曹军痛骂周瑜，周瑜被骂后设计诈死，诱曹仁出城。周瑜靠诈死诱敌，对应宋江粮草诱敌。李逵和曹军都大骂对方。

瑜怒曰："何欺我也！吾已知曹兵常来寨前辱骂。程德谋既同掌兵权，何故坐视？"

……

曹仁自立马于门旗下，扬鞭大骂曰："周瑜孺子，料必横夭，再不敢正觑我兵！"骂犹未绝，瑜从群骑内突然出曰："曹仁匹夫！见周郎否！"曹军看见，尽皆惊骇。曹仁回顾众将曰："可大骂之！"众军厉声大骂。周瑜大怒，使潘璋出战。未及交锋，周瑜忽大叫一声，口中喷血。坠于马下。曹兵冲来，众将向前抵住，混战一场，救起周瑜，回到帐中。程普问曰："都督贵体若何？"瑜密谓普曰："此吾之计也。"普曰："计将安出？"瑜曰："吾身本无甚痛楚；吾所以为此者，欲令曹兵知我病危，必然欺敌。可使心腹军士去城中诈降，说吾已死。今夜曹仁必来劫寨。吾却于四下埋伏以应之，则曹仁可一鼓而擒也。"

对应3：抢城不赶和绕城而走

《三国演义》中大战东吴兵中，曹仁用了曹操的计策后，引诱周瑜，周瑜赶来，抢城不追，然后中伏。

瑜自引军马追至南郡城下，曹军皆不入城，望西北面走。韩当、周泰引前部尽力追赶。瑜见城门大开，城上又无人，遂令众军抢城。

《水浒传》中"抢城不赶"和"绕城而走"是分别在两次战事中出现的，不在同一处，但都在征辽中发生。

抢城不赶：

正撞着林冲、关胜，大杀一阵，那里有心恋战，望刺斜里死命撞出去。关胜、林冲要抢城子，也不来追赶，且奔入城。

绕城而走：

宋江军马追赶，贺统军分兵两路，不入幽州，绕城而走。

《水浒传》简本中有“绕城而走”但没有“抢城不赶”。

对应 4：此处对应于《三国演义》中曹仁和周瑜在彝陵的争夺。

细节的对应比较多：

一是甘宁分兵打彝陵。

甘宁曰：“都督未可造次。今曹仁令曹洪据守彝陵，为掎角之势；某愿以精兵三千，径取彝陵，都督然后可取南郡。”瑜服其论，先教甘宁领三千兵攻打彝陵。

二是甘宁到彝陵后，曹纯诈败诱敌，让甘宁轻易得城。

曹纯先使人报知曹洪，令洪出城诱敌。甘宁引兵至彝陵，洪出与甘宁交锋。战有二十余合，洪败走。宁夺了彝陵。

三是牛金援兵到后，曹纯和牛金围了彝陵，周瑜得知后大惊。

至黄昏时，曹纯、牛金兵到，两下相合，围了彝陵。探马飞报周瑜，说甘宁困于彝陵城中，瑜大惊。

四是周瑜援军到后，和甘宁里应外合杀败围城曹军，还得马五百余匹。

此处还需注意一点，周瑜得胜后，曹仁又派来一批救军，双方混战。

> 宁传令教军士严装饱食，准备内应。却说曹洪、曹纯、牛金闻周瑜兵将至，先使人往南郡报知曹仁，一面分兵拒敌。及吴兵至，曹兵迎之。比及交锋，甘宁、周泰分两路杀出，曹兵大乱，吴兵四下掩杀。曹洪、曹纯、牛金果然投小路而走；却被乱柴塞道，马不能行，尽皆弃马而走。吴兵得马五百余匹。周瑜驱兵星夜赶到南郡，正遇曹仁军来救彝陵。两军接着，混战一场。天色已晚，各自收兵。

与其对应的《水浒传》中的故事则比较分散，不过均在打辽中时发生。此处我依然按照在《水浒传》中的出场顺序和上文进行对应。

一是杀败援军和夺得战马，此处对应上文的“四”。周瑜战后得马五百余匹，对应梁山战后得到的一千余匹，无论在《水浒传》中还是在《三国演义》中，夺得战马且统计的情节，应该都是唯一的。另辽国的救兵对应于曹仁后来派出的救兵。

> 吴用道：“必是辽国调来救兵。我这里先差几将拦截厮杀，杀的散时，免令城中得他壮胆。”
>
> ……
>
> 只一阵，杀散辽兵万余人马，把两个番官，全副鞍马，两面金牌，收拾宝冠袍甲，仍割下两颗首级，当时夺了战马一千余匹，解到密云县来见宋江献纳。

二是宋江兵分两路，对应甘宁分兵。

> 说犹未了，只见流星探马报将来，说道：“宋江兵分两路，来打蓟州，一路杀至平峪县，一路杀至玉田县。”御弟大王听了，随即便教洞仙侍郎：“将引本部军马，把住平峪县口，不要和他厮杀。俺先引兵，且拿了玉田县的蛮子，却从背后抄将过来，平峪县的蛮子，走往那里去？一边关报霸州、幽州，教两路军马，前来接应。”

三是梁山泊四将诈败，对应上文“二”中的曹纯诈败。

卢俊义见箭射了张清，无心恋战。四将各佯输诈败，退回去了。四个番将，乘势赶来。

《水浒传》简本此处于卢俊义吃败仗时无诱敌的说法。虽从前后情节来说，诈败是假，真败才是真，但每次简本将作者的错误修正之时，简本就错了。

简本《水浒传》：

四将各败回本阵。

四是卢俊义出兵打玉田县，轻易占了玉田县，但很快反被辽军包围，卢俊义吃了一惊。宋江得知后赶到里应外合杀败了辽军。此处对应上文中的“二”“三”“四”：

将次到玉田县，见一彪人马哨路。看时，却是双枪将董平、金枪手徐宁弟兄们，都扎住玉田县中，辽兵尽行赶散。

……

未到黄昏前后，军士们正要收拾安歇，只见伏路小校来报道：“辽兵不知多少，四面把县围了。”卢俊义听得大惊。

……

朱武道：“宋公明若得知这个消息，必然来救。里应外合，方可以免难。”

众人挨到天明，望见辽兵四面摆的无缝。只见东南上尘土起处，兵马数万而来。众将皆望南兵，朱武道：“此必是宋公明军马到了。等他收军齐望南杀去，这里尽数起兵，随后一掩。”且说对阵辽兵，从辰时直围到未牌，抵当不住，尽数收拾都去。朱武道：“不就这里追赶，更待何时！”卢俊义当即传令，开县四门，尽领军马出城追杀。辽兵大败，杀得星落云散，七断八续。

五是卢俊义先以一敌四，又杀散千人，无比英雄。我认为此处应对应着曹仁和吴军交战时的神勇表现，且在时间顺序上是一致的。

曹仁神勇救牛金：

> 徐盛迎战，不能抵挡。曹仁杀到垓心，救出牛金。回顾尚有数十骑在阵，不能得出，遂复翻身杀入，救出重围。正遇蒋钦拦路，曹仁与牛金奋力冲散。

卢俊义无敌：

> 四个小将军却好回来，正迎着卢俊义。一骑马，一条枪，力敌四个番将，并无半点惧怯。约斗了一个时辰，卢俊义得便处，卖个破绽，耶律宗霖把刀砍将入来，被卢俊义大喝一声，那番将措手不及，着一枪，刺下马去。那三个小将军，各吃了一惊，皆有惧色，无心恋战，拍马去了。卢俊义下马，拔刀割了耶律宗霖首级，拴在马项下。翻身上马，望南而行。又撞见一伙辽兵，约有一千余人。被卢俊义又撞杀入去，辽兵四散奔走。

对应5：派人混入敌城放火

《水浒传》中宋江派石秀、时迁前往蓟州放火：

> "只等城外哥哥军马攻打得紧急时，然后却就宝严寺塔上，放起火来为号。"时迁自是个惯飞檐走壁的人，那里不躲了身子？石秀临期自去州衙内放火，他两个商量已定，自去了。我这里一面收拾进兵。

在《三国演义》中，此处应该又是双关。在曹仁大战东吴兵后，接着就是孙权大战张辽，里面就有一处内应放火的事。但我想不只对应于此，因为孙权大战张辽后，接着就是马超反曹，而马超反曹时又有一次类似的内应放火事件。这两次"放火"情节极其接近，顺序上近乎相连。可能正是出于这个原因，作者将它们共同对应到蓟州放火中，双关。

一是孙权大战张辽时，戈定混入合肥和后槽做内应放火。

说戈定乃太史慈乡人；当日杂在军中，随入合肥城，寻见养马后槽，两个商议。戈定曰：“我已使人报太史慈将军去了，今夜必来接应。你如何用事？”后槽曰：“此间离中军较远，夜间急不能进，只就草堆上放起一把火，你去前面叫反，城中兵乱，就里刺杀张辽，余军自走也。”戈定曰：“此计大妙！”

二是马超进攻长安，又假装退兵，让庞德混入长安做内应放火。

庞德进计曰：“长安城中土硬水碱，甚不堪食，更兼无柴。今围十日，军民饥荒。不如暂且收军，只须如此如此，长安唾手可得。”马超曰：“此计大妙！”即时差“令”字旗传与各部，尽教退军，马超亲自断后。各部军马渐渐退去。钟繇次日登城看时，军皆退了，只恐有计；令人哨探，果然远去，方才放心。纵令军民出城打柴取水，大开城门，放人出入。至第五日，人报马超兵又到，军民竞奔入城，钟繇仍复闭城坚守。

却说钟繇弟钟进，守把西门，约近三更，城门里一把火起。钟进急来救时，城边转过一人，举刀纵马大喝曰：“庞德在此！”钟进措手不及，被庞德一刀斩于马下，杀散军校，斩关断锁，放马超、韩遂军马入城。

对应6：假降和离间

《水浒传》中辽国遣使引诱宋江投降，宋江将计就计，假装投降，装作和卢俊义已被离间分化，由此计夺了霸州。

便与吴用商议道：“卦中上上之兆，多是辽国来招安我们，似此如之奈何？”吴用道：“若是如此时，正可将计就计，受了他招安。将此蓟州与卢先锋管了，却取他霸州。若更得了他霸州，不愁他辽国不破。即今取了他檀州，先去辽国一只左手。此事容易，只是放些先难后易，令他不疑。”

……

宋江答道："这里也无外人，亦当尽忠告诉：侍郎不知前番足下来时，众军皆知其意。内中有一半人，不肯归顺。若是宋江便随侍郎出幽州，朝见狼主时，有副先锋卢俊义，必然引兵追赶，若就那里城下厮并，不见了我弟兄们日前的义气。我今先带些心腹之人，不拣那座城子，借我躲避。他若引兵赶来，知我下落，那时却好回避他。他若不听，却和他厮并，也未迟。他若不知我等下落时，他军马回报东京，必然别生枝节。我等那时朝见狼主，引领大辽军马，却来与他厮杀，未为晚矣！"

《三国演义》中马超和曹操的战斗，曹操之所以能获胜，也是因为靠"假降"完成离间之举。韩遂、马超遣使欲停战，曹操以此制造了韩遂投降的假象，骗了马超，使马超和韩遂分化互攻，曹操则坐收渔翁之利，败马超，降韩遂。和《水浒传》中的情节一样，都是主动遣使的人中计。

超犹豫未决。杨秋、侯选皆劝求和，于是韩遂遣杨秋为使，直往操寨下书，言割地请和之事。操曰："汝且回寨，吾来日使人回报。"杨秋辞去。贾诩入见操曰："丞相主意若何？"操曰："公所见若何？"诩曰："兵不厌诈，可伪许之；然后用反间计，令韩、马相疑，则一鼓可破也。"操抚掌大喜曰："天下高见，多有相合。文和之谋，正吾心中之事也。"

对应 7：两度不听劝以致中了诱敌之计

《水浒传》中卢俊义和宋江不听吴用、朱武的劝告，执意追击辽军，结果两人都中了埋伏。这里注意以下细节：

一是其中一人被困在陷坑山中，下文会有对应处。

二是不听劝和劝告的都是成双的，不听劝告的是卢俊义和宋江两人，劝告的是吴用和朱武，都是两人。且宋江和卢俊义还分兵出击，然后都中了诱敌之计，是两路军马。因为这里要对应《三国演义》中的两次事件，所以都成双。

当时贺重宝奏郎主道："奴婢这幽州地面，有个去处，唤做青石峪，只一条路入去，四面尽是高山，并无活路。臣拨十数骑人马，引这伙蛮子，直入里面，却调军马外面围住。教这厮前无出路，后无退步，必然饿死。”兀颜统军道：“怎生便得这厮们来？”贺统军道：“他打了俺三个大郡，气满志骄，必然想着幽州。俺这里分兵去诱引他，他必然乘势来赶，引入陷坑山内，走那里去？”

……

吴用、朱武便道：“幽州分兵两路而来，此必是诱引之计，且未可行。”卢俊义道：“军师错矣！那厮连输了数次，如何是诱敌之计？当取不取，过后难取，不就这里去取幽州，更待何时？”宋江道：“这厮势穷力尽，有何良策可施？正好乘此机会。”遂不从吴用、朱武之言，引兵往幽州便进，将两处军马分作大小三路起行。

……

宋江便调军马追赶。约有四五十里，听得四下里战鼓齐响。宋江急叫回军时，山坡左边，早撞过一彪番军拦路。宋江急分兵迎敌时，右手下又早撞出一支辽兵。前面贺统军勒兵回来夹攻。宋江兵马，四下救应不迭，被番兵撞作两段。

却说卢俊义引兵在后面厮杀时，不见了前面军马，急寻门路，要杀回来，只见胁窝里又撞出番军来厮并。辽兵喊杀连天，四下里撞击，左右被番军围住在垓心。卢俊义调拨众将，左右冲突，前后卷杀，寻路出去，众将扬威耀武，抖擞精神，正奔四下里厮杀，忽见阴云闭合，黑雾遮天，白昼如夜，不分东西南北。卢俊义心慌，急引一支军马，死命杀出。

《三国演义》在这里对应着两处，这也是为什么《水浒传》中此处总是成对的原因。两处战斗都是在马超和曹操大战中发生的，还紧挨着。

其中一处是，曹操不听曹仁劝告而派曹洪去守潼关，曹洪又不听徐晃的劝告，结果中了马超的诱敌之计，以致失了潼关。

曹仁谏曰：“洪性躁，诚恐误事。”操曰：“你与我押送粮草，便随后接应。”

却说曹洪、徐晃到潼关，替钟繇坚守关隘，并不出战。马超领军来关下，把曹操三代毁骂。曹洪大怒，要提兵下关厮杀。徐晃谏曰：“此是马超要激将军厮杀，切不可与战。待丞相大军来，必有主画。”马超军日夜轮流来骂。曹洪只要厮杀，徐晃苦苦挡住。至第九日，在关上看时，西凉军都弃马在于关前草地上坐；多半困乏，就于地上睡卧。曹洪便教备马，点起三千兵杀下关来。西凉兵弃马抛戈而走。洪迤逦追赶。时徐晃正在关上点视粮车，闻曹洪下关厮杀，大惊，急引兵随后赶来，大叫曹洪回马。忽然背后喊声大震，马岱引军杀至。曹洪、徐晃急回走时，一棒鼓响，山背后两军截出：左是马超、右是庞德，混杀一阵。曹洪抵挡不住，折军大半，撞出重围，奔到关上。西凉兵随后赶来，洪等弃关而走。

另外一处是，韩遂想渡河击操，马超认为守是上策，韩遂执意渡河，结果中了曹操的埋伏，人马落入陷马坑内（《水浒传》中是陷坑山）。

遂曰："今操渡河，将袭我后。可速攻之。不可令他创立营寨。若立营寨，急难剿除。"超曰："以侄愚意。还只拒住北岸。使彼不得渡河，乃为上策。"遂曰："贤侄守寨，吾引军循河战操，若何？"超曰："令庞德为先锋，跟叔父前去。"

于是韩遂与庞德将兵五万，直抵渭南。操令众将于甬道两旁诱之。庞德先引铁骑千余，冲突而来。喊声起处，人马俱落于陷马坑内。

对应 8：粮草车穿连做屏障

《水浒传》叙述为：

宋江驱兵杀透重围，退到一座高山，迎着本部军马。且把粮车头尾相衔，权做寨栅。

《三国演义》叙述为：

曹仁引军夹河立寨，将粮草车辆穿连，以为屏障。

《水浒传》简本中此处并未提及"粮草车"。

简本《水浒传》：

宋江收军退到一座高山屯札，计点头领，不见俊义等一十三人。

对应9：进攻敌方，预估对方会有准备，然后将计就计，击败对方

《水浒传》中梁山泊进攻幽州，吴用预估辽军会有准备，如果出城就肯定会中埋伏，于是将计就计，击败辽军。

吴用便道："若是他闭门不出，便无准备；若是他引兵出城迎敌，必有埋伏。我军可先分兵作三路而进：一路直往幽州进发，迎敌来军；两路如羽翼相似，左右护持。若有埋伏军起，便教这两路军去迎敌。"

……

宋江军马追赶，贺统军分兵两路，不入幽州，绕城而走。吴用在马上便叫："休赶！"说犹未了，左边撞出太真驸马来，已有关胜却好迎住；右边撞出李金吾来，又有呼延灼却好迎住。正来三路军马，逼住大战，杀得尸横遍野，流血成河。

《三国演义》中马超、韩遂要去劫寨，马超预计曹操已做好被劫寨的准备，于是将计就计，击败曹操。

超与韩遂商议："若迁延日久，操于河北立了营寨，难以退敌；不若乘今夜引轻骑去劫野营。"遂曰："须分兵前后相救。"于是超自为前部，令庞德、马岱为后应，当夜便行。

却说曹操收兵屯渭北，唤诸将曰："贼欺我未立寨栅，必来劫野营。可四散伏兵，虚其中军。号炮响时，伏兵尽起，一鼓可擒也。"众将依令，伏兵已毕。当夜，马超却先使成宜引三十骑往前哨探，成宜见无人马，径入中军。操军见西凉兵到，遂放号炮。四面伏兵皆出，只围得三十骑。成宜被夏侯渊所杀。马超却自从背后与庞德、马岱兵分三路蜂拥杀来。

对应 10：都有“单挑”，有刺激对方比阵的“言语”，不过交手后却又都称赞对手

《水浒传》的单挑方式是“比阵法”，双方主将分别是兀颜小将军和朱武。比阵后兀颜小将军称宋军中“必有人物”，可谓称赞；宋江则用激将法刺激小将军前来破阵。

> 兀颜延寿勒马直到阵前，高声叫道：“你摆九宫八卦阵，待要瞒谁！你却识得俺的阵么？”宋江听得番将要比阵法，叫军中竖起云梯。……朱武早已认得，对宋江道：“此‘太乙三才阵’也。”……朱武在将台上看了，此乃变作“河洛四象阵。”……朱武道：“此乃变作‘循环八卦阵’。”
>
> ……
>
> 小将军听了，心中自忖道：“俺这几个阵势，都是秘传来的，不期都被此人识破。宋兵之中，必有人物！”……朱武再上云梯看了，对吴用说道：“此乃是武侯‘八阵图’，藏了首尾，人皆不晓。”
>
> ……
>
> 宋江喝道：“只俺这‘九宫八卦阵’势，虽是浅薄，你敢打么？”小将军大笑道：“量此等小阵，有何难哉！你军中休放冷箭，看咱打你这个小阵！”

《三国演义》中曹操给马超下战书，以刺激其与许褚单挑。兀颜小将军和朱武是阵法的单挑，而马超和许褚则是武力的单挑。后马超称赞许褚“真虎痴”。

> 即使人下战书，说虎侯单搦马超来日决战。超接书大怒曰：“何敢如此相欺耶！”即批次日誓杀虎痴。
>
> ……
>
> 马超挺枪接战。斗了一百余合，胜负不分。马匹困乏，各回军中，换了马匹，又出阵前。又斗一百余合，不分胜负。
>
> ……

马超回至渭口，谓韩遂曰："吾见恶战者莫如许褚，真虎痴也！"

对应 11：敌军倾巢而出，大决战

笔者认为"十一曜大将"和"二十八宿将军"是代指西凉众多少数民族部队的。"十一"和"二十八"表示数量多，形容敌军倾巢而出。

《水浒传》中描述大辽"倾国而来"：

且不说琼寇二将起身，作先锋开路，却说兀颜统军，随即整点本部下十一曜大将，二十八宿将军，尽数出征。

……

今有探细人报来就里，闻知辽国兀颜统军，起二十万军马，倾国而来。兴亡胜败，决此一战。

《三国演义》指出这里是羌人"聚一处"：

众将又请问曰："丞相每闻贼加兵添众，则有喜色，何也？"操曰："关中边远，若群贼各依险阻，征之非一二年不可平复；今皆来聚一处，其众虽多，人心不一，易于离间，一举可灭：吾故喜也。"

对应 12：失势后都以天气冷为由求和，但都被拒绝了

《水浒传》宋江连吃败仗，打不过辽军，就想以天气严寒为由希望停战，但是辽军拒绝了。

宋江再与吴用商议道："我等无计破他阵势，不若取将小将军来，就这里解和这阵，两边各自罢战。"

……

见了兀颜统军，说道："俺的宋先锋拜意统军麾下，今送小将军回来，换俺这个头目。即今天气严寒，军士劳苦，两边权且罢战，待来春别作商议，俱免人马冻伤。请统军将令。"兀颜统军听了大喝道："无智辱子，被汝生擒，纵使得活，有何面目见咱？不用相换，便拿下替俺斩

了。若要罢战权歇，教你宋江束手来降，免汝一死。若不如此，吾引大兵一到，寸草不留！”

《三国演义》中曹操于河西立了营寨，马超前后受敌，估计自己胜算不多就想求和，名义上说是“挨过冬天，到春暖别做计议”，曹操“伪许之”，“伪许之”也就是拒绝。

正追之际，忽报操有一军，已在河西下了营寨，超大惊，无心追赶，急收军回寨，与韩遂商议，言：“操兵乘虚已渡河西，吾军前后受敌，如之奈何？”部将李堪曰：“不如割地请和，两家且各罢兵，捱过冬天，到春暖别作计议。”韩遂曰：“李堪之言最善，可从之。”

……

操曰：“公所见若何？”诩曰：“兵不厌诈，可伪许之。”

对应13：骄兵之计

屡战屡败，连吃败仗，但最后都因“梦”和受到“神”的帮助，一夕破敌。

《水浒传》中宋江和兀颜统军交战，连败四场，最后梦里得到九天玄女娘娘的指点，一战就大破辽军。具体败战，会在后边分解。

宋江道：“我已梦玄女娘娘传与秘诀，寻思定了，特请军师商议。可以会集诸将，分拨行事。尽此一阵，须用大将。”

这样的屡战屡败，但一夕破敌情节对应于《三国演义》中的内容，主要指曹操和马超的渭桥六战和一夕破敌，同时还对应另外两场战斗，可谓“一语三关”，下文会说。

“三关”中的第一关，马超屡屡败曹，一共六战，用孔明的话可总结为：

孔明曰：“翼德拒水断桥，此因曹操不知虚实耳；若知虚实，将军岂得无事？今马超之勇，天下皆知，渭桥六战，杀得曹操割须弃袍，几乎良命，非等闲之比。云长且未必可胜。”

《水浒传》中宋江是因做梦得到九天玄女娘娘的指点而获胜，但在《三国演义》中曹操是因为得到了梦梅居士的指点，加上“神助”而获胜的。

隐居终南山，姓娄，名子伯，道号“梦梅居士”。操以客礼待之。子伯曰：“丞相欲跨渭安营久矣，今何不乘时筑之？”操曰：“沙土之地，筑垒不成。隐士有何良策赐教？”子伯曰：“丞相用兵如神，岂不知天时乎？连日阴云布合，朔风一起，必大冻矣。风起之后，驱兵士运土泼水，比及天明，土城已就。”操大悟，厚赏子伯。子伯不受而去。

是夜北风大作。操尽驱兵士担土泼水；为无盛水之具，作缣囊盛水浇之，随筑随冻。比及天明，沙水冻紧，土城已筑完。细作报知马超。超领兵观之，大惊，疑有神助。

曹操的一夕破敌：

众将皆问曰：“初贼据潼关，渭北道缺，丞相不从河东击冯翊，而反守潼关，迁延日久，而后北渡，立营固守，何也？”操曰：“初贼守潼关，若吾初到，便取河东，贼必以各寨分守诸渡口，则河西不可渡矣。吾故盛兵皆聚于潼关前，使贼尽南守，而河西不准备，故徐晃、朱灵得渡也。吾然后引兵北渡，连车树栅为甬道，筑冰城，欲贼知吾弱，以骄其心，使不准备。吾乃巧用反间，畜士卒之力，一旦击破之。正所谓迅雷不及掩耳。兵之变化，固非一道也。”

上文所说“一语三关”，“第一关”对完。现在来探讨另外“两关”。首先且看，《水浒传》这一战中有交换俘虏的情节，而《三国演义》中黄忠也有过一次交换俘虏举动。

《水浒传》中李逵和小将军互换：

宋江慌道，只怕救不得李逵，拔寨便起，带了兀颜小将军，直抵前军，隔阵大叫："可放过俺的头目来，我还你小将军。不罢战不妨，自与你对阵厮杀。"只见辽兵阵中，无移时，把李逵一骑马送出阵前来。这里也牵一匹马，送兀颜小将军出阵去。两家如此，一言为定。两边一齐同收同放：李将军回寨，小将军也骑马过去了。

《三国演义》中陈式和夏侯尚互换：

渊急使人到黄忠寨，言愿将陈式来换夏侯尚。忠约定来日阵前相换。次日，两军皆到山谷阔处，布成阵势。黄忠、夏侯渊各立马于本阵门旗之下。黄忠带着夏侯尚，夏侯渊带着陈式，各不与袍铠，只穿蔽体薄衣。一声鼓响，陈式、夏侯尚各望本阵奔回。夏侯尚比及到阵门时，被黄忠一箭，射中后心。尚带箭而回。

而交换俘虏，在整个《三国演义》中只有黄忠定军山斩夏侯渊这一役中有，《水浒传》中也仅有此处。莫非是相对应的？但如果《水浒传》中这一战对应着定军山之战，在顺序上是讲不通的。黄忠换俘虏发生在刘备进军汉中时，而水浒这一役对下来还在打着马超呢。但如果不对应黄忠这一役，那么相似的交换俘虏事件又该如何解释？而且宋江对敌兀颜统军的那些败战，和马超对敌曹操的战役对不上，但如果将这些败战和黄忠这一役中的战役进行对应，便发现刚好能得对上。经过一番思索后，我觉得此处应该是"双关"：宋江大破兀颜统军这一战既对应马超打曹操，还对应于黄忠斩杀夏侯渊一事。这是"第二关"。

下面是第三关的。当解读刘备进军汉中时，我发现还有诸如黄忠和张郃等的战役，无法对应到《水浒传》中。而这些战斗和黄忠打张郃、夏侯德却极其相似。如果用来对应此处宋江与兀颜统军的决战，似刚好。而黄忠斩杀夏侯渊时的一些战斗，和《水浒传》中同时段的战斗顺序不一致，可错开。如果将黄忠打张郃对应过来，连战斗顺序都完全一致。所以，我觉得这里黄忠打张郃也应对应于此处，可谓"一语三关"，这里便是"第三关"。为什么这样呢？我想是因为这几处与《三国演义》中的内容本身就出奇地吻合，加上又都是对应于黄忠的战斗，就放在了一起。

第一场：知道敌人强大，执意打

《水浒传》中宋江知道辽军的天阵很厉害，但觉得如果不去打，辽军是不会退兵的，于是不听朱武、吴用的劝告，最终招致大败。

宋江问道："如何攻击？"朱武道："此天阵变化无穷，机关莫测，不可造次攻打。"宋江道："若不打得开阵势，如何得他军退？"吴用道："急切不知他阵内虚实，如何便去打得？"

第二关：《三国演义》中黄忠占对山后，夏侯渊虽然知道黄忠很厉害，但认为被看了虚实，不听张郃劝谏，必须要打。

却说杜袭引军逃回，见夏侯渊，说黄忠夺了对山。渊大怒曰："黄忠占了对山，不容我不出战。"张郃谏曰："此乃法正之谋也。将军不可出战，只宜坚守。"渊曰："占了吾对山，观吾虚实，如何不出战？"郃苦谏不听。

第三关：韩浩知道黄忠厉害，但杀兄之仇必须报，于是不听张郃忠言，执意出战。

到张郃寨中，问及军情，郃言："老将黄忠，甚是英雄，更有严颜相助，不可轻敌。"韩浩曰："我在长沙知此老贼厉害。他和魏延献了城池，害吾亲兄，今既相遇，必当报仇！"

第二场：诱敌之计

《水浒传》中辽军正北七座旗门队伍不整，认为这是在示弱以引诱宋江。结果，宋江打过去后就中了埋伏。

果然撞开皂旗阵势，杀散皂旗人马，正北七座旗门，队伍不整。宋江阵中，却转过李逵、樊瑞、鲍旭、项充、李衮五百牌手向前，背后鲁智深、武松、杨雄、石秀、解珍、解宝，将带应有步军头目，撞杀入去。混天阵内，只听四面炮响，东西两军，正面黄旗军撞杀将来。宋江军马，抵当不住，转身便走。后面架隔不定，大败奔走，退回原寨。

第二关：《三国演义》中夏侯渊靠诈败引诱并活捉了陈式。法正又想出“反客为主”之法诱夏侯渊出战。

渊曰：“汝去出哨，与黄忠交战，只宜输，不宜赢。吾有妙计，如此如此。”

……

不数合，尚诈败而走。式赶去，行到半路，被两山上擂木炮石，打将下来，不能前进。正欲回时，背后夏侯渊引兵突出，陈式不能抵当，被夏侯渊生擒回寨。部卒多降。有败军逃得性命，回报黄忠，说陈式被擒。忠慌与法正商议，正曰：“渊为人轻躁，恃勇少谋。可激劝士卒，拔寨前进，步步为营，诱渊来战而擒之：此乃反客为主之法。”

第三关：黄忠设骄兵之计，以连败诱敌。

黄忠力战二将，各斗十余合，黄忠败走。二将赶二十余里，夺了黄忠寨。忠又草创一营。次日，夏侯尚、韩浩赶来，忠又出阵，战数合，又败走。二将又赶二十余里，夺了黄忠营寨，唤张郃守后寨。郃来前寨谏曰：“黄忠连退二日，于中必有诡计。”夏侯尚叱张郃曰：“你如此胆怯，可知屡次战败！今再休多言，看吾二人建功！”张郃羞赧而退。次日，二将又战，黄忠又败退二十里；二将迤逦赶上。次日，二将兵出，黄忠望风而走，连败数阵，直退在关上。二将扣关下寨，黄忠坚守不出。孟达暗暗发书，申报玄德，说：“黄忠连输数阵，现今退在关上。”玄德慌问孔明。孔明曰：“此乃老将骄兵之计也。”

第三场：兄弟齐心协力

《水浒传》中梁山泊“众弟兄同心戮力”。

宋江道："全靠你等众弟兄同心戮力，来日必行。"吴用道："两番撞击不动，不如守等他来交战。"宋江道："等他来也不是良法，只是众弟兄当以力敌，岂有连败之理。"

第二关：《三国演义》此处黄忠大赏三军，士兵都愿意死战。

忠用其谋，将应有之物，尽赏三军，欢声满谷，愿效死战。

第三关：黄忠军马"士卒皆努力向前"。

黄忠催军马随后而进，刘封曰："军士力困，可以暂歇。"忠曰："不入虎穴，焉得虎子？"策马先进。士卒皆努力向前。张郃军兵，反被自家败兵冲动，都屯扎不住，望后而走；尽弃了许多寨栅，直奔至汉水傍。

第四场：有不知道敌人很强大的自大之人

《水浒传》中王文斌不识货，因自大送了命：

王文斌上将台亲自看一回，下云梯来说道："这个阵势，也只如常，不见有甚惊人之处。"不想王文斌自己不识，且图诈人要誉。

……

王文斌寻思道："我不就这里显扬本事，再于何处施逞？"便挺枪跃马出阵，与番官更不打话，骤马相交。王文斌挺枪便搠，番将舞刀来迎。斗不到二十余合，番将回身便走。王文斌见了，便骤马飞枪，直赶将去。原来番将不输，特地要卖个破绽，漏他来赶。番将抡起刀，觑着王文斌较亲，翻身背砍一刀，把王文斌连肩和胸脯，砍做两段，死于马下。

第二关：夏侯渊看不上黄忠，一心出战建功，认为迟了的话，黄忠就要被别人抢先击败，会被夺去功劳。堂堂五虎将黄忠，在夏侯渊眼中不过是一个要赶紧去抢的大蛋糕，他没有想到最后自己会被“大蛋糕”杀了。

打发使命回讫，乃与张郃商议曰：“今魏王率大兵屯于南郑，以讨刘备。吾与汝久守此地，岂能建立功业？来日吾出战，务要生擒黄忠。”张郃曰：“黄忠谋勇兼备，况有法正相助，不可轻敌。此间山路险峻，只宜坚守。”渊曰：“若他人建了功劳，吾与汝有何面目见魏王耶？汝只守山，吾去出战。”

第三关：夏侯德不知道黄忠厉害，和韩浩一样自大，结果二人都被杀了。

夏侯德大笑曰：“老贼不谙兵法，只恃勇耳！”郃曰：“黄忠有谋，非止勇也。”德曰：“川兵远涉而来，连日疲困，更兼深入战境，此无谋也！”郃曰：“亦不可轻敌，且宜坚守。”韩浩曰：“愿借精兵三千击之，当无不克。”

……

韩浩引兵来战。黄忠挥刀直取浩，只一合，斩浩于马下。

……

夏侯德提兵来救火时，正遇老将严颜，手起刀落，斩夏侯德于马下。

简本《水浒传》中宋江并没有说过“若不打得开阵势，如何得他军退”？和“全靠你等众弟兄同心戮力，来日必行”这样的话，辽军也没有“正北七座旗门，队伍不整”这样的诱敌之计。

对应 14：贿赂敌人主公旁的奸臣

我觉得辽国贿赂宋国的四个奸臣应该取材于《三国演义》中曹操贿赂杨松这一处，曹操贿赂杨松一事发生在他打汉中时，此处应该提前了一点。

《水浒传》叙述为：

来人领了这话，便入城回复狼主。当下国主聚集文武百官，商议此事时，有右丞相太师褚坚出班奏曰：“目今本国兵微将寡，人马皆无，如何迎敌？论臣愚意，微臣亲往宋先锋寨内，许以厚贿。一面令其住兵停战；一面收拾礼物，径往东京，投买省院诸官，令其于天子之前，善言启奏，别作宛转。目今中国蔡京、童贯、高俅、杨戬四个贼臣专权，童子皇帝，听他四个主张。可把金帛贿赂，与此四人，买其请和，必降诏赦，收兵罢战。”狼主准奏。

……

此时蔡京、童贯、高俅、杨戬，并省院大小官僚，都是好利之徒。却说辽国丞相褚坚并众人先寻门路，见了太师蔡京等四个大臣，此后省院各官处，都有贿赂。各各先以门路，馈送礼物诸官已了。

《三国演义》记载为：

贾诩曰：“某知张鲁手下，有一谋士杨松。其人极贪贿赂。今可暗以金帛送之，使谮庞德于张鲁，便可图矣。”

十七、《水浒传》决战方腊对应《三国演义》灭蜀

《水浒传》回合：

第一百一十七回　睦州城箭射邓元觉　乌龙岭神助宋公明

第一百一十八回　卢俊义大战昱岭关　宋公明智取清溪洞

《三国演义》回合：

第一百一十六回　钟会分兵汉中道　武侯显圣定军山

第一百一十七回　邓士载偷度阴平　诸葛瞻战死绵竹

第一二零回　荐杜预老将献新谋　降孙皓三分归一统

（注：此处我跳过诸多内容，直接解读征方腊的最后部分。其原因是，跳过那些章节的对应关系能推断出原始版本的《水浒传》有多少回合，所以，我将那些战役单独列了一章。而现在解读的是大结局部分，这部分我推断对应于《三国演义》中的灭蜀和灭吴。）

对应1：兵分两路

《水浒传》伐方腊时，宋江和卢俊义大部分时候都是兵分两路。我想可能对应《三国演义》中魏国伐蜀时的兵分两路吧。《三国演义》中钟会和邓艾兵分两路灭蜀。

对应2：皇帝听信谗言，且所献谗言都阿谀说会夺取敌方的土地

敌人可能偷越小路，存在很大隐患，所以大臣都劝皇帝派兵驻防小路，但皇帝执意不听，最后果然因敌人偷越小路而灭亡。

《水浒传》中柴进阿谀方腊会占领中原；石宝等担心宋江会从小路私越乌龙岭，如若宋江私越后睦州危在咫尺，希望方腊能添兵防守，但方腊不肯发兵。最后，宋江偷越小路击败方腊。

> 柴进奏道："臣闻古人有言：'得之易，失之易；得之难，失之难。'今陛下东南之境，开基以来，席卷长驱，得了许多州郡。今虽被宋江侵了数处，不久气运复归于圣上。陛下非止江南之境，他日中原社稷，亦属陛下。"
>
> ……
>
> 且说乌龙岭上石宝、邓元觉两个元帅，在寨中商议道："即目宋江兵马，退在桐庐县驻扎，倘或被他私越小路，度过岭后，睦州咫尺危矣。不若国师亲往清溪大内，面见天子，奏请添调军马，守护这条岭隘，可保长久。"
>
> ……
>
> 方腊道："各处军兵，已都调尽。近日又为歙州昱岭上关隘甚紧，又分去了数万军兵。止有御林军马，寡人要护御大内，如何四散调得开去？"

《三国演义》中姜维劝后主派大将守阳安关和阴平桥，认为这两处一旦失守，汉中不保。但后主听信谗言，坚决不发兵，而献谗者也说后主会得到魏国土地。阳安关和阴平桥最后都被魏军击溃。

维即具表申奏后主："请降诏遣左车骑将军张翼领兵守护阳安关，右车骑将军廖化领兵守阴平桥：这二处最为要紧，若失二处，汉中不保矣。一面当遣使入吴求救。臣一面自起沓中之兵拒敌。"

……

师婆大叫曰："吾乃西川土神也。陛下欣乐太平，何为求问他事？数年之后，魏国疆土亦归陛下矣。陛下切勿忧虑。"言讫，昏倒于地，半晌方苏。后主大喜，重加赏赐。自此深信师婆之说，遂不听姜维之言，每日只在宫中饮宴欢乐。姜维累申告急表文，皆被黄皓隐匿，因此误了大事。

对应3：暗度阴平和私越乌龙岭，都是偷偷越过小路而获得大胜

一个是投降于两千人的部队，另一个是两千人不战自溃。

《水浒传》中宋江得老人指引，偷越小路，绕到乌龙岭后边的东管，东管有两千人马，听闻宋军杀到就跑了。

老儿告道："老汉祖居是此间百姓，累被方腊残害，无处逃躲，幸得天兵到此，万民有福，再见太平。老汉指引一条小路：过乌龙岭去，便是东管，取睦州不远，便到北门，却转过西门，便是乌龙岭。"

……

至小牛岭，已有一伙军兵拦路。宋江便叫李逵、项充、李衮冲杀入去，约有三、五百守路贼兵，都被李逵等杀尽。四更前后，已到东管。本处守把将伍应星，听得宋兵已透过东管，思量部下只有二千人马，如何迎敌得，当时一哄都走了。

《三国演义》中邓艾暗度阴平后，自己只有两千人马，不过江油城马邈不战而降。《水浒传》中小牛岭那一伙三五百守兵应该对应于武侯的大空寨。

艾答曰："以愚意度之，可引一军从阴平小路出汉中德阳亭，用奇兵径取成都，姜维必撤兵来救，将军乘虚就取剑阁，可获全功。"

……

却说邓艾暗度阴平，引兵行时，又见一个大空寨。左右告曰："闻武

侯在日，曾拨一千兵守此险隘。今蜀主刘禅废之。”

……

忽家人慌入报曰：“魏将邓艾不知从何而来，引二千余人，一拥而入城矣！”邈大惊，慌出纳降，拜伏于公堂之下，泣告曰：“某有心归降久矣。今愿招城中居民，及本部人马，尽降将军。”艾准其降。

《水浒传》简本无东管设有两千兵的叙述。

对应 4：一人认为应该坚守，另一人则认为如果不出战会有更惨的结局，但一出战就中了敌人的诈败诱敌之计，最后战死

《水浒传》中宋兵越过乌龙岭后，石宝认为要继续坚守乌龙岭，邓元觉则认为不出兵救睦州，睦州就要被攻破，乌龙岭也一样保不住。邓元觉出兵被宋江诈败引诱，赶去捉宋江，被花荣射死。

石宝便道：“既然朝廷不发救兵，我等只坚守关隘，不要去救。”邓元觉便道：“元帅差矣。如今若不调兵救应睦州，也自由可。倘或内苑有失，我等亦不能保。你不去时，我自去救应睦州。”石宝苦劝不住。

……

花荣看见，便向宋江耳边低低道：“此人则除如此如此可获。”宋江点头道是，就嘱付了秦明，两将都会意了。秦明首先出马，便和邓元觉交战。斗到五、六合，秦明回马便走，众军各自东西四散。邓元觉看见秦明输了，倒撇了秦明，径奔来捉宋江。原来花荣已准备了，护持着宋江，只待邓元觉来得较近，花荣满满地攀着弓，觑得亲切，照面门上飕地一箭。弓开满月，箭发流星，正中邓元觉面门，坠下马去，被众军杀死。

在《三国演义》中这一处对应于钟会的一场战役。钟会攻打阳安关，蒋舒劝傅佥坚守，不出战。傅佥认为如果不出战，汉、乐二城休矣，所以坚决出战。但出战后被钟会诈败引诱进包围，傅佥战死。

守关蜀将傅佥与副将蒋舒商议战守之策，舒曰："魏兵甚众，势不可当，不如坚守为上。"佥曰："不然。魏兵远来，必然疲困，虽多不足惧。我等若不下关战时，汉、乐二城休矣。"蒋舒默然不答。忽报魏兵大队已至关前，蒋、傅二人至关上视之。钟会扬鞭大叫曰："吾今统十万之众到此，如早早出降，各依品级升用；如执迷不降，打破关隘，玉石俱焚！"傅佥大怒，令蒋舒把关，自引三千兵杀下关来。钟会便走，魏兵尽退。佥乘势追之，魏兵复合。佥欲退入关时，关上已竖起魏家旗号，只见蒋舒叫曰："吾已降了魏也！"佥大怒，厉声骂曰："忘恩背义之贼，有何面目见天下人乎！"拨回马复与魏兵接战。魏兵四面合来，将傅佥围在垓心。佥左冲右突，往来死战，不能得脱；所领蜀兵，十伤八九。佥乃仰天叹曰："吾生为蜀臣，死亦当为蜀鬼！"乃复拍马冲杀，身被数枪，血盈袍铠；坐下马倒，佥自刎而死。

对应5：有懂法术的人

在曹操救驾时，李傕却听信巫师，所以在《水浒传》中为与之相对应；在征讨高唐州中，就将敌将高廉塑造为懂法术的将领。而灭蜀时，刘禅一样听信巫师谗言，所以在此时罗贯中塑造出了懂法术的包道乙。

《水浒传》叙述为：

原来这包道乙祖是金华山中人，幼年出家，学左道之法。向后跟了方腊谋叛造反，但遇交锋，必使妖法害人，有一口宝剑，号为玄元混天剑，能飞百步取人。协助方腊，行不仁之事。因此尊为灵应天师。那郑彪原是婺州兰溪县都头出身，自幼使得枪棒惯熟，遭际方腊，做到殿帅太尉。酷爱道法，礼拜包道乙为师，学得他许多法术在身，但遇厮杀之处，必有云气相随。因此，人呼为郑魔君。

《三国演义》叙述为：

皓奏曰："此乃姜维欲立功名，故上此表。陛下宽心，勿生疑虑。臣闻城中有一师婆，供奉一神，能知吉凶，可召来问之。"后主从其言，于后殿陈设香花纸烛、享祭礼物，令黄皓用小车请入宫中，坐于龙床之上。后主焚香祝毕，师婆忽然披发跣足，就殿上跳跃数十遍，盘旋于案上。皓曰："此神人降矣。陛下可退左右，亲祷之。"后主尽退侍臣，再拜祝之。师婆大叫曰："吾乃西川土神也。陛下欣乐太平，何为求问他事？数年之后，魏国疆土亦归陛下矣。陛下切勿忧虑。"

……

蜀人飞报入成都。后主闻知，慌召黄皓问之。皓奏曰："此诈传耳。神人必不肯误陛下也。"后主又宣师婆问时，却不知何处去了。

对应6：被"阴兵"惊吓但没受伤和神托梦告知将获胜

《水浒传》中包道乙施法，"黑气漫天、白昼如夜"，将松树化为金甲大汉围住梁山泊兵马。宋江等以为要死了，却被神仙邵俊拯救。邵俊还托梦告知宋江，方腊旬日将败。

两个牌手当得李逵回来，只见四下里乌云罩合，黑气漫天，不分南北东西，白昼如夜。宋江军马，前无去路。宋江军兵当被郑魔君使妖法，黑暗了天地，迷踪失路。众将军兵，难寻路径。撞到一个去处，黑漫漫不见一物。本部军兵，自乱起来。宋江仰天叹曰："莫非吾当死于此地矣！"从巳时直至未牌，方才云起气清，黑雾消散。看见一周遭都是金甲大汉，团团围住。宋江兵马，伏地受死。宋江见了，下马受降，只称："乞赐早死！"伏于地下，耳边只听得风雨之声，却不见人。手下众军将士，都掩面受死，只等刀来砍杀。须臾风雨过处，宋江却见刀不砍来。

……

吴用当与宋江信步行入山林。未及半箭之地，松树林中早见一所庙宇，金书牌额上写："乌龙神庙"。

……

只闻一人报曰："有邵秀才相访。"宋江急忙起身，出帐迎接时，只见邵龙君长揖宋江道："昨日若非小生救护，松树已被包道乙作起邪法，松树化人，擒获足下矣。适间深感祭奠之礼，特来致谢。就行报知，睦州来日可破，方十三旬日可擒。"宋江正待邀请入帐再问间，忽被风声一搅，撇然觉来，又是一梦。

此处对应《三国演义》中的诸葛亮显圣，阴兵吓了钟会一跳，但却对其无伤。诸葛亮同样托梦给钟会，交代汉要亡。《水浒传》中有神庙，《三国演义》中则有诸葛亮之墓。

忽然狂风大作，背后数千骑突出，随风杀来。会大惊，引众纵马而走。诸将坠马者，不计其数。及奔到阳安关时，不曾折一人一骑，只跌损面目，失了头盔。皆言曰："但见阴云中人马杀来，比及近身，却不伤人，只是一阵旋风而已。"会问降将蒋舒曰："定军山有神庙乎？"舒曰："并无神庙，惟有诸葛武侯之墓。"会惊曰："此必武侯显圣也。吾当亲往祭之。"次日，钟会备祭礼，宰太牢，自到武侯墓前再拜致祭。祭毕，狂风顿息，愁云四散。忽然清风习习，细雨纷纷。一阵过后，天色晴朗。魏兵大喜，皆拜谢回营。是夜，钟会在帐中伏几而寝，忽然一阵清风过处，只见一人，纶巾羽扇，身衣鹤氅，素履皂绦，面如冠玉，唇若抹朱，眉清目朗，身长八尺，飘飘然有神仙之概。其人步入帐中，会起身迎之曰："公何人也？"其人曰："今早重承见顾。吾有片言相告：虽汉祚已衰，天命难违，然两川生灵，横罹兵革，诚可怜悯。汝入境之后，万勿妄杀生灵。"言讫，拂袖而去。会欲挽留之，忽然惊醒，乃是一梦。

对应7：一个人连续两次被敌军诈败引诱击溃。在后边的战斗中，主将都认为出城决战是最好的选择，然后决战均失败

《水浒传》中这个人是李逵，在和包道乙作战时两度被包道乙诈败引诱。第一次包道乙回马便走，李逵、宋江追击，却中了"阴兵之计"。

李逵见了大怒，拿起两把板斧，便飞奔出去。项充、李衮急舞蛮牌遮护，三个直冲杀入郑彪怀里去。那郑魔君回马便走，三个直赶入南兵阵里去。宋江恐折了李逵，急招起五千人马，一齐掩杀，南兵四散奔走。宋江且叫鸣金收兵。两个牌手当得李逵回来，只见四下里乌云罩合，黑气漫天，不分南北东西，白昼如夜。宋江军马，前无去路。

第二次包道乙跑了，李逵等去追，中途抢出一支敌军，杀了项充和李衮。

且说郑魔君那厮，又引兵赶将来。宋军阵内李逵、项充、李衮三个见了，便舞起蛮牌、飞刀、标枪、板斧，一齐冲杀入去。那郑魔君迎敌不过，越岭渡溪而走。

……

杀散南军，赶入深山，救得李逵回来。只不见了鲁智深。众将回来参见宋江，诉说追赶郑魔君过溪厮杀，折了项充、李衮，止救了李逵回来。宋江听罢，痛哭不止。

此外，还有在和包道乙对战时，包道乙一方的右丞相祖士远认为应该出城决战：

“宋兵已至，何以解救？”祖士远道：“自古兵临城下，将至濠边，若不死战，何以解之？打破城池，必被擒获。事在危厄，尽须向前。”

简本《水浒传》中祖士远没有说必须出战之类的话语。

简本《水浒传》：

丞相祖士远令郑魔君引着谭高、吴应星领精兵一万出城，与宋江对敌。

《三国演义》中连续两次中诱敌之计的是诸葛瞻，而引诱他的是邓艾。第二次对战时，诸葛瞻也认为“久守并非良图”，应该出城决战。

瞻大怒，即引兵出，径杀入魏阵中。邓艾败走，瞻随后掩杀将来。忽然两下伏兵杀出。蜀兵大败，退入绵竹。

……

却说诸葛瞻见救兵不至，谓众将曰：“久守非良图。”遂留子尚与尚书张遵守城，瞻自披挂上马，引三军大开三门杀出。邓艾见兵出，便撤兵退。瞻奋力追杀，忽然一声炮响，四面兵合，把瞻困在垓心。瞻引兵左冲右突，杀死数百人。艾令众军放箭射之，蜀兵四散。瞻中箭落马，乃大呼曰：“吾力竭矣，当以一死报国！”遂拔剑自刎而死。

对应 8：声东击西

《水浒传》中宋军攻打乌龙岭时，石宝在岭东厮杀而不提防岭西。这个“东”和“西”，应该就是暗示其是声东击西之计。

原来石宝只顾在岭东厮杀，却不提防岭西已被童枢密大驱人马，杀上岭来。

简本《水浒传》只有“岭东”，未提“岭西”，声东击西之计就表现得不那么明显了。

《三国演义》中共有两场声东击西之计的出现，但是是连在一起的。

先是邓艾声东击西击败姜维。邓艾和姜维交战，却派杨欣袭了甘松寨，算是声东击西了。后是姜维声东击西过阴平桥。诸葛绪防守阴平桥，断了姜维归路，姜维就佯攻雍州，诱使诸葛绪引兵相救，这时姜维调头轻易地过了阴平桥。

维大怒，挺枪纵马，直取王颀。战不三合，颀大败而走。姜维驱兵追杀至二十里，只听得金鼓齐鸣，一支兵摆开，旗上大书“陇西太守牵弘”字样。维笑曰：“此等鼠辈，非吾敌手！”遂催兵追之。又赶到十里，却遇邓艾领兵杀到。两军混战。维抖擞精神，与艾战有十余合，不分胜负，后面锣鼓又鸣。维急退时，后军报说：“甘松诸寨，尽被金城太守杨欣烧毁了。”

……

哨马报说：“雍州刺史诸葛绪已断了归路。”维乃据山险下寨。魏兵屯于阴平桥头。维进退无路，长叹曰：“天丧我也！”副将宁随曰：“魏兵虽断阴平桥头，雍州必然兵少，将军若从孔函谷，径取雍州，诸葛绪必撤阴平之兵救雍州，将军却引兵奔剑阁守之，则汉中可复矣。”维从之，即发兵入孔函谷，诈取雍州。细作报知诸葛绪。绪大惊曰：“雍州是吾合守之地，倘有疏失，朝廷必然问罪。”急撤大兵从南路去救雍州，只留一枝兵守桥头。姜维入北道，约行三十里，料知魏兵起行，乃勒回兵，后队作前队，径到桥头，果然魏兵大队已去，只有些小兵把桥，被维一阵杀散，尽烧其寨栅。诸葛绪听知桥头火起，复引兵回，姜维兵已过半日了，因此不敢追赶。

对应9：埋伏弓箭手

《水浒传》中在卢俊义攻打昱岭关时，庞万春设了埋伏，射杀了史进等人：

且说卢先锋军马将次近昱岭关前，当日先差史进、石秀、陈达、杨春、李忠、薛永六员将校，带领三千步军，前去出哨。当下史进等六将，都骑战马，其余都是步军，迤逦哨到关下，并不曾撞见一个军马。史进在马上心疑，和众将商议。说言未了，早已来到关前。看时，见关上竖着一面彩绣白旗，旗下立着那小养由基庞万春，看了史进等大笑，骂道："你这伙草贼，只好在梁山泊里住，勒宋朝招安诰命，如何敢来我这国土里装好汉！你也曾闻俺小养由基的名字么？我听得你这伙里，有个甚么小李广花荣，着他出来，和我比箭。先教你看我神箭！"说言未了，飕的一箭，正中史进，撷下马去。五将一齐急急向前，救得上马便回。又见山顶上一声锣响，左右两边松树林里，一齐放箭。五员将顾不得史进，各人逃命而走。转得过山嘴，对面两边山坡上，一边是雷炯，一边是计稷，那弩箭如雨一般射将来，总是有十分英雄，也躲不得这般的箭矢。可怜水浒六员将佐，都作南柯一梦。史进、石秀等六人，不曾透一个出来，做一堆儿都被射死在关下。三千步卒，止剩得百余个小军，逃得回来，见卢先锋说知此事。

《三国演义》中钟会将攻打南郑关，卢逊事先埋伏好，用诸葛连弩射败了魏军：

前军先锋许仪，要立头功，先领兵至南郑关。仪谓部将曰："过此关即汉中矣。关上不多人马，我等便可奋力抢关。"众将领命，一齐并力向前。原来守关蜀将卢逊，早知魏兵将到，先于关前木桥左右，伏下军士，装起武侯所遗十矢连弩；比及许仪兵来抢关时，一声梆子响处，矢石如雨。仪急退时，早射倒数十骑。魏兵大败。

对应 10：因有人出卖，获得地理情报

《水浒传》中是卢俊义攻打昱岭关一役，此处和之前的私越乌龙岭很像，但是还是有区别的，一个是土人指点路线，但没有带路；另一个则是有人带路。我觉得有人带路才是这一处最大的特征。

> 时迁道："师父，既然有这条小路，通得关上，只不知可到得贼寨里么？"老和尚道："这条私路，一迳直到得庞万春寨背后，下岭去，便是过关的路了。只恐贼人已把大石块断了，难得过去。"
>
> ……
>
> 当日午后，时迁引了这个军校挑米，再寻旧路来到庵里，见了老和尚，说道："主将先锋，多多拜覆，些小薄礼相送。"便把银两、米粮，都与了和尚。老僧收受了，时迁吩咐小军自回寨去，却再来告复老和尚："望烦指引路径，可着行者引小人去。"那老和尚道："将军少待，夜深可去，日间恐关上知觉。"当备晚饭待时迁。至夜，却令行者引路，"送将军到于那边。"便教行者即回，休教人知觉。当时小行者领着时迁，离了草庵，便望深山径里寻路，穿林透岭，揽葛攀藤，行过数里山径野坡，月色微明，到一处山岭峻，石壁嵯峨，远远地望见开了个小路口。巅岩上尽把大石堆叠砌断了，高高成壁。小行者道："将军，关已望见，石叠壁那边便是。过得那石壁，亦有大路。"时迁道："小行者，你自回去，我已知路途了。"小行者自回。

《三国演义》中，带路人马邈献地理图是邓艾获胜的关键，马邈则对应那个老和尚。

> 却说邓艾得马邈献地理图一本，备写涪城至成都三百六十里山川道路，阔狭险峻，一一分明。艾看毕，大惊曰："若只守涪城，倘被蜀人据住前山，何能成功耶？如迁延日久，姜维兵到，我军危矣。"速唤师纂并子邓忠，吩咐曰："汝等可引一军，星夜径去绵竹，以拒蜀兵。吾随后便

至。切不可怠缓。若纵他先据了险要，决斩汝首！”

对应 11：诱敌和坑

《水浒传》中方垕使用空城计，诱使单廷珪和魏定国两人攻城，两人中计后跌入陷坑被杀死。

> 次日，卢先锋与同诸将再进兵到歙州城下。见城门不关，城上并无旌旗，城楼上亦无军士。单廷圭、魏定国两个要夺头功，引军便杀入城去。后面中军卢先锋赶到时，只叫得苦，那二将已到城门里了。原来王尚书见折了劫寨人马，只诈做弃城而走，城门里却掘下陷坑。二将是一勇之夫，却不提防，首先入去，不想连马和人都陷在坑里。那陷坑两边却埋伏着长枪手弓箭军士，一齐向前戳杀，两将死于坑中。

《三国演义》中钟会逃跑时马匹陷入土坑中（桥上土塌，陷住马蹄），只能下马跑。但因祸得福，卢逊来追却被杀了，钟会因此夺了山关。桥上土坑对应方垕挖的陷坑，钟会的“因祸得福”对应空城计诱敌。

> 自提帐下甲士百余骑来看，果然箭弩一齐射下。会拨马便回，关上卢逊引五百军杀下来。会拍马过桥，桥上土塌，陷住马蹄，争些儿掀下马来。马挣不起，会弃马步行；跑下桥时，卢逊赶上，一枪刺来，却被魏兵中荀恺回身一箭，射卢逊落马。钟会麾众乘势抢关，关上军士因有蜀兵在关前，不敢放箭，被钟会杀散，夺了山关。

十八、对应灭吴的战役

《水浒传》回合：

第一百一十六回　卢俊义分兵歙州道　宋公明大战乌龙岭

第一百一十八回　卢俊义大战昱岭关　宋公明智取清溪洞

《三国演义》回合：

第一百二十回　荐杜预老将献新谋　降孙皓三分归一统

上文都是对应魏国灭蜀的，下面两战则对应的是晋国灭吴。灭吴在三国中是最后一回，内容很少，而在《水浒传》中与之对应的战事只有两战。其中一战是“灭蜀”前的最后一战，另一战则是《水浒传》的倒数第二战。

《水浒传》中阮小二等由水路进军乌龙岭，方腊军队则提前准备好火排，用小船诈败引诱梁山泊水军追赶上岸，接着放下火排，杀败了梁山泊好汉。

（注：在第六章中，这次战役也对应了别的三国战役，应该又是“一语双关”，同时对应于三国中的两个战斗。）

当日阮小二等乘驾船只，从急流下水，摇上滩去。南军水寨里四个总管，已自知了，准备下五十连火排。原来这火排，只是大松杉木穿成，排上都堆草把，草把内暗藏着硫黄焰硝引火之物，把竹索编住，排在滩头。这里阮小二和孟康、童威、童猛四个，只顾摇上滩去。那四个水军总管在上面看见了，各打一面乾红号旗，驾四只快船，顺水摇将下来。阮小二看见，喝令水手放箭，那四只快船便回。阮小二便叫乘势赶上滩去，四只快船傍滩住了，四个总管却跳上岸，许多水手们也都走了。阮小二望见滩上水寨里船广，不敢上去，正在迟疑间，只见乌龙岭上把旗一招，金鼓齐鸣，火排一齐点着，望下滩顺风冲将下来，背后大船一齐喊起，都是长枪挠钩，尽随火排下来。童威、童猛见势大难近，便把船傍岸，弃了船只，爬过山边，上了山，寻路回寨。阮小二和孟康兀自在船上迎敌，火排连烧将来。阮小二急下水时，后船赶上，一挠钩搭住。阮小二心慌，怕吃他拿去受辱，扯出腰刀，自刎而亡。孟康见不是头，急要下水时，火排上火炮齐发，一炮正打中孟康头盔，透顶打做肉泥。四个水军总管，却上火船杀将下来。

《三国演义》灭吴时主要涉及两战：第一战的特点是诈败诱吴军战船上岸，对应方腊军队引诱梁山泊战船上岸；第二战是吴国提前准备铁索和铁锥阻拦晋军，晋军则在大筏上用火炬烧断铁索。筏上火炬对应《水浒传》中的火排。

杜预引兵前进，孙歆船早到。两兵初交，杜预便退。歆引兵上岸，迤逦追时，不到二十里，一声炮响，四面晋兵大至。吴兵急回，杜预乘势掩杀，吴兵死者不计其数。

……

时龙骧将军王濬率水兵顺流而下。前哨报说："吴人造铁索，沿江横截；又以铁锥置于水中为准备。"濬大笑，遂造大筏数十方，上缚草为人，披甲执杖，立于周围，顺水放下。吴兵见之，以为活人，望风先走。暗锥着筏，尽提而去。又于筏上作大炬，长十余丈，大十余围，以麻油灌之，但遇铁索，燃炬烧之，须臾皆断。两路从大江而来。所到之处，无不克胜。

十九、可能对应于张辽空城计的战役

《水浒传》中倒数第二战，梁山泊用"羊打鼓"骗庞万春劫寨。如果按着顺序来对应，那么，此战在《三国演义》中是没有可与之对应的。而在张辽"空城计"一战中，只有戈丁和后槽放火有对应，张辽"空门计"依然没有对应事件。想来想去，我觉得这两战有对应关系的概率很高。可能罗贯中忘记了应该把与"空门计"相对应的事件写进去，然后就在最后做了补充。

《水浒传》中南军认为，宋军败回必然疲倦。而朱武认为敌人会趁机攻击，于是用"羊打鼓"，假装疲倦引诱庞万春：

朱武道："输赢胜负，兵家常事。今日贼兵见我等退回军马，自逞其能，众贼计议，今晚乘势，必来劫寨。我等可把军马众将，分调开去，四下埋伏。中军缚几只羊在彼，如此如此整顿。叫呼延灼引一支军在左边埋伏，林冲引一支军在右边埋伏，单廷珪、魏定国引一支军在背后埋伏。其余偏将，各于四散小路里埋伏。夜间贼兵来时，只看中军火起为号，四下里各自捉人。"卢先锋都发放已了，各各自去守备。

且说南国王尚书、高侍郎两个颇有些谋略，便与庞万春等商议，上启皇叔方垕道："今日宋兵败回，退去三十余里屯驻，营寨空虚，军马必然疲倦，何不乘势去劫寨栅，必获全胜。"方垕道："你众官从长计议，可行便行。”高侍郎道：“我便和庞将军引兵去劫寨，尚书与殿下紧守城池。”当夜二将披挂上马，引领军兵前进，马摘銮铃，军士衔枚疾走，前到宋军寨栅。看见营门不开，南兵不敢擅进。初时听得更点分明，向后更鼓便打得乱了。高侍郎勒住马道：“不可进去！”庞万春道：“相公如何不进兵？”高侍郎答道：“听他营里更点不明，必然有计。”庞万春道：“相公误矣！今日兵败胆寒，必然困倦。睡里打更，有甚分晓，因此不明。相公何必见疑，只顾杀去！”高侍郎道：“也见得是。”当下催军劫寨，大刀阔斧，杀将进去。

二将入得寨门，直到中军，并不见一个军将，却是柳树上缚着数只羊，羊蹄上拴着鼓槌打鼓，因此更点不明。两将劫着空寨，心中自慌，急叫：“中计！”回身便走，中军内却早火起，只见山头上炮响，又放起火来，四下里伏兵乱起，齐杀将拢来。

《三国演义》中张辽认为吴军会乘着魏军疲惫偷袭，得做好准备。戈丁后槽放火后，张辽干脆大开城门诱敌入城：

是夜张辽得胜回城，赏劳三军，传令不许解甲宿睡。左右曰：“今日全胜，吴兵远遁，将军何不卸甲安息？”辽曰：“非也。为将之道：勿以胜为喜，勿以败为忧。倘吴兵度我无备，乘虚攻击，何以应之？今夜防备，当比每夜更加谨慎。”说犹未了，后寨火起，一片声叫反，报者如麻。张辽出帐上马，唤亲从将校十数人，当道而立。左右曰：“喊声甚急，可往观之。”辽曰：“岂有一城皆反者？此是造反之人，故惊军士耳。如乱者先斩！”无移时，李典擒戈定并后槽至。辽询得其情，立斩于马前。只听得城门外鸣锣击鼓，喊声大震。辽曰：“此是吴兵外应，可就计破之。”便令人于城门内放起一把火，众皆叫反，大开城门，放下吊桥。太史慈见城门大开，只道内变，挺枪纵马先入。城上一声炮响，乱箭射下，太史慈急退，身中数箭。背后李典、乐进杀出，吴兵折其大半，乘势直赶到寨前。陆逊、董袭杀出，救了太史慈。

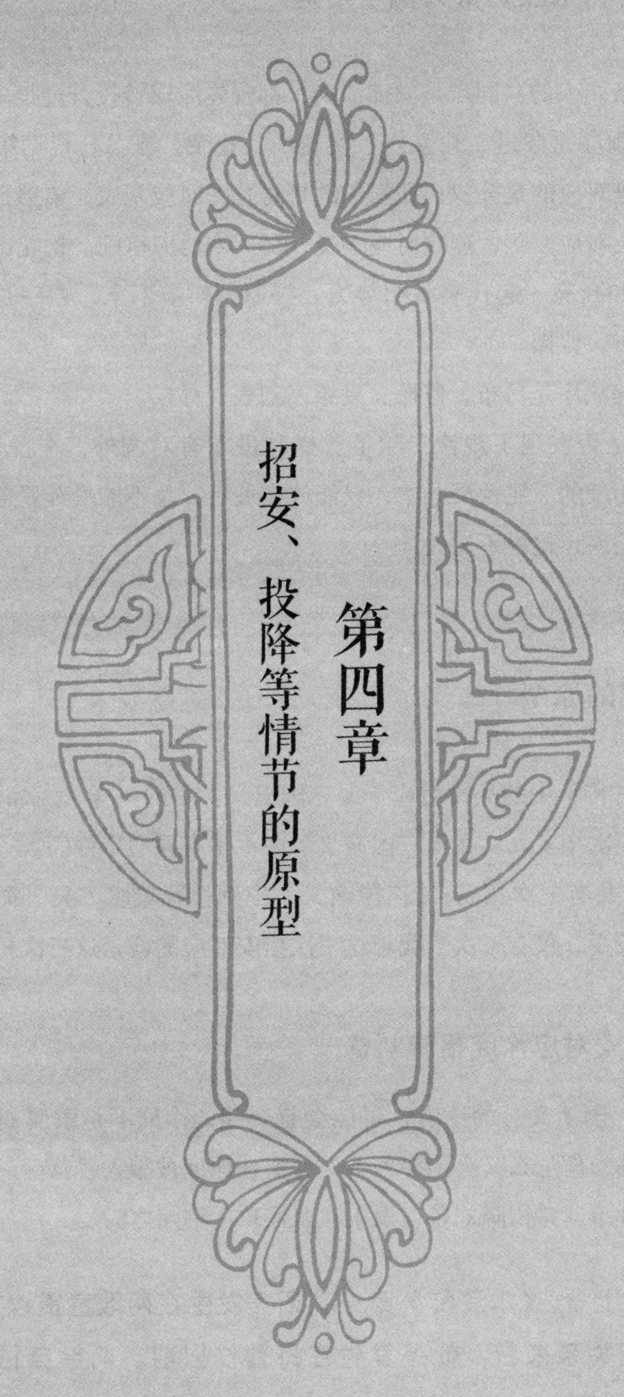

第四章 招安、投降等情节的原型

一、刘备和宋江的寄人篱下对应

宋江和刘备两人的共同点是颠沛流离，都曾先后辗转投奔过很多人。

宋江投奔顺序是柴进、孔家庄、桃花山、花荣、晁盖。根据第一章内容可以得出，柴进对应的是孙权；孔家庄的哥哥孔明对应刘表，弟弟孔亮对应田丰；桃花山王英对应袁熙，燕顺对应颜良，郑天寿对应审配。桃花山对应的全是袁绍人马，和孔亮一起代表袁绍势力。按原型对应下来，顺序是孙权、刘表、袁绍、吕布、曹操。

刘备投奔的顺序是吕布、曹操、袁绍、刘表、孙权。

不知读者是否发现了规律，除了曹操和吕布有对调外，在投奔顺序上，刘备和宋江是相反的。晁盖没办法，只能放在最后，总不能投奔晁盖上了梁山泊，还去投奔别人，这说不过去。

二、招安的原型

如同《水浒传》中的战役对应于《三国演义》中的一样，《水浒传》中朝廷对梁山泊的三次招安其实在《三国演义》中也是有原型事件的。

《水浒传》共有三次招安；《三国演义》中则投降较多，吴、蜀、魏主公之间的招降则较少，仅有三次。我想这三次招安对应的就是这三次招降吧。

第一次招安对应徐庶招降刘备

不熟悉《三国演义》的读者，可能会有疑问，徐庶不是隶属刘备而后被曹操骗降去了吗？他怎么又会招降刘备？其实在徐庶被骗入曹营后，曹操安排徐庶做的第一件事就是招降刘备，发生在曹操攻占荆州之时。

1. 从时间上看，《水浒传》第一次招安发生在两败童贯以前，按之前战役的对应关系来看，就是发生在打曹仁以前。而徐庶招降刘备，发生在打曹仁之后，相差一点点，但都是在同一时期

2. 都是朝廷主动招安的，且招安都是为了“民心”

《水浒传》中招安的原因是“民心既服，不可加兵”：

旁有御史大夫崔靖出班奏曰：“臣闻梁山泊上立一面大旗，上书‘替天行道’四字，此是曜民之术。民心既服，不可加兵。”

《三国演义》中的原因是“必须先买民心”：

刘晔曰：“丞相初至襄阳，必须先买民心，今刘备尽迁新野百姓入樊城，若我兵径进，二县为齑粉矣；不如先使人招降刘备。备即不降，亦可见我爱民之心；若其来降，则荆州之地，可不战而定也。”

3. 招安的说辞都很像，都是“不用嘉言，专说利害”

《水浒传》中接受招安就可做官，否则“天兵一至，龆龀不留”：

陈太尉于诏书匣内取出诏书，度与萧让。裴宣赞礼，众将拜罢，萧让展开诏书，高声读道：

制曰：文能安邦，武能定国。五帝凭礼乐而有疆封，三皇用杀伐而定天下。事从顺逆，人有贤愚。朕承祖宗之大业，开日月之光辉，普天率土，罔不臣伏。近为尔宋江等啸聚山林，劫掳郡邑，本欲用彰天讨，诚恐劳我生民。今差太尉陈宗善前来招安，诏书到日，即将应有钱粮、军器、马匹、船只，目下纳官，拆毁巢穴，率领赴京，原免本罪。倘或仍昧良心，违戾诏制，天兵一至，龆龀不留。故兹诏示，想宜知悉。

在《三国演义》中也是一样的，投降则赐爵，不投降就“军民共戮，玉石俱焚”：

操乃召徐庶至，谓曰：“我本欲踏平樊城，奈怜众百姓之命。公可往说刘备：如肯来降，免罪赐爵；若更执迷，军民共戮，玉石俱焚。吾知公忠义，故特使公往。愿勿相负。”

4. 前去招安的人没有选对，导致失败

《水浒传》里的张干办和李虞侯恶行昭昭导致招安失败：

陈太尉道：“这一个人是蔡太师府内干办，这一个是高太尉府里虞侯。”张叔夜道：“只好教这两位干办不去罢！”陈太尉道：“他是蔡府、高府心腹人，不带他去，必然疑心。”张叔夜道：“下官这话，只是要好，恐怕劳而无功。”张干办道：“放着我两个，万丈水无涓滴漏。”张叔夜再不敢言语。

……

韩存保道：“前者陈太尉赍到招安诏敕来山，如何不乘机会去邪归正？”宋江答道：“便是朝廷诏书，写得不明。更兼用村醪倒换御酒，因此弟兄众人心皆不伏。那两个张干办、李虞侯，擅作威福，耻辱众将。”韩存保道：“只因中间无好人维持，误了国家大事。”

……

蔡京道：“前者毁诏谤上，如此无礼，不可招安，只可剿捕。”二人禀说：“前番招安，皆为去人不布朝廷德意，用心抚恤，不用嘉言，专说利害，以此不能成事。”

《三国演义》中徐庶劝刘备不要受降，得赶紧脱身。在这样的情况下，刘备还会接受招安？徐庶这样的招降也真是空前绝后了：

徐庶受命而行。至樊城，玄德、孔明接见，共诉旧日之情。庶曰：“曹操使庶来招降使君，乃假买民心也，今彼分兵八路，填白河而进。樊城恐不可守，宜速作行计。”

第二次招安对应曹操招降孙权

1. 时间上，第二次招安发生在高俅二打梁山泊后，按战役对应关系，

就是发生在赤壁大战阶段，而曹操招降孙权一事也刚好发生在赤壁之战中

2. 都是朝廷（曹操）主动招降，不过招降言辞比较委婉了

《水浒传》中朝廷吸取了上一次招安“不用嘉言，专说利害”的失败教训，这一次注意言辞了：

那天使读道：

制曰：人之本心，本无二端；国之恒道，俱是一理。作善则为良民，造恶则为逆党。朕闻梁山泊聚众已久，不蒙善化，未复良心。今差天使颁降诏书，除宋江，卢俊义等大小人众所犯过恶，并与赦免。其为首者，诣京谢恩；协随助者，各归乡闾。呜呼，速沾雨露，以就去邪归正之心；毋犯雷霆，当效革故鼎新之意。故兹诏示，想宜悉知。

《三国演义》中曹操招降孙权的言辞很委婉，是让孙权会盟，共擒刘备：

曹操与众将议曰：“今刘备已投江夏，恐结连东吴，是滋蔓也，当用何计破之？”荀攸曰：“我今大振兵威，遣使驰檄江东，请孙权会猎于江夏，共擒刘备，分荆州之地，永结盟好。孙权必惊疑而来降，则吾事济矣。”

……

肃接檄文观看。其略曰：“孤近承帝命，奉词伐罪。旄麾南指，刘琮束手；荆襄之民，望风归顺。今统雄兵百万，上将千员，欲与将军会猎于江夏，共伐刘备，同分土地，永结盟好。幸勿观望，速赐回音。”

3. 失败的原因都是首领不能投降

《水浒传》中高俅玩文字游戏，篡改诏书之意——其他好汉可以投降，唯独宋江不可降：

禀说："贵人不必沉吟，小吏看见诏上已有活路。这个写草诏的翰林待诏，必与贵人好，先开下一个后门了。"高太尉见说大惊，便问道："你怎见得先开下后门？"王瑾禀道："诏书上最要紧是中间一行，道是：'除宋江、卢俊义等大小人众所犯过恶，并与赦免。'这一句是囫囵话。如今开读时，却分作两句读。将'除宋江'另做一句，'卢俊义等大小人众所犯过恶，并与赦免'另做一句；赚他漏到城里，捉下为头宋江一个，把来杀了。却将他手下众人，尽数拆散，分调开去。"自古道："'蛇无头而不行，鸟无翅而不飞'。但没了宋江，其余的做得甚用！此论不知太尉恩相贵意若何？"

……

当时军师吴用正听读到"除宋江"三字，便目视花荣道："将军听得么？"却才读罢诏书，花荣大叫："既不赦我哥哥，我等投降则甚？"搭上箭，拽满弓，望着那个开诏使臣道："看花荣神箭！"一箭射中面门，众人急救。城下众好汉一齐叫声："反！"乱箭望城上射来，高太尉回避不迭。

《三国演义》中鲁肃劝孙权，大臣们投降后还可以做官，唯独孙权投降后什么都没有了，所以，大臣可以降，唯主公孙权不能降：

须臾，权起更衣，鲁肃随于权后。权知肃意，乃执肃手而言曰："卿欲如何？"肃曰："恰才众人所言，深误将军。众人皆可降曹操，惟将军不可降曹操。"权曰："何以言之？"肃曰："如肃等降操，当以肃还乡党，累官故不失州郡也；将军降操，欲安所归乎？位不过封侯，车不过一乘，骑不过一匹，从不过数人，岂得南面称孤哉！众人之意，各自为己，不可听也。将军宜早定大计。"

第三次招安对应孙权投降曹丕

这一次时间错开较大，第三次招安是在三败高俅之后，按战役对应关系，也就是在赤壁大战之后，但在《三国演义》中，这次投降是在曹操死后才发生的。但投降的原因产生于曹操生前，加上剧情需要，罗贯中将他写到了这里。

1. 都是主动想招安或主动投降，最后成功投降

《水浒传》中梁山泊主动请求招安，为此大费周章：先是放了高俅，请高太尉保举；接着又是送金银给李师师活动，又是请闻参谋和宿太尉题奏；最后如愿被招安。

> 话说梁山泊好汉，水战三败高俅，尽被擒捉上山。宋公明不肯杀害，尽数放还。高太尉许多人马回京，就带萧让、乐和前往京师听候招安一事。却留下参谋闻焕章在梁山泊里。那高俅在梁山泊时，亲口说道："我回到朝廷，亲引萧让等面见天子，便当力奏，亲自保举，火速差人就便前来招安。"因此上就叫乐和为伴，与萧让一同去了，不在话下。
>
> ……
>
> 吴用道："哥哥再选两个乖觉的人，多将金宝前去京师，探听消息，就行钻刺关节，斡运衷情，达知今上，令高太尉藏匿不得，此为上计。"燕青便起身说道："旧年闹了东京，是小弟去李师师家入肩。……如今小弟多把些金珠去那里入肩。枕头上关节最快，亦是容易。小弟可长可短，见机而作。"
>
> ……
>
> "宿太尉旧日在华州降香，曾与宋江有一面之识。今要使人去他那里打个关节，求他添力，早晚于天子处题奏，共成此事。"闻参谋答道："将军既然如此，在下当修尺书奉去。"

《三国演义》中孙权主动投降，曹丕接纳。

> 权曰："德度有何良策？"咨曰："主公可作一表，某愿为使，往见魏帝曹丕，陈说利害，使袭汉中，则蜀兵自危矣。"权曰："此计最善。但卿此去，休失了东吴气象。"
>
> ……

于是即降诏，命太常卿邢贞赍册封孙权为吴王，加九锡。赵咨谢恩出城。

2. 虽然是招安或投降，但都不失气象

《水浒传》中梁山一伙投降后进城，百姓如目睹天神，皇帝对此叹羡不已。

次日，宋江传令教铁面孔目裴宣，选拣彪形大汗五七百人，步军前面打着金鼓旗幡，后面摆着枪刀斧钺，中间竖着“顺天”“护国”二面红旗。军士各悬刀剑弓矢，众人各各都穿本身披挂，戎装袍甲，摆成队伍，从东郭门而入。只见东京百姓军民，扶老挈幼，迫路观看，如睹天神。是时天子引百官在宣德楼上临轩观看。见前面摆列金鼓旗幡，枪刀斧钺，尽都摆列。队伍中有踏白马军，打起“顺天”“护国”二面红旗，外有二三十骑马上随军鼓乐。后面众多好汉，簇簇而行。

……

且说道君天子，同百官在宣德楼上，看了梁山泊宋江等这一行部从，喜动龙颜，心中大悦。与百官道：“此辈好汉真英雄也！”观看叹羡不已。

《三国演义》中赵咨上表降书，不失气象，让曹丕赞叹。

权曰：“此计最善。但卿此去，休失了东吴气象。”咨曰：“若有些小差失，即投江而死，安有面目见江南人物乎！”

……

丕览表毕，遂问咨曰：“吴侯乃何如主也？”咨曰：“聪明、仁智、雄略之主也。”丕笑曰：“卿褒奖毋乃太甚？”咨曰：“臣非过誉也。吴侯纳鲁肃于凡品，是其聪也；拔吕蒙于行阵，是其明也；获于禁而不害，是其仁也；取荆州兵不血刃，是其智也；据三江虎视天下，是其雄也；屈身于陛下，是其略也：以此论之，岂不为聪明、仁智、雄略之主乎？”丕又问曰：“吴主颇知学乎？”咨曰：“吴主浮江万艘，带甲百万，任贤使能，志存经略；少有余闲，博览书传，历观史籍，采其大旨，不效书生寻章摘句而已。”丕曰：“朕欲伐吴，可乎？”咨曰：“大国有征伐之兵，

小国有御备之策。”丕曰：“吴畏魏乎？”咨曰：“带甲百万，江汉为池，何畏之有？”丕曰：“东吴如大夫者几人？”咨曰：“聪明特达者八九十人；如臣之辈，车载斗量，不可胜数。”丕叹曰：“使于四方，不辱君命，卿可以当之矣。”

曹丕派邢贞作为出使吴国册封孙权，吴国众臣都不失“气象”，也令邢贞感叹不已。

忽报魏帝封主公为王，礼当远接，顾雍谏曰：“主公宜自称上将军、九州伯之位，不当受魏帝封爵。”权曰：“当日沛公受项羽之封，盖因时也；何故却之？”遂率百官出城迎接。邢贞自恃上国天使，入门不下车。张昭大怒，厉声曰：“礼无不敬，法无不肃，而君敢自尊大，岂以江南无方寸之刃耶？”邢贞慌忙下车，与孙权相见，并车入城。忽车后一人放声哭曰：“吾等不能奋身舍命，为主并魏吞蜀，乃令主公受人封爵，不亦辱乎！”众视之，乃徐盛也。邢贞闻之，叹曰：“江东将相如此，终非久在人下者也！”

3. 除了有人劝不要给投降的人封官，还有人劝应该趁机消灭他们，但都被主公否决了

《水浒传》中枢密院不仅不给梁山泊加爵，还想设计杀害他们，最后，还好宿元景及时站了出来反对。

又说枢密院官具本上奏：“新降之人，未效功劳，不可辄便加爵。可待日后征讨，建立功勋，量加官赏。见今数万之众，逼城下寨，甚为不宜。陛下可将宋江等所部军马，原是京师有被陷之将，仍还本处。外路军兵，各归原所。其余之众，分作五路。山东、河北，分调开去。此为上策。”次日，天子命御驾指挥使，直至宋江营中，口传圣旨：“宋江等分开军马，各归原所。”众头领听得，心中不悦。回道：“我等投降朝廷，都不曾见些官爵，便要将俺弟兄等分遣调开。俺等众头领生死相随，誓不相舍。端的要如此，我们只得再回梁山泊去！”宋江急忙止住。遂用

忠言恳求来使，烦乞善言回奏。那指挥使回到朝廷，那里敢隐蔽，只得把上项所言，奏闻天子。天子大惊，急宣枢密院官计议。奏道："这厮们虽降朝廷，其心不改，终贻大患。以臣愚意，不若陛下传旨，赚入京城，将此一百八人尽数剿除。然后分散他的军马，以绝国家之患。"天子听罢，圣意沉吟未决。

……

适来四个贼臣设计，教枢密童贯启奏，将宋江等众要行陷害。不期那御屏风后转出一员大臣来喝住。正是殿前都太尉宿元景。便向殿前启奏道："陛下！宋江这伙好汉方始归降，百单八人，恩同手足，意若同胞。他们决不肯便拆散分开，虽死不舍相离。如何今又要害他众人性命！此辈好汉，智勇非同小可。倘或城中翻变起来，将何解救？如之奈何？见今辽国兴兵十万之众，侵占山后九州所属县治，各处申达表文求救，累次调兵前去征剿交锋，如汤泼蚁。贼势浩大，所遣官军，又无良策可退，每每只是折兵损将。惟瞒陛下不奏。以臣愚见，正好差宋江等全伙良将，部领所属军将人马，直抵本境，收伏辽国之贼。令此辈好汉建功进用，于国实有便益。微臣不敢自专，乞请圣鉴。"天子听罢宿太尉所奏，龙颜大喜。巡问众官，俱言有理。天子大骂枢密院童贯等官："都是汝等谗佞之徒，误国之辈，妒贤嫉能，闭塞贤路，饰词矫情，坏尽朝廷大事！姑恕情罪，免其追问。"天子亲书诏敕，赐宋江为破辽都先锋。其余诸将，待建功加官受爵。

《三国演义》中刘晔劝曹丕不要给孙权加爵，还请求趁机攻打吴国，但是被曹丕否决了。

大夫刘晔谏曰："今孙权惧蜀兵之势，故来请降。以臣愚见：蜀、吴交兵，乃天亡之也；今若遣上将提数万之兵，渡江袭之，蜀攻其外，魏攻其内，吴国之亡，不出旬日。吴亡则蜀孤矣。陛下何不早图之？"丕曰："孙权既以礼服朕，朕若攻之，是沮天下欲降者之心；不若纳之为是。"刘晔又曰："孙权虽有雄才，乃残汉骠骑将军、南昌侯之职。官轻则势微，尚有畏中原之心；若加以王位，则去陛下一阶耳。今陛下信其诈降，崇其位号以封殖之，是与虎添翼也。”丕曰：“不然。朕不助吴，亦不助蜀。待看吴、蜀交兵，若灭一国，止存一国，那时除之，有何难哉？朕意已决，卿勿复言。”

三、李俊和柴进的“投降”

《水浒传》回合：

第一百一十六回　卢俊义分兵歙州道　宋公明大战乌龙岭

第一百一十八回　卢俊义大战昱岭关　宋公明智取清溪洞

《三国演义》回合：

第一百一十七回　邓士载偷度阴平　诸葛瞻战死绵竹

第一百一十八回　哭祖庙一王死孝　入西川二士争功

李俊投降对应马邈和蒋舒投降，蜀国主动投降过的两人，两人投降的事迹被糅合对应到了李俊投降一处。

对应1：重视钱粮

《水浒传》中方腊为山僻小人，见“粮”眼开。

吴用道：“若论愚意，只除非教水军头领李俊等，就将船内粮米，去诈献投降，教他那里不疑。方腊那厮是山僻小人，见了许多粮米船只，如何不收留了。”

《三国演义》中邓艾穷途末路，弹尽粮绝，正等粮草续命。

艾嗟呀不已，乃谓众人曰：“吾等有来路而无归路矣！前江油城中，粮食足备：汝等前进可活，后退即死，须并力攻之。”

《水浒传》简本中只有纳粮投降，但是不提粮草一事。

"……可令水军头领李俊，收舡内粮米去诈降。使他不疑。"宋江从之，即令戴宗去见李俊，说知如此而行。

对应2：都骂之前的主公

《水浒传》中李俊假降方腊，大骂宋江。

李俊答道："小人姓李名俊，原是浔阳江上好汉。就江州劫法场，救了宋江性命。他如今受了朝廷招安，得做了先锋，便忘了我等前恩，累次窘辱小人。现今宋江虽然占得大国州郡，手下弟兄，渐次折得没了。他犹自不知进退，威逼小人等水军向前。因此受辱不过，特将他粮米船只，径自私来献纳，投拜大国。"

《三国演义》中马邈投降邓艾前，辱骂刘禅。

邈曰："天子听信黄皓，溺于酒色，吾料祸不远矣。魏兵若到，降之为上，何必虑哉？"

简本《水浒传》中李俊骂得比较轻，甚至可以说只说原因，没有开口辱骂。

俊曰："小人姓李名俊，因宋江等累次威逼小人等水军向前，受辱不过，特将粮舡献纳投降。"

对应3：敌军出兵时，内应起事

《水浒传》中方腊出外大战，内应李俊就放火。

方腊御驾，回至清溪州界，只听得大内城中，喊起连天，火光遍满，兵马交加，却是李俊、阮小五、阮小七、童威、童猛在清溪城里放起火来。方腊见了，大驱御林军马来救城中，入城混战。宋江军马，见南兵退去，随后追杀。赶到清溪，见城中火起，知有李俊等在彼行事，急令众将招起军马，分头杀将入去。

《三国演义》中蒋舒乘傅佥出去作战时献了关。

傅佥大怒，令蒋舒把关，自引三千兵杀下关来。钟会便走，魏兵尽退。佥乘势追之，魏兵复合。佥欲退入关时，关上已竖起魏家旗号，只见蒋舒叫曰："吾已降了魏也！"佥大怒，厉声骂曰："忘恩背义之贼，有何面目见天下人乎！"

柴进投降应该对应着姜维投降，二人均因阿谀得到器重。另外，柴进做内应是在征方腊的最后一战，而姜维诈降诱钟会造反也是在灭蜀的最后一役，从时间上看是对应的。

《水浒传》中柴进凭阿谀做了方腊郡马。

柴进奏道："臣闻古人有言：'得之易，失之易；得之难，失之难。'今陛下东南之境，开基以来，席卷长驱，得了许多州郡。今虽被宋江侵了数处，不久气运复归于圣上。陛下非止江南之境，他日中原社稷，亦属陛下。"方腊见此等言语，心中大喜，敕赐锦墩命坐，管待御宴，加封为中书侍郎。自此柴进每日得近方腊，无非用些阿谀美言谄佞，以取其事。未经半月，方腊及内外官僚，无一人不喜柴进。次后，方腊见柴进署事公平，尽心喜爱，却令左丞相娄敏中做媒，把金芝公主招赘柴进为驸马，封官主爵都尉。燕青改名云璧，人都称为云奉尉。

《三国演义》中姜维凭阿谀和钟会结为兄弟，引诱钟会造反。

维说会曰："闻将军自淮南以来。算无遗策；司马氏之盛，皆将军之力，维故甘心俯首。如邓士载，当与决一死战，安肯降之乎？"会遂折箭为誓，与维结为兄弟，情爱甚密，仍令照旧领兵。

《水浒传》简本中无阿谀之说：

方腊大喜。封为都尉。次后把金芝公主，招赘柴进为驸马。燕青改名云壁，人都称为云大尉。柴进自此得入宫殿。但有军情重事，便宣柴进计议。

四、鲁智深和曹操的听潮

《水浒传》回合：

第一百一十九回　鲁智深浙江坐化　宋公明衣锦还乡

《三国演义》回合：

第一百一十七回　邓士载偷度阴平　诸葛瞻战死绵竹

第一百一十八回　哭祖庙一王死孝　入西川二士争功

《水浒传》中打完方腊后，鲁智深在杭州听到潮信，吓了一跳，也因此引出他师父的预言。

是夜月白风清，水天共碧，二人正在僧房里，睡至半夜，忽听得江上潮声雷响。鲁智深是关西汉子，不曾省得浙江潮信，只道是战鼓响，贼人生发，跳将起来，摸了禅杖，大喝着，便抢出来。众僧吃了一惊，都来问道："师父何为如此？赶出何处去？"鲁智深道："洒家听得战鼓响，待要出去厮杀。"众僧都笑将起来道："师父错听了！不是战鼓响，乃是钱塘江潮信响。"鲁智深见说，吃了一惊。

……

鲁智深看了，从此心中忽然大悟，拍掌笑道："俺师父智真长老，曾嘱付与洒家四句偈言，道是：'逢夏而擒'，俺在万松林里厮杀，活捉了个夏侯成；'遇腊而执'，俺生擒方腊。今日正应了：'听潮而圆，见信而寂？'俺想既逢潮信，合当圆寂。众和尚，洒家问你，如何唤作圆寂。"

《三国演义》中曹操南征孙权，在濡须口睡梦中闻听潮声，随后惊醒。自己根据梦中出现的太阳，预言孙权会称帝。（此预言对应鲁智深师父的预言）

操伏几而卧，忽闻潮声汹涌，如万马争奔之状。操急视之，见大江中推出一轮红日，光华射目；仰望天上，又有两轮太阳对照。忽见江心那轮红日，直飞起来，坠于寨前山中，其声如雷。猛然惊觉，原来在帐中做了一梦。

……

操还营自思："孙权非等闲人物。红日之应，久后必为帝王。"

第五章

反衬曹操的《水浒传》

《水浒传》中梁山泊有面大旗，众所周知，旗子上写着“替天行道”四个大字。但是很少有人知道，“替天行道”这几个字出自《三国演义》中曹操之口，曹操和梁山泊都是一样在“替天行道”。

> 统曰：“某非为富贵，但欲救万民耳。丞相渡江，慎勿杀害。”操曰：“吾替天行道，安忍杀戮人民！”统拜求榜文，以安宗族。

在第一章中，开头在讲对应关系规律时，有一条没有明写。有些读者可能已经发现了，找到对应关系的三国人物主要都登场于曹操生前，曹操死后登场的人几乎没有，如陆逊、钟会、邓艾等人，均未找到对应对象。而在战役对应关系一章中，一样也有一条没有明示的规律，除了灭蜀和灭吴外，其他战役全部都是有曹魏参与的，且全部都是在曹操生前的（有部分在下章中）。总体来说，《水浒传》只对应曹操生前的人和战争，曹操死后只有三国将结束时的灭蜀和灭吴。

再加上第二章的内容，我想《水浒传》应该是在写与曹操对应的事迹，但很多都是反过来叙写的，通过这种手法来反衬曹操，以达到让世人肯定曹操的意义。这也就是晁盖为什么绰号是“托塔天王”的原因，李靖意为“礼敬”。《水浒传》运用反衬来礼敬曹操。

《水浒传》诞生于元末明初，作为大反派的曹操，已经“遗臭千年”了。中华人民共和国成立后，曹操才得以平反，现在欣赏他、赞扬他的人非常多。曹操能文善武，知人善用。可以看出，罗贯中对曹操是很欣赏的。但在当时的背景下，如果明着赞美曹操，那么，他一定会被嘲笑和唾骂，所以，罗贯中选择反写。这样既实现了很高的隐蔽性，启示意义又很大，也更显得他有才华。

反写曹操，也许灵感来源于这里：

> 玄德曰：“今与吾水火相敌者，曹操也。操以急，吾以宽；操以暴，吾以仁；操以谲，吾以忠：每与操相反，事乃可成。若以小利而失信义于天下，吾不忍也。”

刘备说自己品性和曹操相反，这可能启发了罗贯中。罗贯中就用宋江

（对应刘备）来替代曹操，让他为曹操平反。

首先反说曹操的经典名言。曹操曾说："宁教我负天下人，休教天下人负我。"宋江就反着说："纵使宋朝负我，我忠心不负宋朝"，另有"宁可朝廷负我，我忠心不负朝廷"之说。

吴用答道："我寻思起来，只是兄长以忠义为主，小弟不敢多言。我想欧阳侍郎所说这一席话，端的是有理。目今宋朝天子，至圣至明，果被蔡京、童贯、高俅、杨戬四个奸臣专权，主上听信。设使日后纵有功成，必无升赏。我等三番招安，兄长为尊，止得个先锋虚职。若论我小子愚意，从其大辽，岂不胜如梁山水寨。只是负了兄长忠义之心。"宋江听罢，便道："军师差矣。若从大辽，此事切不可题。纵使宋朝负我，我忠心不负宋朝，久后纵无功赏，也得青史上留名。若背正顺逆，天不容恕。吾辈当尽忠报国，死而后已。"

……

宋江道："兄弟，你休怪我！前日朝廷差天使赐药酒与我服了，死在旦夕。我为人一世，只主张忠义二字，不肯半点欺心。今日朝廷赐死无辜，宁可朝廷负我，我忠心不负朝廷。我死之后，恐怕你造反，坏了我梁山泊替天行道忠义之名，因此请将你来，相见一面。昨日酒中已与了你慢药服了，回至润州必死。你死之后，可来此处楚州南门外，有个蓼儿洼，风景尽与梁山泊无异，和你阴魂相聚。我死之后，尸首定葬于此处，我已看定了也！"

简本《水浒传》中宋江在死前并未说"今日朝廷赐死无辜，宁可朝廷负我，我忠心不负朝廷"的话。

不过反述最多的还是在曹操篡权这一点上。曹操篡权，而刘备声称和曹操相反就会成功，那么对应的就是宋江"不篡权"，反倒被招安了。招安有好结局没有？没有，可见还是曹操做得对。

其实，曹操曾对自己"篡权"之行做过解释，我想那应该是曹操的肺腑之言。而从这些肺腑之言中，我们完全可以看出宋江之所以失败，是因为宋江跟曹操反着，与曹操相反必然失败。下边请看曹操的肺腑之言：

“诸公佳作，过誉甚矣。孤本愚陋，始举孝廉。后值天下大乱，筑精舍于谯东五十里，欲春夏读书，秋冬射猎，以待天下清平，方出仕耳。不意朝廷征孤为典军校尉，遂更其意，专欲为国家讨贼立功，图死后得题墓道曰：‘汉故征西将军曹侯之墓’，平生愿足矣。念自讨董卓，剿黄巾以来，除袁术、破吕布、灭袁绍、定刘表，遂平天下。身为宰相，人臣之贵已极，又复何望哉？如国家无孤一人，正不知几人称帝，几人称王。或见孤权重，妄相忖度，疑孤有异心，此大谬也。孤常念孔子称文王之至德，此言耿耿在心。但欲孤委捐兵众，归就所封武平侯之国，实不可耳：诚恐一解兵柄，为人所害；孤败则国家倾危；是以不得慕虚名而处实祸也。诸公必无知孤意者。”

最后一段，曹操已经明说了“但欲孤委捐兵众，归就所封武平侯之国，实不可耳：诚恐一解兵柄，为人所害；孤败则国家倾危；是以不得慕虚名而处实祸也。诸公必无知孤意者”。宋江“反”曹操，“反”的就是这里。且刚好相反，宋江完全是“慕虚名而处实祸”，以致“一解兵柄，为人所害”。

我之所以说宋江“慕虚名而处实祸”，是因为宋江是贪慕虚荣的。具体分析如下：

宋江劝武松青史留名。

宋江听了备细，便道：“兄弟我和你今日分手，就这里吃三杯相别。”词寄浣溪沙单题别意：握手临期话别难，山林景物正阑珊，壮怀寂寞客囊殚，旅次愁来魂欲断，邮亭宿处铗空弹，独怜长夜苦漫漫。武行者道：“我送哥哥一程，方却回来。”宋江道：“不须如此；自古道：‘送君千里，终有一别。’兄弟，你只顾自己前程万里，早早地到了彼处。入伙之后，少戒酒性。如得朝廷招安，你便可撺掇鲁智深投降了，日后但是去边上一枪一刀博得个封妻荫子，久后青史上留得一个好名，也不枉了为人一世。我自百无一能，虽有忠心，不能得进步。兄弟，你如此英雄，决定做得大事业，可以记心。听愚兄之言，图个日后相见。”

宋江主张招安是为了青史留名。

便叫武松："兄弟，你也是个晓事的人，我主张招安，要改邪归正，为国家臣子，如何便冷了众人的心？"鲁智深便道："只今满朝文武，多是奸邪，蒙蔽圣聪，就比俺的直裰染皂了，怎得洗杀干净？招安不济事，便拜辞了，明日一个个各去寻趁罢。"宋江道："众弟兄听说：今皇上至圣至明，只被奸臣闭塞，暂时昏昧，有日云开见日，知我等替天行道，不扰良民，赦罪招安，同心报国，青史留名，有何不美！因此只愿早早招安，别无他意。"众皆称谢不已。当日饮酒，终不畅怀，席散各回本寨。

简本《水浒传》中此处缺"青史留名"等言语：

宋江听了他说，忽然发悲。吴用劝道："他是粗鲁的人，醉后冲撞，何必挂怀。"宋江曰："我在江州，醉后题反诗，得他力救。今日作《满江红》，险些坏他性命。他与我情分最重，因此泪下。"当日席散，各回本寨。次日，众人来看李逵时，尚未醒。众头领唤起来曰："你昨日醉骂哥哥，今日要杀你。"李逵曰："我梦里也不敢骂他，他要杀我时，也便由他杀。"众人领李逵去见宋江请罪。宋江喝曰："我手下许多人，都是你乱了法度，看众弟兄分上，饶你一刀，再犯，必不轻恕！"

张叔夜明白宋江的心思，说他图"扬名后代"：

张叔夜道："这一般人，非在礼物轻重，要图忠义报国，扬名后代。若得太尉早来如此，也不教国家损兵折将，虚耗了钱粮。此一伙义士归降之后，必与朝廷建功立业。"

简本《水浒传》中缺此言语。

宋江在征辽时也表达要青史留名的意愿：

吴用听了，长叹一声，低首不语，肚里沉吟。宋江便问道：“军师何故叹气？”吴用答道：“我寻思起来，只是兄长以忠义为主，小弟不敢多言。我想欧阳侍郎所说这一席话，端的是有理。目今宋朝天子，至圣至明，果被蔡京、童贯、高俅、杨戬四个奸臣专权，主上听信。设使日后纵有成功，必无升赏。我等三番招安，兄长为尊，只得先锋虚职。若论我小子愚意，弃宋从辽，岂不为胜，只是负了兄长忠义之心。”宋江听罢，便道：“军师差矣！若从辽国，此事切不可提。纵使宋朝负我，我忠心不负宋朝。久后纵无功赏，也得青史上留名。若背正顺逆，天不容恕！吾辈当尽忠报国，死而后已！”吴用道：“若是兄长存忠义於心，只就这条计上，可以取他霸州——目今盛暑炎天，且当暂停，将养军马。”宋江，吴用计议已定，且不与众人说。同众将屯驻蓟州，待过暑热。

朝廷不让宋江进城，宋江就不准好汉们进城，怕坏了名声。

次日早起，会集诸将，商议军机。大小人等都到帐前。宋江开话道：“俺是郓城小吏出身，又犯大罪。托赖你众弟兄扶持，尊我为头。今日得为臣子。自古道：‘成人不自在，自在不成人。’虽然朝廷出榜禁治，理合如此。汝诸将士，无故不得入城。我等山间林下，鲁莽军汉极多。倘或因而惹事，必然以法治罪，却又坏了声名。如今不许我等入城去，倒是幸事。你们众人若嫌拘束，但有异心，先当斩我首级，然后你们自去行事。不然，吾亦无颜居世，必当自刎而死，一任你们自为。”众人听了宋江之言，俱各垂泪，设誓而散。

宋江曾劝鲁智深还俗荫子封妻光宗耀祖，或去名山大刹做僧首光显宗风，终被鲁智深拒绝后，各不欢喜。

宋江道：“那和尚眼见得是圣僧罗汉，如此显灵。今吾师成此大功，回京奏闻朝廷，可以还俗为官，在京师图个荫子封妻，光耀祖宗，报答父母劬劳之恩。”鲁智深答道：“洒家心已成灰，不愿为官，只图寻个净了去处，安身立命足矣。”宋江道：“吾师既不肯还俗，便到京师去住持一个名山大刹，为一僧首，也光显宗风，亦报答得父母。”智深听了，摇首叫道：“都不要，要多也无用。只得个囫囵尸首，便是强了。”宋江听罢，默上心来，各不喜欢。

简本《水浒传》中并无这些虚名：

宋江曰：“此必是圣僧也，今吾师成此大功，回京奏闻朝廷，还俗为官。”智深曰：“我心已灰，不愿为官，但得一囫囵尸首，便是足矣。”宋江等听了，各不喜忻。

宋江在喝了毒酒后，担心李逵造反坏了梁山泊名声，让李逵同饮而死。而李逵想让宋江造反，宋江说：“兄弟，军马尽都没了，兄弟们又各分散，如何反得成？”这不就是“一解兵柄，为人所害”吗？但宋江最后还说：“宁可朝廷负我，我忠心不负朝廷。”说到底，还是跟曹操反着来的。

乃叹曰：“我自幼学儒，长而通吏。不幸失身于罪人，并不曾行半点异心之事。今日天子信听谗佞，赐我药酒，得罪何辜！我死不争，只有李逵见在润州都统制，他若闻知朝廷行此奸弊，必然再去啸聚山林，把我等一世清名忠义之事坏了。只除是如此行方可。”

……

将至半酣，宋江便道：“贤弟不知，我听得朝廷差人赍药酒来赐与我吃。如死，却是怎的好？”李逵大叫一声：“哥哥，反了罢！”宋江道：“兄弟，军马尽都没了，兄弟们又各分散，如何反得成？”李逵道：“我镇江有三千军马，哥哥这里楚州军马，尽点起来，并这百姓，都尽数起去，并气力招军买马，杀将去。只是再上梁山泊倒快活，强似在这奸臣们手下受气！”宋江道：“兄弟且慢着，再有计较。”不想昨日那接风酒内，已下了慢药。当夜，李逵饮酒了。

次日，具舟相送。李逵道：“哥哥，几时起义兵？我那里也起军来接应。”宋江道：“兄弟，你休怪我！前日朝廷差天使赐药酒与我服了，死在旦夕。我为人一世，只主张忠义二字，不肯半点欺心。今日朝廷赐死无辜，宁可朝廷负我，我忠心不负朝廷。我死之后，恐怕你造反，坏了我梁山泊替天行道忠义之名，因此请将你来，相见一面。昨日酒中已与了你慢药服了，回至润州必死。你死之后，可来此处楚州南门外，有个蓼儿洼，风景尽与梁山泊无异，和你阴魂相聚。我死之后，尸首定葬于此处，我已看定了也！”言讫，坠泪如雨。李逵见说，亦垂泪道：“罢，罢，罢！生时服侍哥哥，死了也只是哥哥部下一个小鬼。”言讫，泪下。便觉道身体有些沉重。当时洒泪，拜别了宋江下船。回到润州，果然药发身死。

简本《水浒传》中缺“宁可朝廷负我，我忠心不负朝廷”一言。

通过上述内容，我们很容易看出宋江“慕虚名而处实祸”。曹操和宋江都是“反贼”，但是曹操“不慕虚名”，完成篡逆，得以善终。如果曹操还政于汉，或许宋江就是他的结局。宋江放弃造反，选择招安，最后蒙冤而死。

曹操和宋江有共同点：那就是都被骂。曹操被史家写臭，被人痛骂了上千年，宋江也被很多读者骂，甚至为此金圣叹还改写了《水浒传》，改写后更把宋江一顿折损，“名”和“命”都未得，宋江可是亏大了！如果可以重新选择，宋江如此爱“名”，我想他应该会做同样的选择吧。曹操就比较聪明了，选择了不放权，篡权到底。虽然被骂，但得善终。而中华人民共和国成立后，随着时代的进步，曹操也逐渐被平反，有很多人说他是英雄。罗贯中应该不会想到会有这么一天吧：宋江被金圣叹和各种读者痛批，曹操则被我们现代人歌颂，反了！真的是反了！

可能是罗贯中怕有人臆想汉朝会对曹操格外开恩，不会让曹操像宋江一样冤死。所以，罗贯中还专门提了一下汉朝功勋“兔死狗烹”、汉高祖杀掉开国功臣的事。

卢俊义道：“燕青，我不曾存半点异心，朝廷如何负我？”燕青道：“主人岂不闻韩信立下十大功劳，只落得未央宫前斩首。彭越醢为肉酱，英布弓弦药酒。主公，你可寻思，祸到临头难走。”卢俊义道：“我闻韩信，三齐擅自称王，教陈豨造反；彭越杀身亡家，大梁不朝高祖；英布九江受任，要谋汉帝江山。以此汉高帝诈游云梦，令吕后斩之。我虽不曾受这般重爵，亦不曾有此等罪过。”燕青道：“既然主公不听小乙之言，只怕悔之晚矣。小乙本待去辞宋先锋，他是个义重的人，必不肯放。只此辞别主公。”

当你对汉献帝之流心存幻想之时，你就是卢俊义了。

另外，汉朝“兔死狗烹”的不止这一处，还有个周亚夫，而我也是通过曹操认识的这个人。周亚夫名气很大，虽然我不通历史，但知道他确实来源于《三国演义》。

《三国演义》记载为：

徐晃兵至，操亲出寨迎之，见晃军皆按队伍而行，并无差乱。操大喜曰：“徐将军真有周亚夫之风矣！”

汉景帝时发生七国之乱，周亚夫力挽狂澜，挽救了汉家天下，但是等待他的结果呢？蒙冤下狱，最后自尽而死。曹操肯定很熟悉他的经历，很可能就是这样的“兔死狗烹”让曹操执意“不解兵柄”。而如果曹操明知“兔死狗烹”而等着“烹”，我想这是“愚忠”吧。虽然现在不是封建社会，但我们对于忠臣，依然是很敬佩的。罗贯中先生同样很敬尊忠臣，如赞扬董承、吉平、沮授就是例子。但对于“愚忠”，我们则鄙视。而罗贯中虽身处封建社会，但他同样认为其愚昧、愚蠢。因此，他将一个《三国演义》中“愚忠”的人，写成反派对应到《水浒传》中。

白衣秀才王伦，这个人被我解为朱俊。“白衣”指平民百姓出身；而秀才和俊士，都形容有才华的人。朱俊是平民百姓出身，加上名字自带俊，即为白衣秀才。朱俊是汉末名将，讨伐黄巾时战功卓越，《三国演义》中刘备也曾投奔过朱俊。而朱俊就是一个“愚忠”的人，因“愚忠”而丢了性命，将建功立业的机会化为乌有。“王伦”即为忠的伦理，而将朱俊与王伦对应，使之成为卑鄙小人一个，我想这就是作者对“愚忠”的嘲弄了。

《后汉书》中朱俊母亲是做买卖的，古时做买卖比较低贱，所以说他出身贫苦：

朱俊字公伟，会稽上虞人也。少孤，母尝贩缯为业。

李傕、郭汜作乱时，众多诸侯拥护朱俊为太师，意图让他带兵救驾，这本是很好的机会。而李傕、郭汜只用假传圣旨一招，朱俊就决定孤身入朝，原因是“以君召臣，义不俟驾，况天子诏乎”！但他去后毫无作为，很快就给气死了。为了愚“忠”，丧失了真正的效“忠”机会，愚昧之极。

傕、汜作乱，俊时犹在中牟。陶谦以俊名臣，数有战功，可委以大事，乃与诸豪桀共推俊为太师，因移檄牧伯，同讨李傕等，奉迎天子。

……

会李傕用太尉周忠、尚书贾诩策，征俊入朝。军吏皆惮入关，欲应陶谦等。俊曰：“以君召臣，义不俟驾，况天子诏乎！且傕、汜小竖，樊稠庸儿，无他远略，又埶力相敌，变难必作。吾乘其闲，大事可济。”遂辞谦议而就傕征，复为太仆，谦等遂罢。

……

会李傕杀樊稠，而郭汜又自疑，与傕相攻，长安中乱，故俊止不出，留拜大司农。献帝诏俊与太尉杨彪等十余人譬郭汜，令与李傕和。汜不肯，遂留质俊等。俊素刚，即日发病卒。

《水浒传》的暗写反衬和《三国演义》用春秋笔法明描曹操搭配起来一阴一阳，确实完美。如果《水浒传》的作者不是罗贯中，便很难有这样的巧合。也许罗贯中在创作《三国演义》时，是很欣赏曹操的，所以，他就在《三国演义》中尽量美化曹操，但依然替曹操感到遗憾，才动笔写了《水浒传》，替曹操平反。

而罗贯中之所以欣赏曹操，为他平反，我想很重要的一个原因是曹操是个民族英雄，但却一直被贬低、被辱骂。罗贯中生于元末，那时汉人属于下等人，我想他的民族观念不会比我们淡薄，只会比我们更强烈、更赞赏民族英雄。而曹操，应该是众多民族英雄中被诋毁得最多的，对他的贬低远多于对他的褒奖，英雄被错指成奸贼，这可能是促使罗贯中替他鸣冤、正名的原因。

很多人觉得三国时代的少数民族不是很强，因而并没有对曹操的功绩特别重视。但实际上，主要是因为这些少数民族碰上了曹操，才显得很弱，要是换了别人，那就不一样了。曹操和马超率领的羌人交战，被打得断须割袍。北击乌桓后，回去就重赏那些当初劝他不去的大臣，这些都可以证明与这些少数民族交战想取胜是很困难的。曹操尚且如此，换成别人只怕更加惨不忍睹。曹操死后不到百年，中原汉族就遭遇了“五胡乱华”。要是没有曹操，“五胡乱华”在东汉末年就已经发生了。“绝妙好辞”这个故事里的蔡琰，不就被匈奴掳走了吗？要是没有曹操，只怕连汉帝都会被掳走。

除了《三国演义》中的击败马超、乌桓外，《三国志》中还有别的关于曹操的记载。

匈奴夫罗於被曹操痛击，但他的孙子刘渊在“五胡乱华”时建立了前赵，而前赵灭了西晋。

> 太祖要击眭固，又击匈奴于夫罗于内黄，皆大破之。
>
> ……
>
> 术引军入陈留，屯封丘，黑山余贼及于夫罗等佐之。术使将刘详屯匡亭。太祖击详，术救之，与战，大破之。术退保封丘，遂围之，未合，术走襄邑，追到太寿，决渠水灌城。走宁陵，又追之，走九江。

曹操两次攻打乌桓，之后其儿子也打过。在此之前，乌桓已经把幽州占为己有，曹操两次攻打后，乌桓元气大伤，渐渐没落，分散融入到了其他民族中。其中部分融入鲜卑，鲜卑“五胡乱华”时建立了“前燕”等。

> 三郡乌丸攻鲜于辅于犷平。秋八月，公征之，斩犊等，乃渡潞河救犷平，乌丸奔走出塞。
>
> ……
>
> 三郡乌丸承天下乱，破幽州，略有汉民合十余万户。袁绍皆立其酋豪为单于，以家人子为己女，妻焉。辽西单于蹋顿尤强，为绍所厚，故尚兄弟归之，数入塞为害。
>
> ……
>
> 夏四月，代郡、上谷乌丸无臣氐等叛，遣鄢陵侯彰讨破之。

曹操打完马超的羌兵后，西进打张鲁，中途隔着的氐人，也被曹操大败。氐人在“五胡乱华”时建立前秦，统一了北方。羌人则建立了后秦。

> 三月，公西征张鲁，至陈仓，将自武都入氐。氐人塞道，先遣张郃、朱灵等攻破之。夏四月，公自陈仓以出散关，至河池。氐王窦茂众万余人，恃险不服，五月，公攻屠之。

“如国家无孤一人，正不知几人称帝，几人称王”，这是曹操的肺腑之言。但是，依上文来看，曹操说的这句话并不准确。因为曹操可能只想到了春秋战国，因为当时的历史上还未出现过类似于“五胡乱华”这样的情况，而“五胡乱华”时期的战争可比春秋战国还惨烈。而在三国初期，乌桓、羌人、氐人、匈奴都已经割据一方，要是没有曹操，恐怕他们早已建立了王朝，何必等一百年后。

第六章 《水浒传》的版本问题

《水浒传》主要流行的版本既有百回本、百二十回本，也有金圣叹的七十回本。那么，哪一个才是原始版本呢？众说纷纭，却始终没有结果。不过如果用我这种对应思路来解的话，找出原始版本并不难，只要能和《三国演义》对应上的就是原始版本。在第三章中，我已经将征辽和征方腊部分分别对应到《三国演义》中了，首先可以排除金圣叹七十回版本，那是他自己删减的。现在我们就来对比着看百回和百二十回版。

在第三章中，我将征辽部分对完，方腊部分对了结尾，中间的没有写。现在回头看，中间部分是否应该有征田虎和王庆呢？先看《三国演义》中还有些什么应该有对应内容而没有找到的。有孙权多次大战曹操，曹操平定汉中，然后刘备夺取汉中，接着有关羽大战曹操和孙权，之后曹操去世，后边应该就不会有可以对应到《水浒传》中的战役了。如果是百回，那么未找到对应的《水浒传》仅仅有六回了，是否能对应到《三国演义》中剩余的这么多战役呢？可能少了点儿。如果是百二十回，增加上二十回，一共二十六回，看起来可能性很高。但据我解读下来看，原始版本应该是百回，而不是百二十回，因为百二十回对不上。百回虽然紧凑，但是勉强对得上，只是相对于之前提到的对应关系来说，比较简略，写得不够详细。下边来具体解读。

一、智取润州城对应黄盖苦肉计

《水浒传》回合：

第一百一十一回　张顺夜伏金山寺　宋江智取润州城

《三国演义》回合：

第四十六回　用奇谋孔明借箭　献密计黄盖受刑

第四十七回　阚泽密献诈降书　庞统巧授连环计

第四十九回　七星坛诸葛祭风　三江口周瑜纵火

黄盖“苦肉计”是赤壁之战的内容，本应对应三败高俅。但由于一些原因，被延后到了这里，具体原因我会在后边解读。

对应 1：己方有敌人的内应

《水浒传》宋江驻扎扬州，扬州属于宋界，而扬州的陈观投降了方腊，做了方腊内应：

那人道："好汉听禀：小人是此间扬州城外定浦村陈将士家干人，使小人过润州投拜吕枢密那里献粮，准了，使个虞候和小人同回，索要白粮五万石、船三百只，作进奉之礼。"

……

却说柴进、张顺伺候席散，在馆驿内见了宋江，备说陈观父子交结方腊，早晚诱引贼兵渡江，来打扬州。

《三国演义》中蔡中、蔡和诈降到吴军中做曹操内应：

却说曹操平白折了十五六万箭，心中气闷。荀攸进计曰："江东有周瑜、诸葛亮二人用计，急切难破。可差人去东吴诈降，为奸细内应，以通消息，方可图也。"操曰："此言正合吾意。汝料军中谁可行此计？"攸曰："蔡瑁被诛，蔡氏宗族，皆在军中。瑁之族弟蔡中、蔡和现为副将。丞相可以恩结之，差往诈降东吴，必不见疑。"操从之，当夜密唤二人入帐嘱咐曰："汝二人可引些少军士，去东吴诈降。但有动静，使人密报，事成之后，重加封赏。休怀二心！"二人曰："吾等妻子俱在荆州，安敢怀二心，丞相勿疑。某二人必取周瑜、诸葛亮之首，献于麾下。"

对应 2：利用这个内应诈降到敌军中

《水浒传》中宋江一伙冒充陈观诈降进入润州城：

宋江听了大喜，便请军师吴用商议用甚良策。吴用道："既有这个机会，觑润州城易如反掌！先拿了陈观，大事便定。只除如此如此。"

……

吴用道："选三百只快船，船上各插着方腊降来的旗号。着一千军汉，

各穿了号衣，其余三四千人，衣服不等。三百只船内，埋伏二万余人。更差穆弘扮作陈益，李俊扮作陈泰，各坐一只大船，其余分拨将佐。”

《三国演义》中吴军利用蔡中、蔡和完成黄盖的苦肉计，黄盖诈降欲往曹军：

少顷，有人入帐，于操耳边私语。操曰：“将书来看。”其人以密书呈上。操观之，颜色颇喜。阚泽暗思：“此必蔡中、蔡和来报黄盖受刑消息，操故喜我投降之事为真实也。”

……

蔡和、蔡中见宁、泽皆有反意，以言挑之曰：“将军何故烦恼？先生有何不平？”泽曰：“吾等腹中之苦，汝岂知耶！”蔡和曰：“莫非欲背吴投曹耶？”阚泽失色，甘宁拔剑而起曰：“吾事已为窥破，不可不杀之以灭口！”蔡和、蔡中慌曰：“二公勿忧。吾亦当以心腹之事相告。”宁曰：“可速言之！”蔡和曰：“吾二人乃曹公使来诈降者。二公若有归顺之心，吾当引进。”宁曰：“汝言果真？”二人齐声曰：“安敢相欺！”宁佯喜曰：“若如此，是天赐其便也！”二蔡曰：“黄公覆与将军被辱之事，吾已报知丞相矣。”泽曰：“吾已为黄公覆献书丞相，今特来见兴霸，相约同降耳。”宁曰：“大丈夫既遇明主，自当倾心相投。”于是四人共饮，同论心事。二蔡即时写书，密报曹操，说“甘宁与某同为内应。”阚泽另自修书，遣人密报曹操，书中具言：黄盖欲来，未得其便；但看船头插青牙旗而来者，即是也。

对应3：最后关头诈降被敌方识破，但已来不及

《水浒传》中吕枢密有点儿怀疑李逵等好汉，在得到圣旨和三大王令旨后立即开始防范，但是已然来不及了：

吕枢密道：“你两个来到，恐有他意！”穆弘道：“小人父子，一片孝顺之心，怎敢怀半点外意？”吕枢密道：“虽然是你好心，吾观你船上军汉模样非常，不由人不疑。你两个只在这里，吾差四个统制官，引一百

军人下船搜看，但有分外之物，决不轻恕。”穆弘道：“小人此来，指望恩相重用，何必见疑！”

……

且说吕枢密到南门外，接着天使，便问道：“缘何来得如此要急？”那天使是方腊面前引进使冯喜，悄悄地对吕师囊道：“近日司天太监浦文英奏道：‘夜观天象，有无数罡星入吴地分野，中间杂有一半无光，就里为祸不小。’天子特降圣旨，教枢密紧守江岸。但有北边来的人，须要仔细盘诘，磨问实情。如是形影奇异者，随即诛杀，勿得停留。”吕枢密听了大惊：“却才这一班人，我十分疑忌，如今却得这话。且请到城中开读。”冯喜同吕枢密都到行省，开读圣旨已了，只见飞马又报：“苏州又有使命，贲擎御弟三大王令旨到来。”言说：“你前日扬州陈将士投降一节，未可准信，诚恐有诈。近奉圣旨，近来司天监内照见罡星入于吴地分野，可以牢守江岸。我早晚自差人到来监督。”吕枢密道：“大王亦为此事挂心，下官已奉圣旨。”随即令人牢守江面，来的船上人，一个也休放上岸，一面设宴管待两个使命。

却说那三百只船上人，见半日没些动静。左边一百只船上张横、张顺，带八个偏将，提军器上岸；右边一百只船上十员正将，都拿了枪刀，钻上岸来；守江面南军，拦当不住。黑旋风李逵和解珍、解宝，便抢入城。守门官军急出拦截，李逵抢起双斧，一砍一剁，早杀翻两个把门官军。城边发起喊来，解珍、解宝各挺钢叉入城，都一时发作，那里关得城门迭？李逵横身在门底下，寻人砍杀，先至城边二十个偏将，各夺了军器，就杀起来。吕枢密急使人传令来，教牢守江面时，城门边已自杀入城了。

《三国演义》中在受程昱劝告后，曹操开始防范黄盖，但是已经来不及了：

程昱观望良久，谓操曰：“来船必诈，且休教近寨。”操曰：“何以知之！”程昱曰：“粮在船中，船必稳重；今观来船，轻而且浮。更兼今夜东南风甚紧，倘有诈谋，何以当之？”操省悟，便问：“谁去止之？”文聘曰：“某在水上颇熟，愿请一往。”言毕，跳下小船，用手一指，十数只巡船，随文聘船出。聘立于船头，大叫："丞相钧旨：南船且休近寨，就江心抛住。"众军齐喝："快下了篷！"言未绝，弓弦响处，文聘被箭射中左臂，倒在船中。船上大乱，各自奔回。南船距操寨止隔二里水面。黄盖用刀一招，前船一齐发火。火趁风威，风助火势，船如箭发，烟焰涨天。二十只火船，撞入水寨，曹寨中船只一时尽着；又被铁环锁住，无处逃避。隔江炮响，四下火船齐到，但见三江面上，火逐风飞，一派通红，漫天彻地。

罗贯中将黄盖苦肉计延后到此处的原因：

黄盖苦肉计和智取润州城，都是利用己方内部的敌人间谍，将计就计才得以成功的。如果要将黄盖诈降对应到三败高俅中，那么，故事应该是梁山泊好汉中有人投降了高俅，而梁山泊利用这个投降的人才取得胜利。但纵观整部《水浒传》，梁山好汉只有去诈降的，而没有一人真的投降过。我想正因为如此，黄盖苦肉计这一情节就没有对应在三败高俅中。如果将此计对应进去，就显得梁山好汉不够义气了，因小失大，反倒不值得。

为何不把接下来的征辽对应进去呢？这意味着要写汉人投降辽国，一旦如此落笔便失了民族大义，更不可取。所以，只能延后，直到征方腊时，宋境内的人投降方腊，但既不是梁山泊的人投降，也不是投降给大辽，这就没有任何问题了。

而从这点也能看出，田虎和王庆是在后边加进去的，因为如果原始版本就有田虎和王庆，而他们又是宋境内的人，又都是汉人，把黄盖苦肉计对应进去是没有任何问题的，应该早就对应进去了，何必等到现在。

二、金节归降对应杨阜破马超

《水浒传》回合：

第一百一十二回　卢俊义分兵宣州道　宋公明大战毗陵郡

《三国演义》回合：

第六十四回　孔明定计捉张任　杨阜借兵破马超

对应1：内应回归，胜利靠敌人内部出了内应，而这个内应原先隶属于胜利一方

《水浒传》中的金节原是宋将，委身方腊并非出于本心，因而愿助宋江破城：

且说守将金节回到自己家中，与其妻秦玉兰说道："如今宋先锋围住城池，三面攻击。我等城中粮食缺少，不经久困。倘或打破城池，我等那时皆为刀下之鬼。"秦玉兰答道："你素有忠孝之心，归降之意，更兼原是宋朝旧官，朝廷不曾有甚负汝，不若去邪归正，擒捉吕师囊献与宋先锋，便是进身之计。"

金节做内应，助宋江打下常州：

两个交战，斗不到三合，金节诈败，拨转马头便走。孙立当先，燕顺、马麟为次，鲁智深、武松、孔明、孔亮、施恩、杜兴，一发进兵。金节便退入城，孙立已赶入城门边，占住西门。城中闹起，知道大宋军马，已从西门进城了。

《三国演义》中的杨阜原是魏官，但投降马超后只想着报仇：

康见救兵不来，与众商议："不如投降马超。"参军杨阜哭谏曰："超等叛君之徒，岂可降之？"康曰："事势至此，不降何待？"阜苦谏不从。韦康大开城门，投拜马超。超大怒曰："汝今事急请降，非真心也！"将韦康四十余口尽斩之，不留一人。有人言："杨阜劝韦康休降，可斩之。"超曰："此人守义，不可斩也。"复用杨阜为参军。

……

阜曰："吾从贼者，欲留残生，与主报冤也。"

杨阜做内应，设计助曹操打败马超：

阜荐梁宽、赵衢二人，超尽用为军官。

……

阜曰："有勇无谋，易图也。吾已暗约下梁宽、赵衢。兄若肯兴兵，二人必为内应。"

……

马超闻姜叙、杨阜会合尹奉、赵昂举事，大怒，即将赵月斩之；令庞德、马岱尽起军马，杀奔历城来。姜叙、杨阜引兵出。两阵圆处，杨阜、姜叙衣白袍而出，大骂曰："叛君无义之贼！"马超大怒，冲将过来，两军混战。姜叙、杨阜如何抵得马超，大败而走。马超驱兵赶来。背后喊声起处，尹奉、赵昂杀来。超急回时，两下夹攻，首尾不能相顾。正斗间，斜刺里大队军马杀来。原来是夏侯渊得了曹操军令，正领军来破马超。超如何当得三路军马，大败奔回。

走了一夜，比及平明，到得翼城叫门时，城上乱箭射下。梁宽、赵衢立在城上，大骂马超；将马超妻杨氏从城上一刀砍了，撇下尸首来；又将马超幼子三人，并至亲十余口，都从城上一刀一个，剁将下来。超气噎塞胸，几乎坠下马来。

对应 2：女中豪杰是获胜的关键

《水浒传》中金节妻子激励金节回归宋朝，还给金节出谋划策：

秦玉兰答道："你素有忠孝之心，归降之意，更兼原是宋朝旧官，朝廷不曾有甚负汝，不若去邪归正，擒捉吕师囊献与宋先锋，便是进身之计。"金节道："他手下现有四个统制官，各有军马。许定这厮，又与我不睦，与吕师囊又是心腹之人。我恐事未必谐，反惹其祸。"其妻道："你只密密地夤夜修一封书缄，拴在箭上，射出城去，和宋先锋达知，里应外合取城。你来日出战，诈败佯输，引诱入城，便是你的功劳。"金节道："贤妻此言极当，依汝行之。"

《三国演义》中姜叙母亲和赵昂妻子王氏都是女中豪杰：

叙母闻言，唤姜叙入，责之曰："韦使君遇害，亦尔之罪也。"

……

叙母曰："汝不早图，更待何时，谁不有死，死于忠义，死得其所也。勿以我为念。汝若不听义山之言，吾当先死，以绝汝念。"

……

赵昂当日应允，归见其妻王氏曰："吾今日与姜叙、杨阜、尹奉一处商议，欲报韦康之仇。吾想子赵月现随马超，今若兴兵，超必先杀吾子，奈何？"其妻厉声曰："雪君父之大耻，虽丧身亦不惜，何况一子乎！君若顾子而不行，吾当先死矣！"赵昂乃决。次日一同起兵。姜叙、杨阜屯历城，尹奉、赵昂屯祁山。王氏乃尽将首饰资帛，亲自往祁山军中，赏劳军士，以励其众。

……

超从城南门边杀起，尽洗城中百姓。至姜叙宅，拿出老母。母全无惧色，指马超而大骂。超大怒，自取剑杀之。尹奉、赵昂全家老幼，亦尽被马超所杀。昂妻王氏因在军中，得免于难。

对应3：金节应该解为尽节，是用来褒奖杨阜的，因为杨阜说他自己不够尽节。而实际上，杨阜不仅尽节，且是金节

《三国演义》叙述为：

夏侯渊自行安抚陇西诸州人民，令姜叙等各各分守，用车载杨阜赴许都，见曹操。操封阜为关内侯。阜辞曰："阜无捍难之功，又无死难之节，于法当诛，何颜受职？"操嘉之，卒与之爵。

三、关胜的连胜对应着关羽的连胜

《水浒传》回合：

第一百一十二回　卢俊义分兵宣州道　宋公明大战毗陵郡

《三国演义》回合：

第七十回　猛张飞智取瓦口隘　老黄忠计夺天荡山

第七十三回　玄德进位汉中王　云长攻拔襄阳郡

此处为“一语双关”，主要对应于关羽攻打襄阳时的连胜，同时还对应着刘备征讨汉中时张郃的连败。从顺序来看，战役都提前了一些。可能因为故事相近，所以，两处被融合在一起了。

《水浒传》中关胜两次被小将轻视，但最终都击杀了他们；《三国演义》中关羽也两次被小将轻视，也都杀了他们。

第一次关胜被邢政轻视：

邢政道：“三大王为知罡星犯吴地，特差下官领军到来，巡守江面。不想枢密失利，下官与你报仇，枢密当以助战。”次日，邢政引军来恢夺润州。

……

话说元帅邢政和关胜交马，战不到十四五合，被关胜手起一刀，砍于马下。

第二次关胜被钱振鹏轻视：

道：“枢相放心。钱某不才，愿施犬马之劳，直杀的宋江那厮们大败过江，恢复润州，方遂吾愿！”吕枢密抚慰道：“若得制置如此用心，何虑国家不安？成功之后，吕某当极力保奏，高迁重爵。”

……

关胜见损了二将，心中忿怒，恨不得杀进常州，使转神威，把钱振鹏一刀也剁于马下。

关羽两次连胜。第一次关羽被夏侯存轻视：

曹仁正在城中，忽报云长自领兵来。仁大惊，欲坚守不出，副将翟元曰：“今魏王令将军约会东吴取荆州；今彼自来，是送死也，何故避之！”参谋满宠谏曰：“吾素知云长勇而有谋，未可轻敌。不如坚守，乃为上策。”骁将夏侯存曰：“此书生之言耳。岂不闻水来土掩，将至兵迎？我军以逸待劳，自可取胜。”曹仁从其言，令满宠守樊城，自领兵来迎云长。

……

须臾，夏侯存军至，见了云长，大怒，便与云长交锋，只一合，被云长砍死。翟元便走，被关平赶上，一刀斩之。乘势追杀，曹兵大半死于襄江之中。曹仁退守樊城。

第二次关羽被吕常轻视：

正言间，人报云长渡江而来，攻打樊城。仁大惊，宠曰：“只宜坚守。”部将吕常奋然曰：“某乞兵数千，愿当来军于襄江之内。”宠谏曰：“不可。”吕常怒曰：“据汝等文官之言，只宜坚守，何能退敌？岂不闻兵法云：军半渡可击。今云长军半渡襄江，何不击之？若兵临城下，将至壕边，急难抵当矣。”仁即与兵二千，令吕常出樊城迎战。吕常来至江口，只见前面绣旗开处，云长横刀出马。吕常却欲来迎，后面众军见云长神威凛凛，不战先走，吕常喝止不住。云长混杀过来，曹兵大败，马步军折其大半，残败军奔入樊城。

之所以同时对应张郃的连败，是因为其中都有轻视情节，在《三国演义》中张郃轻视张飞：

张郃大笑曰：“将军行兵半生，今奈何信卜者之言而惑其心哉！郃虽不才，愿以本部兵取巴西。若得巴西，蜀郡易耳。”洪曰：“巴西守将张飞，非比等闲，不可轻敌。”张郃曰：“人皆怕张飞，吾视之如小儿耳！此去必擒之！”洪曰：“倘有疏失，若何？”郃曰：“甘当军令。”洪勒了文状，张郃进兵。

轻视张飞的后果就是张郃部兵被张飞打得只剩十余人。曹洪要斩他，得郭淮劝谏才得活，然后，曹洪还是给了他五千兵马前去再战。

《三国演义》叙述为：

> 步行入南郑见曹洪。洪见张郃只剩下十余人，大怒曰："吾教汝休去，汝取下文状要去；今日折尽大兵，尚不自死，还来做甚！"喝令左右推出斩之。行军司马郭淮谏曰："三军易得，一将难求。张郃虽然有罪，乃魏王所深爱者也，不可便诛。可再与五千兵径取葭萌关，牵动其各处之兵，汉中自安矣。如不成功，二罪俱罚。"曹洪从之，又与兵五千，教张郃取葭萌关。郃领命而去。

这个求情活命、给兵马再战的情节，在《水浒传》中也有对应内容。吕枢密兵败后方貌要杀他，幸得卫忠求情才留得性命。方貌一样地给了他五千军马，让他再和梁山泊对战：

> 且说吕枢密会同卫忠、许定三个，引了败残军马，奔苏州城来告三大王求救，诉说宋军势大，迎敌不住，兵马席卷而来，以致失陷城池。三大王大怒，喝令武士，推转吕枢密，斩讫报来。卫忠等告说："宋江部下军将，皆是惯战兵马，多有勇烈好汉了得的人，更兼步卒都是梁山泊小喽罗，多曾惯斗，因此难敌。"方貌道："权且寄下你项上一刀，与你五千军马，首先出哨。我自分拨大将，随后便来策应。"吕师囊拜谢了，全身披挂，手执丈八蛇矛，上马引军，首先出城。

简本《水浒传》中此处无求情的情节：

> 吕枢密、卫忠、许定引败兵奔苏州，来见三大王方貌，诉说宋军卷地而来，以致城池失陷。三大王怒曰："本该斩首，权且与你五千军兵出哨，我自分拨大将统兵随后接应。"吕师囊披挂上马去了。

四、宋江破苏州对应曹操平定汉中

《水浒传》回合：

第一百一十三回　混江龙太湖小结义　宋公明苏州大会垓

第一百一十四回　宁海军宋江吊孝　涌金门张顺归神

《三国演义》回合：

第六十七回　曹操平定汉中地　张辽威震逍遥津

上一段中《水浒传》对应《三国演义》的内容是相对提前的，而此时的顺序刚刚好。杨阜破马超后，就是曹操平定汉中。

对应1：都是看了地理条件后觉得很难

《水浒传》中苏州水港环绕，城垣坚固：

> 次日，宋江见南兵不出，引了花荣、徐宁、黄信、孙立，带领三千余骑马军，前来看城。见苏州城郭，一周遭都是水港环绕，墙垣坚固，想道："急不能够打得城破。"回到寨中，和吴用计议攻城之策。

《三国演义》中汉中阳平关山势险恶，树木丛杂：

> 操次日自引兵为前队，见山势险恶，林木丛杂，不知路径，恐有伏兵，即引军回寨，谓许褚、徐晃二将曰："吾若知此处如此险恶，必不起兵来。"

简本《水浒传》中并没有涉及攻城困难的言语：

> 次日，宋江见南兵不出，引花荣、徐宁、黄信、孙立，带领三千余骑前来看城。见城郭水港环绕，墙垣坚固。回到寨中，和吴用计议攻城之策。

对应2：获胜都是因祸得福，且都是靠“冒充”敌军而进入敌营的

《水浒传》中费保等诸好汉以为李俊等是细作，将他们抓了打算杀掉，李俊以为自己死定了。在确认是李俊后，费保投靠了梁山泊，宋江靠着费保等人的帮助获胜。这个算是因祸得福了：

为头那个喝问李俊道：“你等这厮们，都是那里人氏？来我这湖泊里做甚么？”李俊应道：“俺是扬州人，来这里做客，特来买鱼。”那第四个骨脸的道：“哥哥休问他，眼见得是细作了。只顾与我取他心肝来吃酒。”李俊听得这话，寻思道：“我在浔阳江上，做了许多年私商，梁山泊内又妆了几年的好汉，却不想今日结果性命在这里！罢，罢，罢！”

……

个人在榆柳庄上商议，说宋公明要取苏州一事。“方貌又不肯出战，城池四面是水，无路可攻，舟船港狭难以进，只似此怎得城子破？”费保道：“哥哥且宽心住两日。杭州不时间有方腊手下人来苏州公干，可以乘势智取城郭。小弟使几个打鱼的去缉听，若还有人来时，便定计策。”李俊道：“此言极妙！”费保便唤几个渔人，先行去了。

宋江军队乔装进入苏州，敌人未分辨出真假：

费保扮做解衣甲正库官，倪云扮作副使，都穿了南官的号衣，将带了一应关防文书，众渔人都装做官船上艄公水手，却藏黑旋风等二百余人将校在船舱里。

……

守门军士在城上望见南国旗号，慌忙报知管门大将，却是飞豹大将军郭世广，亲自上城来，问了小校备细，接取关防文书，吊上城来看了。郭世广使人赍至三大王府里，辨看了来文，又差人来监视，却才教放入城门。郭世广直在水门边坐地，再叫人下船看时，满满地堆着铁甲号衣，因此一只只都放入城去。放过十只船了，便关水门。三大王差来的监视官员，引着五百军，在岸上跟定，便着湾住了船。李逵、鲍旭、项充、李衮从船舱里钻出

来。监视官见了四个人形容粗丑，急待问是甚人时，项充、李衮早舞起团牌，飞出一把刀来，把监视官剁下马去。

《三国演义》中夏侯渊遭遇大雾，误入敌营，在正常情况下此乃大祸，但敌寨恰好是个空寨。守寨将士还以为自己人回来了，把夏侯渊放了进去，可以说，夏侯渊的运气是相当好的了。因此，这里可以理解为“因祸得福”。由此可见，《水浒传》中是主动冒充敌军，而《三国演义》中则是被动冒充敌军。

是日，大雾迷漫，对面不相见。杨昂军至半路，不能行，权且扎住。却说夏侯渊一军抄过山后，见重雾垂空，又闻人语马嘶，恐有伏兵，急催人马行动，大雾中误走到杨昂寨前。守寨军士，听得马蹄响，只道是杨昂兵回，开门纳之。曹军一拥而入，见是空寨，便就寨中放起火来。五寨军士，尽皆弃寨而走。

对应3：段恺投降对杨松投降

此处我觉得对方发生时间较为接近，且从《水浒传》中的描述看，段恺应是个小人。

《水浒传》中段恺投降并非其本心（想跑来不及），却说得冠冕堂皇，和杨松一样，是个卑鄙小人。

本州守将段恺闻知苏州三大王方貌已死，只思量收拾走路。使人探知大军离城不远，遥望水陆路上，旌旗蔽日，船马相连，吓得魂消胆丧。前队大将关胜、秦明已到城下，便分调水军船只，围住西门。段恺在城上叫道：“不须攻击，准备纳降。”随即开放城门，段恺香花灯烛，牵羊担酒，迎接宋先锋入城，直到州治歇下。

段恺为首参见了，宋江抚慰段恺，复为良臣，便出榜安民。段恺称说：“恺等原是睦州良民，累被方腊残害，不得已投顺部下。今得天兵到此，安敢不降？”

五、空城赚郝思文对张郃赚雷铜

《水浒传》回合：

第一百一十四回　宁海军宋江吊孝　涌金门张顺归神

《三国演义》回合：

第七十回　猛张飞智取瓦口隘　老黄忠计夺天荡山

张郃赚雷铜此战发生于张郃轻视张飞的那一役中，从顺序上来看，对应到《水浒传》空城赚郝思文一战中还是比较贴切的。

对应1：都是三路军马

《水浒传》叙述为：

> 次日，宋先锋军马已过了皋亭山，直抵东新桥下寨，传令教分调本部军兵，作三路夹攻杭州。

《三国演义》叙述为：

> 却说张郃部兵三万，分为三寨，各傍山险：一名宕渠寨，一名蒙头寨，一名荡石寨。

对应2：轮流出兵

《水浒传》中宋江安排每日轮两个头领出哨：

> 且说中路大队军兵，前队关胜直哨到东新桥，不见一个南军。关胜心疑，退回桥外，使人回复宋先锋。宋江听了，使戴宗传令，吩咐道："且未可轻进。每日轮两个头领出哨。"头一日，是花荣、秦明，第二日徐宁、郝思文，一连哨了数日，又不见出战。

《三国演义》中其实并没有明写轮流，但是从书中我们可以得知张飞和雷铜是交替出战的：

张飞令军士大骂，郃只不出。飞只得还营。次日，雷铜又去山下搦战，郃又不出。雷铜驱军士上山，山上擂木炮石打将下来。雷铜急退。荡石、蒙头两寨兵出，杀败雷铜。次日，张飞又去搦战，张郃又不出。

对应3：敌人想引诱进埋伏，识破的将领未中计，没有识破的则被杀了

《水浒传》中杭州城用空城计引诱，关胜心疑，没有中计，但郝思文、徐宁中计身死：

前队关胜直哨到东新桥，不见一个南军。关胜心疑，退回桥外。

……

此日又该徐宁、郝思文，两个带了数十骑马，直哨到北关门来，见城门大开着，两个来到吊桥边看时，城上一声擂鼓响，城里早撞出一彪军马来。徐宁、郝思文急回马时，城西偏路喊声又起，一百余骑马军，冲在前面。徐宁并力死战，杀出马军队里，回头不见了郝思文。再回来看时，见数员将校，把郝思文活捉了入城去。徐宁急待回身，项上早中了一箭。

《三国演义》中张郃诈败引诱雷铜去追，然后出伏兵杀了雷铜。而张飞则识破了他的奸计：

郃心慌，只得定计，分两军去关口前山僻埋伏，吩咐曰："我诈败，张飞必然赶来，汝等就截其归路。"当日张郃引军前进，正遇雷铜。战不数合，张郃败走，雷铜赶来。西军齐出，截断回路。张郃复回，刺雷铜于马下。败军回报张飞，飞自来与张郃挑战。郃又诈败，张飞不赶。郃又回战，不数合，又败走。张飞知是计，收军回寨，与魏延商议曰："张郃用埋伏计，杀了雷铜，又要赚吾，何不将计就计？"

另外，此处的空城计也可能包括赵云的空城计。赵云运用空城计一战也发生在刘备攻占汉中之时，比张郃和张飞交战晚一点儿，从时间上看，还是比

较接近的：

> 却说张郃、徐晃领兵追至蜀寨，天色已暮；见寨中偃旗息鼓，又见赵云匹马单枪，立于营外，寨门大开，二将不敢前进。正疑之间，曹操亲到，急催督众军向前。众军听令，大喊一声，杀奔营前；见赵云全然不动，曹兵翻身就回。赵云把枪一招，壕中弓弩齐发。时天色昏黑，正不知蜀兵多少。操先拨回马走。只听得后面喊声大震，鼓角齐鸣，蜀兵赶来。曹兵自相践踏，拥到汉水河边，落水死者，不知其数。

六、张顺归神对应甘宁单骑闯曹营

张顺孤身闯敌营对应甘宁单骑闯曹营，这一处的内容已经在人物对应关系一篇中讲过，具体内容不再赘述。但要说明的是，对应的顺序刚好。

七、祭奠张顺诱敌对应张飞醉酒诱敌

《水浒传》回合：

第一百一十四回　宁海军宋江吊孝　涌金门张顺归神

第一百一十五回　张顺魂捉方天定　宋江智取宁海军

《三国演义》回合：

第七十回　猛张飞智取瓦口隘　老黄忠计夺天荡山

《水浒传》和《三国演义》中这部分对应内容都是做好埋伏，然后用计引诱敌人出城袭击。双方都有人对这个诱敌之计不理解，继而表示质疑，等仗打完后才真正明白。

《水浒传》中宋江以吊孝张顺引诱方天定出城，并提前安排好了埋伏。吴用对此不理解，还劝谏宋江不要去。直到打完，宋江才告诉吴用真相：

宋江道："我必须亲自到湖边，与他吊孝。"吴用谏道："兄长不可亲临险地，若贼兵知得，必来攻击。"宋江道："我自有计较。"

……

却分付李逵道："如此如此。"埋伏在北山路口；樊瑞、马麟、石秀左右埋伏；戴宗随在身边。

……

话说宋江和戴宗正在西陵桥上祭奠张顺，已有人报知方天定，差下十员首将，分作两路，来拿宋江，杀出城来。南山五将，是吴值、赵毅、晁中、元兴、苏泾；北山路也差五员首将，是温克让、崔彧、廉明、茅迪、汤逢士。南北两路，共十员首将，各引三千人马，半夜前后开门，两头军兵一齐杀出来。宋江正和戴宗奠酒化纸，只听得桥下喊声大举。左有樊瑞、马麟，右有石秀，各引五千人埋伏。听得前路火起，一齐也举起火来，两路分开赶杀南北两山军马。南兵见有准备，急回旧路。两边宋兵追赶。

……

吴用等接入中军帐坐下，宋江对军师说道："我如此行计，也得他四将之首，活捉了茅迪，将来解赴张招讨军前，斩首施行。"

《三国演义》中张飞靠醉酒引诱张郃，刘备表示不解，大惊。待战后，刘备才知道这是张飞的计谋：

玄德差人犒军，见张飞终日饮酒，使者回报玄德。玄德大惊，忙来问孔明。孔明笑曰："原来如此！军前恐无好酒；成都佳酿极多，可将五十瓮作三车装，送到军前与张将军饮。"玄德曰："吾弟自来饮酒失事，军师何故反送酒与他？"孔明笑曰："主公与翼德做了许多年兄弟，还不知其为人耶？翼德自来刚强，然前于收川之时，义释严颜，此非勇夫所为也。今与张郃相拒五十余日，酒醉之后，便坐山前辱骂，旁若无人：此非贪杯，乃败张郃之计耳。"玄德曰："虽然如此，未可托大。可使魏延助之。"孔明令魏延解酒赴军前，车上各插黄旗，大书"军前公用美酒"。魏延领命，解酒到寨中，见张飞，传说主公赐酒。飞拜受讫，吩咐魏延、雷铜各引一支人马，为左右翼；只看军中红旗起，便各进兵；教将酒摆列帐下，令军士大开旗鼓而饮。有细作报上山来，张郃自来山顶观望，见张飞坐于帐下饮酒，令二小卒于面前相扑为戏。郃曰："张飞欺我太甚！"传令今夜下山劫飞寨，令蒙头、荡石二寨，皆出为左右援。当夜张郃乘着月色微明，引军从山侧而下，径到寨前。遥望张飞大明灯烛，正在帐中饮酒。张郃当先大喊一声，山头擂鼓为助，直杀入中军。但见张飞端坐不动。张郃骤马到面前，一枪刺倒，却是一个草人。急勒马回时，帐后连珠炮起。一将当先，拦住去路，睁圆环眼，声如巨雷：乃张飞也。挺矛跃马，直取张郃。两将在火光中，战到三五十合。张郃只盼两寨来救，谁知两寨救兵，已被魏延，雷铜两将杀退，就势夺了二寨。张郃不见救兵至，正没奈何，又见山上火起，已被张飞后军夺了寨栅。张郃三寨俱失，只得奔瓦口关去了。张飞大获胜捷，报入成都。玄德大喜，方知翼德饮酒是计，是要诱张郃下山。

八、独松关之战对应刘备夺汉中时的两个战役

《水浒传》回合：

第一百一十五回　张顺魂捉方天定　宋江智取宁海军

《三国演义》回合：

第七十回　猛张飞智取瓦口隘　老黄忠计夺天荡山

对应1：张清、董平下马被杀对应于夏侯渊下马被黄忠斩杀

在第一章中便有此对应关系，此处不再赘述。从时间上看，此处也是比较合适的。

对应2：都是小路过关

《水浒传》叙述为：

得了孙新、顾大嫂夫妻二人，扮了逃难百姓，去到深山里寻得一条

小路，引着李立、汤隆、时迁、白胜四个，从小路过到关上，半夜里却摸上关，放起火来。贼将见关上火起，知有宋兵已透过关，一齐弃了关隘便走。

《三国演义》中张飞从小路过关：

张飞和魏延连日攻打关隘不下。飞见不济事，把军退二十里，却和魏延引数十骑，自来两边哨探小路。忽见男女数人，各背小包，于山僻路攀藤附葛而走。飞于马上用鞭指与魏延曰："夺瓦口关，只在这几个百姓身上。"便唤军士吩咐："休要惊恐他，好生唤那几个百姓来。"军士连忙唤到马前。飞用好言以安其心，问其何来。百姓告曰："某等皆汉中居民，今欲还乡。听知大军厮杀，塞闭阆中官道；今过苍溪，从梓潼山桧釿川入汉中，还家去。"飞曰："这条路取瓦口关远近若何？"百姓曰："从梓潼山小路，却是瓦口关背后。"飞大喜，带百姓入寨中，与了酒食；吩咐魏延："引兵扣关攻打，我亲自引轻骑出梓潼山攻关后。"便令百姓引路，选轻骑五百，从小路而进。

九、打杭州主要对应关羽伐魏

《水浒传》回合：

第一百一十五回　张顺魂捉方天定　宋江智取宁海军

《三国演义》回合：

第七十三回　玄德进位汉中王　云长攻拔襄阳郡

第七十四回　庞令明抬榇决死战　关云长放水淹七军

关羽伐魏这一役，之前只找到了一点点对应内容，就在关羽被轻视那里，但是大部分都在这里描述。从顺序上来说，很契合。

对应 1：打得对手钦佩

《水浒传》中鲁智深打得方天定和石宝佩服：

这鲁智深和宝光国师，斗过五十余合，不分胜败。方天定在敌楼上看了，与石宝道："只说梁山泊有个花和尚鲁智深，不想原来如此了得，名不虚传！斗了这许多时，不曾折半点儿便宜与宝光和尚。"石宝答道："小将也看得呆了，不曾见这一对敌手。"

《三国演义》中关公和庞德交手后互相佩服：

关公大骂曰："量汝一匹夫，亦何能为！可惜我青龙刀斩汝鼠贼！"纵马舞刀，来取庞德。德轮刀来迎。二将战有百余合，精神倍长。两军各看得痴呆了。魏军恐庞德有失，急令鸣金收军。关平恐父年老，亦急鸣金。二将各退。庞德归寨，对众曰："人言关公英雄，今日方信也。"正言间，于禁至。相见毕，禁曰："闻将军战关公，百合之上，未得便宜，何不且退军避之？"德奋然曰："魏王命将军为大将，何太弱也？吾来日与关某共决一死，誓不退避！"禁不敢阻而回。

却说关公回寨，谓关平曰："庞德刀法惯熟，真吾敌手。"

对应 2：拖刀计被识破，但还是建功了

《水浒传》中关胜识破了石宝的拖刀计，但索超没有识破，最终被石宝斩了：

两个斗到二十余合，石宝拨回马便走，关胜急勒住马，也回本阵。宋江问道："缘何不去追赶？"关胜道："石宝刀法，不在关胜之下，虽然回马，必定有计。"吴用道："段恺曾说，此人惯使流星锤，回马诈输，漏人深入重地。"宋江道："若去追赶，定遭毒手。且收军回寨，一面差人去赏赐武松。"

……

两马相交，二将猛战，未及十合，石宝卖个破绽，回马便走。索超追赶，关胜急叫休去时，索超脸上着一锤，打下马去。邓飞急去救时，石宝马到，邓飞措手不及，又被石宝一刀，砍做两段。

《三国演义》中关羽识破了庞德的拖刀计，但庞德放冷箭，射中了关羽：

斗至五十余合，庞德拨回马，拖刀而走。关公随后追赶。关平恐有疏失，亦随后赶去。关公口中大骂："庞贼！欲使拖刀计，吾岂惧汝？"原来庞德虚作拖刀势，却把刀就鞍鞒挂住，偷拽雕弓，搭上箭，射将来。关平眼快，见庞德拽弓，大叫："贼将休放冷箭！"关公急睁眼看时，弓弦响处，箭早到来；躲闪不及，正中左臂。

对应3：将敌人诱离城池再打

《水浒传》中宋军派兵佯攻后诈败，等敌军追出，所有人再一起攻城：

吴用道："先锋计会各门了当，再引军攻打北关门，城里兵马，必然出来迎敌，我却佯输诈败，诱引贼兵，远离城郭，放炮为号，各门一齐打城。但得一门军马进城，便放起火来应号，贼兵必然各不相顾，可获大功。"宋江便唤戴宗传令知会。次日，令关胜引些少军马，去北关门城下勒战。城上鼓响，石宝引军出城，和关胜交马。战不过十合，关胜急退。石宝军兵赶来，凌振便放起炮来。号炮起时，各门都发起喊来，一齐攻城。

《三国演义》中关羽让廖化诈败，将魏军诱离襄阳，然后包围击败之，轻易拿下襄阳：

二将战不多时，化诈败，拨马便走，翟元从后追杀，荆州兵退二十里。次日，又来搦战。夏侯存、翟元一齐出迎，荆州兵又败，又追杀二十余里。忽听得背后喊声大震，鼓角齐鸣。曹仁急命前军速回，背后关平、廖化杀来，曹兵大乱。曹仁知是中计，先掣一军飞奔襄阳；离城数里，前面绣旗招飐，云长勒马横刀，拦住去路。曹仁胆战心惊，不敢交锋，望襄阳斜路而走。云长不赶。须臾，夏侯存军至，见了云长，大怒，便与云长交锋，只一合，被云长砍死。翟元便走，被关平赶上，一刀斩之。乘势追杀，曹兵大半死于襄江之中。曹仁退守樊城。

对应 4：说了大话，欲争口气，但失败了

《水浒传》中李逵扬言必捉拿石宝，否则不见宋江，然后找鲍旭等相帮，鲍旭表示要为他争口气。宋江一直很担心李逵，但李逵认为宋江小看他。最后，李逵失败，鲍旭牺牲：

部下黑旋风便道："哥哥放心，我明日和鲍旭、项充、李衮四个人，好歹要拿石宝那厮！"宋江道："那人英雄了得，你如何近傍得他？"李逵道："我不信！我明日不捉得他，不来见哥哥面。"宋江道："你只小心在意，休觑得等闲。"黑旋风李逵回到自己帐房里，筛下大碗酒，大盘肉，请鲍旭、项充、李衮来吃酒，说道："我四个，从来做一路厮杀。今日我在先锋哥哥面前，砍了大嘴，明日要捉石宝那厮，你二个不要心懒。"鲍旭道："哥哥今日也教马军向前，明日也教马军向前，今晚我等约定了，来日务要齐心向前，捉石宝那厮。我们四个都争口气！"次日早晨，李逵等四人吃得醉饱了，都拿军器出寨，请先锋哥哥看厮杀。宋江见四个都半醉，便道："你四个兄弟，休把性命作戏！"李逵道："哥哥，休小觑我们！"宋江道："只愿你们应得口便好！"

……

项充、李衮急护得李逵回来。宋江军马，退还本寨，又见折了鲍旭，宋江越添愁闷，李逵也哭奔回寨里来。吴用道："此计亦非良策。虽是斩得他一将，却折了李逵的副手。"

《三国演义》中庞德说下大话要生擒关羽，出征时带上棺材，扬言关羽和他必死一个（和李逵不成功誓不相见如出一辙）。在出征前，庞德鼓舞手下，手下也承诺帮助他实现他的承诺，但可惜最终失败了。整个过程曹操一直也很担心庞德，庞德则认为曹操太看重关羽了，这里对应着宋江担心李逵。

《三国演义》叙述为：

操又问众人曰："谁敢作先锋？"一人奋然出曰："某愿施犬马之劳，

生擒关某，献于麾下。”

……

德拜谢回家，令匠人造一木榇。次日，请诸友赴席，列榇于堂。众亲友见之，皆惊问曰：“将军出师，何用此不祥之物？”德举杯谓亲友曰：“吾受魏王厚恩，誓以死报。今去樊城与关某决战，我若不能杀彼，必为彼所杀；即不为彼所杀，我亦当自杀。故先备此榇，以示无空回之理。”

……

临行，谓部将曰：“吾今去与关某死战，我若被关某所杀，汝等即取吾尸置此榇中；我若杀了关某，吾亦即取其首，置此榇内，回献魏王。”部将五百人皆曰：“将军如此忠勇，某等敢不竭力相助！”于是引军前进。有人将此言报知曹操。操喜曰：“庞德忠勇如此，孤何忧焉！”贾诩曰：“庞德恃血气之勇，欲与关某决死战，臣窃虑之。”操然其言，急令人传旨戒庞德曰：“关某智勇双全，切不可轻敌。可取则取，不可取则宜谨守。”庞德闻命，谓众将曰：“大王何重视关某也？吾料此去，当挫关某三十年之声价。”禁曰：“魏王之言，不可不从。”德奋然趱军前至樊城，耀武扬威，鸣锣击鼓。

……

关公又令押过庞德。德睁眉怒目，立而不跪，关公曰：“汝兄现在汉中；汝故主马超，亦在蜀中为大将。汝如何不早降？”德大怒曰：“吾宁死于刀下，岂降汝耶！”骂不绝口。公大怒，喝令刀斧手推出斩之。德引颈受刑。关公怜而葬之。

十、智取宁海军对应吕蒙白衣渡江

《水浒传》回合：

第一百一十五回　张顺魂捉方天定　宋江智取宁海军

第一百一十六回　卢俊义分兵歙州道　宋公明大战乌龙岭

《三国演义》回合：

第七十五回　关云长刮骨疗毒　吕子明白衣渡江

第七十六回　徐公明大战沔水　关云长败走麦城

关羽水淹七军后，就被吕蒙背后捅刀子了，智取宁海军与吕蒙白衣渡江顺序一致。

对应 1：纳粮的人投降，因其对原主一直有恨意，曾被威胁杀掉

《水浒传》中袁评事恨方腊，因其被方腊逼着纳粮，不纳就要被杀。但前方两军在交战，过不去：

> 宋江问其备细时，解珍禀道："小弟和解宝直哨到南门外二十余里，地名范村，见江边泊着一连有数十只船，下去问时，原来是富阳县袁评事解粮船。小弟欲要把他杀了，本人哭道：'我等皆是大宋良民，累被方腊不时科敛，但有不从者，全家杀害。我等今得天兵到来剪除，只指望再见太平之日，谁想又遭横亡。'小弟见他说的情切，不忍杀他，又问他道：'你缘何却来此处？'他说：'为近奉方天定令旨，行下各县，要刷洗村坊，着科敛白粮五万石。老汉为头，敛得五千石，先解来交纳。今到此间，为大军围城厮杀，不敢前去，屯泊在此。'小弟得了备细，特来报知主将。"

《三国演义》中傅士仁想着关公恨他，就投降了东吴。关公让糜芳供粮，如迟立斩，但荆州已被东吴占了，粮运不过去：

> 却说傅士仁听知荆州有失，急令闭城坚守。虞翻至，见城门紧闭，遂写书拴于箭上，射入城中。军士拾得，献与傅士仁。士仁拆书视之，乃招降之意。览毕，想起"关公去日恨吾之意，不如早降。"即令大开城门，请虞翻入城。
>
> ……
>
> 忽报关公遣使至，接入厅上。使者曰："关公军中缺粮，特来南郡、公安二处取白米十万石，令二将军星夜解去军前交割。如迟立斩。"芳大惊，顾谓傅士仁曰："今荆州已被东吴所取，此粮怎得过去？"

对应2：扮作百姓偷偷入城，半夜二更夺城

《水浒传》梁山泊人马扮作袁评事运粮人，而袁评事等是普通百姓。混进城后二更夺城：

> 此时不由袁评事不从，许多将校，已都下船。却把船上艄公人等，都只留在船上杂用，却把艄公衣服脱来，与王英、孙新、张青穿了，装扮做艄公。扈三娘、顾大嫂、孙二娘三人女将，扮做艄婆，小校人等都做摇船水手。……
>
> 此时众将人等，都杂在艄公水手人内，混同搬粮运米入城，三个女将也随入城里去了。五千粮食，须臾之间，都搬运已了。六员首将却统引军入城中。宋兵分投而来，复围住城郭，离城三二里，列着阵势。当夜二更时分，凌振取出九箱子母等炮，直去吴山顶上，放将起来；众将各取火把，到处点着。城中不一时，鼎沸起来，正不知多少宋军在城里。方天定在宫中，听了大惊，急急披挂上马时，各门城上军士，已都逃命去了。宋兵大振，各自争功夺城。

《三国演义》中吕蒙扮作商人，进入烽火台，也是在二更举事：

> 蒙拜谢，点兵三万，快船八十余只，选会水者扮作商人，皆穿白衣，在船上摇橹，却将精兵伏于船中。
>
> 昼夜趱行，直抵北岸。江边烽火台上守台军盘问时，吴人答曰："我等皆是客商，因江中阻风，到此一避。"随将财物送与守台军士。军士信之，遂任其停泊江边。约至二更船中精兵齐出，将烽火台上官军缚倒，暗号一声，八十余船精兵俱起，将紧要去处墩台之军，尽行捉入船中，不曾走了一个。于是长驱大进，径取荆州，无人知觉。

对应3：张横被附身对应吕蒙被附身

此处在第一章中已做过解读。从顺序来看，对应正好发生在此阶段。

对应4：陆地上交战，以一敌二时，水军又傍岸，怕被夹击，然后一败涂地

《水浒传》中石宝以一敌二，正和吕方、郭盛打得难解难分。然后，梁山泊水军靠岸，方腊军就想收兵，然后大败：

宋江在门旗影里看时，吕方一骑马，一枝戟，直取石宝，那石宝使劈风刀相迎。两个斗到五十合，吕方力怯。郭盛见了，便持戟纵马，前来夹攻。那石宝一口刀战两枝戟，没半分漏泄。正斗到至处，南边宝光国师急鸣锣收军。原来见大江里战船乘着顺风，都上滩来，却来傍岸。怕他两处夹攻，因此鸣锣收军。吕方、郭盛缠住厮杀，哪里肯放。石宝又斗了三五合，宋兵阵上，朱仝一骑马，一条枪，又去夹攻。石宝战不过三将，分开兵器便走。宋江鞭梢一指，直杀过富阳山岭。

《三国演义》中关羽和徐晃都是陆军，正在交战，然后，曹仁部队赶到，关羽以一敌二。这时吴国的水军来偷袭关羽（水军傍岸），关羽腹背受敌，只能撤军，结果遭遇大败：

忽闻四下里喊声大震。原来是樊城曹仁闻曹操救兵至，引军杀出城来，与徐晃会合，两下夹攻，荆州兵大乱。关公上马，引众将急奔襄江上流头。背后魏兵追至。关公急渡过襄江，望襄阳而奔。忽流星马到，报说："荆州已被吕蒙所夺，家眷被陷。"关公大惊。不敢奔襄阳，提兵投公安来。探马又报："公安傅士仁已降东吴了。"关公大怒。忽催粮人到，报说："公安傅士仁往南郡，杀了使命，招糜芳都降东吴去了。"

简本《水浒传》中并无水军傍岸一情节：

宋江令吕方出马迎敌，与石宝斗五十合，吕方力怯。郭盛便来夹攻。那石宝力战二将。朱仝纵马提刀，又去夹攻。石宝战不过三将，拖刀便走。宋江军马直杀过富阳山岭。石宝军马走到桐庐县界内。

对应 5：败兵逃入小城，城小抵挡不住，于是将领半夜从小路逃跑，但被埋伏的人生擒

《水浒传》中石宝军马逃入桐庐县，宋江前去偷袭。此处称劫寨，而不是攻城，想必是因为桐庐县无城墙或者墙矮。温克让从小路逃跑，被王矮虎夫妇抓住：

宋江鞭梢一指，直杀过富阳山岭。石宝军马，于路屯扎不住，直到桐庐县界内。宋江连夜进兵，过白蜂岭下寨。当夜差遣解珍、解宝、燕顺、王矮虎、一丈青取东路，李逵、项充、李衮、樊瑞、马麟取西路，各带一千步军，去桐庐县劫寨。江里却教李俊、三阮、二童、孟康七人取水路进兵。

且说解珍等引着军兵杀到桐庐县时，已是三更天气。宝光国师正和石宝计议军务，猛听得一声炮响，众人上马不迭。急看时，三路火起，诸将跟着石宝只顾逃命，哪里敢来迎敌。三路军马，横冲直撞杀将来。温克让上得马迟，便望小路而走，正撞着王矮虎、一丈青。他夫妻二人一发上，把温克让横拖倒拽，活捉去了。

《三国演义》中关羽战败后逃入麦城，麦城城小加上粮尽，士兵越墙而逃者很多，关公只得弃城。王甫建议关公走大路，关公却走小路，结果被吴军抓住：

关平告曰："军心乱矣，必得城池暂屯，以待援兵。麦城虽小，足可屯扎。"关公从之，催促残军前至麦城，分兵紧守四门，聚将士商议。

……

且说关公在麦城，计点马步军兵，止剩三百余人；粮草又尽。是夜，城外吴兵招唤各军姓名，越城而去者甚多。

……

见北门外敌军不多，因问本城居民："此去往北，地势若何？"答曰："此去皆是山僻小路，可通西川。"公曰："今夜可走此路。"王甫谏曰："小路有埋伏，可走大路。"公曰："虽有埋伏，吾何惧哉！"

……

正走之间，一声喊起，两下伏兵尽出，长钩套索，一齐并举，先把关公坐下马绊倒。关公翻身落马，被潘璋部将马忠所获。关平知父被擒，火速来救；背后潘璋、朱然率兵齐至，把关平四下围住。平孤身独战，力尽亦被执。至天明，孙权闻关公父子已被擒获，大喜，聚众将于帐中。

简本《水浒传》中无温克让从小路逃命这一设定：

解珍、解宝等引着军马，杀到桐庐县时，已是三更。邓元觉和石宝听得一声炮响，众人上马不及，跟着石宝逃命。三路军马直杀将来。温克让早被王英、一丈青捉住。

十一、乌龙岭前期败战对应逍遥津之战

《水浒传》回合：

第一百一十六回　卢俊义分兵歙州道　宋公明大战乌龙岭

第一百一十七回　睦州城箭射邓元觉　乌龙岭神助宋公明

《三国演义》回合：

第六十七回　曹操平定汉中地　张辽威震逍遥津

第六十八回　甘宁百骑劫魏营　左慈掷杯戏曹操

逍遥津之战发生于关羽伐魏以前，这里将它调到了伐魏后，但是和乌龙岭前面几战大体发生时间出入不大。

对应 1：船翻了

《水浒传》中的“船翻了”发生在攻打杭州之前，不过和乌龙岭之战的前面几战在同一个回里。

宋江唤到帐前问时，说道：“小弟和张横和侯健、段景住带领水手，海边觅得船只，行至海盐等处，指望便使入钱塘江来。不期风水不顺，

打出大洋里去了。急使得回来，又被风打破了船，众人都落在水里。侯健、段景住不识水性，落下去淹死海中。众多水手各自逃生，四散去了。小弟赴水到海口，进得赭山门，被潮直漾到半墦山，赴水回来。却见张横哥哥在五云山江里。本待要上岸来，又不知他在那地里。昨夜望见城中火起，又听得连珠炮响，想必是哥哥在杭州城厮杀，以此从江里上岸来。不知张横曾到岸也不曾？”

《三国演义》中的董袭在第一章中已经做过解读，其对应的是《水浒传》中的侯健。

徐盛曰：“食君之禄，忠君之事，何惧哉！”遂引猛士数百人，用小船渡过江边，杀入李典军中去了。董袭在船上，令众军擂鼓呐喊助威。忽然江上猛风大作，白浪掀天，波涛汹涌。军士见大船将覆，争下脚舰逃命。董袭仗剑大喝曰：“将受君命，在此防贼，怎敢弃船而去！”立斩下船军士十余人。须臾，风急船覆，董袭竟死于江口水中。

对应2：进攻方是骄兵，防守方假装败退诱敌，大败骄兵后，因隔着江水，敌人得以逃脱了

《水浒传》此处可对应到灭吴的那战，应该是双关，不过灭吴一战按内容来讲没有此处对应得齐全。

《水浒传》中阮小二说：“摇旗擂鼓，唱着山歌”，表示其“骄”；“水深不能相赶”为隔江。

当下阮小二带了两个副将，引一千水军，分作一百只船上，摇旗擂鼓，唱着山歌，渐近乌龙岭边来。

……

阮小二看见，喝令水手放箭，那四只快船便回。阮小二便叫乘势赶上滩去，四只快船傍滩住了，四个总管却跳上岸，许多水手们也都走了。

……

李俊和阮小五、阮小七都在后船，见前船失利，沿江岸杀来，只得

急忙转船，便随顺水放下桐庐岸来。

再说乌龙岭上宝光国师并元帅石宝，见水军总管得胜，乘势引军杀下岭来。水深不能相赶，路远不能相追，宋兵复退在桐庐驻扎，南兵也收军上乌龙岭去了。

《三国演义》中的“吴兵以为破我必矣”为骄；孙权纵马逃过江，凌统得董袭棹舟接引，吕蒙、甘宁死命逃过河南，魏军没有过河追击。此处对应《水浒传》中的“水深不能相赶”。

乐进曰：“将军之意若何？”张辽曰：“主公远征在外，吴兵以为破我必矣。今可发兵出迎，奋力与战，折其锋锐，以安众心，然后可守也。”

……

张辽大喜曰：“既曼成肯相助，来日引一军于逍遥津北埋伏：待吴兵杀过来，可先断小师桥，吾与乐文谦击之。”李典领命，自去点军埋伏。

……

乐进诈败而走，宁招呼吕蒙一齐引军赶去。孙权在第二队，听得前军得胜，催兵行至逍遥津北，忽闻连珠炮响，左边张辽一军杀来，右边李典一军杀来。

……

孙权收回马来有三丈余远，然后纵辔加鞭，那马一跳飞过桥南。孙权跳过桥南，徐盛、董袭驾舟相迎。

……

统身中数枪，杀到桥边，桥已折断，绕河而逃。孙权在舟中望见，急令董袭棹舟接之，乃得渡回。吕蒙、甘宁皆死命逃过河南。

简本《水浒传》中无“骄”之设定，也没有“隔江不敢追”之情节。

宋江又差阮小二、孟康、童威、童猛四个，先掉一半战舡上滩，来到乌龙岭边，却是方腊的水寨也。屯着五百只小舡。为头四个水军总兵，号为浙江四龙，领一万水军。那四龙是：玉爪龙成贵，锦鳞龙翟源，冲波龙乔正，戏珠龙谢福。这四人在水寨里，已备下五十只连火排。上堆草把，内藏引火之物。却说阮小二和孟康、二童把舡直顺摇上滩去。那四个总管驾四只快舡，顺水下来。阮小二看见，喝令放箭，那四只快舡便回。阮小二乘势赶上滩去，那四个总管都跳上岸走了。阮小二见水寨舡多，不敢上去。只见乌龙岭上，金鼓齐鸣，将火排一发点着，向滩上直冲将下来。背后大舡，都执长枪挠钩，却随火排下来。童威、童猛见势大难近，弃了舡只，扒过山边，寻路回寨。阮小二和孟康迎敌，火排连烧将来。阮小二急下水时，被一挠钩搭住。阮小二自知难脱，便拔出腰刀，自刎而亡。孟康被火炮打中头脑而死。四个水军总管，杀将下来。李俊和阮小五、阮小七，见前舡失利，回舡便走，至桐庐岸来。

对应3：主公轻入险境，差点身死，但得到部下死命救回，且杀退敌军，战后主公感谢部下救命之恩

《水浒传》宋江执意要取解珍、解宝尸首，但中了埋伏，幸好得梁山众好汉相救，保全了性命，还杀退了敌军。宋江特别感谢梁山众好汉。

话说宋江因要救取解珍、解宝的尸，到于乌龙岭下，正中了石宝计策。四下里伏兵齐起，前有石宝军马，后有邓元觉截住回路。

……

宋江正慌促间，只听得南军后面喊杀连天，众军奔走。原来却是李逵引两个牌手——项充、李衮，一千步军，从石宝马军后面杀来。邓元觉引军却待来救应时，背后撞过鲁智深、武松，两口戒刀，横剁直砍，浑铁禅杖，一冲一戳。两个引一千步军，直杀入来。随后又是秦明、李应、朱仝、燕顺、马麟、樊瑞、一丈青、王矮虎，各带马军步军，舍死撞杀入来。四面宋兵，杀散石宝、邓元觉军马，救得宋江等回桐庐县去，石宝也自收兵上岭去了。宋江在寨中称谢众将："若非我兄弟相救，宋江已与解珍、解宝同为泉下之鬼。"吴用道："为是兄长此去，不合愚意，惟恐有失，便遣众将相援。"宋江称谢不已。

《三国演义》中孙权亲自带兵去厮杀，却被曹操围困，幸得周泰等死命救

出，又有陆逊赶到杀退曹兵。战后孙权感激周泰。

孙权在濡须坞中，听得曹兵杀到江边，亲自与周泰引军前来助战。正见徐盛在李典军中搅作一团厮杀，便麾军杀入接应。却被张辽、徐晃两枝军，把孙权困在垓心。

……

泰曰：“主公可随泰杀出。”于是泰在前，权在后，奋力冲突。泰到江边，回头又不见孙权，乃复翻身杀入围中，又寻见孙权。权曰：“弓弩齐发，不能得出，如何？”泰曰：“主公在前，某在后，可以出围。”孙权乃纵马前行。周泰左右遮护，身被数枪，箭透重铠，救得孙权。

……

忽对江一宗船到，为首一员大将，乃是孙策女婿陆逊，自引十万兵到；一阵射退曹兵，乘势登岸追杀曹兵，复夺战马数千匹，曹兵伤者，不计其数，大败而回。

……

又感周泰救护之功，设宴款之。权亲自把盏，抚其背，泪流满面，曰：“卿两番相救，不惜性命，被枪数十，肤如刻画，孤亦何心不待卿以骨肉之恩、委卿以兵马之重乎！卿乃孤之功臣，孤当与卿共荣辱、同休戚也。”

我觉得《水浒传》中的乌龙岭一战也可能对应《三国演义》中刘备和曹操汉中交战时的战役，可谓之“背水之战”，所谓“背水”，即为死地。《水浒传》中此战对方是以解珍、解宝尸体为饵引诱宋江的，二人尸体所在地，也可以理解为“死地”。如果解为“死地”，那么《水浒传》中此战就应该概括为“宋江不听劝，轻入死地”，而《三国演义》中则是“刘备背水诱敌(死地)，出伏兵击败曹操”。

孔明笑曰：“曹操虽知兵法，不知诡计。”遂请玄德亲渡汉水，背水结营。玄德问计，孔明曰：“可如此如此。”

曹操见玄德背水下寨，心中疑惑，使人来下战书。孔明批来日决战。

……

> 操下令："捉得刘备，便为西川之主。"大军齐呐喊杀过阵来。蜀兵望汉水而逃，尽弃营寨；马匹军器，丢满道上。曹军皆争取。操急鸣金收军。众将曰："某等正待捉刘备，大王何故收军？"操曰："吾见蜀兵背汉水安营，其可疑一也；多弃马匹军器，其可疑二也。可急退军，休取衣物。"遂下令曰："妄取一物者立斩。火速退兵。"曹兵方回头时，孔明号旗举起：玄德中军领兵便出，黄忠左边杀来，赵云右边杀来。曹兵大溃而逃，孔明连夜追赶。

正所谓"置之死地而后生"。刘备置自己于死地，曹操却一点儿都不怀疑，还让大军出击去抓刘备，这看来似乎不太合理。但我想应该是因为"置之死地而后生"之计可用，但不可滥用，而曹操应该认为刘备有些过分了。《三国演义》中在这一战的前一战中，徐晃刚刚用了一次"置之死地"的方法，致大败。这一战也是在刘备攻打汉中时发生的，因为都有"死地"，加上之前没有被对应过，我觉得可能也被同时对应在了宋江轻入死地这里。

《三国演义》中徐晃不听王平建议，背水为阵，此处"背水为阵"解为轻入死地。《水浒传》中宋江不听吴用的劝告，应该对应于徐晃不听王平劝谏。而不听劝告这一情节，在孙权深入险境和刘备置己于死地诱曹操中都没有。

> 徐晃、王平引军至汉水，晃令前军渡水列阵。平曰："军若渡水，倘要急退，如之奈何？"晃曰："昔韩信背水为阵，所谓置之死地而后生也。"平曰："不然。昔者韩信料敌人无谋而用此计；今将军能料赵云、黄忠之意否？"晃曰："汝可引步军拒敌，看我引马军破之。"遂令搭起浮桥，随即过河来战蜀兵。却说徐晃引军渡汉水，王平苦谏不听，渡过汉水扎营。黄忠、赵云告玄德曰："某等各引本部兵去迎曹兵。"玄德应允。二人引兵而行。忠谓云曰："今徐晃恃勇而来，且休与敌；待日暮兵疲，你我分兵两路击之可也。"云然之，各引一军据住寨栅。徐晃引兵从辰时搦战，直至申时，蜀兵不动。晃尽教弓弩手向前，望蜀营射去。黄忠谓赵云曰："徐晃令弓弩射者，其军必将退也：可乘时击之。"言未已，忽报曹兵后队果然退动。于是蜀营鼓声大震：黄忠领兵左出，赵云领兵右出。两下夹攻，徐晃大败，军士逼入汉水，死者无数。

答案

至此，战役对应关系已经全部结束了，百回版本已经足够对应《三国演义》从开始至曹操去世的内容了，虽然后边有些部分略显紧凑，部分小型战争被忽略了，但是大的部分都没有丢失。以此可以判断：百回版本是《水浒传》的原始参照版本，一百二十回版本是后人增添内容后形成的，而七十回版本则是删减版。

先有简本还是繁本?

在前边的章节中，我已经将简本《水浒传》和繁本《水浒传》做过一些对比分析，繁本《水浒传》和《三国演义》对应得更为紧密，特别是在一些细节上。而简本中很多地方缺少对应内容，尤其是在细节上，正因为这些细节的缺失，导致一部分在繁本中有对应关系的内容，在简本中无法对应上。以此可以证明：简本是由繁本简化而来的，简本在简化过程中因为操作者不理解作者的意图，而将一些重要内容，当作冗余或者不合理的地方，做了删改。如果繁本是由简本增补内容而来，就无法解释简本内容无法吻合，而繁本内容比较契合的问题了。

第七章 被反讽的诸葛亮

本来按照我的思路，这章应是开篇第一章，但因这章内容有些争议，我对自己，或对我的理解程度信心不足，担心读者看过此章后便直接弃读，所以思虑再三，便放在此处。

一、疑惑

和大多数人相比，我算是一个爱看书的人。可以说，国内外名著大部分我都看过，但看过也就只限于看过，大部分忘了，甚至没留下一点儿痕迹。像《红楼梦》，我看了不止五六遍，可每次都看得晕头转向，始终捋不清人物关系和故事情节。最终归结为，我不适合看这样的书。

但是，莫名其妙的是，《三国演义》就完全不一样了。在我还是小学生时，便看过连环画，记得全套分上、中、下三册，我只看了下册。虽然内容不齐，但我看过好多遍。直到现在，书中很多图画我依然记得清清楚楚，我想这或许就是兴趣使然吧。

对于书中的人物，我特别喜欢刘备、关羽、张飞和诸葛亮，尤其对诸葛亮崇拜有加。慢慢地，我便产生了一些疑惑，其中有几个是和诸葛亮有关的：

第一，为什么诸葛亮没能识破曹操骗徐庶的奸计？曹操模仿徐母的笔迹，伪造徐母家书，引诱徐庶离开刘备归附曹操。而徐庶离开刘备时，为了让刘备能顺利请到诸葛亮，徐庶来到诸葛亮家中，请求诸葛亮出山辅助刘备。但诸葛亮反倒骂了徐庶一顿，徐庶怀着羞愧离开了。而水镜先生司马徽得知此事后，就知道徐庶中了曹操的奸计，徐母必死无疑。因此，我产生了这样的疑问：司马徽能识破曹操的奸计，而比司马徽更聪明的诸葛亮怎么会看不透？

徐庶见诸葛亮时，原文是这样的：

且说徐庶既别玄德，感其留恋之情，恐孔明不肯出山辅之，遂乘马直至卧龙冈下，入草庐见孔明。孔明问其来意。庶曰："庶本欲事刘豫州，奈老母为曹操所囚，驰书来召，只得舍之而往。临行时，将公荐与玄德。玄德即日将来奉谒，望公勿推阻，即展平生之大才以辅之，幸甚！"孔明闻言作色曰："君以我为享祭之牺牲乎！"说罢，拂袖而入。

庶羞惭而退，上马趱程，赴许昌见母。

司马徽知道后是这样说的：

> 徽曰："闻徐元直在此，特来一会。"玄德曰："近因曹操囚其母，似母遣人驰书，唤回许昌去矣。"徽曰："此中曹操之计矣！吾素闻徐母最贤，虽为操所囚，必不肯驰书召其子；此书必诈也。元直不去，其母尚存；今若去，母必死矣！"玄德惊问其故，徽曰："徐母高义，必羞见其子也。

第二，诸葛亮派关羽守华容道的安排是否合理，为什么坚决派关羽去？关羽去"有些违碍"，这一点诸葛亮是知道的，但还是非让他去。话说回来，要是派别人，曹操必死无疑。

> 时云长在侧，孔明全然不睬。云长忍耐不住，乃高声曰："关某自随兄长征战，许多年来，未尝落后。今日逢大敌，军师却不委用，此是何意？"孔明笑曰："云长勿怪！某本欲烦足下把一个最紧要的隘口，怎奈有些违碍，不敢教去。"云长曰："有何违碍？愿即见谕。"孔明曰："昔日曹操待足下甚厚，足下当有以报之。今日操兵败，必走华容道；若令足下去时，必然放他过去。因此不敢教去。"云长曰："军师好心多！当日曹操果是重待某，某已斩颜良，诛文丑，解白马之围，报过他了。今日撞见，岂肯放过！"孔明曰："倘若放了时，却如何？"云长曰："愿依军法！"孔明曰："如此，立下文书。"云长便与了军令状。云长曰："若曹操不从那条路上来，如何？"孔明曰："我亦与你军令状。云长大喜。"

第三，诸葛亮四次答应给孙权荆州，但四次都出尔反尔，最后让关羽背锅。吴、魏联合起来时，还让关羽主动进攻樊城，诸葛亮这样的做法是否和他劝谏关羽的本意相反？

起初，诸葛亮答应刘琦死后还荆州：

明曰："公子在一日，守一日；若不在，别有商议。"肃曰："若公子不在，须将城池还我东吴。"孔明曰："子敬之言是也。"

刘琦死后，又答应得西川后还荆州：

孔明曰："曹操统百万之众，动以天子为名，吾亦不以为意，岂惧周郎一小儿乎！若恐先生面上不好看，我劝主人立纸文书，暂借荆州为本；待我主别图得城池之时，便交付还东吴。此论如何？"肃曰："孔明待夺得何处，还我荆州？"孔明曰："中原急未可图；西川刘璋暗弱，我主将图之。若图得西川，那时便还。"肃无奈，只得听从。玄德亲笔写成文书一纸，押了字。保人诸葛孔明也押了字。

刘备打下西川后，答应还三郡，但是却将锅甩给关公：

玄德问孔明曰："令兄此来为何？"孔明曰："来索荆州耳。"玄德曰："何以答之？"孔明曰："只须如此如此。"

……

玄德徐徐曰："既如此，看军师面，分荆州一半还之：将长沙、零陵、桂阳三郡与他。"亮曰："既蒙见允，便可写书与云长令交割三郡。"

关公不给三郡，便有了后来的单刀赴会，关羽就有危险了。这一次东吴还算是"先礼"，没有引发战争：

出玄德书曰："皇叔许先以三郡还东吴，望将军即日交割，令瑾好回见吾主。"云长变色曰："吾与吾兄桃园结义，誓共匡扶汉室。荆州本大汉疆土，岂得妄以尺寸与人？将在外，君命有所不受。虽吾兄有书来，我却只不还。"

……

肃曰："今屯兵于陆口，使人请关云长赴会。若云长肯来，以善言说之；如其不从，伏下刀斧手杀之。如彼不肯来，随即进兵，与决胜负，夺取荆州便了。”

曹操打下汉中，西川告急。孔明又以三郡换东吴出兵：

> 孔明曰：“曹操分军屯合淝，惧孙权也。今我若分江夏、长沙、桂阳三郡还吴，遣舌辩之士，陈说利害，令吴起兵袭合淝，牵动其势，操必勒兵南向矣。”
>
> ……
>
> 权问曰：“汝到此何为？”籍曰：“昨承诸葛子瑜取长沙等三郡，为军师不在，有失交割，今传书送还。所有荆州南郡、零陵，本欲送还；被曹操袭取东川，使关将军无容身之地。今合淝空虚，望君侯起兵攻之，使曹操撤兵回南。吾主若取了东川，即还荆州全土。”

但曹操退兵后，诸葛亮却仍未归还三郡，导致东吴和关羽翻脸。可能因为之前吃了亏，这次东吴“后兵”：

> 懿曰：“江东孙权，以妹嫁刘备，而又乘间窃取回去；刘备又据占荆州不还：彼此俱有切齿之恨。今可差一舌辩之士，赍书往说孙权，使兴兵取荆州；刘备必发两川之兵以救荆州。那时大王兴兵去取汉川，令刘备首尾不能相救，势必危矣。”
>
> ……
>
> 权曰：“孤亦欲取荆州久矣。”骘曰：“今曹仁现屯兵于襄阳、樊城，又无长江之险，旱路可取荆州；如何不取，却令主公动兵？只此便见其心。主公可遣使去许都见操，令曹仁旱路先起兵取荆州，云长必掣荆州之兵而取樊城。若云长一动，主公可遣一将，暗取荆州，一举可得矣。”权从其议，即时遣使过江，上书曹操，陈说此事。操大喜，发付使者先回，随遣满宠往樊城助曹仁，为参谋官，商议动兵；一面驰檄东吴，令领兵水路接应，以取荆州。

在吴魏联合时，诸葛亮让关羽进攻樊城，以瓦解吴、魏联盟，是否可取？

细作人探听得曹操结连东吴，欲取荆州，即飞报入蜀。汉中王忙请孔明商议。孔明曰："某已料曹操必有此谋；然吴中谋士极多，必教操令曹仁先兴兵矣。"汉中王曰："依此如之奈何？"孔明曰："可差使命就送官诰与云长，令先起兵取樊城，使敌军胆寒，自然瓦解矣。"

事实上，关羽几次大胜后，吴、魏联系得更加紧密：

司马懿谏曰："不可。于禁等被水所淹，非战之故；于国家大计，本无所损。今孙、刘失好，云长得志，孙权必不喜；大王可遣使去东吴陈说利害，令孙权暗暗起兵蹑云长之后，许事平之日，割江南之地以封孙权，则樊城之危自解矣。"

而诸葛亮离开荆州时是怎么说的？很明显孔明自己是反着说的：

孔明曰："倘曹操引兵来到，当如之何？"云长曰："以力拒之。"孔明又曰："倘曹操、孙权，齐起兵来，如之奈何？"云长曰："分兵拒之。"孔明曰："若如此，荆州危矣。吾有八个字，将军牢记，可保守荆州。"云长问："那八个字？"孔明曰："北拒曹操，东和孙权。"云长曰："军师之言，当铭肺腑。"

第四，为什么诸葛亮不随刘备出征东吴？又为什么刘备战败后选择留在了白帝城，而不回成都？这一点我始终想不通。虽然诸葛亮不支持刘备伐吴，但刘备始终是主公，跟随主公出征才是一个忠臣应该做的。和主公意见不合，但依然随主公出征的人在《三国演义》中数不胜数。

更让我想不通的是，诸葛亮还在刘备败回的路上布了八阵图，神机妙算，知道刘备会败，吴国大将会追到。诸葛亮真的太神了，但有如此神通为何不随刘备出征呢？以诸葛亮的智谋，有他跟随刘备出征，刘备未必会输。遗憾啊！

老人答曰："老夫乃诸葛孔明之岳父黄承彦也。昔小婿入川之时，于此布下石阵，名八阵图。反复八门，按遁甲休、生、伤、杜、景、死、惊、开。每日每时，变化无端，可比十万精兵。临去之时，曾吩咐老夫道：后有东吴大将迷于阵中，莫要引他出来。老夫适于山岩之上，见将军从死门而入，料想不识此阵，必为所迷。老夫平生好善，不忍将军陷没于此，故特自生门引出也。”

而刘备战败后没有回成都，因羞愧留在了白帝城。直到一年后，刘备去世前诸葛亮等人才去探望。为什么刘备会留在白帝城那么久，诸葛亮也不去接？

忽马良至，见大军已败，懊悔不及，将孔明之言，奏知先主。先主叹曰：“朕早听丞相之言，不致今日之败！今有何面目复回成都见群臣乎！遂传旨就白帝城驻扎，将馆驿改为永安宫。

第五，为什么要斩马谡？还有为什么不采纳魏延的子午奇谋？

魏延的计策是这样的：

延上帐献策曰：“夏侯楙乃膏粱子弟，懦弱无谋。延愿得精兵五千，取路出褒中，循秦岭以东，当子午谷而投北，不过十日，可到安长。夏侯楙若闻某骤至，必然弃城望横门邸阁而走。某却从东方而来，丞相可大驱士马，自斜谷而进。如此行之，则咸阳以西，一举可定也。”孔明笑曰：“此非万全之计也。汝欺中原无好人物，倘有人进言，于山僻中以兵截杀，非惟五千人受害，亦大伤锐气。决不可用。”魏延又曰：“丞相兵从大路进发，彼必尽起关中之兵，于路迎敌，则旷日持久，何时而得中原？”孔明曰：“吾从陇右取平坦大路，依法进兵，何忧不胜！”

我们再看看后来的结果：首先《三国演义》中夏侯楙已经被塑造成和魏延说的一样愚钝了，但是诸葛亮的“何忧不胜”却没有实现，并且这次北伐马谡折了两万多人，以失败告终。不止这次，后边的五次北伐也统统失败，甚至诸葛亮自己也在北伐中去世。后来的继任者姜维多次北伐也全部失败，看来“何忧不胜”完全是虚的。而连司马懿也认为诸葛亮应该出子午谷，我实在想不通诸葛亮为何不采纳魏延的计策。

且说司马懿引二十万军，出关下寨，请先锋张郃至帐下曰："诸葛亮平生谨慎，未敢造次行事。若是吾用兵，先从子午谷径取长安，早得多时矣。他非无谋，但怕有失，不肯弄险。今必出军斜谷，来取郿城。若取郿城，必分兵两路，一军取箕谷矣。吾已发檄文，令子丹拒守郿城，若兵来不可出战；令孙礼、辛毗截住箕谷道口，若兵来则出奇兵击之。"

关于斩马谡的原因，我高中语文老师曾组织过一场班级辩论会，辩论的主题为诸葛亮斩马谡是否正确。虽然辩论会上没有得出结论，但这个疑问一直留在我心中。

第六，诸葛亮多次北伐，算不算穷兵黩武？

第七，蜀人为诸葛亮披麻戴孝，修武侯祠，为什么刘备没有这样的待遇？

二、解惑

在一段时间内，我看了一些解读金庸小说的书籍，这些书多是分析金庸小说各个人物的性格特征的，其中就有讲岳不群这样的伪君子的内容。对我的阅读和思考能力的提高很有帮助。令我不解的是，诸葛亮为何没有缺点？莫非诸葛亮跟岳不群一样是个伪君子？如果是的话，那么我之前所有的疑惑就都解开了。（注：有部分内容取材于正史，并非全部是《三国演义》，因为有疑问，也会看看正史，作为一名爱好者，只是希望能多了解一些故事的来龙去脉。）

第一，不告诉徐庶曹操的奸计，是故意让徐庶中计，好使他离开刘备，这样可以除去一个很强大的竞争对手，有利于其独揽大权。

第二，派关羽去杀曹操是离间计，目的是离间刘备和关羽。诸葛亮知道关羽讲义气，很可能不杀曹操。如果关羽不杀曹操，那么靠之前写的军令状就能除掉关羽，即使没有军令状，换成别的主公，放了敌军主公肯定是要杀关羽的。即使因为刘备重情义而不杀关羽，至少也会让刘备对关羽的忠诚度产生怀疑。无论是刘备杀掉关羽还是对关羽有所怀疑，对诸葛亮都有巨大的好处。

在派关羽截杀曹操后，刘备当时就替关羽开脱了，诸葛亮倒也说得好好的：

玄德曰："吾弟义气深重，若曹操果然投华容道去时，只恐端的放了。"孔明曰："亮夜观乾象，操贼未合身亡。留这人情，教云长做了，亦是美事。"玄德曰："先生神算，世所罕及！"

但是关羽回来，却没有杀曹操后，刘备请求诸葛亮，诸葛亮才放过关羽，请问谁是主公？

孔明曰："此是云长想曹操昔日之恩，故意放了。但既有军令状在此，不得不按军法。"遂叱武士推出斩之。

却说孔明欲斩云长，玄德曰："昔吾三人结义时，誓同生死。今云长虽犯法，不忍违却前盟。望权记过，容将功赎罪。"孔明方才饶了。

第三，一计不成，又生一计。未能用华容道杀掉关羽，诸葛亮又设计了荆州连环惨案，将东吴一步步逼向动武，最后终于导致关羽战败身死，纯粹是借刀杀人，自己在背后谋划，让曹操和孙权联合杀掉关羽。

第四，刘备投靠袁绍时，文丑称刘备为"屡败之将"。

绍喜，唤文丑与玄德同领前部。文丑曰："刘玄德屡败之将，于军不利。既主公要他去时，某分三万军，教他为后部。"于是文丑自领七万军先行，令玄德引三万军随后。

而以刘备在《三国演义》中的表现来看，刘备确实不善于打战，败多胜寡。而伐吴时，没了关羽和张飞的帮助，诸葛亮又不去，面对曹操与之对战时都难有胜算的东吴，刘备可以说是输定了。

假如刘备就此战死，那么以后蜀国就是诸葛亮说了算，对诸葛亮有利。虽然刘备最后未死，却因"愧疚"不敢回成都，留在白帝城直到死去，其实与死了无异。而他"愧疚"什么呢？在关羽放了曹操时，刘备作为主公尚且需要向诸葛亮求情。此时吃了这么大的败战，刘备肯定心中更加羞愧，而刘备羞愧不已明显更有利于诸葛亮掌握大权。

而这场败战算起源头，依然是由诸葛亮的出尔反尔引发的，但诸葛亮却未曾有过一丝羞愧。

题外话：我觉得刘备出征东吴还不一定就是错误的，原因有以下两个方面：

首先，当时魏国已经不是最大威胁。

关羽落败于219年，刘备于221年出征孙权，中间时隔几年，期间出了一件大事——曹操死了。这对三国实力排行有很大的影响，曹操虽然厉害，但是他儿子曹丕却没有曹操的手腕。刘备此时对魏国肯定不是那么担忧的，反倒吴国在当时可能是最强大的。看看贾诩是怎么评价当时三国的实力的。

《资治通鉴》：

> 初，帝问贾诩曰："吾欲伐不从命，以一天下，吴、蜀何先？"对曰："攻取者先兵权，建本者尚德化。陛下应期受禅，抚临率土，若绥之以文德而俟其变，则平之不难矣。吴、蜀虽蕞尔小国，依山阻水。刘备有雄才，诸葛亮善治国；孙权识虚实，陆逊见兵势。据险守要，泛舟江湖，皆难卒谋也。用兵之道，先胜后战，量敌论将；故举无遗策。臣窃料群臣无备、权对，虽以天威临之，未见万全之势也。昔舜舞干戚而有苗服，臣以为当今宜先文后武。"帝不纳，军竟无功。

这段对话发生在夷陵之战后，也就是即使在刘备打输了的情况下，贾诩也认为魏国没有人能和刘备与诸葛亮相较。无论在《三国演义》中还是在正史中，关于贾诩的判断基本正确，可以说其料事如神。以此看来，他现在的这个判断应该与实际出入不大，所以，此时的魏国对于吴国和蜀国来说并不可怕。

其次，犯错的其实是曹丕，和袁绍一样不听忠言贻误战机。

夷陵之战始于221年7月，结束于222年8月，持续时间很长。刘备放弃了被陆逊担心的"水路并进"快速进军方式，而是选择联营八百里。我想刘备根本就没想快速进军，也许他是在等曹丕发兵。刘备和与其一起出征的谋臣肯定也会揣测魏国的态度，对魏国来说，一起打吴国应该是最好的选择。至少魏国的刘晔是这样认为的。

刘晔并非出名的谋士，甚至很多人可能都不知道他的存在。但其实他非常聪明，未必就输给郭嘉、程昱这些知名谋士，也算是算无遗策。在《三国演义》中，和贾诩一样，记载中他的判断未曾错过，只可惜很多时候不被采纳（可能因他是汉室后代）。而对于刘备伐吴，刘晔的看法是机会难得，魏国应该和蜀国一起灭吴，灭吴后再灭蜀。只是曹丕太蠢以致错失良机。

《资治通鉴》记载为：

八月，孙权遣使称臣，卑辞奉章，并送于禁等还。朝臣皆贺，刘晔独曰："权无故求降，必内有急。权前袭杀关羽，刘备必大兴师伐之。外有强寇，众心不安，又恐中国往乘其衅，故委地求降，一以却中国之兵，二假中国之援，以强其众而疑敌人耳。天下三分，中国十有其八。吴、蜀各保一州，阻山依水，有急相救，此小国之利也。今还自相攻，天亡之也，宜大兴师，径渡江袭之。蜀攻其外，我袭其内，吴之亡不出旬月矣。吴亡则蜀孤，若割吴之半以与蜀，蜀固不能久存，况蜀得其外，我得其内乎！"帝曰："人称臣降而伐之，疑天下欲来者心，不若且受吴降而袭蜀之后也。"对曰："蜀远吴近，又闻中国伐之，便还军，不能止也。今备已怒，兴兵击吴，闻我伐吴，知吴必亡，将喜而进与我争割吴地，必不改计抑怒救吴也。"帝不听，遂受吴降。

在夷陵之战前后，其实刘晔还有过两次判断，也基本是正确的：

第一次，魏国群臣都认为刘备不会打吴国，而刘晔判断会打，刘晔算对了。

《资治通鉴》记载为：

初，帝诏群臣，令料刘备当为关羽出报孙权否，众议咸云："蜀小国耳，名将唯羽。羽死军破，国内忧惧，无缘复出。"侍中刘晔独曰："蜀虽狭弱，而备之谋欲以威武自强，势必用众以示有余。且关羽与备，义为君臣，恩犹父子。羽死，不能为兴军报敌，于终始之分不足矣。"

第二次，刘备五月夷陵战败，曹丕九月出兵攻打孙权。这次刘晔建议不要去打，曹丕不听，结果输了。

《资治通鉴》记载为：

帝怒，欲伐之，刘晔曰："彼新得志，上下齐心，而阻带江湖，不可仓卒制也。"帝不从。

不得不说，刘备也是命薄，注定只能自力更生。因为他的"盟友"大部分都是猪队友：前有袁绍因小儿子生病，不愿在曹操打刘备时出兵攻打曹操，事后袁绍后悔；中有刘表不听他的建议，没有趁曹操远征袭击许都，事后刘表后悔；临死前，曹丕没和他同时伐吴，事后曹丕自己一个人去讨伐东吴，大败。由此也可以看出，曹丕也就是袁绍、刘表这样的水平。但我觉得他还不如袁绍、刘表。为何？因为曹丕手下有贾诩、刘晔这样的人才啊，还有司马懿，不可谓不是人才济济。而袁绍手下虽有沮授、田丰等，但这些谋士分成了两派，互相攻击，这样的谋士群我想作用是负的吧。

倘若灭吴之后魏国和蜀国争霸，最后的赢家是谁？刘晔判断蜀国肯定敌不过魏国。我觉得如果曹丕不蠢，肯定魏国胜。但曹丕的确够蠢，像之前贾诩判断的，蜀国必然胜魏国。从这里也可以看出，贾诩还是比刘晔聪明一些的，贾诩会把主公的水准也算进去，刘晔就棋差一着了，忽略了主公。

第五，诸葛亮不准魏延从子午谷奇袭长安，这是排斥异己，阻挡魏延建功。而挥泪斩马谡，也可能是排斥异己，不过也可能是他想提拔自己的人，而马谡是他的人，失败后只能杀马谡以服众，马谡只是个替罪羔羊。

首先，否决魏延的子午谷奇谋。

如果诸葛亮有篡权的心，那么肯定是不会采纳魏延的子午谷奇谋的，因为如果成功了，功劳是属于魏延的，但魏延可是刘备提拔起来的人。并且诸葛亮不仅不用魏延的计策，还一直打压魏延。"不用魏延、吴懿等旧将"，要知道刘备可是很看中魏延的，对魏延寄予了厚望，甚至超过张飞，没有想到最后魏延会死在杨仪这样的小人手里。

《三国志》记载刘备在选取汉中太守一职的人选时，大家都认为会是张飞，结果刘备却选了魏延。汉中对于当时的蜀国来说，重要性仅次于荆州，所以大家认为太守会是张飞。而刘备选择魏延，足见其对魏延的器重。

延字文长，义阳人也。以部曲随先主入蜀，数有战功，迁牙门将军。先主为汉中王，迁治成都，当得重将以镇汉川，众论以为必在张飞，飞亦以心自许。先主乃拔延为督汉中镇远将军，领汉中太守，一军尽惊。先主大会群臣，问延曰："今委卿以重任，卿居之欲云何？"延对曰："若曹操举天下而来，请为大王拒之；偏将十万之众至，请为大王吞之。"先主称善，众咸壮其言。先主践尊号，进拜镇北将军。

其次，斩马谡。

马谡第一次亮相，就提出"攻心为上"之策，其实是很有水平的，估计已经让诸葛亮感到他的不一般了。但"攻心计"是政治策略，不是军事计谋。《三国演义》和史书记载的基本符合：

孔明问曰："吾奉天子诏，削平蛮方；久闻幼常高见，望乞赐教。"谡曰："愚有片言，望丞相察之；南蛮恃其地远山险，不服久矣；虽今日破之，明日复叛。丞相大军到彼，必然平服；但班师之日，必用北伐曹丕；蛮兵若知内虚，其反必速。夫用兵之道：攻心为上，攻城为下；心战为上，兵战为下。愿丞相但服其心足矣。"孔明叹曰："幼常足知吾肺腑也！"于是孔明遂令马谡为参军，即统大兵前进。

再看看后来发生的事。有可能诸葛亮在马谡提出"攻心计"后就知道马谡这个人很厉害，是个竞争对手，是其篡权的阻碍，所以，这次北伐"亮不用旧将魏延、吴懿等为先锋"，而是派马谡去对付张郃。马谡之前并没有参与过征战，而张郃是身经百战的名将，派马谡去明显不合适。诸葛亮跟他彻夜达旦地交流，肯定知道马谡是有政治才能的，但是在军事上还属于纸上谈兵的水平，故意派他去，就想让他输，然后好找机会除掉他。虽然有历史记载马谡没有被斩，但是吃了这么大败战，又和死了有什么区别呢？诸葛亮还哭，恐怕是猫哭耗子假慈悲吧。

不过也有另外一种可能，那就是刘备不喜欢马谡，而诸葛亮最喜欢提拔刘备不喜欢的人（后文还有讲）。马谡是诸葛亮的亲信，诸葛亮想给他建功立业的机会，所以"不用旧将"，但可惜的是，马谡失败了。当时诸葛亮才刚刚掌权，羽翼未丰，刘备残余势力还很强。诸葛亮未服众，只能牺牲马谡，让马谡做替罪羊。

《资治通鉴》中记载刘备不看好马谡，但诸葛亮任用他，最终兵败被杀：

初，越巂太守马谡才器过人，好论军计，诸葛亮深加器异。汉昭烈临终谓亮曰："马谡言过其实，不可大用，君其察之！"亮犹谓不然，以谡为参军，每引见谈论，自昼达夜。及出军祁山，亮不用旧将魏延、吴懿等为先锋，而以谡督诸军在前，与张郃战于街亭。谡违亮节度，举措烦扰，舍水上山，不下据城。张郃绝其汲道，击，大破之，士卒离散。亮进无所据，乃拔西县千余家还汉中。收谡下狱，杀之。亮自临祭，为之流涕，抚其遗孤，恩若平生。蒋琬谓亮曰："昔楚杀得臣，文公喜可知也。天下未定而戮智计之士，岂不惜乎！"亮流涕曰："孙武所以能制胜于天下者，用法明也；是以扬干乱法，魏绛戮其仆。四海分裂，兵交方始，若复废法，何用讨贼邪！"

第六，诸葛亮多次北伐，我觉得有两大原因：其一是他想建立功勋，如果北伐成功，以他的功勋就足以篡权了；其二是利用北伐的机会排除异己。

刘备死后，诸葛亮马上驻军汉中，把原本属于魏延掌控的汉中抢到了自己手里，成功打压了魏延。李严作为托孤大臣之一，镇守江州，但也被诸葛亮借口北伐，从江州调到汉中打下手，后来因监督运粮出了差错就被收拾了。

魏延和李严，都是刘备提拔任命的重臣，一个镇守汉中，作为北方屏障，防守魏国；一个镇守江州，东防吴国，说他们是蜀国军事的左膀右臂一点儿也不为过，但都被诸葛亮借北伐之名，名正言顺地夺了实权，进而大权被诸葛亮独揽。

李严肯定看出了诸葛亮的私心，所以才劝诸葛亮加九锡，纯粹是讽刺诸葛亮的。

《三国志·李严传》裴松之注：

诸葛亮集有严与亮书，劝亮宜受九锡，进爵称王。亮答书曰："吾与足下相知久矣，可不复相解！足下方诲以光国，戒之以勿拘之道，是以未得默已。吾本东方下士，误用于先帝，位极人臣，禄赐百亿，今讨贼未效，知己未答，而方宠齐、晋，坐自贵大，非其义也。若灭魏斩叡，帝还故居，与诸子并升，虽十命可受，况於九邪！"

诸葛亮调李严去汉中时，李严要求让他的儿子接任他守江州才肯去，我觉得这样做是很正确的。李严也许已经觉察到诸葛亮不怀好意了，但是因为诸葛亮是名正言顺地调动他的，自己也没有办法拒绝，唯有让儿子接任江州，即使自己被排挤了至少还有儿子可以依靠。但诸葛亮斩草除根，李严让儿子接任守江州，也被诸葛亮作为罪责之一给弹劾了。

李严之所以被弹劾，是因为其运粮出了问题。一个托孤大臣被搞去运粮也真是冤枉，而李严犯的还是自相矛盾的错误，一个很明显的错误，正常人都不会犯的错误。

《三国志》记载李严先是“运粮不继”，接着变卦了，质问诸葛亮“军粮饶足，何以便归”，最后又说是“军伪退，欲以诱贼与战”。此处我觉得李严应该是故意的，想阻碍诸葛亮北伐。作为托孤大臣，如果他觉得北伐不对或者诸葛亮的做法不对，做这样的反抗是可以理解的。只是刘禅和大臣们都不敢反对诸葛亮（刘备都怕，何况刘禅），只有李严一个人敢反对诸葛亮，那就只能牺牲李严了。

《三国志》记载为：

> 九年春，亮军祁山，平催督运事。秋夏之际，值天霖雨，运粮不继，平遣参军狐忠、督军成藩喻指，呼亮来还；亮承以退军。平闻军退，乃更阳惊，说“军粮饶足，何以便归”！欲以解己不办之责，显亮不进之愆也。又表后主，说“军伪退，欲以诱贼与战”。
>
> 亮具出其前后手笔书疏本末，平违错章灼。平辞穷情竭，首谢罪负。于是亮表平曰：“自先帝崩后，平所在治家，尚为小惠，安身求名，无忧国之事。臣当北出，欲得平兵以镇汉中，平穷难纵横，无有来意，而求以五郡为巴州刺史。去年臣欲西征，欲令平主督汉中，平说司马懿等开府辟召。臣知平鄙情，欲因行之际逼臣取利也，是以表平子丰督主江州，隆崇其遇，以取一时之务。平至之日，都委诸事，群臣上下皆怪臣待平之厚也。正以大事未定，汉室倾危，代平之短，莫若褒之。然谓平情在于荣利而已，不意平心颠倒乃尔。若事稽留，将致祸败，是臣不敏，言多增咎。”乃废平为民，徙梓潼郡。

《三国演义》中的很多故事取材于《世说新语》，我认真看了这本书。《世

说新语》让我认识了一个人，那就是东晋时的桓温，书中收纳了很多他的故事。桓温和诸葛亮很像，有君子作风，也是一心想着北伐，只是大家都认为桓温北伐是为了建功，以名正言顺地篡权。可惜的是，他和诸葛亮一样失败了，未建功，也未能篡权。桓温死前求加九锡不成，郁郁而终，儿子恒玄倒是继承了他的遗志篡权了。

除了北伐外，桓温还有一点儿和诸葛亮很像。那就是被主公托孤，也告诉他少主不贤，可以取而代之。

《资治通鉴》中司马昱托孤桓温：

遗诏："大司马温依周公居摄故事。"又曰："少子可辅者辅之，如不可，君自取之。"侍中王坦之自持诏入，于帝前毁之。帝曰："天下，傥来之运，卿何所嫌！"坦之曰："天下，宣、元之天下，陛下何得专之！"帝乃使坦之改诏曰："家国事一禀大司马，如诸葛武侯、王丞相故事。"是日，帝崩。

《三国演义》中刘备托孤诸葛亮：

主命内侍扶起孔明，一手掩泪，一手执其手，曰："朕今死矣，有心腹之言相告！"孔明曰："有何圣谕！"先主泣曰："君才十倍曹丕，必能安邦定国，终定大事。若嗣子可辅，则辅之；如其不才，君可自为成都之主。"

第七，蜀人为诸葛亮披麻戴孝、修武侯祠，说明诸葛亮已经深得民心。在人心方面，已可谓"功高盖主"。"攻城为下，攻心为上"，攻心已经成功，只要北伐成功，诸葛亮一旦篡权，老百姓肯定支持。

假如王莽不篡权，可能会和诸葛亮一样流芳百世吧。说到流芳百世，又不得不提桓温了，此人倒是直接，但也不失为大丈夫。

《世说新语》中记载为：

桓公卧语曰："作此寂寂，将为文、景所笑！"既而屈起坐曰："既不能流芳后世，亦不足复遗臭万载邪？”

除上述七个疑问外，还有一些别的方面反映着诸葛亮意欲篡权：

第一，劝刘备杀刘封，削剪刘禅羽翼。刘封虽不是亲生，但依然是刘备的养子、刘禅的哥哥。刘封不死，他可是诸葛亮篡权的阻碍。

《三国演义》记载为：

孔明曰：“可就遣刘封进兵，令二虎相并；刘封或有功，或败绩，必归成都，就而除之，可绝两害。玄德从之，遂遣使到绵竹，传谕刘封。封受命，率兵来擒孟达。

……

玄德怒曰：“辱子有何面目复来见吾！”封曰：“叔父之难，非儿不救，因孟达谏阻故耳。”玄德转怒曰：“汝须食人食、穿人衣，非土木偶人！安可听谗贼所阻！”命左右推出斩之。汉中王既斩刘封，后闻孟达招之，毁书斩使之事，心中颇悔。

而在《三国志》中，诸葛亮杀刘封之心表现更为明显一些。在孟达给刘封的劝降信中，我们可以看出诸葛亮在孟达眼中就是个挑拨离间之人。

或有恩移爱易，亦有谗间其间，虽忠臣不能移于君，孝子不能变之于父者也。……私怨人情，不能不见，恐左右必有以间于汉中王矣。

然后，诸葛亮怕刘备死后无法制御，劝刘备杀了他。

封既至，先主责封之侵陵达，又不救羽。诸葛亮虑封刚猛，易世之后终难制御，劝先主因此除之。于是赐封死，使自裁。封叹曰：“恨不用孟子度之言！”先主为之流涕。

题外话：此处，《三国演义》中诸葛亮杀刘封意图并没有《三国志》中那么明显，我想罗贯中一定是觉得刘封该杀，不救关羽极其不义，这样的不义才是其被杀的主要原因，以儆效尤。

第二，罢免廖立。从《三国志》的记载来看，廖立还是很有才干的，被刘备看重，不到三十岁就被提拔为长沙太守，诸葛亮也把廖立和庞统并称为“楚之良才，当赞兴世业者”。关羽丢荆州后，廖立没有投降，而是跑回了蜀国，应该是个忠臣。因此刘备和刘禅都提拔他，但可惜就因为说了一些“真话”，就被诸葛亮弹劾打压了，贬为庶民。我觉得因刘禅心慈，廖立和李严才都没有被杀，都只被贬为庶民。但也可以看出来，诸葛亮极其专政，想贬谁就能贬谁，刘禅虽作为君主，也只能听他的，其他大臣更是不敢反对。“兼听则明，偏信则暗”，这样的朝政不可谓不暗。

李严、廖立、魏延都是刘备在世时提拔的人，而刘备死后，都陆续被诸葛亮打压，先后失势。而诸葛亮提拔的蒋琬，刘备曾想将他处死，靠诸葛亮求情才得免。而另一个受诸葛亮提拔的人——杨仪，也曾被刘备所贬。马谡其实也是刘备不喜欢的，而诸葛亮却要提拔他们。可以说诸葛亮一直打压刘备所器重的人，但会提拔刘备不喜欢的人。诸葛亮这么做，使刘备的旧臣越来越少，自己的亲信越来越多，蜀国大权更是越来越集中于他的手中，刘禅也越来越像个傀儡。

《三国志》中有关廖立的记载：

廖立字公渊，武陵临沅人。先主领荆州牧，辟为从事，年未三十，擢为长沙太守。

先主入蜀，诸葛亮镇荆土，孙权遣使通好于亮，因问士人皆谁相经纬者，亮答曰：“庞统、廖立，楚之良才，当赞兴世业者也。”建安二十年，权遣吕蒙奄袭南三郡，立脱身走，自归先主。先主素识待之，不深责也，以为巴郡太守。二十四年，先主为汉中王，徵立为侍中。后主袭位，徙长水校尉。

立本意，自谓才名宜为诸葛亮之贰，而更游散在李严等下，常怀怏怏。后丞相掾李郃（李邵）、蒋琬至，立计曰：“军当远出，卿诸人好谛其事。昔先主（帝）不取汉中，走与吴人争南三郡，卒以三郡与吴人，徒劳役吏士，无益而还。既亡汉中，使夏侯渊、张郃深入于巴，几丧一州。后至汉中使关侯身死无孑遗，上庸覆败，徒失一方。是羽怙恃勇名，作军无法，直以意突耳，故前后数丧师众也。如向朗、文恭，凡俗之人耳。恭作治中无纲纪；朗昔奉马良兄弟，谓为圣人，今作长史，素能合道。中郎郭演长，从人者耳，不足与经大事，而作侍中。今弱世也，欲任此三人，为不然也。王连流俗，苟作掊克，使百姓疲弊，以致今日。”邵（郃）、琬具白其言于诸葛亮。亮表立曰：“长水校尉廖立，坐自贵大，臧否群士，公言国家不任贤达而任俗吏，又言万人率者皆小子也；诽谤先帝，疵毁众臣。”人有言国家兵众简练，部伍分明者，立举头视屋，愤咤作色曰：‘何足言！’凡如是者不可胜数。羊之乱群，犹能为害，况立托在大位，中人以下识真伪邪？”于是废立为民，徙汶山郡。

三、又疑惑

当我想出诸葛亮是伪君子要篡权时，我觉得自己解开了心头疑惑，开心得不行。一度非常狂妄，觉得自己是两千年来第一个发现诸葛亮篡权的人。

但随着知识的增加，我又产生了新的疑惑：难道之前就没人看出来诸葛亮要篡权的吗？还是说也有人有这样的想法，只是我不知道而已。

后来我在大学图书馆的一本书中看到有作者也认为诸葛亮是篡权者，我才逐渐意识到认为诸葛亮篡权的人还是很多的，只是主流思想是诸葛亮是好人，当年的狂妄实属孤陋寡闻。

我产生的第二个想法：《三国演义》对于《三国志》等历史记载有出入，我的一些推测完全不成立。

第一，徐庶的母亲是随刘备撤退到长坂坡时，才被曹操抓到的，因此徐庶才投靠了曹操。当时诸葛亮已经出山，不存在司马徽知道徐庶中计而诸葛亮不知道的情况。

《资治通鉴·汉纪·汉五十七》：

先主在樊闻之，率其众南行，亮与徐庶并从，为曹公所追破，获庶母。庶辞先主而指其心曰：“本欲与将军共图霸之业者，以此方寸之地也。今已失老母，方寸乱矣，无益于事，请从此别。”遂诣曹公。

第二，关羽没有去华容道，真实的华容道事件是这样的：据《三国志·曹操传》记载，当时刘备去晚了，没有关羽什么事情。

山阳公载记曰：公船舰为备所烧，引军从华容道步归，遇泥泞，道不通，天又大风，悉使羸兵负草填之，骑乃得过。羸兵为人马所蹈藉，陷泥中，死者甚众。军既得出，公大喜，诸将问之，公曰：“刘备，吾俦也。但得计少晚；向使早放火，吾徒无类矣。”备寻亦放火而无所及。

第三，出尔反尔、不还荆州的是刘备，而诸葛亮没有让关羽出兵打樊城，是关羽自己决定的。

《资治通鉴》中刘备出尔反尔，没诸葛亮什么事儿。

刘表故吏士多归刘备，备以周瑜所给地少，不足以容其众，乃自诣京见孙权，求都督荆州。

……

鲁肃劝权以荆州借刘备，与共拒曹操，权从之。

……

及备已得益州，权令中司马诸葛瑾以备求荆州诸郡。备不许，曰：“吾方图凉州，凉州定，乃尽以荆州相与耳。”权曰：“此假而不反，乃欲以虚辞引岁也。”遂置长沙、零陵、桂阳三郡长吏。关羽尽逐之。权大怒，遣吕蒙督兵二万以取三郡。蒙移书长沙、桂阳，皆望风归服，惟零陵太守郝普城守不降。刘备闻之，自蜀亲至公安，遣关羽争三郡。

无论是在《资治通鉴》中还是在《三国志》中，我都未发现诸葛亮让关羽出击樊城的决定。

《资治通鉴》记载为：

孙权攻合肥。时诸州兵戍淮南。扬州刺史温恢谓兖州刺史裴潜曰："此间虽有贼，然不足忧。今水潦方生，而子孝县军，无有远备，关羽骁猾，正恐征南有变耳。"已而关羽果使南郡太守麋芳守江陵，将军傅士仁守公安，羽自率众攻曹仁于樊。

《三国志·关羽传》记载为：

二十四年，先主为汉中王，拜羽为前将军，假节钺。是岁，羽率众攻曹仁于樊。曹公遣于禁助仁。秋，大霖雨，汉水泛溢，禁所督七军皆没。禁降羽，羽又斩将军庞德。

第四，没有八阵图，诸葛亮也没有小说中表现得那么神。反倒在夷陵之战前，诸葛亮几乎没有用过兵。从历史记载看，诸葛亮不随刘备出兵很正常。

《三国志·诸葛亮传》记载为：

先主自葭萌还攻璋，亮与张飞、赵云等率众溯江，分定郡县，与先主共围成都。成都平，以亮为军师将军，署左将军府事。先主外出，亮常镇守成都，足食足兵。

第五，第一次北伐和史书记载出入很多，尤其是魏延的子午奇谋，与书中描述出入很大：①夏侯楙没有像《三国演义》里那样打了败战，因为他就没有和蜀国交战。②司马懿没有评价过子午奇谋，而《三国演义》里司马懿认为魏延的策略正确。

徐庶中计、华容道派关羽、不随刘备伐吴，这几点都是我之前对诸葛亮猜疑的主要原因，但是全部和历史不相符合，这令我很失望，觉得可能是自己想错了。但是也不对，即使去掉这几点，诸葛亮依然做了杀马谡、刘封，排挤魏延、李严、廖立之事，这些所作所为也是一个伪君子、篡权者才有的。那为什么《三国演义》要这样写，我又陷入了迷茫当中。

四、再解惑

迷惑使我不停地思考，这可能就是我和别人的不同之处。想着想着，我开始觉得是罗贯中告诉我诸葛亮要篡权的，而不是我自己想出来的。罗贯中应该觉得诸葛亮要篡权，但他知道很多人都不会接受这样的想法，所以写《三国演义》的时候就对情节进行了加工，隐晦地表达了诸葛亮是个伪君子的想法。按照罗贯中故意写诸葛亮是个伪君子的想法，不仅之前的疑惑被解开了，还让我对很多《三国演义》不同于正史的内容也有了新的看法。

第一，孔明之智近乎妖。乃是欲抑先扬，欲擒故纵之计。诸葛亮被罗贯中塑造得太聪明了，神一般的存在。就是因为诸葛亮太聪明了，反倒让我质疑他看不出徐庶中计、神机妙算却让关羽去华容道、用兵如神但却不跟刘备伐吴、不用魏延之计却错用马谡的真实目的。如果诸葛亮如同正史一般，没有那么神，我觉得我不会怀疑他，但是罗贯中如此神化他，却留下这么多破绽，令人疑惑，令人上心。

第二，庞统的妒忌心和诸葛亮的大度。用反讽表现了诸葛亮的妒贤。《三国演义》中有两处描写了庞统的小心眼和诸葛亮的大度。其一是在举荐庞统时，庞统先收到了诸葛亮的举荐信，后边又收到了鲁肃的，但是却先把鲁肃的信给了刘备，没有给诸葛亮的。直到见到刘备，看诸葛亮也在场时，他才把诸葛亮的举荐信给了刘备。庞统此时的嫉妒心还不是很明显，但是已经表现出不想借诸葛亮的举荐信使自己受重用的心思。反观诸葛亮，先是劝庞统投奔刘备，还写了举荐信。出外视察回来后，第一时间就询问庞统的近况，很关心，还对刘备说庞统比自己厉害十倍，真的是非一般的大度。

《三国演义》记载为：

> 两人携手登舟，各诉心事。孔明乃留书一封与统，嘱曰："吾料孙仲谋必不能重用足下。稍有不如意，可来荆州共扶玄德。此人宽仁厚德，必不负公平生之所学。"统允诺而别，孔明自回荆州。
>
> ……
>
> 统曰："吾欲投曹操去也。"肃曰："此明珠暗投矣，可往荆州投刘皇叔，必然重用。"统曰："统意实欲如此，前言戏耳。"肃曰："某当作书

奉荐，公辅玄德，必令孙、刘两家，无相攻击，同力破曹。”统曰：“此某平生之素志也。”乃求肃书。径往荆州来见玄德。

……

统乃将出鲁肃荐书。飞曰：“先生初见吾兄，何不将出？”统曰：“若便将出，似乎专藉荐书来干谒矣。”顾谓孙乾曰：“非公则失一大贤也。”遂辞统回荆州见玄德，具说庞统之才。玄德大惊曰：“屈待大贤，吾之过也！”飞将鲁肃荐书呈上。玄德拆视之。书略曰：“庞士元非百里之才，使处治中、别驾之任，始当展其骥足。如以貌取之，恐负所学，终为他人所用，实可惜也！”玄德看毕，正在嗟叹，忽报孔明回。玄德接入，礼毕，孔明先明曰：“庞军师近日无恙否？”玄德曰：“近治耒阳县，好酒废事。”孔明笑曰：“士元非百里之才，胸中之学，胜亮十倍。亮曾有荐书在士元处，曾达主公否？”玄德曰：“今日方得子敬书，却未见先生之书。”孔明曰：“大贤若处小任，往往以酒糊涂，倦于视事。”玄德曰：“若非吾弟所言，险失大贤。”随即令张飞往耒阳县敬请庞统到荆州。玄德下阶请罪。统方将出孔明所荐之书。玄德看书中之意，言凤雏到日，宜即重用。玄德喜曰：“昔司马德操言：‘伏龙、凤雏，两人得一，可安天下。’今吾二人皆得，汉室可兴矣。”

攻打雒城时，庞统对诸葛亮的妒忌已经显而易见了，怕诸葛亮抢功劳，急进兵，最后导致自己死亡。而诸葛亮呢？他为庞统的死伤心不已，这一回合甚至叫作“诸葛亮痛哭庞统”。庞统和诸葛亮对比起来简直太小器了。

玄德拆书观之，略曰：“亮夜算太乙数，今年岁次癸巳，罡星在西方；又观乾象，太白临于雒城之分：主将帅身上多凶少吉。切宜谨慎。”玄德看了书，便教马良先回。玄德曰：“吾将回荆州，去论此事。”庞统暗思：“孔明怕我取了西川，成了功，故意将此书相阻耳。”乃对玄德曰：“统亦算太乙数，已知罡星在西，应主公合得西川，别不主凶事。统亦占天文，见太白临于雒城，先斩蜀将泠苞，已应凶兆矣。主公不可疑心，可急进兵。”

……

玄德曰："吾所疑者，孔明之书也。军师还守涪关，如何？"庞统大笑曰："主公被孔明所惑矣：彼不欲令统独成大功，故作此言以疑主公之心。心疑则致梦，何凶之有？统肝脑涂地，方称本心。主公再勿多言，来早准行。"

……

却说孔明在荆州，时当七夕佳节，大会众官夜宴，共说收川之事。只见正西上一星，其大如斗，从天坠下，流光四散。孔明失惊，掷杯于地，掩面哭曰："哀哉！痛哉！"众官慌问其故。孔明曰："吾前者算今年罡星在西方，不利于军师；天狗犯于吾军，太白临于雒城，已拜书主公，教谨防之。谁想今夕西方星坠，庞士元命必休矣！"言罢，大哭曰："今吾主丧一臂矣！"众官皆惊，未信其言。孔明曰："数日之内，必有消息。"是夕酒不尽欢而散。

数日之后，孔明与云长等正坐间，人报关平到，众官皆惊。关平入，呈上玄德书信。孔明视之，内言本年七月初七日，庞军师被张任在落凤坡前箭射身故。孔明大哭，众官无不垂泪。

但是实际上史书中并没有写庞统有妒忌之心，而《三国演义》中"大度"的诸葛亮反倒有妒忌的可能。看看史书上的记载。

《资治通鉴》记载为：

刘备以从事庞统守耒阳令，在县不治，免官。鲁肃遗备书曰："庞士元非百里才也。使处治中、别驾之任，始当展其骥足耳！"诸葛亮亦言之。备见统，与善谭，大器之，遂用统为治中，亲待亚于诸葛亮，与亮并为军师中郎将。

庞统被免官，连鲁肃都看不下去了，给刘备写信，让刘备重用庞统，诸葛亮这时也才这么说。但是为什么诸葛亮不早说呢？他不知道庞统的才华吗？为什么会搞得连鲁肃一个吴国人都看不下去了来说情，诸葛亮才附和？

《资治通鉴》记载为：

司马徽，清雅有知人之鉴。同县庞德公素有重名，徽兄事之。诸葛亮每至德公家，独拜床下，德公初不令止。德公从子统，少时朴钝，未有识者，惟德公与徽重之。德公常谓孔明为卧龙，士元为凤雏，德操为水鉴；故德操与刘备语而称之。

从《资治通鉴》上看，诸葛亮早就认识庞统了，卧龙的称号都是庞统的从父给的，庞统和他齐名，他俩早就相熟，庞统的水平诸葛亮肯定很清楚。但是自庞统加入刘备阵营后，诸葛亮并没有举荐庞统，庞统只任了个县令，诸葛亮还任由他被免官。如果不是鲁肃举荐，庞统恐怕就和刘备缘尽了，诸葛亮这不是妒贤是什么？而庞统刚出山就助刘备拿下了益州，《资治通鉴》记载的这段时间里就没有诸葛亮什么事情。要是庞统不死，庞统应该可以超过诸葛亮成为刘备的第一谋士，小说中诸葛亮说的“胜亮十倍”也许是真的。难怪诸葛亮不推荐庞统给刘备，看着庞统当个小官还被免职！

从《资治通鉴》上看，诸葛亮早就认识庞统了，卧龙的称号都是庞统的从父给的，庞统与他齐名，他俩早就相熟，庞统的水平诸葛亮肯定很清楚。

但是自庞统加入刘备阵营后，诸葛亮从没有举荐庞统，庞统只任了个县令，诸葛亮还任由他被罢官。（注：《三国演义》中诸葛亮推举庞统为罗贯中杜撰。）

魏国，荀彧举荐程昱，程昱举荐郭嘉，郭嘉举荐刘晔，刘晔举荐满宠和吕虔，满宠、吕虔共同举荐毛玠。吴国，周瑜先举荐张昭、张纮，后举荐鲁肃，鲁肃举荐诸葛瑾，张纮举荐顾雍。蜀国中，徐庶举荐诸葛亮，张松举荐法正、孟达。而诸葛亮认识庞统，不仅不举荐，还坐看庞统被罢免，这不是妒贤是什么？

第三，邓艾暗度阴平，讽刺诸葛亮。魏延的子午谷奇谋被诸葛亮否决，但罗贯中偏要按着魏延的思路，先将夏侯楙写成一个废物，接着写司马懿也认为魏延是正确的。而后边邓艾暗度阴平，罗贯中还不忘带上了诸葛亮，表面上是在神化诸葛亮，但是分明就是暗讽诸葛亮不用魏延的子午谷奇谋，却被邓艾暗度阴平给灭国，而暗度阴平和子午谷奇谋其实是一样的策略。

邓艾、邓忠，并二千军，及开山壮士，皆度了摩天岭。方才整顿衣

甲器械而行，忽见道旁有一石碣，上刻："丞相诸葛武侯题"。其文云："二火初兴，有人越此。二士争衡，不久自死。"艾观讫大惊，慌忙对碣再拜曰："武侯真神人也！艾不能以师事之，惜哉！"

却说邓艾暗度阴平，引兵行时，又见一个大空寨。左右告曰："闻武侯在日，曾拨一千兵守此险隘。今蜀主刘禅废之。"

第四，司马懿三气诸葛亮。在《三国演义》中，诸葛亮一共气死了三个人，分别是王朗、曹真、周瑜。

一是气死王朗。

孔明在车上大笑曰："吾以为汉朝大老元臣，必有高论，岂期出此鄙言！吾有一言，诸军静听：昔日桓、灵之世，汉统陵替，宦官酿祸；国乱岁凶，四方扰攘。黄巾之后，董卓、傕、汜等接踵而起，迁劫汉帝，残暴生灵。因庙堂之上，朽木为官，殿陛之间，禽兽食禄；狼心狗肺之辈，滚滚当道，奴颜婢膝之徒，纷纷秉政。以致社稷丘墟，苍生涂炭。吾素知汝所行：世居东海之滨，初举孝廉入仕；理合匡君辅国，安汉兴刘；何期反助逆贼，同谋篡位！罪恶深重，天地不容！天下之人，愿食汝肉！今幸天意不绝炎汉，昭烈皇帝继统西川。吾今奉嗣君之旨，兴师讨贼。汝既为谄谀之臣，只可潜身缩首，苟图衣食；安敢在行伍之前，妄称天数耶！皓首匹夫！苍髯老贼！汝即日将归于九泉之下，何面目见二十四帝乎！老贼速退！可教反臣与吾共决胜负！"

王朗听罢，气满胸膛，大叫一声，撞死于马下。

二是气死曹真。

孔明既斩了陈式，正议进兵，忽有细作报说曹真卧病不起，现在营中治疗。孔明大喜，谓诸将曰："若曹真病轻，必便回长安。今魏兵不退，必为病重，故留于军中，以安众人之心。吾写下一书，教秦良的降兵持与曹真，真若见之，必然死矣！"遂唤降兵至帐下，问曰："汝等皆是魏军，父母妻子多在中原，不宜久居蜀中。今放汝等回家，若何？"众军泣泪拜谢。孔明曰："曹子丹与吾有约；吾有一书，汝等带回，送与子丹，必有重赏。"魏军领了书，奔回本寨，将孔明书呈与曹真。真扶病而起，折封视之。其书曰："汉丞相、武乡侯诸葛亮，致书于大司马曹子丹之前：窃谓夫为将者，能去能就，能柔能刚；能进能退，能弱能强。不动如山岳，难测如阴阳；无穷如天地，充实如太仓；浩渺如四海，眩曜如三光。预知天文之旱涝，先识地理之平康；察阵势之期会，揣敌人之短长。嗟尔无学后辈，上逆穹苍；助篡国之反贼，称帝号于洛阳；走残兵于斜谷，遭霖雨于陈仓；水陆困乏，人马猖狂；抛盈郊之戈甲，弃满地之刀枪；都督心崩而胆裂，将军鼠窜而狼忙！无面见关中之父老，何颜入相府之厅堂！史官秉笔而记录，百姓众口而传扬：仲达闻阵而惕惕，子丹望风而遑遑！吾军兵强而马壮，大将虎奋以龙骧；扫秦川为平壤，荡魏国作丘荒！"曹真看毕，恨气填胸；至晚，死于军中。司马懿用兵车装载，差人送赴洛阳安葬。

三是气死周瑜。

气死周瑜是最为精彩的，共有三次：第一气，赤壁后，周瑜和曹仁在荆州大战一场，自己还中箭差点儿身死，但却被诸葛亮使计，使刘备轻易得了荆州。

正分拨间，忽然探马急来报说："诸葛亮自得了南郡，遂用兵符，星夜诈调荆州守城军马来救，却教张飞袭了荆州。"又一探马飞来报说："夏侯惇在襄阳，被诸葛亮差人赍兵符，诈称曹仁求救，诱惇引兵出，却教云长袭取了襄阳。二处城池，全不费力，皆属刘玄德矣。"周瑜曰："诸葛亮怎得兵符？"程普曰："他拿住陈矫，兵符自然尽属之矣。"周瑜大叫一声，金疮迸裂。

第二气，周瑜设计，假意嫁孙尚香给刘备，以困住刘备。但诸葛亮计策更高明，让周瑜"赔了夫人又折兵"。

周瑜急急下得船时，岸上军士齐声大叫曰："周郎妙计安天下，赔了夫人又折兵!”瑜怒曰:“可再登岸决一死战!”黄盖、韩当力阻。瑜自思曰:“吾计不成,有何面目去见吴侯!”大叫一声,金疮迸裂,倒于船上。众将急救,却早不省人事。

第三气,周瑜假途灭虢,假意借道荆州打西川,实则就是想打荆州。但被诸葛亮识破,等周瑜兵到,伏兵四起,周瑜失利后被气死。

瑜闻之,勒马便回。只见一人打着令字旗,于马前报说:“探得四路军马,一齐杀到:关某从江陵杀来,张飞从秭归杀来,黄忠从公安杀来,魏延从孱陵小路杀来,四路正不知多少军马。喊声远近震动百余里,皆言要捉周瑜。”瑜马上大叫一声,箭疮复裂,坠于马下。

……

周瑜愈怒。忽又报孔明遣人送书至。周瑜拆封视之。书曰:“汉军师中郎将诸葛亮,致书于东吴大都督公瑾先生麾下:亮自柴桑一别,至今恋恋不忘。闻足下欲取西川,亮窃以为不可。益州民强地险,刘璋虽闇弱,足以自守。今劳师远征,转运万里,欲收全功,虽吴起不能定其规,孙武不能善其后也。曹操失利于赤壁,志岂须臾忘报仇哉?今足下兴兵远征,倘操乘虚而至,江南齑粉矣!亮不忍坐视,特此告知。幸垂照鉴。”周瑜览毕,长叹一声,唤左右取纸笔作书上吴侯。乃聚众将曰:“吾非不欲尽忠报国,奈天命已绝矣。汝等善事吴侯,共成大业。”言讫,昏绝。徐徐又醒,仰天长叹曰:“既生瑜,何生亮!”连叫数声而亡。寿三十六岁。

根据《三国演义》的描述,诸葛亮已经被神化了。但可惜的是,诸葛亮也是被气死的。按罗贯中的描述,诸葛亮是被司马懿气死的,而且司马懿不止一次气诸葛亮,具体分析如下:

第一气,孟达投降,诸葛亮起初“大喜”,但很快“掷书于地而顿足”。

却说孔明自出师以来,累获全胜,心中甚喜;正在祁山寨中,会聚议事,忽报镇守永安宫李严令子李丰来见。孔明只道东吴犯境,心甚惊疑，唤入帐中问之。丰曰：“特来报喜。”孔明曰：“有何喜？”丰曰：“昔日孟达降魏，乃不得已也。彼时曹丕爱其才，时以骏马金珠赐之，曾同辇出入，封为散骑常侍，领新城太守，镇守上庸、金城等处，委以西南之任。自丕死后，曹睿即位，朝中多人嫉妒，孟达日夜不安，常谓诸将曰：‘我本蜀将，势逼于此。’今累差心腹人，持书来见家父，教早晚代禀丞相：前者五路下川之时，曾有此意；今在新城，听知丞相伐魏，欲起金城、新城、上庸三处军马，就彼举事，径取洛阳：丞相取长安，两京大定矣。今某引来人并累次书信呈上。”孔明大喜，厚赏李丰等。

……

孔明看毕，掷书于地而顿足曰：“孟达必死于司马懿之手矣！”

第二气，马谡失街亭。诸葛亮先是“拍案大惊”，后边又“跌足长叹”。

孔明就文几上拆开视之，拍案大惊曰：“马谡无知，坑陷吾军矣！”左右问曰：“丞相何故失惊？”孔明曰：“吾观此图本，失却要路，占山为寨。倘魏兵大至，四面围合，断汲水道路，不须二日，军自乱矣。若街亭有失，吾等安归？”长史杨仪进曰：“某虽不才，愿替马幼常回。”孔明将安营之法，一一吩咐与杨仪。正待要行，忽报马到来，说：“街亭、列柳城，尽皆失了！”孔明跌足长叹曰：“大事去矣！此吾之过也！”

第三气，上方谷司马父子逃生。诸葛亮先“喜”后“叹”。

孔明在山上见魏延诱司马懿入谷，一霎时火光大起，心中甚喜，以为司马懿此番必死。不期天降大雨，火不能着，哨马报说司马懿父子俱逃去了。孔明叹曰：“谋事在人，成事在天。不可强也！”

第四气，诸葛亮设计想激将司马懿，没有想到最后被司马懿给气得由“叹”变“哭”。在得到东吴失败的消息后，诸葛亮叹，“恐不能生矣”。

使者辞去，回到五丈原，见了孔明，具说：“司马懿受了巾帼女衣，看了书札，并不嗔怒，只问丞相寝食及事之烦简，绝不提起军旅之事。某如此应对，彼言：食少事烦，岂能长久？”孔明叹曰：“彼深知我也！”

……

孔明泣曰：“吾非不知。但受先帝托孤之重，惟恐他人不似我尽心也！”众皆垂泪。自此孔明自觉神思不宁。

……

正论间，忽报费祎到。孔明请入问之，祎曰：“魏主曹睿闻东吴三路进兵，乃自引大军至合淝，令满宠、田豫、刘劭分兵三路迎敌。满宠设计尽烧东吴粮草战具，吴兵多病。陆逊上表于吴王，约会前后夹攻，不意赍表人中途被魏兵所获，因此机关泄漏，吴兵无功而退。”孔明听知此信，长叹一声，不觉昏倒于地；众将急救，半晌方苏。孔明叹曰：“吾心昏乱，旧病复发，恐不能生矣！”

可以说，司马懿气诸葛亮和诸葛亮气周瑜一样精彩。反观历史，孰真孰假？

其一，《三国志》中的曹真是病死在洛阳的，不是诸葛亮气死的。曹真最后一战因为下雨三十天，最后退兵了：

真以八月发长安，从子午道南入。司马宣王溯汉水，当会南郑。诸军或从斜谷道，或从武威入。会大霖雨三十余日，或栈道断绝，诏真还军。

……

真病还洛阳，帝自幸其第省疾。真薨，谥曰元侯，于爽嗣。

其二，王朗到魏国后就没有参与过战争，所以不可能被诸葛亮气死。

其三，三气周瑜，内容确实很有戏剧性，被罗贯中借用了，但是实际上的三气周瑜从头到尾没有诸葛亮什么事儿。

第一气，荆州是周瑜分给刘备的，不是靠诸葛亮计策取得的，且孙权当时已将妹妹嫁给刘备了。

《资治通鉴》：周瑜攻曹仁岁余，所杀伤甚众，仁委城走。权以瑜领南郡太守，屯据江陵；程普领江夏太守，治沙羡；吕范领彭泽太守；吕蒙领寻阳令。刘备表权行车骑将军，领徐州牧。会刘琦卒，权以备领荆州牧，周瑜分南岸地以给备。权以妹妻备。妹才捷刚猛，有诸兄风，侍婢百馀人，皆执刀侍立，备每入，心常凛凛。

第二气，“赔了夫人又折兵”，首先刘备是自己去找孙权的，而不是周瑜设计让刘备去的；其次周瑜确实想困住刘备，但不是诸葛亮设计让刘备脱困的，而是孙权主动放的。

《资治通鉴》：刘表故吏士多归刘备，备以周瑜所给地少，不足以容其众，乃自诣京见孙权，求都督荆州。瑜上疏于权曰：“刘备以枭雄之姿，而有关羽、张飞熊虎之将，必非久屈为人用者。愚谓大计宜徙备置吴，盛为筑宫室，多其美女玩好，以娱其耳目；分此二人各置一方，使如瑜者得挟与攻战，大事可定也。今猥割土地以资业之，聚此三人俱在疆埸，恐蛟龙得云雨，终非池中物也。”吕范亦劝留之。权以曹操在北，方当广揽英雄，不从。备还公安，久乃闻之，叹曰：“天下智谋之士，所见略同。时孔明谏孤莫行，其意亦虑此也。孤方危急，不得不往，此诚险涂，殆不免周瑜之手！”

第三气，越过荆州攻蜀，确实是周瑜的计策，但是刘备没有反对，且准许孙权借道，于是孙权派周瑜出兵，但周瑜在准备出兵的过程中病死了，整个过程没有诸葛亮什么事儿。

《三国志》周瑜传：是时刘璋为益州牧，外有张鲁寇侵，瑜乃诣京见权曰：“今曹操新折衄，方忧在腹心，未能与将军连兵相事也。乞与奋威俱进取蜀，得蜀而并张鲁，因留奋威固守其地，好与马超结援。瑜还与将军据襄阳以蹙操，北方可图也。”权许之。瑜还江陵，为行装，而道于巴丘病卒，时年三十六。

《三国志》刘备传：权遣使云欲共取蜀，或以为宜报听许，吴终不能越荆有蜀，蜀地可为己有。荆州主簿殷观进曰：“若为吴先驱，进未能克

蜀，退为吴所乘，即事去矣。今但可然赞其伐蜀，而自说新据诸郡，未可兴动，吴必不敢越我而独取蜀。如此进退之计，可以收吴、蜀之利。”先主从之，权果辍计。迁观为别驾从事。

再来看看诸葛亮被司马懿气：

第一气，司马懿出其不意杀孟达属实，而孟达还是诸葛亮诱降的，花了不少心思。虽然未写诸葛亮被气到，但功亏一篑，内心不甘是人之常情。

《资治通鉴》：初，孟达既为文帝所宠，又与桓阿阶、夏侯尚亲善；及文帝殂，阶、尚皆卒，达心不自安。诸葛亮闻而诱之，达数与通书，阴许归蜀。

第二气，马谡失街亭是张郃所为，不是司马懿。除此之外，基本上和《三国演义》中描述的一样。如果诸葛亮想排挤马谡，那么是不会被气到的；而如果诸葛亮想提拔马谡，自己人被杀了，那么，诸葛亮应该很气愤。

年春，扬声由斜谷道取眉，使赵云、邓芝为疑军，据箕谷，魏大将军曹真举众拒之。亮身率诸军攻祁山，戎陈整齐，赏罚肃而号令长明，南安、天水、永安三郡叛魏应亮，关中响震。魏明帝西镇长安，命张郃拒亮，亮使马谡督诸军在前，与郃战于街亭。

谡违亮节度，举动失宜，大为张郃所破。亮拔西县千余家，还于汉中，戮谡以谢众。上疏曰：“臣以弱才，叨窃非据，亲秉旄钺以历三军，不能训章明法，临事而惧，至有街亭违命之阙，箕谷不戒之失，咎皆在臣授任无方。臣明不知人，恤事多暗，《春秋》责帅，臣职是当。请自贬三等，以督厥咎。”于是以亮为右将军，行丞相事，所总统如前。

第三气，上方谷司马懿父子逃命（司马懿有过大败，但其差点儿死是杜撰的）。

夏，五月，辛巳，懿乃使张郃攻无当监何平于南围，自案中道向亮。

亮使魏延、高翔、吴班逆战，魏兵大败，汉人获甲着三千，懿还保营。

第四气，基本属实。司马懿不中激将法而反气诸葛亮，吴军七月大败，诸葛亮八月病重。

关于吴国战败，《资治通鉴》记载为：

五月，吴主入居巢湖口，向合肥新城，众号十万；又遣陆逊、诸葛瑾将万馀人入江夏、沔口，向襄阳；将军孙韶、张承入淮，向广陵、淮阴。

……

秋，七月，壬寅，帝御龙舟东征。满宠募壮士焚吴攻具，射杀吴主之弟子泰；又吴吏士多疾病。帝未至数百里，疑兵先至。吴主始谓帝不能出，闻大军至，遂遁，孙韶亦退。

关于诸葛亮死《资治通鉴》记载为：

司马懿与诸葛亮相守百余日，亮数挑战，懿不出。亮乃遗懿巾帼妇人之服。懿怒，上表请战，帝使卫尉辛毗杖节为军师以制之。护军姜维谓亮曰："辛佐治杖节而到，贼不复出矣。"亮曰："彼本无战情，所以固请战者，以示武于其众耳。将在军，君命有所不受，苟能制吾，岂千里而请战邪！"亮遣使者至懿军，懿问其寝食及事之烦简，不问戎事。使者对曰："诸葛公夙兴夜寐，罚二十已上，皆亲览焉；所啖食不至数升。"懿告人曰："诸葛孔明食少事烦，其能久乎！"亮病笃，汉主使尚书仆射李福省侍，因谘以国家大计。福至，与亮语已，别去，数日复还。亮曰："孤知君还意，近日言语虽弥日，有所不尽，更来亦决耳。公所问者，公琰其宜也。"福谢："前实失不咨请，如公百年后谁可任大事者，故辄还耳。乞复请蒋琬之后，谁可任者？"亮曰："文伟可以继之。"又问其次，亮不答。

是月，亮卒于军中。

综上所述，诸葛亮被司马懿多次打击，最后直接被气死了。罗贯中不仅不"为尊者讳"，还添油加醋，写了诸葛亮气死曹真、气死王朗、气死周瑜，

这个不是反讽又是什么？我想，这应该是罗贯中对诸葛亮最大的反讽了。但是这还不是全部，《三国演义》中的周瑜被诸葛亮气死和正史中的诸葛亮被司马懿气死极为相似。除此之外，《三国演义》中的周瑜还和被罗贯中反讽的实际上的诸葛亮非常像，那就是妒能害贤。

周瑜在《三国演义》中，被塑造为一个嫉妒心很强的人，妒能害贤，看看这些描写，周瑜完完全全一个小人：

> 周瑜谢出，暗忖曰："孔明早已料着吴侯之心。其计画又高我一头。久必为江东之患，不如杀之。
>
> ……
>
> 却说周瑜闻诸葛瑾之言，转恨孔明，存心欲谋杀之。
>
> ……
>
> 孔明暗思："此因说我不动，设计害我。我若推调，必为所笑。不如应之，别有计议。"乃欣然领诺。瑜大喜。孔明辞出。鲁肃密谓瑜曰："公使孔明劫粮，是何意见？"瑜曰："吾欲杀孔明，恐惹人笑，故借曹操之手杀之，以绝后患耳。"
>
> ……
>
> 瑜摇首顿足曰："此人见识胜吾十倍，今不除之，后必为我国之祸！"肃曰："今用人之际，望以国家为重。且待破曹之后，图之未晚。"瑜然其说。
>
> ……
>
> 孔明嘱曰："望子敬在公瑾面前勿言亮先知此事。恐公瑾心怀妒忌，又要寻事害亮。"鲁肃应诺而去，回见周瑜，把上项事只得实说了。瑜大惊曰："此人决不可留！吾决意斩之！"肃劝曰："若杀孔明，却被曹操笑也。"瑜曰："吾自有公道斩之，教他死而无怨。"
>
> ……
>
> 肃领命来见孔明。孔明曰："吾曾告子敬，休对公瑾说，他必要害我。不想子敬不肯为我隐讳，今日果然又弄出事来。三日内如何造得十万箭？子敬只得救我！"
>
> ……

> 霎时间东南风大起，瑜骇然曰：“此人有夺天地造化之法、鬼神不测之术！若留此人，乃东吴祸根也。及早杀却，免生他日之忧。”

而实际上，以上内容都是虚构的，周瑜也没有那么小器，反观历史记载，真实的周瑜还很大度：

《三国志》记载为：

> 是时权位为将军，诸将宾客为礼尚简，而瑜独先尽敬，便执臣节。性度恢廓，大率为得人，惟与程普不睦。江表传曰：普颇以年长，数陵侮瑜。瑜折节容下，终不与校。普后自敬服而亲重之，乃告人曰：“与周公瑾交，若饮醇醪，不觉自醉。”
>
> ……
>
> 刘备之自京还也，权乘飞云大船，与张昭、秦松、鲁肃等十余人共追送之，大宴会叙别。昭、肃等先出，权独与备留语，因言次，叹瑜曰：“公瑾文武筹略，万人之英，顾其器量广大，恐不久为人臣耳。”瑜之破魏军也，曹公曰：“孤不羞走。”后书与权曰：“赤壁之役，值有疾病，孤烧船自退，横使周瑜虚获此名。”瑜威声远著，故曹公、刘备咸欲疑谮之。

那么，既然周瑜的妒贤是虚构的，又为什么要这样描写呢？因为真正妒贤、排除异己的是诸葛亮，真实的诸葛亮像《三国演义》中的周瑜一样被气死了。我想罗贯中在《三国演义》中是想以周瑜来讽刺诸葛亮。至于为什么要这样写，我觉得是周瑜有个“瑜”字，和“比喻”的“喻”谐音，刚好这一段历史很有戏剧性，就被罗贯中改了以反讽诸葛亮了。不得不说，周瑜的运气不是很好。

再回头看《水浒传》，在第一章中已经讲了，吴用对应诸葛亮。吴用绰号智多星，“智多星”怎么解？我将其解为“志夺姓”，夺姓有易姓、换姓的意思，而“易姓”“换姓”可以理解为改朝换姓、改姓易代，此处为篡权之意，志夺姓也就是志在篡权。

吴用还有个绰号“加亮先生”，这个我想又是一语双关了。“加”解为“假”，假有假借、换取的意思，“加亮先生”，也就是假借诸葛亮，意思是吴用就是诸葛亮。而“假”字还有个意思，虚假、假面。“亮”解为良，“加亮先生”，也就解为假好人。

另外，有趣的是，《三国演义》中诸葛亮不随刘备出征吴国，导致刘备大败，在一年后去世；而《水浒传》中吴用也不随晁盖出征曾头市，最后导致晁盖战败身死。

《三国演义》对魏延进行了明描暗绘。

《三国志》记载为：

> 魏延字文长，义阳人也。以部曲随先主入蜀，数有战功，迁牙门将军。先主为汉中王，迁治成都，当得重将以镇汉川，众论以为必在张飞，飞亦以心自许。先主乃拔延为督汉中镇远将军，领汉中太守，一军尽惊。先主大会群臣，问延曰：“今委卿以重任，卿居之欲云何？”延对曰：“若曹操举天下而来，请为大王拒之；偏将十万之众至，请为大王吞之。”先主称善，众咸壮其言。先主践尊号，进拜镇北将军。建兴元年，封都亭侯。

依《三国志》的记载，可以看出魏延是个很勇猛的人，深得刘备器重，刘备甚至把汉中这一军事重地交给他。在当时汉中的重要性是仅次于荆州的，这样的重责本应由张飞担任，但是刘备却给了他，足见刘备对他的器重。但是刘备死后，诸葛亮掌权，魏延就逐渐失势了。诸葛亮自己先是驻军汉中，“更以延为督前部，领丞相司马、凉州刺史”。我觉得这是一次明升暗降，魏延其实在此已经失去汉中军权。然后，诸葛亮不采纳他的子午谷奇谋，用马谡，而不用魏延、吴懿这些旧将，这些旧将影响力逐渐被削弱。终于在诸葛亮死后，魏延被跟他有矛盾的杨仪安排马岱给杀了，还被诛灭了三族，罪名是谋反。但是这些罪都是杨仪施加的，刘禅等只是怀疑，并未下令杀魏延，即使要杀，也应该先核实下罪名吧！杨仪可能怕对峙吧，就杀人灭口了。

《三国志》记载为：

> 延、仪各相表叛逆，一日之中，羽邀交至。后主以问侍中董允、留

府长史蒋琬，琬、允咸保仪疑延。

……

延独与其子数人逃亡，奔汉中，仪遣马岱追斩之，致首于仪，仪起自踏之，曰："庸奴！复能作恶不？"遂夷延三族。

但《三国志》始终在为魏延开脱。

《三国志》记载为：

原延意不北降魏而南还者，但欲除杀仪等。平日诸将素不同，冀时论必当以代亮。本指如此。不便背叛。

《魏略》曰：诸葛亮病，谓延等云："我之死后，但谨自守，慎勿复来也。"令延摄行己事，密持丧去。延遂匿之，行至褒口，乃发丧。亮长史杨仪宿与延不和，见延摄行军事，惧为所害，乃张言延欲举众北附，遂率其众攻延。延本无此心，不战军走，追而杀之。臣松之以为此盖敌国传闻之言，不得与本传争审。

但是真正害死他的，我觉得是诸葛亮。如果刘备不死，或者不是诸葛亮刻意打压魏延，一个能赶得上张飞的人，怎么会死在杨仪这样的小人物手里？要是张飞被杨仪杀了，大家能想得通吗？

《三国志》记载为：

杨仪字威公，襄阳人也。建安中，为荆州刺史傅群主薄，背群而诣襄阳太守关羽。

投靠关羽有必要加上"背群"吗？这不是讽刺是什么？

《三国志》记载为：

先主称尊号，东征吴，仪与尚书令刘巴不睦，左迁遥署弘农太守。

和杨仪不合的刘巴在《三国志》中记载为：

躬履清俭，不治产业，又自以归附非素，惧见猜嫌，恭默守静，退无私交，非公事不言。

也就是说，杨仪不仅跟魏延不合，还和刘巴不合。刘巴是个君子，杨仪跟刘巴吵架，刘备是站在刘巴这边的，结果杨仪被贬职。不能说跟君子不合的一定是小人，但是他品性不良的概率很高。不过，刘备去世后，诸葛亮就一路提拔他。

《三国志》记载为：

建兴三年，丞相亮以为参军，署府事，将南行。五年。随亮汉中。八年，迁长史，加绥军将军。

然后，杨仪在刘禅没有授权的情况下杀了魏延，这么看，其算不算是小人呢？即使魏延真的谋反，完全可以抓回成都审问对峙，但是杨仪没有，可见其公报私仇的可能性极高。最后，这个人也没什么好下场，魏延死后才四个月，就被刘禅贬职，然后自杀了。想必也有他枉杀魏延的原因在里面，也可能是刘禅开始清除诸葛亮残余势力了。

《三国志》记载为：

仪既领军还，又诛讨延，自以为功勋至大，宜当代亮秉政，呼都尉赵正以周易筮之，卦得家人，默然不悦。而亮平生密指，以仪性狷狭，意在蒋琬，琬遂为尚书令、益州刺史。仪至，拜为中军师，无所统领，从容而已。

初，仪为先主尚书，琬为尚郎，后虽俱为丞相参军长史，仪每从行，当其劳剧，自为年宦先琬，才能逾之，于是怨愤形于声色，叹咤之音发于五内。时人畏其言语不节，莫敢从也，惟后军师费祎往慰省之。仪对祎恨望，前后云云，又语祎曰："往者丞相亡没之际，吾若举军以就魏氏（魏国），处世宁当落度如此邪！令人追悔不可复及。"祎密表其言。十三年，废仪为民，徙汉嘉郡。仪至徙所，复上书诽谤，辞指激切，遂下郡收仪。仪自杀，其妻子还蜀。

可以说，在三国时代，魏延是个很冤屈的人，一个英雄在自己的伯乐死后，就被压制，最后惨死小人之手。罗贯中可能也看到了这样的冤屈，所以在《三国演义》中对魏延这个人虚构非常多，魏延的死完全指明是诸葛亮遗计杀的，而不是正史中的杨仪。

《三国演义》记载为：

又唤马岱入帐，附耳低言，授以密计；嘱曰：“我死之后，汝可依计行之。”岱领计而出。少顷，杨仪入。孔明唤至榻前，授与一锦囊，密嘱曰：“我死，魏延必反；待其反时，汝与临阵，方开此囊。那时自有斩魏延之人也。”

刘禅等人对魏延和杨仪谁谋反拿捏不定时，也是诸葛亮的话起了作用。《三国演义》记载为：

忽报魏延表奏杨仪造反，群臣大骇，入宫启奏后主，时吴太后亦在宫中。后主闻奏大惊，命近臣读魏延表。其略曰：“征西大将军、南郑侯臣魏延，诚惶诚恐，顿首上言：杨仪自总兵权，率众造反，劫丞相灵柩，欲引敌人入境。臣先烧绝栈道，以兵守御。谨此奏闻。”读毕，后主曰：“魏延乃勇将，足可拒杨仪等众，何故烧绝栈道？”吴太后曰：“尝闻先帝有言：孔明识魏延脑后有反骨，每欲斩之；因怜其勇，故姑留用。今彼奏杨仪等造反，未可轻信。杨仪乃文人，丞相委以长史之任，必其人可用。今日若听此一面之词，杨仪等必投魏矣。此事当深虑远议，不可造次。”

另外，除了杨仪跟魏延不合，《三国演义》中还将马岱描写为与魏延有隙。《三国演义》记载为：

前面一军摆开，为首乃是马岱。魏延只道是马超，舞刀跃马迎之。与岱战不十合，岱败走。延赶去，被岱回身一箭，中了魏延左臂。延急回马走。

这个在正史中是没有介绍的，罗贯中这么写应该是为了配合最后阶段魏延被马岱所杀。

除此之外，罗贯中还用了两种明描暗绘，将魏延的冤屈展现出来：一是刘备器重魏延，但是诸葛亮排挤魏延。《三国演义》中两次描述诸葛亮要杀魏延，但是也两次描述刘备救魏延。杀魏延比喻压制魏延，救魏延比喻提拔魏延。

第一次是攻打长沙后，魏延杀了韩玄，助关羽拿下长沙。本来立功了，但是诸葛亮要杀他：

> 云长引魏延来见，孔明喝令刀斧手推下斩之。玄德惊问孔明曰："魏延乃有功无罪之人，军师何故欲杀之？"孔明曰："食其禄而杀其主，是不忠也；居其土而献其地，是不义也。吾观魏延脑后有反骨，久后必反，故先斩之，以绝祸根。"玄德曰："若斩此人，恐降者人人自危。望军师恕之。"孔明指魏延曰："吾今饶汝性命汝可尽忠报主，勿生异心，若生异心，我好歹取汝首级。"魏延喏喏连声而退。

第二次是诸葛亮二出祁山时，派魏延攻打陈仓，魏延打不下来，诸葛亮又要杀他：

> 却说蜀兵前队哨至陈仓，回报孔明，说："陈仓口已筑起一城，内有大将郝昭守把，深沟高垒，遍排鹿角，十分谨严；不如弃了此城，从太白岭鸟道出祁山甚便。"孔明曰："陈仓正北是街亭；必得此城，方可进兵。"命魏延引兵到城下，四面攻之。连日不能破。魏延复来告孔明，说城难打。孔明大怒，欲斩魏延。忽帐下一人告曰："某虽无才，随丞相多年，未尝报效。愿去陈仓城中，说郝昭来降，不用张弓只箭。"众视之，乃部曲靳祥也。孔明曰："汝用何言以说之？"祥曰："郝昭与某，同是陇西人氏，自幼交契。某今到彼，以利害说之，必来降矣。"孔明即令前去。

二是魏延很受刘备器重，《三国演义》中两次描述刘备救魏延的命。

第一次是魏延投诚的时候，这一次是从诸葛亮手里救的魏延；第二次是在攻打益州的时候，书中描写魏延和黄忠争功，魏延违反了军令：

黄忠安下寨脚，径来见玄德，说魏延违了军令，可斩之。玄德急召魏延，魏延解泠苞至。玄德曰："延虽有罪，此功可赎。"令魏延谢黄忠救命之恩，今后毋得相争。魏延顿首伏罪。

"急召"二字值得揣摩，我仔细研究了《三国演义》中出现"召"字的内容，被召之人有罪的只有两次，一次就是刘备召魏延，另外一次是关羽召博士仁、糜芳问罪。其内容如下：

云长急披挂上马，出城看时，乃是傅士仁、糜芳饮酒，帐后遗火，烧着火炮，满营撼动，把军器粮草，尽皆烧毁。云长引兵救扑，至四更方才火灭。云长入城，召傅士仁、糜芳责之曰："吾令汝二人作先锋，不曾出师，先将许多军器粮草烧毁，火炮打死本部军人。如此误事，要你二人何用？"叱令斩之。费诗告曰："未曾出师，先斩大将，于军不利。可暂免其罪。"云长怒气不息，叱二人曰："吾不看费司马之面，必斩汝二人之首！"乃唤武士各杖四十，摘去先锋印绶，罚糜芳守南郡，傅士仁守公安；且曰："若吾得胜回来之日，稍有差池，二罪俱罚！"二人满面羞惭，喏喏而去。

这个"召"字在《三国演义》中大多都是偏于褒义的，至少召人的比较尊重被召的人，偏向于贬义和上级召唤下级，一般用"唤"，这两处用"召"而不用"唤"肯定是有罗贯中安排的意义的。我觉得在这里刘备的"急召"，表现了刘备当时非常重视，但是不是要处罚魏延，而是想让魏延过来解释，为魏延脱罪，以突显刘备对魏延的器重。而关羽召博士仁、糜芳用"召"，我想是在表示关羽只是劝诫博士仁、糜芳，杀他们只是吓唬，而并非真的要杀。后边这两人因此叛逃，是这两人的确坏，而不是关羽的错。

魏延攻打陈仓不下，诸葛亮要杀他，这在正史中是没有的。此处，这应该是罗贯中为了表现诸葛亮要打压魏延而杜撰的，配合诸葛亮攻陈仓不下就是一种反讽。

靳祥回见孔明，具言郝昭如此光景。孔明大怒曰："匹夫无礼太甚！岂欺吾无攻城之具耶？"随叫土人问曰："陈仓城中，有多少人马？"土人告曰："虽不知的数，约有三千人。"孔明笑曰："量此小城，安能御我！休等他救兵到，火速攻之！"

……

孔明只道城中无备，故大造云梯，令三军鼓噪呐喊而进；不期城上火箭齐发，云梯尽着，梯上军士多被烧死，城上矢石如雨，蜀兵皆退。孔明大怒曰："汝烧吾云梯，吾却用'冲车'之法！"

……

如此昼夜相攻，二十余日，无计可破。

孔明正在营中忧闷，忽报："东边救兵到了，旗上书：'魏先锋大将王双'。"孔明问曰："谁可迎之？"魏延出曰："某愿往。"孔明曰："汝乃先锋大将，未可轻出。"

……

却说谢雄引军前行，正遇王双；战不三合，被双一刀劈死。蜀兵败走，双随后赶来。龚起接着，交马只三合，亦被双所斩。败兵回报孔明。孔明大惊，忙令廖化、王平、张嶷三人出迎。

……

王双驱兵大杀一阵，蜀兵折伤甚多。嶷吐血数口，回见孔明，说："王双英雄无敌；如今将二万兵就陈仓城外下寨，四围立起排栅，筑起重城，深挖壕堑，守御甚严。"

……

且说魏延受了密计，当夜二更拔寨，急回汉中。早有细作报知王双。双大驱军马，并力追赶。追到二十余里，看看赶上，见魏延旗号在前，双大叫曰："魏延休走！"蜀兵更不回头。双拍马赶来。背后魏兵叫曰："城外寨中火起，恐中敌人奸计。"双急勒马回时，只见一片火光冲天，慌令退军。行到山坡左侧，忽一骑马从林中骤出，大喝曰："魏延在此！"王双大惊，措手不及，被延一刀砍于马下。魏兵疑有埋伏，四散逃走。延手下止有三十骑人马，望汉中缓缓而行。后人有诗赞曰："孔明妙算胜孙庞，耿若长星照一方。进退行兵神莫测，陈仓道口斩王双。"原来魏延受了孔明密计：先教存下三十骑，伏于王双营边；只待王双起兵赶时，却去他营中放火；待他回寨，出其不意，突出斩之。魏延斩了王双，引兵回到汉中见孔明，交割了人马。

这一段，由于魏延攻打不下，诸葛亮要杀他，接着自己派人劝降，失败了，最后自己带兵去攻打。但对面一个3000人的小城，诸葛亮用了各种招数都打不下，弄得自己失了风度，罕见地“大怒”两次，但最后依然没有攻破，最终致“忧闷”很久。结合之前魏延攻不下就要杀他，这里大写特写诸葛亮的焦躁，难道不是讽刺诸葛亮？接着王双来救陈仓，魏延主动请缨出战，诸葛亮不准许，派了别的将领过去，连败3场，这时诸葛亮给魏延安排了一个密计：魏延带30骑突袭王双，魏延也算厉害，杀掉了王双。我觉得这是暗中描写了诸葛亮想借王双之手杀掉魏延。

这次事件若从另一种角度解读：魏延攻陈仓不下，诸葛亮要杀他，但被靳祥打断，暂时作罢，但诸葛亮可没有说饶了魏延。接着诸葛亮自己去打，如果他顺利打下陈仓呢？是不是就可以名正言顺地杀掉魏延，可惜自己也没有打下来，这时再杀魏延就难以服众了。而后王双来了，魏延难得地主动请缨了一次！是不是想立功保命呢？但诸葛亮不许，派了别人，都失败了。诸葛亮看到王双如此神勇，可能心生一计，何不让王双杀掉魏延，于是派魏延带着30骑去突袭王双。诸葛亮说这是密计，但是不是太牵强了，30骑去攻击大军，还是击杀一名勇将，跟送死有什么区别呢？幸好魏延杀掉王双了。不过，这段内容里魏延的部分都是虚构的，正史都没有，罗贯中要这么写就是为了暗讽诸葛亮压制魏延。有没有可能是要突出魏延的英勇呢？并不是，其实《三国演义》中除此之外，几乎没有明着描写魏延英勇的。

《三国演义》还对魏延做了明描暗绘，因为诸葛亮在《三国演义》中表面是个正面人物，魏延作为诸葛亮恨的对象，就只能是反面的了，所以，各种描写他都是小人。但另一方面，罗贯中却侧面将魏延描写为媲美五虎将的人。

首先看丑化的。因为诸葛亮说他有反骨，所以就描写了魏延两次叛变，虽然都是为了归降刘备，但都是正史中没有的。

第一次反叛，曹操南征荆州，刘琮投降后，刘备带着百姓逃难，经过襄阳城。

《三国演义》记载为：

蔡瑁、张允径来敌楼上，叱军士乱箭射下。城外百姓，皆望敌楼而哭。城中忽有一将，引数百人径上城楼，大喝："蔡瑁、张允卖国之贼！刘使君乃仁德之人，今为救民而来投，何得相拒！"众视其人，身长八尺，面如重枣；乃义阳人也，姓魏，名延，字文长。当下魏延抡刀砍死守门将士，开了城门，放下吊桥，大叫："刘皇叔快领兵入城，共杀卖国之贼！"张飞便跃马欲入，玄德急止之曰："休惊百姓！"魏延只管招呼玄德军马入城。只见城内一将飞马引军而出，大喝："魏延无名小卒，安敢造乱！认得我大将文聘么！"魏延大怒，挺枪跃马，便来交战。两下军兵在城边混杀，喊声大震。玄德曰："本欲保民，反害民也！吾不愿入襄阳！"孔明曰："江陵乃荆州要地，不如先取江陵为家。"玄德曰："正合吾心。"于是引着百姓，尽离襄阳大路，望江陵而走。襄阳城中百姓，多有乘乱逃出城来，跟玄德而去。魏延与文聘交战，从已至未，手下兵卒皆已折尽。延乃拨马而逃，却寻不见玄德，自投长沙太守韩玄去了。

第二次反叛，是刘备派关羽攻打韩玄时，韩玄要杀黄忠，魏延则救了黄忠，反杀韩玄归降刘备。

《三国演义》记载为：

刚推到门外，恰欲举刀，忽然一将挥刀杀入，砍死刀手，救起黄忠，大叫曰："黄汉升乃长沙之保障，今杀汉升，是杀长沙百姓也！韩玄残暴不仁，轻贤慢士，当众共殛之'愿随我者便来！"众视其人，面如重枣，目若朗星，乃义阳人魏延也。自襄阳赶刘玄德不着，来投韩玄；玄怪其傲慢少礼，不肯重用，故屈沉于此。当日救下黄忠，教百姓同杀韩玄，袒臂一呼，相从者数百余人。黄忠拦当不住。魏延直杀上城头，一刀砍韩玄为两段，提头上马，引百姓出城，投拜云长。云长大喜，遂入城。

《三国演义》中还描写了魏延想抢黄忠功劳，但失败了，反倒得黄忠相救活命：

庞统曰："汝二人不必相争。即今泠苞、邓贤下了两个营寨。今汝二人自领本部军马，各打一寨。如先夺得者，便为头功。"于是分定黄忠打泠苞寨，魏延打邓贤寨。二人各领命去了。

……

魏延却暗使人探听黄忠甚时起兵。探事人回报："来日四更造饭，五更起兵。"魏延暗喜，分付众军士二更造饭，三更起兵，平明要到邓贤寨边。军士得令，都饱餐一顿，马摘铃，人衔枚，卷旗束甲，暗地去劫寨。三更前后，离寨前进。到半路，魏延马上寻思："只去打邓贤寨，不显能处，不如先去打泠苞寨，却将得胜兵打邓贤寨。两处功劳，都是我的。"

诸葛亮安排魏延使"连败之计"，魏延不服，便"心中不乐"。同样被安排连败之计，赵云就没有不乐：

又唤魏延分付曰："汝可引本部兵去桃花渡口下寨。如蛮兵渡水来敌，汝便弃了寨，望白旗处而走。限半个月内，须要连输十五阵，弃七个寨栅。若输十四阵，也休来见我。"魏延领命，心中不乐，怏怏而去。

听虚话，慕虚名，诸葛亮说是大任就大喜：

孔明又思：高翔非张郃对手，必得一员大将，屯兵于街亭之右，方可防之，遂唤魏延引本部兵去街亭之后屯扎。延曰："某为前部，理合当先破敌，何故置某于安闲之地？"孔明曰："前锋破敌，乃偏裨之事耳。今令汝接应街亭，当阳平关冲要道路，总守汉中咽喉：此乃大任也，何为安闲乎？汝勿以等闲视之，失吾大事。切宜小心在意！"魏延大喜，引兵而去。

一句"吾得生矣"形容魏延怕死：

魏延左冲右突，不得脱身，折兵大半。正危急间，忽一彪军杀入，乃王平也。延大喜曰："吾得生矣！"二将合兵一处，大杀一阵，魏兵方退。

和陈式一起不服诸葛亮，闯祸后还推卸责任：

魏延想起孔明向日不听其计，亦笑曰："丞相若听吾言，径出子午谷，此时休说长安，连洛阳皆得矣！今执定要出祁山。有何益耶？既令进兵，今又教休进。何其号令不明！"式曰："吾自有五千兵，径出箕谷，先到祁山下寨，看丞相羞也不羞！"芝再三阻当，式只不听，径自引五千兵出箕谷去了。邓芝只得飞报孔明。

……

陈、魏二人方信孔明先见如神，懊悔不及。且说邓芝回见孔明，言魏延、陈式如此无礼。孔明笑曰："魏延素有反相，吾知彼常有不平之意；因怜其勇而用之。久后必生患害。"正言间，忽流星马报到，说陈式折了四千余人，止有四五百带伤人马，屯在谷中。

……

却说孔明大驱士马，复出祁山。劳军已毕，魏延、陈式、杜琼、张嶷入帐拜伏请罪。孔明曰："是谁失陷了军来？"延曰："陈式不听号令，潜入谷口，以此大败。"式曰："此事魏延教我行来。"孔明曰："他倒救你，你反攀他！将令已违，不必巧说！"即叱武士推出陈式斩之。须臾，悬首于帐前，以示诸将。此时孔明不杀魏延，欲留之以为后用也。

《三国演义》看似把魏延描写成小人，但从侧面其实也在肯定魏延：

在《三国演义》中，蜀国五虎上将中魏延除了没有和关羽搭档过，和其他四个五虎将都搭档过。在书中，他可不完全是五虎将的下属。

第一，攻打西川时，和黄忠平级，全部战役，魏延在重要性上没有低于黄忠，也没有被黄忠指挥过，两个人分别是左膀右臂，出兵时平级。

玄德曰："吾与庞士元、黄忠、魏延前往西川；军师可与关云长、张翼德、赵子龙守荆州。"孔明应允。于是孔明总守荆州；关公拒襄阳要路，当青泥隘口；张飞领四郡巡江，赵云屯江陵，镇公安。玄德令黄忠为前部，魏延为后军，玄德自与刘封、关平在中军。庞统为军师，马步兵五万，起程西行。

……

却说玄德令黄忠、魏延各守一寨，自回涪城，与军师庞统商议。

……

庞统谓玄德曰："统令魏延为先锋，取南小路而进；主公令黄忠作先锋，从山北大路而进，并到雒城取齐。"玄德曰："吾自幼熟于弓马，多行小路。军师可从大路去取东门，吾取西门。"

……

玄德从之，教黄忠引兵取左，魏延引兵取右，玄德取中路。

……

孔明遂乘马至桥边，绕河看了一遍，回到寨中，唤黄忠、魏延听令曰："离金雁桥南五六里，两岸都是芦苇蒹葭，可以埋伏。"魏延引一千枪手伏于左，单戳马上将；黄忠引一千刀手伏于右，单砍坐下马。

其他佐证还有和黄忠抢功，在上一段中摘录过，这里不在复述。

第二，在征汉中时，魏延在张飞之下，属于张飞副将助手。

玄德曰："虽然如此，未可托大。可使魏延助之。"孔明令魏延解酒赴军前，车上各插黄旗，大书"军前公用美酒"。魏延领命，解酒到寨中，见张飞，传说主公赐酒。飞拜受讫，分付魏延、雷铜各引一支人马，为左右翼；只看军中红旗起，便各进兵；教将酒摆列帐下，令军士大开旗鼓而饮。

……

张飞知是计，收军回寨，与魏延商议曰："张郃用埋伏计，杀了雷铜，又要赚吾，何不将计就计？"延问曰："如何？"飞曰："我明日先引一军前往，汝却引精兵于后，待伏兵出，汝可分兵击之。用车十余乘，各藏柴草，塞住小路，放火烧之。吾乘势擒张郃，与雷铜报仇。"魏延领计。

第三，守汉中，马超是魏延的助手。

遂命丞相诸葛亮保太子守两川；骠骑将军马超并弟马岱，助镇北将军魏延守汉中，以当魏兵……

第四，平定南蛮时，和赵云平级。

是日，孔明辞了后主，令蒋琬为参军，费祎为长史，董厥、樊建二人为掾史；赵云、魏延为大将，总督军马；王平、张翼为副将；并川将数十员：共起川兵五十万，前望益州进发。

……

赵云、魏延见孔明不用，各有愠色。

……

赵云请魏延到自己寨内商议曰："吾二人为先锋，却说不识地理而不肯用。今用此后辈，吾等岂不羞乎？"

……

即遣魏延、赵云同领一军，于旱路打城。军到城下时，城上弓弩齐发。原来洞中之人，多习弓弩，一弩齐发十矢，箭头上皆用毒药；但有中箭者，皮肉皆烂，见五脏而死。赵云、魏延不能取胜，回见孔明，言药箭之事。

至此，基本上可以看出，罗贯中正面描绘了一个很不堪的魏延，但是侧面却给了他极大的肯定，魏延排名应该在马超之上、张飞之下，和赵云、黄忠一个级别，而这样的待遇也应该是魏延应得的。

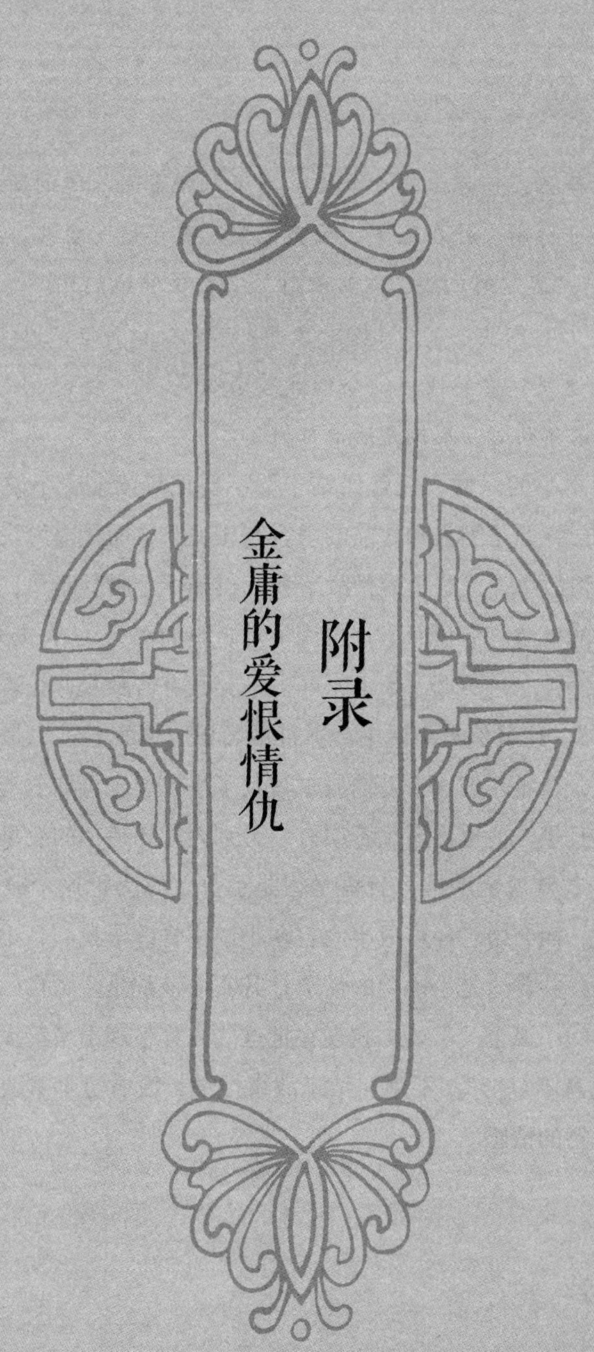

附录

金庸的爱恨情仇

总概：天下知闻

《笑傲江湖》32章：

这一番奔驰，直奔出二十余里，到了一处荒无人迹的所在，只觉悲从中来，不可抑制，扑在地下，放声大哭。哭了好一会儿，心中才稍感舒畅，寻思："我这时回去，双目红肿，若教仪和她们见了，不免笑话于我，不如晚上再回去罢。"但转念又想："我久出不归，她们定然担心。大丈夫要哭便哭，要笑便笑。令狐冲苦恋岳灵珊，天下知闻。她弃我有若敝屣，我若不伤心，反倒是矫情作假了。"

在我着手写本书的时候，我曾纠结于要不要把解读金庸小说的这部分附上。纠结的原因，并非是因为和之前的内容毫无关联，而是因为我将金庸小说解读为金庸的爱情故事，而这个爱情故事我觉得属于金庸的隐私，或许秘而不宣才是我应该做的事情。但秘而不宣也许不是金庸的本意。"大丈夫要哭便哭，要笑便笑。令狐冲苦恋岳灵珊，天下知闻。她弃我有若敝屣，我若不伤心，反倒是矫情作假了"，这虽然是小说中令狐冲的言语，但我想这也是金庸先生内心的想法。所以，金庸才把这个爱情故事写到了小说里，再加上与金庸逝世的时间极度巧合，我想，他也许还是希望有一天别人能知道他的故事的。

这篇内容，与其说是解读，我更觉得是引导。因为把这个故事讲得最好的人就是金庸了，而金庸已经将故事内容在小说中告诉了我们，小说中一些人物的想法和语言，并非只是小说中的情节，其实应该都是金庸自己的想法，这一点对读懂金庸的小说至关重要。我现在把这些内容整理出来给大家，但读的时候注意要"重意不重形"。不用纠结于故事情节，没看过不重要，最重要的是要用心体会人物的情感。

一、忆往昔

作品：《连城诀》和《笑傲江湖》

这两部都是金庸后期的作品，是对过去的追忆。

（一）青梅竹马

并非真的青梅竹马，而是二人同拜一人为师，又情投意合。

《连城诀》第一章：

狄云敬师如父，对这位娇憨美貌的师妹又是私恋已久，说有甚么事要瞒住师父、师妹，那可比甚么都难，一时踌躇不答。

《连城诀》第二章：

她自幼和狄云一同长大，心目中早便当他是日后的夫郎。

《笑傲江湖》第五章：

令狐冲慢慢坐了下来，道："我是个无父无母的孤儿，十五年前蒙恩师和师母收录门下，那时小师妹还只三岁，我比她大得多，常常抱了她出去采野果、捉兔子。我和她是从小一块儿长大的。师父师母没儿子，待我犹似亲生儿子一般，小师妹便等于是我的妹子。"

（二）自惭形秽

那人是个公子哥，而令狐冲当时才初出茅庐。

《连城诀》第四章：

她心中早就没了我这个人，从前我就比不上万圭，现下我跟他更是天差地远了。

《笑傲江湖》第十三章：

这中间只令狐冲一人黯然神伤，寻思："师父、师娘甚么地方都不去，偏偏先要去洛阳会见林师弟的外祖父，再万里迢迢的去福建作客，不言而喻，自是要将小师妹许配给他了。到洛阳是去见他家长辈，说定亲事；到了福建，多半便在他林家完婚。我是个没爹没娘、无亲无戚的孤儿，怎能和他分局遍天下的福威镖局相比？林师弟去洛阳叩见外公、外婆，我跟了去却又算甚么？”

……

令狐冲唯唯喏喏，全不置答。他倒不是对王伯奋有何恶感，只是眼见王家如此豪奢，自己一个穷小子和之相比，当真是一个天上，一个地下。林平之一到外公家，便即换上蜀锦长袍，他本来相貌十分俊美，这一穿戴，越发显得富贵儒雅，丰神如玉。令狐冲一见之下，更不由得自惭形秽，寻思：“莫说小师妹在山上时便已和他相好，就算她始终对我如昔，跟了我这穷光蛋又有甚么出息？”

（三）蒙冤

蒙冤产生的误会，可能是导致遗憾的重要原因。

《连城诀》第二章：

狄云虽是个从没见过世面的乡下少年，此刻也明白是落入了人家布置的阴毒陷阱之中。他急跃而起，翻过身来，正要向鲁坤扑去，忽然见到一张苍白的脸，却是戚芳。

狄云一呆，只见戚芳脸上的神色又是伤心，又是鄙夷，又是愤怒。他叫道：“师妹！”戚芳突然满脸涨得通红，道：“你为甚么……为甚么这样？”狄云满腹冤屈，这时如何说得出口？

……

戚芳此时更无怀疑，怨愤欲绝，恨不得立时便横剑自刎。

她自幼和狄云一同长大，心目中早便当他是日后的夫郎，哪料到这个自己一向爱重的情侣，竟会在自己遭逢横祸之时，要和别的女人远走高飞。难道这个妖妖娆娆的女子，便当真迷住了他么？还是他害怕受爹爹连累，想独自逃走？

……

他心中只是想：“连芳妹也当我是贼，连她也当我是贼。”

《笑傲江湖》第二十四章：

岳灵珊道："不知大师哥此刻在哪里？我能见到他就好了，定要代你向他索还剑谱。他剑法早已练得高明之极，这剑谱也当物归原主啦。我说，小林子，你乘早死了这条心，不用在这旧房子里东翻西寻啦。就没这剑谱，练成了我爹爹的紫霞神功，也报得了仇。"

……

岳灵珊冷笑道："不问你要，却问谁要？那件袈裟，是谁从林家老宅中抢去的？"令狐冲道："是嵩山派的两个家伙，一个叫甚么'白头仙翁'卜沉，一个叫'秃鹰'沙天江。"岳灵珊道："这姓卜姓沙的两个家伙，是谁杀的？"令狐冲道："是我。"岳灵珊道："那件袈裟，又是谁拿了？"令狐冲道："是我。"岳灵珊道："那么拿来！"

令狐冲道："我受伤晕倒，蒙师……师……蒙你母亲所救。此后这件袈裟、便不在我身上。"岳灵珊仰起头来，打个哈哈，声音中却无半分笑意，说道："依你说来，倒是我娘吞没了？这等卑鄙无耻的话，亏你说得出口！"

以上取材于《笑傲江湖》第二十四章《蒙冤》，但在全书中，令狐冲还有多处被冤枉。

（四）伪君子

蒙冤与伪君子关系极大。

《连城诀》第九章：

他自幼跟师父长大，见师父实是个忠厚老实的乡下人，但丁典却说他十分工于心计，是以要再问一问，到底丁典的话是否传闻有误。

言达平道："我师弟戚长发外号叫作'铁锁横江'，那是人家说他计谋多端，对付人很辣手，就像一条大铁链锁住了江面，叫江中船只上又上不得、下又下不得的意思。"

《笑傲江湖》第三十五章：

林平之续道："你爹哼了一声，道：'你这么说，咱们将令狐冲这小子逐出门墙，你倒似好生后悔。'你妈道：'他犯了门规，你执行祖训，清理门户，无人可以非议。但你说他结交左道，罪名已经够了，何必再冤枉他偷盗剑谱？其实你比我还明白得多。你明知他没拿平儿的《辟邪剑谱》。'你爹叫了起来：'我怎么知道？我怎么知道'？"

林平之的声音也是既高且锐，仿效岳不群尖声怒叫，静夜之中，有如厉枭夜啼，盈盈不由得毛骨悚然。

隔了一会，才听他续道："你妈妈缓缓的道：'你自然知道，只因为这部剑谱，是你取了去的。'你爹怒声吼叫：'你……你说……是我……'但只说了几个字，突然住口。你妈声音十分平静，说道：'那日冲儿受伤昏迷，我替他止血治伤之时，见到他身上有件袈裟，写满了字，似乎是剑法之类。第二次替他换药，那件袈裟已经不见了，其时冲儿仍然昏迷未醒。这段时候之中，除了你我二人，并无别人进房。这件袈裟可不是我拿的'。"

（五）强上十倍

忧郁时，她出现了，比她还好。

《连城诀》第五章，形容水笙：

白马上乘的是个少女，二十岁上下年纪，白衫飘飘，左肩上悬着一朵红绸制的大花，脸色微黑，相貌却极为俏丽。

……

端的是人俊马壮，狄云一生之中，从未见过这般齐整标致的人物，不由得心中暗暗喝一声彩："好漂亮！"

水笙父亲是大侠，非戚长发可比。按小说描述，水笙武艺、容貌也比戚芳为佳。

《笑傲江湖》第二十八章：

任我行笑道："岳不群这伪君子是甚么东西？他的女儿又怎能和我的女儿相比？……"

《笑傲江湖》第三十二章：

……仪和、仪清师姊她们都说，任大小姐虽是魔教中人，但容貌既美，武功又高，哪一点都比岳小姐强上十倍。

《笑傲江湖》第三十五章：

他回思往事，情难自已，忽听得仪和一声冷笑，说道："这女子有甚么好？三心二意，待人没半点真情，跟咱们任大小姐相比，给人家提鞋儿也不配。"

（六）他对你不好

《连城诀》第十一章：

戚芳在窗外只听得心乱如麻："他……他二人口口声声的骂我淫妇，怎……怎么能如此的冤枉人家？三哥，我是一片为你之心，要夺回解药，治你之伤，你却这般辱我，可还有良心没有？"

《笑傲江湖》第三十五章：

料想林平之见到爱妻遇险，定然分心，自当回身去救，不料他全力和余沧海相斗，竟然全不理会妻子身处奇险。

盈盈心想："岳姑娘以后跟着这奸狡凶险、暴躁乖戾的小子，这一辈子，苦头可有得吃了。"

（七）后悔

希望这是事实，但也许不是。

《连城诀》第十章：

戚芳只觉头脑晕眩，眼前发黑，吴坎的话犹如一把把利刀扎入她的心中，不禁低呼："我……错怪了你，冤枉了你！"

……

戚芳又是感激，又是伤心，又是委屈，又是怜惜，心中只是说："师哥，是我冤枉了你，我原该知道你对我一片真心，这可真苦了你，可真苦了你！"

《笑傲江湖》第三十三章：

他想岳灵珊为了挂念自己而到思过崖去追忆昔情，只是他一厢情愿的猜测，可是他似乎已迷迷惘惘的见到，岳灵珊如何在崖上泪如雨下，如何痛悔嫁错了林平之，如何为了辜负自己的一片深情而伤心不已。

（八）情长

难以忘怀！

《连城诀》第十章：

他只看了一眼，不敢再看，脑海中一片混乱，终于渐渐清晰了起来："我在万家柴房中晕倒，若不是师妹相救，更无旁人。从前我疑心她有意害我，但昨晚……昨晚她向天祝祷，吐露心事，她既对我如此情长，当日自也决计不会害我。难道，难道老天爷有眼睛，我和师妹经历了这番艰难困苦之后，又能重新团圆么？"

他想到"重新团圆"四字，不禁心中又怦怦乱跳，侧头向戚芳瞥了一眼，只见她满脸尽是关切之色，目不转睛的瞧万圭，眼中流露出爱怜的神气。

狄云一见到她这眼色，一颗心登时沉了下去，背脊上一片冰凉，他记得清清楚楚，那日他和万门八弟兄相斗，给他八人联手打得鼻青目肿，师妹给他缝补衣衫，眼光中也是这么爱怜横溢、柔情无限。现今，她这眼波是给了丈夫啦，再也不会给他了。

《笑傲江湖》第三十三章：

这一接上手，顷刻间便拆了十来招，不但令狐冲早已回到了昔日华山练剑的情景之中，连岳灵珊心里，也渐渐忘却了自己此刻是已嫁之身，是在数千江湖汉子之前，为了父亲的声誉而出手试招，眼中所见，只是这个倜傥潇洒的大师哥，正在和自己试演二人合创的剑法。

令狐冲见她脸上神色越来越柔和，眼中射出喜悦的光芒，显然已将适才给父亲打了记耳光的事淡忘了，心想："今天我见她一直郁郁不乐，容色也甚憔悴，现下终于高兴起来了。唉，但愿这套冲灵剑法有千招万招，一生一世也使不完。"自从他在思过崖上听得岳灵珊口哼福建小调以来，只有此刻，小师妹对他才像从前这般相待，不由欢喜无限。

……

《笑傲江湖》第三十五章：

岳灵珊顿了顿足，一瞥眼见到令狐冲坐在封禅台之侧，当即走到他身前，说道："大师哥，你……你的伤不碍事罢？"令狐冲先前一听到她的呼声，心中便已怦怦乱跳，这时更加心神激荡，说道："我……我……我……"仪和向岳灵珊冷冷的道："你放心，死不了！"岳灵珊听而不闻，眼光只是望着令狐冲，低声说道："那剑脱手，我……我不是有心想伤你的。"令狐冲道："是，我当然知道，我当然知道……我……我……我当然知道。"他向来豁达洒脱，但在这小师妹面前，竟是呆头呆脑，变得如木头人一样，连说了三句"我当然知道"，直是不知所云。岳灵珊道："你受伤很重，我十分过意不去，但盼你不要见怪。"令狐冲道："不，不会，我当然不会怪你。"

岳灵珊幽幽叹了口气，低下了头，轻声道："我去啦！"令狐冲道："你……你要去了吗?"失望之情，溢于言表。

岳灵珊低头慢慢走开，快下峰时，站定脚步，转身说道："大师哥，恒山派来到华山的两位师姊，爹爹说我们多有失礼，很对不起。我们一回华山，立即向两位师姊赔罪，恭送她们下山。"

令狐冲道："是，很好，很……很好！"目送她走下山峰，背影在松树后消失，忽然想起，当时在思过崖上，她天天给自己送酒送饭，离去之时，也总是这么依依不舍，勉强想些话说出来，多讲几句才罢，直到后来她移情于林平之，情景才变。

（九）至死不渝

仔细看内容，虽相似但其实是反的。因为只有她才知道真相。

《连城诀》第十二章：

戚芳苦笑道："师哥，人家说：一夜夫妻……唉，别说了，我……你别怪我。我忍心不下，来放出了我丈夫……他……他……"

狄云咬牙道："他……他……他反而刺了你一刀，是不是?"

戚芳苦笑着点了点头。

狄云心中痛如刀绞，眼见戚芳命在顷刻，万圭这一刀刺得她如此厉害，无论如何是救不活了。在他内心，更有一条妒忌的毒蛇在隐隐的咬啮："你……终究是爱你丈夫，宁可自己死了，也要救他。"

戚芳道："师哥，你答允我，好好照顾空心菜，当是你……你自己的女儿一般。"

狄云黯然不语，点了点头，咬牙道："这贼子……到哪里去啦?"

戚芳眼神散乱，声音含混，轻轻地道："那山洞里，两只大蝴蝶飞了进去，梁山伯，祝英台，师哥，你瞧，你瞧！一只是你，一只是我。咱们俩……这样飞来飞去，永远也不分离，你说好不好?"声音渐低，呼吸慢慢微弱了下去。

《笑傲江湖》第三十六章：

岳灵珊道："大师哥，你一直侍我很好，我……我对你不起。我……我就要死了。"令狐冲垂泪道："你不会死的，咱们能想法子治好你。"岳灵珊道："我……我这里痛……痛得很。大师哥，我求你一件事，你……千万要答允我。"令狐冲握住她左手，道："你说，你说，我一定答允。"岳灵珊叹了口气，道："你……你……不肯答允的……而且……也太委屈了你……"声音越来越低，呼吸也越是微弱。

令狐冲道："我一定答允的，你说好了。"岳灵珊道："你说甚么？"

令狐冲道："我一定答允的，你要我办甚么事，我一定给你办到。"岳灵珊道："大师哥，我的丈夫……平弟……他……他……瞎了眼睛……很是可怜……你知道么？"令狐冲道："是，我知道。"岳灵珊道："他在这世上，孤苦伶仃，大家都欺侮……欺侮他。大师哥……我死了之后，请你尽力照顾他，别……别让人欺侮了他……"

令狐冲一怔，万想不到林平之毒手杀妻，岳灵珊命在垂危，竟然还是不能忘情于他。令狐冲此时恨不得将林平之抓来，将他千刀万剐，日后要饶了他性命，也是千难万难，如何肯去照顾这负心的恶贼？

岳灵珊缓缓的道："大师哥，平弟……平弟他不是真的要杀我……他怕我爹爹……他要投靠左冷禅，只好……只好刺我一剑……"

令狐冲怒道："这等自私自利、忘恩负义的恶贼，你……你还念着他？"

岳灵珊道："他……他不是存心杀我的，只不过……只不过一时失手罢了。大师哥……我求求你，求求你照顾他……"月光斜照，映在她脸上，只见她目光散乱无神，一对眸子浑不如平时的澄澈明亮，雪白的腮上溅着几滴鲜血，脸上全是求恳的神色。

令狐冲想起过去十余年中，和小师妹在华山各处携手共游，有时她要自己做甚么事，脸上也曾露出过这般祈恳的神气，不论这些事多么艰难，多么违反自己的心愿，可从来没拒却过她一次。她此刻的求恳之中，却又充满了哀伤，她明知自己顷刻间便要死去，再也没机会向令狐冲要求甚么，这是最后一次的求恳，也是最迫切的一次求恳。

霎时之间，令狐冲胸中热血上涌，明知只要一答允，今后不但受累无穷，而且要强迫自己做许多绝不愿做之事，但眼见岳灵珊这等哀恳的神色和语气，当即点头道："是了，我答允便是，你放心好了。"

盈盈在旁听了，忍不住插嘴道："你……你怎可答允？"

岳灵珊紧紧握着令狐冲的手，道："大师哥，多……多谢你……我……我这可放心……放心了。"她眼中忽然发出光彩，嘴角边露出微笑，一副心满意足的模样。

令狐冲见到她这等神情，心想："能见到她这般开心，不论多大的艰难困苦，也值得为她抵受。"

忽然之间，岳灵珊轻轻唱起歌来。令狐冲胸口如受重击，听她唱的正是福建山歌，听到她口中吐出了"姊妹，上山采茶去"的曲调，那是林平之教她的福建山歌。当日在思过崖上心痛如绞，便是为了听到她口唱这山歌。她这时又唱了起来，自是想着当日与林平之在华山两情相悦的甜蜜时光。

她歌声越来越低，渐渐松开了抓着令狐冲的手，终于手掌一张，慢慢闭上了眼睛。歌声止歇，也停住了呼吸。

二、倾心时

作品：《射雕英雄传》

郭靖为什么为"憨呆"的形象？因为当时令狐冲陷入了爱河，境由心生，郭靖就成了一个傻小子。

《射雕英雄传》第四章：

张阿生道："对，对！我几时又聪明过了？"说着转头向韩小莹瞧去。

……

张阿生这些年来对韩小莹一直心中暗暗爱慕，只是向来不敢丝毫表露情愫，这时见她涉险救人，情急关心，当即飞奔而下，准拟挡在她的前面，好让她救了人逃开。

（一）原配

《射雕英雄传》第六章：

在庆功宴中，成吉思汗受诸将敬酒，喝得微醺，对郭靖道：“好孩子，我再赐你一件我最宝贵的物事。”郭靖忙跪下谢赏。

成吉思汗道：“我把华筝给你，从明天起，你是我的金刀驸马。”

众将轰然欢呼，纷纷向郭靖道贺，大呼：“金刀驸马，好，好，好！”拖雷更是高兴，一把搂住了义弟不放。

郭靖却呆在当地，作声不得。他向来把华筝当作亲妹子一般，实无半点儿女私情，数年来全心全意的练武，心不旁骛，哪里有过丝毫绮念？这时突然听到成吉思汗这几句话，登时茫然失措，不知如何是好。众人见他傻愣愣的发呆，都哄然大笑起来。

《射雕英雄传》第十八章：

欧阳锋遣人来为侄儿求婚之时，黄药师心想，当世武功可与自己比肩的只寥寥数人而已，其中之一就是欧阳锋了，两家算得上门当户对，眼见来书辞卑意诚，看了心下欢喜；又想自己女儿顽劣得紧，嫁给旁人，定然恃强欺压丈夫，女儿自己选中的那姓郭小子他却十分憎厌。欧阳克既得叔父亲传，武功必定不弱，当世小一辈中只怕无人及得，是以对欧阳锋的使者竟即许婚。

除华筝外，在金庸的作品中，男主人公的第一任妻子往往都未能和男主人公走到最后。《神雕侠侣》中杨过第一任妻子是陆无双，《倚天屠龙记》中张无忌的是蛛儿，《天龙八部》中的是木婉清。唯一除外的是《鹿鼎记》中的方怡。

（二）天下第一豪杰

令狐冲先前一直很尊重岳不群。

《射雕英雄传》第三十九章：

丘处机呆了一呆，说道："黄药师行为乖僻，虽然出自愤世嫉俗，心中实有难言之痛，但自行其是，从来不为旁人着想，我所不取。欧阳锋作恶多端，那是不必说了。段皇爷慈和宽厚，若是君临一方，原可造福百姓，可是他为了一己小小恩怨，就此遁世隐居，亦算不得是大仁大勇之人。只有洪七公洪帮主行侠仗义，扶危济困，我对他才佩服得五体投地。华山二次论剑之期转瞬即至，即令有人在武功上胜过洪帮主，可是天下豪杰之士，必奉洪帮主为当今武林中的第一人。"

（注：第三十九章说出这话，其时可能已经看破这位豪杰的假面，应该为反讽。）

（三）同门学艺

《射雕英雄传》第十五章：

洪七公向郭靖道："我若不收你做徒弟，那女娃儿定是死不了心，诡计百出，终于让老叫化非收你为徒不可。老叫化不耐烦跟小姑娘们磨个没了没完，算是认输，现下我收你做徒儿。"

郭靖大喜，忙扑翻在地，磕了几个响头，口称："师父！"日前在归云庄上，他向六位师父详述洪七公传授"降龙十八掌"之事，江南六怪十分欣喜，都说可惜这位武林高人生性奇特，不肯收他为徒，吩咐他日后如见洪七公露出有收徒之意，可即拜师。

黄蓉只乐得心花怒放，笑吟吟地道："七公，我帮你收了个好徒儿，功劳不小，你从今而后，可有了传人啦。你谢我甚么？"

……

黄蓉却不理他，向洪七公盈盈拜了下去，说道："七公，你今日收两个徒儿吧。好事成双，你只收男徒，不收女徒，我可不依。"洪七公摇头笑道："我收一个徒儿已大大破例，老叫化今日太不成话。何况你爹爹这么大的本事，怎能让你拜老叫化为师？"黄蓉装作恍然大悟，道："啊，你怕我爹爹！”

洪七公被她一激，加之对她本就十分喜爱，脸孔一板，说道：“怕甚么？就收你做徒儿，难道黄老邪还能把我吃了？”

黄蓉笑道：“咱们一言为定，不能反悔。我爹爹常说，天下武学高明之士，自王重阳一死，就只剩下他与你二人，南帝也还罢了，余下的都不在他眼里。我拜你为师，爹爹一定喜欢。师父，你们叫化子捉蛇是怎样捉的，就先教我这门本事。”

（四）心中只有你

《射雕英雄传》第二十五章：

黄蓉道：“那你怎么办？”郭靖道：“我也不知道啊。”黄蓉叹了口气，道：“只要你心中永远待我好，你就是娶了她，我也不在乎。”顿了一顿，又道：“不过，还是别娶她的好，我不喜欢别的女人整天跟着你，说不定我发起脾气来，一剑在她心口上刺个窟窿，那你就要骂我啦。且别说这个，你听他们叽里咕噜的说些甚么。”

《射雕英雄传》第二十六章：

郭靖走上几步，握住她双手，说道：“蓉儿，我不知道你说得对不对，我心中却只有你，你是明白的。不管旁人说该是不该，就算把我身子烧成了飞灰，我心中仍是只有你。”黄蓉眼中含泪，道：“那么为甚么你说要娶她？”

郭靖道：“我是个蠢人，甚么事理都不明白。我只知道答允过的话，决不能反悔。可是我也不打诳，不管怎样，我心中只有你。”

……

黄蓉向郭靖望了一眼，见他凝视着自己，目光爱怜横溢，深情无限，回头向父亲道：“爹，他要娶别人，那我也嫁别人。他心中只有我一个，那我心中也只有他一个。”

（五）他

《射雕英雄传》第八章：

只见那人一身白衣，轻裘缓带，神态甚是潇洒，看来三十五六岁年纪，双目斜飞，面目俊雅，却又英气逼人，身上服饰打扮，俨然是一位富贵王孙。

完颜康笑道："这位是西域昆仑白驼山少主欧阳公子，单名一个克字。欧阳公子从未来过中原，各位都是第一次相见罢？"

《射雕英雄传》第二十一章：

欧阳克低声道："黄姑娘，多谢你相救。我是活不成的了，但见到你出力救我，我是死也欢喜。"黄蓉心中忽感歉疚，说道："你不用谢我。这是我布下的机关，你知道么？"欧阳克低声道："别这么大声，给叔叔听到了，他可放你不过。我早知道啦，死在你的手里，我一点也不怨。"黄蓉叹了口气，心道："这人虽然讨厌，对我可真不坏。"

（六）礼教大防

礼教大防为《神雕侠侣》第十四回名称，但我认为此时此事已经发生。为何会"礼教大防"，因为郭靖已经有华筝了。

《射雕英雄传》第二十五章：

黄药师道："你那小道士师兄骂得好，说我是邪魔怪物。桃花岛主东邪黄药师，江湖上谁不知闻？黄老邪生平最恨的是仁义礼法，最恶的是圣贤节烈，这些都是欺骗愚夫愚妇的东西，天下人世世代代入其彀中，还是懵然不觉，真是可怜亦复可笑！我黄药师偏不信这吃人不吐骨头的礼教，人人说我是邪魔外道，哼！我这邪魔外道，比那些满嘴仁义道德的混蛋，害死的人只怕还少几个呢！"程瑶迦不语，心中突突乱跳，不知他要怎生对付自己。

此处为黄药师所说，但这个应该就是金庸先生内心的想法。《神雕侠侣》中也通过黄药师之口再次表达，我一并放在这里。

《神雕侠侣》第十五回：

殊不知黄药师一生纵横天下，对当时礼教世俗之见最是憎恨，行事说话，无不离经叛道，因此上得了个“邪”字的名号。他落落寡合，生平实无知己，虽以女儿女婿之亲，也非真正知心，郭靖端凝厚重，尤非意下所喜。不料到得晚年，居然遇到杨过。日前英雄大会中杨过诸般作为，已然传入他耳中，黄蓉也约略说了这少年的行事为人，此刻与他寥寥数语，更是大合心意。

（七）遗憾

“咱们日后难道……难道当真非分开不可”？

《射雕英雄传》第二十六章：

黄蓉笑道：“这样的人固然是好，可是天下忧患多安乐少，他不是一辈子乐不成了么？我可不干。”郭靖微微一笑，黄蓉又道：“靖哥哥，我不理天下忧不忧、乐不乐，若是你不在我身边，我是永远不会快乐的。”说到后来，声音低沉下去，愀然蹙眉。郭靖知她想到了两人终身之事，无可劝慰，垂首不语。

《射雕英雄传》第三十二章：

郭靖呆呆地望着，过了良久，只见她眉尖微蹙，眼中流出几滴泪水来。郭靖心道：“她梦中必是想到了咱俩的终身之事，莫瞧她整日价似乎无忧无虑，嘻嘻哈哈的，其实心中却不快活。唉，是我累得她这般烦恼，当日在张家口她若不遇上我，于她岂不是好？可是我呢？我又舍得撇下她吗？”

郭靖无奈，只得跟着上船。黄蓉笑道：“傻哥哥，咱们此刻在一起多些稀奇古怪的经历，日后分开了，便多有点事情回想，岂不是好？”郭靖道：“咱们日后难道……难道当真非分开不可？”黄蓉凝视着他脸不答。郭靖心头一片茫然，当时在牛家村一时意气，答应了拖雷要娶华筝，此后才体会到其中的伤痛惨酷。

（八）蒙冤

此处的蒙冤指的是黄药师，但我觉得应该是郭靖已经蒙冤。

《射雕英雄传》第三十四章：

黄药师又问郭靖道：“你目无尊长，跟我胡说八道，动手动脚，是为了朱聪他们么？”郭靖眼中如要出血，叫道：“你亲手将我五位师父害了，还要假作不知？”提起短剑，挺臂直刺。

黄药师挥手将铁杖甩出，当的一声，杖剑相交，火花四溅，那短剑锋锐无伦，铁杖上给砍了一条缺口。

黄药师又道：“是谁见来？”郭靖道：“五位师父是我亲手埋葬，难道还能冤了你不成？”黄药师冷笑道：“冤了又怎样？黄老邪一生独来独往，杀了几个人难道还会赖账？不错，你那些师父通统是我杀的！”

忽听一个女子声音叫道：“不，爹爹，不是你杀的，你千万别揽在自己身上。”众人一齐转头，只见说话的正是黄蓉。众人全神酣斗，竟未察觉她何时到来。

郭靖乍见黄蓉，呆了一呆，霎时间不知是喜是愁。

黄药师见女儿无恙，大喜之下，痛恨郭靖之心全消，哈哈大笑，说道：“好孩子，过来，让爹疼你。”这几日来黄蓉受尽了熬煎，到此时才听到一句亲切之言，飞奔过去，投入父亲怀中，哭道：“爹，这傻小子冤枉你，他……他还欺负我。”

黄药师搂着女儿笑道：“黄老邪自行其是，早在数十年前，无知世人便已把天下罪孽都推在你爹头上，再加几桩，又岂嫌多了？江南五怪是你梅师姊的大仇人，当真是我亲手杀了。”黄蓉急道：“不，不，不是你，我知道不是你。”黄药师微微一笑，道：“傻小子这么大胆，竟敢欺侮我的好孩子，你瞧爹爹收拾他。”一言甫毕，突然回手出掌，快似电闪，当真来无影、去无踪。郭靖正自琢磨他父女俩的对答，突然啪的一声，左颊热辣辣的吃了一记耳光，待要伸手挡架，黄药师的手掌早已回了黄蓉头上，轻轻抚摸她的秀发。

三、黯然时

作品:《神雕侠侣》

为什么《神雕侠侣》那么悲伤？还是因为境由心生，“郭靖”被负心了。郭芙傻，因为她没有眼光，冤枉背弃杨过。“芙”，应该是“负，负心”的意思。

（一）同门学艺

告诉各位读者，背景相同。

《神雕侠侣》第三回：

次日清晨，郭靖将杨过、武氏兄弟、郭芙叫到大厅，又将柯镇恶请来，随即令四个孩子向江南六怪的灵位磕过了头，向柯镇恶道：“大师父，弟子要请师父恩准，跟你收四个徒孙。”柯镇恶喜道：“那再好不过，我恭喜你啦。”郭靖命杨过与武氏兄弟先向柯镇恶磕头，再对他夫妇行拜师之礼，郭芙笑问：“妈，我也得拜么？”黄蓉道：“自然要拜。”郭芙笑嘻嘻的也向三人磕了头。

郭靖正色道，“从今天起，你们四人是师兄弟啦……”郭芙接口道：“不，还是师兄妹。”郭靖横了女儿一眼，道：“爹没说完，不许多口。”他顿了一顿，说道：“自今而后，你们四人须得相亲相爱，有福共享，有难同当，如再争闹打架，我可不能轻饶。”说着向杨过看了一眼。杨过心想：“你自然偏袒女儿，以后我不去惹她就是。”

（二）奸险背信

“岳不群”在书中已经漏出真面目。

《神雕侠侣》第五回：

杨过道："我拜过全真教那个臭道士做师父，他待我不好，我在梦里也咒骂师父。因此还是叫你姑姑的好，免得我骂师父时连累到你。"

《神雕侠侣》第十四回：

（针对杨过师父赵志敬）小龙女从来意想不到世间竟有这等说过了话不算的奸险背信之事，心中极是厌烦，牵着杨过的手，皱眉道："过儿，咱们走吧，永不见这些人啦！"

（三）本应一对

《神雕侠侣》第三回：

待杨过回出外舱，郭靖说道："我向来有个心愿，你自然知道。今日天幸遇到过儿，我的心愿就可得偿了。"当年郭靖之父郭啸天与杨过的祖父杨铁心义结兄弟，两家妻室同时怀孕。二人相约，日后生下的若均是男儿，就结为兄弟，若均是女儿则结为金兰姊妹，如是一男一女，则为夫妇。后来两家生下的各为男儿，郭靖与杨过之父杨康如约结为兄弟。但杨康认贼作父，多行不义，终于惨死于嘉兴王铁枪庙中。郭靖念及此事，常耿耿于怀。此时这么一说，黄蓉早知他的心意，摇头道："我不答应。"

郭靖愕然道："怎么？"黄蓉道："芙儿怎能许配给这小子。"郭靖道："他父虽然行止不端，但郭杨两家世代交好，我瞧他相貌清秀，聪明伶俐，今后跟着咱俩，将来不愁不能出人头地。"黄蓉道："我就怕他聪明过份了。"

（四）移魂大法

我想此时的金庸一定觉得自己是中了"移魂大法"。

《神雕侠侣》第十三回：

郭芙早已笑得打跌，对母亲道："妈，杨家哥哥这套功夫真妙，你怎不教我？"黄蓉道："你若会了移魂大法，定然闹得天翻地覆，终于自受其害。"

《神雕侠侣》第十一回：

郭芙嫣然一笑，说道："你师父是道爷，难道也有女儿么？"杨过见她这么一笑，犹似一朵玫瑰花儿忽然开放，明媚娇艳，心中不觉一动，脸上微微一红，将头转了开去。郭芙自来将武氏兄弟摆布得团团乱转，早已不当一回事，这时忽见杨过转头，知他已开始为自己的美貌倾倒，心中暗自得意。

《神雕侠侣》第十二回：

女孩儿情窦初开，平时对二人或嗔或怒，或喜或愁，将兄弟俩摆弄得神魂颠倒，在她内心，却是好生为难，不知该对谁更好些才是，这时和杨过谈起，竟不自禁的问出了口。

（五）贱我伤我

《神雕侠侣》第十回：

杨过自幼与她不睦，此番重逢，见她仍是憎恶自己，自卑自伤之心更加强了，心道："你瞧我不起，难道我就非要你瞧得起不可？你爹爹是当世大侠、你妈妈是丐帮帮主、你外公是武学大宗师，普天下武学之士，无一人不敬重你郭家。可是我父母呢？我妈是个乡下女子，我爹不知是谁，又死得不明不白……哼，我自然不能跟你比，我生来命苦，受人侮辱。你再来侮辱，我也不在乎。"

《神雕侠侣》第十二回：

她越想越怕，想到刚才眼见妈妈拉住了杨过之手而行，神情亲热，又想爹妈互敬互重，爹爹要是执意如此，妈妈自也不会不允。她斜眼望着杨过，又是担心，又是气愤，心想："我怎能嫁给这小叫化？"忍不住要哭了出来。

《神雕侠侣》第十一回：

杨过听到郭靖与黄蓉的名字，微微一惊，随即心下冷笑："从前我在你家吃闲饭，给你们轻贱戏弄，那时我年幼无能，吃了不少苦头。此刻我以天下为家，还倚靠你们甚么？"心念一转："我不如装作潦倒不堪，前去投靠，且瞧他们如何待我。"

《神雕侠侣》第二十九回：

郭芙不知自己这一次所闯的大祸更甚于砍断杨过一臂，心中只略觉歉疚，赔话道："杨大哥，龙姊姊，小妹不知是你两位，发针误伤。好在我妈妈有医治这毒针的灵药，当年我的两只雕儿给李莫愁银针伤了，也是妈妈给治好的。你们怎么好端端的躲在棺材之中？谁又料得到是你们呢？"

她想自己斩断了杨过一臂。杨过却弄曲了她的长剑，算来可说已经扯平，何况爹爹妈妈又为此狠狠责骂过自己，心想："我不来怪你，也就是了。"

（六）怜我惜我

任盈盈和水笙的原型登场了。

《神雕侠侣》第五回：

小龙女踌躇道："照料他一生一世？"孙婆婆厉声道，"姑娘，若是老婆子不死，也会照料你一生一世。你小时候吃饭洗澡、睡觉拉尿，难道……难道不是老婆子一手干的么？你……你……你报答过我甚么？”小龙女上齿咬着下唇，说道：“好，我答允你就是。”

《神雕侠侣》第七回：

小龙女幽幽的叹了口气，道：“过儿，你为什么甘愿为我死？”杨过道：“天下就只你待我好，我怎么不肯为你死？”

《神雕侠侣》第十回：

他站在一旁暗暗伤心，但觉天地之间无人看重自己，活在世上了无意味。只有师父小龙女对自己一片真心，可是此时又不知去了何方？不知今生今世，是否还有重见她的日子？

（七）相形见绌

《神雕侠侣》第十二回：

郭芙跃上树枝，伸下手来拉杨过上去。杨过握着她温软如绵的小手，不由得心中一荡，但随即想起：“你就是再美十倍，也怎及得上我姑姑半分？”

《神雕侠侣》第十四回：

这时各路武林大豪纷向郭靖、黄蓉、小龙女、杨过四人敬酒，互庆打败了金轮法王这个强敌。郭芙跟着父母，本来到处受人尊重，此时相形之下，不由得黯然无光，除了武氏兄弟照常在旁殷勤之外，竟无一人理她。

《神雕侠侣》第二十九回：

她二人站在高处，武氏父子、郭芙、耶律齐五人从溪水中隔火仰望，但见他夫妇衣袂飘飘，姿神端严，宛如神仙中人。郭芙向来瞧不起杨过，这时猛然间自惭形秽。

（八）天差地远

耶律齐也是公子哥，父亲耶律楚材是蒙古宰相、开国功臣、三朝元老。《神雕侠侣》第十回：

猛地想起："她好生感激那耶律齐以礼相待，难道我就不如他了？哼，我偏要处处都胜过他。"

《神雕侠侣》第三十五回：

郭襄道："不！我说的那人（杨过），年纪比姊夫（耶律齐）还小，模样儿长得比姊夫俊，武功可比姊夫强得多啦，简直是天差地远，比也不能比……"她一面说，郭芙便"呸，呸，呸！"的"呸"个不停。

《神雕侠侣》第三十七回：

这时丐帮的四大长老围在杨过身边，不住口的称谢，均想："他为襄阳城立此大功，又夺回打狗棒，揭破霍都的奸谋，鲁帮主大仇得报，若肯为本帮之主，真是再好也没有了。"梁长老道："杨大侠，敝帮老帮主不幸逝世……"

杨过早猜中他的心思，不待他说下去，抢着道："耶律大爷文武双全，英明仁义，是我昔年的知交好友，由他出任贵帮帮主，定能继承洪、黄、鲁三位帮主的大业。"

（九）柔肠百转

爱恨交织。

《神雕侠侣》第二十七回：

奔了一阵，转念又想："杨过啊杨过，是不是你天生的风流性儿作祟，见了郭芙这美貌少女，天大的仇怨也抛到了脑后？倘若斩断你手臂的是个男人，你今日难道也肯饶了他？"想了半日，只好摇头苦笑。他对自己激烈易变的性格非但管制不住，甚至自己也难以明白。

《神雕侠侣》第三十九回：

杨过急忙还礼，说道："芙妹，咱俩从小一起长大，虽然常闹别扭，其实情若兄妹。只要你此后不再讨厌我、恨我，我就心满意足了。"

郭芙一呆，儿时的种种往事，霎时之间如电光石火般在心头一闪而过："我难道讨厌他么？当真恨他么？武氏兄弟一直拼命的想讨我欢喜，可是他却从来不理我。只要他稍为顺着我一点儿，我便为他死了，也所甘愿。我为甚么老是这般没来由的恨他？只因为我暗暗想着他，念着他，但他竟没半点将我放在心上？"

二十年来，她一直不明白自己的心事，每一念及杨过，总是将他当作了对头，实则内心深处，对他的眷念关注，固非言语所能形容，可是不但杨过丝毫没明白她的心事，连她自己也不明白。

此刻障在心头的恨恶之意一去，她才突然体会到，原来自己对他的关心竟是如此深切。"他冲入敌阵去救齐哥时，我到底是更为谁担心多一些啊？我实在说不上来"。便在这千军万马厮杀相扑的战阵之中，郭芙陡然间明白了自己的心事："他在襄妹生日那天送了她这三份大礼，我为甚么要恨之切骨？他揭露霍都的阴谋毒计，使齐哥得任丐帮帮主，为甚么我反而暗暗生气？郭芙啊郭芙，你是在妒忌自己的亲妹子！他对襄妹这般温柔体贴，但从没半分如此待我。"

想到此处，不由得恚怒又生，愤愤的向杨过和郭襄各瞪一眼，但蓦地惊觉："为甚么我还在乎这些？我是有夫之妇，齐哥又待我如此恩爱！"不知不觉幽幽的叹了口长气。虽然她这一生甚么都不缺少了，但内心深处，实有一股说不出的遗憾。她从来要甚么便有甚么，但真正要得最热切的，却无法得到。因此她这一生之中，常常自己也不明白：为甚么脾气这般暴躁？为甚么人人部高兴的时候，自己却会没来由的生气着恼？

四、乾坤大挪移

作品：《倚天屠龙记》

《倚天屠龙记》的男主人公是个很犹豫的人，因为此时金庸的内心也很犹豫，思念和恨同时存在。在上一部《神雕侠侣》结尾登场的郭襄，"襄"应该理解为"想，想念"之意。

《连城诀》《笑傲江湖》《射雕英雄传》《神雕侠侣》这4部作品都是从正面叙述了这个爱情故事，只是时间不同、想法也不同，导致作品有些区别。而自此往后，金庸的作品直接描述此事的，都换了别的表达方式，即"反"。

《倚天屠龙记》是其第一部"反"写的。在小说中，金庸先生也做了暗示，《倚天屠龙记》中有一门高深的武功叫作乾坤大挪移，乾坤交换，即为反。《倚天屠龙记》怎么个反呢？反他自己的《神雕侠侣》。

（一）张无忌对杨过

张无忌的"无忌"二字应该就是反于"过而改之"。

第一，张无忌的名字对应杨过的名字。

《神雕侠侣》第十四回：

郭靖对杨过爱之切，就不免求之苛，责之深，见他此日在群雄之前大大露脸，正自欣慰无已，却突然发觉他做了万万不该之事，心中一急，语声也就特别严厉，又道："你过世的母亲定然曾跟你说，你单名一个'过'字，表字叫作甚么？"杨过记得母亲确曾说起，只是他年纪轻轻，从来无人以表字相称，几乎自己也忘了，于是答道："叫作'改之'。"郭靖厉声道："不错，那是甚么意思？"杨过想了一想，记起黄蓉教过的经书，说道："郭伯伯是叫我有了过失就要悔改。"

第二，张无忌的九阳神功"反"杨过的九阴真经。

第三，张无忌有个义父——谢逊，武林公敌。杨过也有个义父——欧阳锋，也是武林公敌。

第四，张无忌的父亲张翠山是出身名门且正派的正人君子，母亲是妖女。杨过则反过来，父亲杨康是卖祖求荣的卑鄙小人，母亲穆念慈则是忠良之后。

第五，张无忌母亲让张无忌报仇，杨过母亲则让杨过千万不要报仇。

《倚天屠龙记》第十章：

无忌扑在母亲怀里，哭道："妈，他们为甚么逼死爹爹？是谁逼死爹爹的？"殷素素道："这里许许多多人，一齐上山来逼死了你爹爹。"无忌一对小眼从左至右缓缓的横扫一遍，他年纪虽小，但每人眼光和他目光相触，心中都不由得一震。

殷素素道："无忌，你答应妈一句话。"无忌道："妈，你说。"殷素素道："你别心急报仇，要慢慢的等着，只是一个也别放过。"众人听了她这冷冰冰的言语，背上都不自禁的感到一阵寒意，只听无忌叫道，"妈！我不要报仇，我要爹爹活转来。"

《神雕侠侣》第十回：

她临死时我又问起。妈妈只是摇头，说道："你爹爹……你爹爹……唉，孩儿，你这一生一世千万别想报仇。你答允妈，千万不能想为爹爹报仇。"我又是悲伤，又是难过，大叫："我不答允，我不答允！"妈一口气转不过来，就此死了。

第六，张无忌为了大局，放弃报仇。杨过为了报仇，放弃大局。

《倚天屠龙记》第二十章：

这僧人肩头拱起，说话带着三分气喘，正是少林僧圆音，当年少林

派上武当山兴问罪之师，便是他力证张翠山打死少林弟子。张无忌其时满腔悲愤，将这一干人的形相牢记于心，此刻一见之下，胸口热血上冲，满脸涨得通红，身子也微微发抖，心中不住说道："张无忌，张无忌！今日的大事是要调解六大门派和明教的仇怨，千万不可为了一己私嫌，闹得难以收拾。少林派的过节，日后再去算帐不迟。"虽然心中想得明白，但父母惨死的情状，霎时间随着圆音的出现而涌向眼前，不由得热泪盈眶，几乎难以自制。

……

原来在这一瞬间，他已克制了胸中的怒气，心道："倘若我打死打伤了六大派中任谁一人，我便成为六大派的敌人，就此不能作居间的调人。武林中这场凶杀，再也不能化解，那岂不是正好堕入成昆这奸贼的计中？不管他们如何骂我辱我、打我伤我，我定当忍耐到底，这才是真正为父母及义父复仇雪恨之道。"

《神雕侠侣》第二十回：

想到此处，极是得意，忽听得隔邻一个孩子大声啼哭起来，接着有母亲抚慰之声，孩子渐渐止啼入睡。杨过心头一震，猛地记起日前在大路上所见，一名蒙古武士用长矛挑破婴儿肚皮，高举半空为戏，那婴儿尚未死绝，兀自惨叫，心想："我此刻刺杀郭靖，原是举手之事。但他一死，襄阳难守，这城中成千成万婴儿，岂非尽被蒙古兵卒残杀为乐？我为了报一己之仇，却害了无数百姓性命，岂非大大不该？"

转念又想："我如不杀他，裘千尺如何肯将那半枚绝情丹给我？我若死了，姑姑也决不能活。"他对小龙女相爱之忱，世间无事可及，不由得把心横了："罢了，罢了，管他甚么襄阳城的百姓，甚么大宋的江山，我受苦之时，除了姑姑之外，有谁真心怜我？世人从不爱我，我又何必去爱世人？"当下举起匕首，劲力透于右臂，将匕首尖对准了郭靖胸口。

第七，张无忌多情，杨过专情。

《倚天屠龙记》第二十九章：

张无忌惕然心惊，只吓得面青唇白。原来他适才间刚做了一个好梦，梦见自己娶了赵敏，又娶了周芷若。殷离浮肿的相貌也变得美了，和小昭一起也都嫁了自己。在白天从来不敢转的念头，在睡梦中忽然都成为事实，只觉得四个姑娘人人都好，自己都舍不得和她们分离。他安慰殷离之时，脑海中依稀还存留着梦中带来的温馨甜意。

《神雕侠侣》第十六回：

转念又想："我既已决意与姑姑厮守终生，却何以又到处留情？程姑娘、媳妇儿，还有那完颜萍。我对她们既无真情，何以又不规规矩矩的？这真是贪多嚼不烂了。"

（二）周芷若对应郭芙

第一，和张无忌青梅竹马的是周芷若，小时候周芷若对张无忌很好。《神雕侠侣》中和杨过青梅竹马的是郭芙，郭芙小时候一直欺负杨过。

《倚天屠龙记》第十一章：

周芷若从张三丰手中接过碗筷，道："道长，你先吃饭吧，我来喂这位小相公。"张无忌道："我饱啦，不要吃了。"周芷若道："小相公，你若不吃，老道长心里不快，他也吃不下饭，岂不是害得他肚饿了？"

张无忌心想不错，当周芷若将饭送到嘴边时，张口便吃了。周芷若将鱼骨鸡骨细心剔除干净，每口饭中再加上肉汁，张无忌吃得十分香甜，将一大碗饭都吃光了。

张三丰心中稍慰，又想："无忌这孩子命苦，自幼死了父母，如他这般病重，原该有个细心的女子服侍他才是。"

另外，在第二十六章中，赵敏称他们青梅竹马。

"……她定是你的意中人了？"张无忌脸上一红，说道："周姑娘和我从小相识。在下幼时中了这位……”说着向鹤笔翁一指，“……的玄冥神掌，阴毒入体，周身难以动弹，多亏周姑娘服侍我食饭喝水，此番恩德，不敢有忘。”赵敏道：“如此说来，你们倒是青梅竹马之交了。你想娶她为魔教的教主夫人，是不是？”张无忌脸上又是一红，说道：“匈奴未灭，何以家为！”

《神雕侠侣》中，杨过小时候被郭芙欺负主要在第三回、第十一回有个简单回忆：

她见杨过回来，不禁心中怦然而动，回想当年在桃花岛上争斗吵闹，不知他是否还记昔时之恨？

第二，周芷若很聪明，郭芙很傻。

《倚天屠龙记》第十七章：

张无忌望着周芷若的背影，见她来时轻盈，去时蹒跚，想起当年汉水舟中她对自己喂饮喂食、赠巾抹泪之德，心想但愿她受伤不重。那村女忽然冷笑道：“你不用担心，她压根儿就没受伤。我说她厉害，不是说她武功，是说她小小年纪，心计却如此厉害。”

《神雕侠侣》第二回：

郭芙大叫：“雕儿，雕儿，快来！”但双雕逃得远了，并不回头。李莫愁笑道：“小妹妹，你可是姓郭么？”郭芙见她容貌美丽，和蔼可亲，似乎并不是甚么“恶女人”，便道：“是啊，我姓郭。你姓甚么？”李莫愁笑道：“来，我带你去玩。”缓步上前，要去携她的手。柯镇恶铁棒一撑，急从窑洞中窜出，拦在郭芙面前，叫道：“芙儿，快进去！”李莫愁笑道：“怕我吃了她么？”

……

柯镇恶等见李莫愁终于掳了陆无双而去，都是骇然。那衣衫褴褛的少年道：“我瞧瞧去。”郭芙道：“有甚么好瞧的？这恶女人一脚踢死了你。”

那少年笑道：“你踢死我？不见得罢。”说着发足便向李莫愁去路急追。郭芙道：“蠢才！又不是说我要踢你。”她可不知这少年绕着弯儿骂她是“恶女人”。

第三，周芷若一直很爱张无忌，郭芙则一直很讨厌杨过，直到《神雕侠侣》最后一回合才觉悟。

第四，周芷若师父不准她嫁给张无忌，她难过。郭芙父母则想将郭芙嫁给杨过，她伤心。

《倚天屠龙记》第二十七章：

灭绝师太道：“你这样说：小女子周芷若对天盟誓，日后我若对魔教教主张无忌这淫徒心存爱慕，倘若和他结成夫妇，我亲生父母死在地下，尸骨不得安稳；我师父灭绝师太必成厉鬼，令我一生日夜不安，我若和他生下儿女，男子代代为奴，女子世世为娼。”

周芷若大吃一惊，她天性柔和温顺，从没想到所发的誓言之中竟能会如此毒辣，不但诅咒死去的父母，诅咒恩师，也诅咒到没出世的儿女，但见师父两眼神光闪烁，狠狠盯在自己脸上，不由得目眩头晕，便依着师父所说，照样念了一遍。

《神雕侠侣》第十二回：

突然转念一想，不由得心中一凉：“啊哟不好，爹爹说要将我许配于他，莫非妈竟依从了爹爹？”她越想越怕，想到刚才眼见妈妈拉住了杨过之手而行，神情亲热，又想爹妈互敬互重，爹爹要是执意如此，妈妈自也不会不允。她斜眼望着杨过，又是担心，又是气愤，心想：“我怎能嫁给这小叫化？”忍不住要哭了出来。

第五，周芷若当了峨眉派掌门，还同时拿到了倚天剑和屠龙刀。倚天剑和屠龙刀是郭芙父母所制造，被周芷若拿到，也算是物归原主。

（三）赵敏对应小龙女

第一，赵敏敏感，小龙女止水不波。

《倚天屠龙记》第二十九章：

> 四人听这位年轻姑娘竟会当众吐露心事，无不愕然，谁也没想到赵敏是蒙古女子，要爱便爱，要恨便恨，并不忸怩作态，本和中土深受礼教陶冶的女子大异，加之扁舟浮海，大雨淋头，每一刻都能舟覆人亡，当此生死系于一线之际，更是没了顾忌。

《倚天屠龙记》第三十二章：

> 张无忌见她忽嗔忽羞，忽喜忽愁，不由得心下又是恨，又是爱，当真不知如何才好，匆匆将半块面饼三口吃完，便走出去。

《神雕侠侣》第五回：

> 孙婆婆自小将她抚养长大，直与母女无异，但小龙女十八年来过的都是止水不波的日子，兼之自幼修习内功，竟修得胸中没了半点喜怒哀乐之情，见孙婆婆伤重难愈，自不免难过，但哀戚之感在心头一闪即过，脸上竟是不动声色。

第二，赵敏心思机敏、见识广博，小龙女对人情世故一窍不通。

《倚天屠龙记》第二十三章：

> 那赵小姐谈吐甚健，说起中原各派的武林轶事，竟有许多连殷天正父子也不知道的。

《倚天屠龙记》第二十六回：

张无忌直到此刻，方知赵敏的来历，虽料想她必是朝廷贵人，却没料到竟是天下兵马大元帅汝阳王的郡主。和她交手数次，每次都是多多少少的落了下风，虽然她武功不及自己，但心思机敏、奇变百出，实不是她的敌手。

《神雕侠侣》第十二回：

如此过了月余，再也忍耐不住，决意去找杨过，但找到之后如何对待，实是一无所知。她于人情世故一窍不通，宛若深山野人一般，此时剧变骤生，可真是全然不知所措了。

下得山来，但见事事新鲜，她又怎识得道路，见了路人，就问："你见到杨过没有？"肚子饿了，拿起人家的东西便吃，也不知该当给钱，一路之上闹了不少笑话。但旁人见她天真美貌，不自禁的都加容让，倒也无人与她为难。

第三，赵敏希望张无忌忘不了他，小龙女则希望杨过忘了他。

《倚天屠龙记》第二十八章：

赵敏低下了头，轻声道："好吧！我跟你说，当时你咬了殷姑娘一口，她隔了这么久，还是念念不忘于你，我听她说话的口气啊，只怕一辈子也忘不了。我也咬你一口，也要叫你一辈子也忘不了我。"张无忌听到这里，才明白她的深意，心中感动，却说不出话来。

赵敏又道："我瞧她手背上的伤痕，你这一口咬得很深，我想你咬得深，她也记得深。要是我也重重的咬你一口，却狠不了这个心；咬得轻了，只怕你将来忘了我。左思右想，只好先咬你一下，再涂'去腐消肌散'，把那些牙齿印儿烂得深些。"

张无忌先觉好笑，随即想到她此举虽然异想天开，终究是对自己一番深情，叹了口气，轻声道："我不怪你。算是我狗咬吕洞宾，不识好人心。你待我如此，用不着这么，我也决不会忘。"

《神雕侠侣》第二十四回：

郭芙本来不想转述小龙女之言，这时给他一激，忍不住怒火又冲上心口，说道："她说：'郭姑娘，过儿心地纯善，他一生孤苦，你要好好待他。'又说：'你们原是天生……天生……一对！你叫他忘了我吧，我一点也不怪他。'她又将一柄宝剑给了我，说甚么那是淑女剑，和你的君子剑正是……正是一对儿。这不是胡说八道是甚么？"

第四，赵敏抢婚，小龙女被抢婚。

《倚天屠龙记》第三十四章：

突然走上几步，到了张无忌身前，提高脚跟，在他耳边轻声道："这第二件事，是要你今天不得与周姑娘拜堂成亲。"张无忌一呆，道："甚么？"赵敏道："这就是第二件事了。至于第三件，以后我想到了再跟你说。"

《神雕侠侣》第十八回：

小龙女未见杨过之时，打定了主意永世不再与他相会，拚着自己一生伤心悲苦，盼他得能平安喜乐，此时当真会面，如何再肯与谷主成亲？自知这些日子来自己所打的主意绝难做到，宁可自己死了，也不能舍却他另嫁旁人，于是回头向谷主道："公孙先生，多谢你救我性命。但我是不能跟你成亲的了。"

公孙谷主明知其理，仍是问道："为甚么？"

小龙女与杨过并肩而立，挽着他的手臂，微笑道："我决意与他结成夫妻，终身厮守，难道你瞧不出来吗？"公孙谷主身子晃了两晃，说道："当日你若坚不答允，我岂能乘人之危，以势相逼？你亲口允婚，那可是真心情愿的。"小龙女说道："那不错，可是我舍不了他。咱们要去了，请你别见怪。"说着拉了杨过的手，径往厅口走去。

（四）宋青书对应林平之

宋青书与林平之一样是英俊潇洒的公子哥。宋青书是武当派大弟子宋远桥的儿子，未来武当派的继承人；林平之是福威镖局少东家。

《倚天屠龙记》第十八章：

但仍是镇静拒敌，丝毫不见慌乱，尤其不易，此时走到临近一看，众人心中不禁暗暗喝彩："好一个美少年！"但见他眉目清秀，俊美之中带着三分轩昂气度，令人一见之下，自然心折。

殷梨亭道："这是我大师哥的独生爱子，叫作青书。"静玄道："近年来颇闻玉面孟尝的侠名，江湖上都说宋少侠慷慨仗义，济人解困。今日得识尊范，幸何如之。"峨嵋众弟子窃窃私语，脸上均有"果然名不虚传"的赞佩之意。

蛛儿站在张无忌身旁，低声道："阿牛哥，这人可比你俊多啦。"张无忌道："当然，那还用说？"蛛儿道："你喝醋不喝？"张无忌道："笑话，我喝甚么醋？"蛛儿道："他再瞧你那位周姑娘，你还不喝醋？"

反的是什么呢？这次轮到这位公子哥苦恋周芷若，为此不惜背叛师门。但可惜，周芷若一直深爱张无忌。

《倚天屠龙记》第二十二章：

俞莲舟虽叫他不可伤了张无忌性命，但不知怎的，他心中对眼前这少年竟蓄着极深的恨意，这倒不是因他说自己粗暴，却是因见周芷若瞧着这少年的眼光之中，一直含情脉脉，极是关怀，最后虽奉了师命而刺他一剑，但脸上神色凄苦，显见心中难受异常。

宋青书自见周芷若后，眼光难有片刻离开她身上，虽然常自抑制，不敢多看，以免给人认作轻薄之徒，但周芷若的一举一动、一颦一笑，他无不瞧得清清楚楚，心下明白："她这一剑刺了之后，不论这小子死也好，活也好，再也不能从她心上抹去了。"自己倘若击死这个少年，周芷若必定深深怨怪，可是妒火中烧，实不肯放过这唯一制他死命的良机。

宋青书文武双全，乃是武当派第三代弟子中出类拔萃的人物，为人也素来端方重义，但遇到了“情”之一关，竟然方寸大乱。

《倚天屠龙记》第三十四章：

张无忌听她提到宋青书的名字，突然想到她与宋青书并肩共席、在丐帮厅上饮酒的情景，问道：“宋青书对你很好，是不是？”周芷若听他语声有异，问道：“甚么叫作‘对你很好’？”张无忌道：“没甚么，我只是随便问问。宋师哥对你一往情深，不惜叛派逆父，弑叔谋祖，对你自是很好的了。”

周芷若仰头望着东边初升的新月，幽幽的道：“你待我只要能有他一半的好，我就心满意足的了。”张无忌道：“我固是不及宋师哥这般痴情，要我为你做这些不孝不义的事，那是万万不能。”周芷若道：“为了我，你是不能。为赵姑娘，你偏能够。你在那小岛上立了重誓，定当杀此妖女，为殷姑娘报仇。可是你一见她面，登时便将誓言忘得干干净净了。”

（五）成昆对应师父岳不群

成昆对应师父岳不群，杨过不认师父，但在这里还是认了。

《倚天屠龙记》第七章：

谢逊道：“不错，是武当七侠之首的宋远桥。我做下这许多大案，江湖上早已闹得天翻地覆，但我师父混元霹雳手成昆……”无忌道：“义父，他这样坏，你还叫他师父？”

谢逊苦笑道：“我从小叫惯了。再说，我的一大半武功总是他传授的。

他虽然是个大坏蛋，我也不是好人，说不定我的为非作歹也都是他教的。好也是他教，歹也是他教，我还是叫他师父。”

《倚天屠龙记》第八章：

五弟，你别怪我用心深刻，我师父外表粗鲁，可实在是天下最工心计的毒辣之人。若不是以毒攻毒，这场大仇无法得报……

《倚天屠龙记》第二十一章：

这时张无忌心想成昆一生奸诈，嫁祸于人，我不妨以其人之道，还治其人之身，何况这又不是说的假话。

怎么个以毒攻毒呢？

我想"郭靖"和"黄蓉"师兄妹未能走到一起，这个必然是师父从中作梗过，以致产生遗憾。所以，作为报复，金庸就在书中安排和成昆相爱的师妹被人所夺，成为他一生的痛。这也就是"以其人之道还治其人之身"。

《倚天屠龙记》第十九章：

圆真的话却是一句句清清楚楚的传入耳中："我师妹和我两家乃是世交，两人从小便有婚姻之约，岂知阳顶天也在私恋我师妹，待他当上明教教主，威震天下，我师妹的父母固是势利之辈，我师妹也心志不坚，竟尔嫁了他。"

……

圆真又道："你们气恼甚么？我好好的姻缘被阳顶天活生生拆散了，明明是我爱妻，只因阳顶天当上了魔教的大头子，便将我爱妻霸占了去，我和魔教此仇不共戴天。阳顶天和我师妹成婚之日，我曾去道贺，喝着喜酒之时，我心中立下重誓：'成昆只教有一口气在，定当杀了阳顶天，定当覆灭魔教。'我立下此誓已有四十余年，今日方见大功告成，哈哈，我成昆心愿已了，死亦瞑目。"

……

她是我生平至敬至爱之人，若不是阳顶天从中捣乱，我们的美满姻缘何至有如此悲惨下场？若不是阳顶天当上魔教教主，我师妹也决计不会嫁给这个大上她二十多岁之人。……

五、不识张郎是张郎

不识张郎是张郎，这是《倚天屠龙记》中最后一章的名称。我想这是作者冷静后重新对感情做的一些思考，到这里做了提示。明白此处对解读金庸作品具有极其重要的意义。

此段有深意，可以先不看我后边解读，自我理解一下：

> 张无忌陡地领会，原来她真正所爱的，乃是她心中所想象的张无忌，是她记忆中在蝴蝶谷所遇上的张无忌，那个打她咬她、倔强凶狠的张无忌，却不是眼前这个真正的张无忌，不是这个长大了的、待人仁恕宽厚的张无忌。
>
> 他心中三分伤感、三分留恋、又有三分宽慰，望着她的背影消失在黑暗之中。他知道殷离这一生，永远会记着蝴蝶谷中那个一身狠劲的少年，她是要去找寻他。她自然找不到，但也可以说，她早已寻到了，因为那个少年早就藏在她的心底。真正的人、真正的事，往往不及心中所想的那么好。

重点看“真正的人、真正的事，往往不及心中所想的那么好”，真正的人不是完美的，只有梦里的人才是完美的。那么，完美的小龙女是真实的还是梦呢？我想该是梦吧，小龙女只是一个在极度伤心时幻想出来的“怜我惜我”的人，其实并不存在。在冷静后，金庸做了思考，在这一处写明了出来。这一点，可能读者不一定能想得通。因为我水平有限，不擅表达，只能是大家多用心领悟了。

但是，小龙女这个虚拟人物倒一直存在于金庸作品中。例如，《倚天屠龙记》中的赵敏、《连城诀》中的水笙、《笑傲江湖》中的任盈盈，在《天龙八部》中也有。在这些作品中，金庸也做了一些“梦”的描写。

在上一回中，有一段描述小龙女没有喜怒哀乐的语句，也有一段她不懂人情世故的描写，这就是侧面证明其为“梦”的内容了。

另外还有《神雕侠侣》第二十四回：

杨过心道："姑姑清濬雅致，身上便似没半分人间烟火气息，如何能口出俗言？"

在《连城诀》中，小龙女则是水笙，"水笙"两字，我想应该是表示"水中花"之意，是虚的。

《笑傲江湖》中，也有"梦"的描写。

《笑傲江湖》第三十一章：

恰好一团白云飘来，将竹篮和二人都裹在云中。令狐冲望出来时但觉朦朦胧胧，盈盈虽偎依在他身旁，可是和她相距却又似极远，好像她身在云端，伸手不可触摸。

六、斗转星移

作品：《天龙八部》

如同乾坤大挪移一样，斗转星移也是一种武功，也代表作者的一种暗示。但不像《倚天屠龙记》仅"反"《神雕侠侣》1 部小说，《天龙八部》则同时转移自 3 部小说，即《射雕英雄传》《神雕侠侣》《倚天屠龙记》。所以，《天龙八部》才有 3 个男主角。

（一）段誉对应杨过

第一，段誉生父是段延庆，给他王子身份的是段正淳；杨过的生父是杨康，给他王子身份的是继父完颜洪烈。

段誉相信妈妈的话，认段延庆是父亲，不杀他。

《天龙八部》第四十八章：

段誉低头将耳凑到她的唇边，只听得母亲轻轻说道："孩儿，这个段延庆，才是你真正的父亲。你爹爹对不起我，我在恼怒之下，也做了一

件对不起他的事。后来便生了你。你爹爹不知道，一直以为你是他的儿子，其实不是的。你爹爹并不是你真的爹爹，这个人才是，你千万不能伤害他，否则……否则便是犯了杀父的大罪。我从来没喜欢过这个人，但是……但是不能累你犯罪，害你将来死了之后，堕入阿鼻地狱，到不得西方极乐世界。我……我本来不想跟你说，以免坏了你爹爹的名头，可是没有法子，不得不说……"

……

段誉一咬牙，缩回了手，说道："妈妈不会骗我，我不杀你。"

段延庆大喜，哈哈大笑，知道儿子终于是认了自己为父，不由得心花怒放，双杖点地，飘然而去，对晕倒在地的云中鹤竟不加一瞥。

杨康不信他妈妈的话，不认杨铁心，要杀他。

《射雕英雄传》第九章和第十章：

包惜弱站起身来，抱住铁枪，泪如雨下，哭道："孩子，你不知道，那也怪你不得，这……这便是你亲生爹爹当年所用的铁枪……"指着枪上的名字道："这才是你亲生爹爹的名字！"

完颜康身子颤抖，叫道："妈，你神智糊涂啦，我请太医去。"包惜弱道："我糊涂甚么？你道你是大金国女真人吗？你是汉人啊！你不叫完颜康，你本来姓杨，叫作杨康！"完颜康惊疑万分，又感说不出的愤怒，转身道："我请爹爹去。"

包惜弱道："你爹爹就在这里！"大踏步走到板橱边，拉开橱门，牵着杨铁心的手走了出来。

完颜康徒然见到杨铁心，惊诧之下，便即认出，大叫一声："啊，是你！"

提起铁枪，"行步蹬虎""朝天一炷香"，枪尖闪闪，直刺杨铁心咽喉。

包惜弱叫道："这是你亲生的爹爹啊，你……你还不信吗？"举头猛往墙上撞去，砰的一声，倒在地下。

第二，段誉只学文，但不学武，还逃避学武；杨过也是只学文，不学武，但是是别人故意不教的。

《天龙八部》第一章：

段誉道："爹爹要教我练武功，我不肯练。他逼得紧了，我只得逃走。"

……

段誉道："我从小受了佛戒。爹爹请了一位老师教我念四书五经、诗词歌赋，请了一位高僧教我念佛经。十多年来，我学的都是儒家的仁人之心，推己及人，佛家的戒杀戒嗔，慈悲为怀，忽然爹爹教我练武，学打人杀人的法子，我自然觉得不对头。爹爹跟我接连辩了三天，我始终不服。他把许多佛经的句子都背错了，解得也不对。"

《神雕侠侣》第三回：

其实黄蓉教他读书，也已早感烦厌，只是常自想道："此人聪明才智似不在我下，如果他为人和他爹爹一般，再学了武功，将来为祸不小，不如让他学文，习了圣贤之说，于己于人都有好处。"当下耐着性子教读，《论语》教完，跟着再教《孟子》。

几个月过去，黄蓉始终不提武功，杨过也就不问。

《神雕侠侣》第四回：

当日晚饭过后，杨过慢吞吞的走到师父所住的静室之中，垂手叫了声："师父！"此刻是传授武功之时，赵志敬盘膝坐在榻上早已盘算了半日，心想："这孩子这等顽劣，此时已是桀骜不驯，日后武功高了，还有谁更能制得住他？但丘师伯与师父命我传他功夫，不传可又不成。"左思右想，好生委决不下，见他慢慢进来，眼光闪动，一副似笑非笑的模样，更可是老大生气，忽然灵机一动："有了，他于本门功夫一窍不通，我只传他玄功口诀，修炼之法却半点不教。他记诵得几百句歌诀又有何用？

师父与师伯们问起，我尽可推诿，说他自己不肯用功。”琢磨已定，和颜悦色的道：“过儿，你过来。”杨过道：“你打不打我？”赵志敬道：“我传你功夫，打你作甚？”

第三，段誉是贱骨头，杨过则是驴脾气。

《天龙八部》第二章中段誉给神仙姐姐磕头：

只觉磕首千遍，原是天经地义之事，若能供其驱策，更是求之不得，至于遵行这位美人的命令，不论赴汤蹈火，自然百死无悔，绝无丝毫犹豫，神魂颠倒之下，当即“一五、一十、十五、二十……”口中数着，恭恭敬敬的向玉像磕起头来。

他磕到五六百个头，已觉腰酸背痛，头颈渐渐僵硬，但想无论如何必须支持到底，要磕满一千个头才罢。连神仙姊姊第一个命令也不遵行，还说甚么“百死无悔”？待磕到八百余下，小蒲团面上一层薄薄的蒲草已然破裂，露出下面有物。

《天龙八部》第十一章中段誉给阿朱磕头：

段誉一怔，心道：“我是堂堂大理国的皇太弟世子，岂能向你一个小丫头磕头？”

……

段誉道：“老夫人本来必定也是一位国色天香的美人。老实说，对我有没有好处，我段誉倒也没怎么放在心上，但对美人儿磕几个头，倒也是心甘情愿的。”说着便跪了下去，心想：“既然磕头，索性磕得响些，我对那个洞中玉像已磕了几千几百个头，对一位江山美人磕上三个头，又有何妨？”当下咚咚咚的三个响头。

阿朱十分欢喜，心道：“这位公子爷明知我是个小丫头，居然还肯向我磕头，当真十分难得。”

《天龙八部》第三十三章中段誉跟着王语嫣，撵不走：

下得岭来，慕容复向段誉拱手道：“段兄，今日有幸相会，这便别过了，后会有期。”段誉道：“是，是。今日有幸相会，这便别过了，后会有期。”眼光却仍是瞧着王语嫣。慕容复心下不快，哼了一声，转身便走。段誉恋恋不舍的又跟了去。

《神雕侠侣》第十一回：

这马更有一般怪处，只要见到道上有牲口在前，非发足超越不可，不论牛马骡驴，总是要赶过了头方肯罢休，这一副逞强好胜的脾气，似因生平受尽欺辱而来。杨过心想这匹千里良驹屈于村夫之手，风尘困顿，郁郁半生，此时忽得一展骏足，自是要飞扬奔腾了。

这一副劣脾气倒与他甚是相投，一人一马，居然便成了好友一般。

此处虽然写的是马，但所谓以物言志，表达的是杨过的性情。

第四，段誉见一个爱一个，杨过专情。

段誉和张无忌都是多情，但是又有些不同：段誉是见一个爱一个，张无忌则都爱。

（二）乔峰对应郭靖

第一，乔峰和郭靖都会降龙十八掌且都和丐帮极有渊源。乔峰是丐帮帮主，郭靖则是前丐帮帮主徒弟，现丐帮帮主的丈夫，未来丐帮帮主的岳父。

第二，乔峰是契丹人，郭靖则成长于蒙古。《天龙八部》第二十七章，辽国南院大王叛变，乔峰以一己之力杀掉南院大王，生擒皇太叔，立平叛首功。《射雕英雄传》第六章，成吉思汗结义兄弟突然发难，郭靖生擒桑昆，也是立平叛首功。

第三，辽主封乔峰为平南大元帅，让乔峰攻打大宋，乔峰不愿意，想一走了之，但被爱他的女人阿紫出卖，而阿紫实属无心之过，只是太爱乔峰。最后乔峰成功阻止大辽侵宋。成吉思汗要让郭靖攻打大宋，郭靖和母亲想一走了之，但被爱他的华筝出卖，而华筝也并非有意，也只是因为太爱郭靖。最后郭靖也阻止了蒙古侵宋。

《天龙八部》第四十九章：

阿紫一转念间，已恍然大悟，自己是中了穆贵妃的诡计，她骗得自己拿圣水去给萧峰服下，这哪里是圣水，其实是毒药。她又惊又悔，搂住萧峰的头颈，哭道："姊夫……是我害了你，这毒药是我给你喝的。"萧峰心头一凛，不明所以，问道："你为甚么要害死我？"阿紫哭道："不，不！穆贵妃给了我一瓶水，她骗我说，如给你喝了，你就永远永远的喜欢我，会……会娶我为妻。我实在傻得厉害，姊夫，我跟你一起死，咱们再也不会分开。"说着抽出腰刀，便要往自己颈中抹去。

《射雕英雄传》第四十章：

但见革上用刀尖刻着几行蒙古文字道："我师南攻，将袭襄阳，知君精忠为国，冒死以闻。我累君母惨亡，愧无面目再见，西赴绝域以依长兄，终身不履故土矣。愿君善自珍重，福寿无极。"那革上并未写上下款，但郭靖一见，即知是华筝公主的手笔。

……

郭靖道："我与母亲偷折大汗的密令，决意南归，当时帐中并无一人，大汗却立即知晓，将我母子捕去，以致我母自刎就义。这消息如何泄漏，我一直思之不解，原来，原来是她。"

黄蓉摇头道："华筝公主对你诚心相爱，她决不会去告密害你。"郭靖道："她不是害我，而是要留我。她在帐外听到我母子说话，去告知了爹爹，只道大汗定会留住我不放，哪知却生出这等大祸来。"说着连连叹息。

第四，《射雕英雄传》中是郭靖冤枉黄药师，《天龙八部》中则是乔峰被冤枉。

《天龙八部》第十八章：

> 乔峰双手抱头，说道："那也不单因为他踢我妈妈，还因他累得我受了冤枉。妈妈那四钱银子，定是在大夫家中拉拉扯扯之时掉在地下了。我……我生平最受不得给人冤枉。"
>
> 可是，便在这一日之中，他身遭三桩奇冤。自己是不是契丹人，还无法知晓，但乔三槐夫妇和玄苦大师，却明明不是他下手杀的，然而杀父、杀母、杀师这三件大罪的罪名，却都安在他的头上。到底凶手是谁？如此陷害他的是谁？

第五，乔峰一次陪阿朱求医，经过一番搏斗，最后得名医薛慕华医好；另一次陪阿紫疗伤，是她自己康复。郭靖则一次和黄蓉求医，也是一番搏斗，被一灯大师医好；另一次则是郭靖在密室疗伤，自己康复。

（三）虚竹对应张无忌

第一，虚竹娶的是西夏公主，张无忌则是蒙古郡主。

第二，虚竹父亲是名门正派、少林寺方丈，母亲是恶女、四大恶人之一的叶二娘。张无忌的父亲是名门正派、武当弟子，母亲是妖女、天鹰教殷素素。两对都是未嫁生子，最后都是在众目睽睽下先后自杀。

《天龙八部》第四十二章：

> 叶二娘木然不动，过了好一会儿，才点头道："是。不过不是他引诱我，是我去引诱他的。"黑衣僧道："这男子只顾到自己的声名前程，全不顾念你一个年纪轻轻的姑娘，未嫁生子，处境是何等的凄惨。"
>
> ……
>
> 玄慈伸出手去，右手抓住叶二娘的手腕，左手抓住虚竹，说道："过去二十余年来，我日日夜夜记挂着你母子二人，自知身犯大戒，却又不敢向僧众忏悔，今日却能一举解脱，从此更无挂恐惧，心得安乐。"说偈道：

“人生于世，有欲有爱，烦恼多苦，解脱为乐！”说罢慢慢闭上了眼睛，脸露祥和微笑。

叶二娘和虚竹都不敢动，不知他还有甚么话说，却觉得他手掌越来越冷。叶二娘大吃一惊，伸手探他鼻息，竟然早已气绝而死，变色叫道：“你……你……怎么舍我而去了？”突然一跃丈余，从半空中摔将下来，砰的一声，掉在玄慈脚边，身子扭了几下，便即不动。

虚竹叫道：“娘，娘！你……你……不可……”伸手扶起母亲，只见一柄匕首插在她心口，只露出个刀柄，眼见是不活了。

《倚天屠龙记》第十章：

张翠山磕了三个头，说道：“多谢恩师。弟子有一独生爱子，落入奸人之手，盼恩师救他脱出魔掌，抚养他长大成入。”站起身来，走上几步，向着空闻大师、铁琴先生何太冲、崆峒派关能、峨眉派静玄师太等一干人朗声说道：“所有罪孽，全是张翠山一人所为。大丈夫一人做事一人当，今日教各位心满意足。”说着横过长剑，在自己颈中一划，鲜血迸溅，登时毙命。

……

说着凄然一笑，突然间双手一松，身子斜斜跌倒，只见胸口插着一把匕首。原来她在抱住无忌之时，已暗用匕首自刺，只是无忌挡在她身前，谁也没有瞧见。

无忌扑到母亲身上，大叫：“妈妈，妈妈！”但殷素素自刺已久，支持了好一会，这时已然气绝。

《倚天屠龙记》第十一章：

他父亲张翠山自刎身亡，名门正派人士谈论起来总不免说道：“好好一位少年英侠，却受了邪教妖女之累，一失足成千古恨，终至身死名裂，使得武当一派，同蒙羞辱。”

第三，虚竹懂医，能替阿紫换眼；张无忌更是神医。

《天龙八部》四十四章：

虚竹忽然插口道："我瞧段姑娘的双眼，不过是外面一层给炙坏了，倘若有一对活人的眼珠给换上，说不定能复明的。"

逍遥派的高手医术通神，阎王敌薛神医便是虚竹的师侄。虚竹于医术虽然所知无多，但跟随天山童姥数月，甚么续脚、换手等诸般法门，却也曾听她说过。

第四十九章：

阿紫道："这人傻里傻气的。我和他到了缥缈峰灵鹫宫里，寻到了你的把弟虚竹子，请他给我治眼。虚竹子找了医书来看了半天，说道必须用新鲜的活人眼睛换上才成。灵鹫宫中个个是虚竹子的下属，我既求他换眼，便不能挖那些女人的眼睛。我叫游坦之到山下去掳一个人来。这家伙却哭了起来，说到我治好眼睛，看到他真面目，便不会再理他了。我说不会不理他，他总是不信。哪知道他竟拿了尖刀，去找虚竹子，愿意把自己的眼睛换给我。虚竹子说甚么也不肯答允。那铁头人便用刀子在他自己身上、脸上划了几刀，说道虚竹子倘若不肯，他立即自杀。虚竹子无奈，只好将他的眼睛给我换上。"

《倚天屠龙记》第十二章：

张无忌此时的医术，早已胜过寻常的所谓"名医"，听得她咳声有异，知是肺叶受到重大震荡，便道："纪姑姑，你右手和人对掌，伤了太阴肺脉。"

……

当下取出七枚金针，隔着衣服，便在她肩头"云门"、胸口"华盖"、肘中"尺泽"等七处穴道上刺下去，其时他的针灸之术，与当年医治常遇春时自己有天壤之别，这两年多来，他跟着胡青牛潜心苦学，于诊断病情、用药变化诸道，限于见闻阅历，和胡青牛自是相去尚远，但针灸一门，却已学到了这位“医仙”的七八成本领。

第四，张无忌仁慈但比较婆婆妈妈。六大派围攻光明顶后，张无忌不计前嫌，不准明教报复，还到大都去拯救他们。虚竹一样仁慈，更加婆妈。各路岛主围攻灵鹫宫后，虚竹不仅没有惩罚他们，还替他们去除生死符。

《倚天屠龙记》第二十六章：

张无忌武功既高，为人又极仁义，实令人好生心服，只是不够心狠手辣，有些婆婆妈妈之气，未免美中不足。

《天龙八部》第三十八章：

虚竹见众人答允，胆子便大了些，拱手道：“多谢，多谢！这第二件事，是请各位体念上天好生之德，我佛慈悲为怀，不可随便伤人杀人。最好是有生之物都不要杀，蝼蚁尚且惜命，最好连腥荤也不吃，不过这一节不大容易，连我自己也破戒吃荤了。因此……这个……那个杀人嘛，总之不好，还是不杀人的为妙，只不过我……我也杀过人，所以嘛……”

（四）王语嫣对应小龙女

第一，王语嫣和小龙女都生活在没有男人的地方，且从未离开过那里。《天龙八部》第十二章：

那少女缓缓摇头，目光中露出了寂寞之意，说道：“从来没人对我说美还是不美。这曼陀山庄之中，除了我妈之外，都是婢女仆妇。她们只知道我是小姐，谁来管我是美是丑？”段誉道：“那么外面的人呢？”那少女道：“什么外面的人？”段誉道：“你到外面去，别人见到你这天仙般的美女，难道不惊喜赞叹、低头膜拜吗？”那少女道：“我从来不到外边去，到外边去干什么？妈妈也不许我出去。我到姑妈家的‘还施水阁’去看看，也遇不上什么外人，不过是他的几个朋友邓大哥、公冶二哥、包三哥、风四哥他们，他们……又不像你这般呆头呆脑的。”说着微微一笑。

《神雕侠侣》第五章：

这个秀美的白衣少女便是活死人墓的主人小龙女。其时她已过十八岁生辰，只是长居墓中，不见日光，所修习内功又是克制心意的一路，是以比之寻常同年少女似是小了几岁。孙婆婆是服侍她师父的女仆，自她师父逝世，两人在墓中相依为命。这日听到玉蜂的声音，知道有人闯进墓地外林，孙婆婆出去查察，见杨过已中毒晕倒，当下将他救了回来。本来依照她们门中规矩，任何外人都不能入墓半步，男子进来更是犯了大忌。只是杨过年幼，又见他遍体伤痕，孙婆婆心下不忍，是以破例相救。

《神雕侠侣》第七章：

李莫愁道：“师妹，你从未下过山，不知世上人心险恶，似他这等情深义重之人，普天下再难找出第二个来。”

第二，小龙女和王语嫣都是“梦”。
《天龙八部》第十二章：

段誉望着她的背影，只觉这女郎身旁似有烟霞轻笼，当真非尘世中人，便深深一揖，说道：“在下段誉，拜见姑娘。”

（五）梦姑对应赵敏

梦姑和赵敏都是公主，都是梦。赵敏在《倚天屠龙记》“不识张郎是张郎”一节中，已经解为“梦”了；在《天龙八部》中，西夏公主则直接就叫梦姑，作者已经点明此为“梦”。

《倚天屠龙记》第三十六章：

这里寒冷黑暗，却又有一个你，有一个你在等着我，怜我，惜我？

……

虚竹道：“嗯，你是我的梦中仙姑，我叫你‘梦姑’好么？”那少女拍手哭道：“好啊，你是我的梦郎，我是你的梦姑。这样的甜梦，咱们要做一辈子，真盼永远也不会醒。”说到情浓之处，两人又沉浸于美梦之中，真不知是真是幻？是天上人间？

（六）阿紫和阿朱对应黄蓉

这个对应很可能只有阿紫对应，阿朱不对应。但也可能两个都对应，代表“纠结”。

第一，3个人名字中的“紫”“朱”和“黄”都是颜色。

第二，阿朱擅长易容，黄蓉也曾乔装。

《天龙八部》第十一章：

段誉暗暗喝彩：“这小妮子当真了得，扮什么，像什么，更难的是，她只这么一会儿便即改装完毕，手脚之利落，令人叹为观止矣。”

《射雕英雄传》第八章：

那少女笑道：“怎么？不认识我啦？”郭靖听她声音，依稀便是黄蓉模样，但一个肮脏褴褛的男叫化，怎么会忽然变成一个仙女，真是不能相信自己的眼睛。

第三，阿紫是星宿老仙的徒弟，而星宿老仙的原型是“师父”。阿紫最后眼睛瞎了，我想是暗示“岳林姗”没有眼光。（注：阿紫眼睛瞎了这一情节，传为倪匡代笔所写。）

（七）游坦之和慕容复对应林平之

第一，游坦之和慕容复都是公子哥。游坦之是聚贤庄少爷；慕容复是燕子坞主人，大燕皇室后裔。

第二，在《倚天屠龙记》中，张无忌所说的“以其人之道还治其人之身”用在了宋青书和成昆身上；在《天龙八部》里，慕容复的招牌武功就是“以其人之道还治其人之身”的“斗转星移”。所以，我们看到，与慕容复青梅竹马的王语嫣嫁给了段誉；游坦之虽和阿紫同门，但却苦恋阿紫而不可得。

（八）星宿老仙对应岳不群

第一，星宿老仙和岳不群一样“仙风道骨”。

《天龙八部》第二十九章：

> 那老翁手中摇着一柄鹅毛扇，阳光照在脸上，但见他脸色红润，满头白发，颏下三尺银髯，童颜鹤发，当真便如图画中的神仙人物一般。
>
> ……
>
> 游坦之跟在丁春秋之后，见他大袖飘飘，步履轻便，有若神仙，油然而生敬仰之心：“我拜了这样一位了不起的师父，真是前生修来的福份。”

《笑傲江湖》第五回：

> 墙角后一人纵声大笑，一个青衫书生踱了出来，轻袍缓带，右手摇着折扇，神情甚是潇洒，笑道：“木兄，多年不见，丰采如昔，可喜可贺。”
>
> ……
>
> “这位神仙般的人物，莫非便是华山派掌门岳先生？只是他瞧上去不过四十来岁，年纪不像。那劳德诺是他弟子，可比他老得多了。”待听木高峰赞他驻颜有术，登时想起：曾听母亲说过，武林中高手内功练到深处，不但能长寿不老，简直真能返老还童，这位岳先生多半有此功夫，不禁更是钦佩。

第二，二者都抹杀良心。

《天龙八部》第三十一章：

那人点头道："不错，你天资很好，倘若投入本门，该有相当造诣，只可惜误入歧途，进了旁门左道的门下。本门的功夫虽然变化万状，但基本功诀，也不繁复，只须牢记'抹杀良心'四字，大致也差不多了。"

七、反清复明

作品：《鹿鼎记》

在金庸"反"写的小说中，《鹿鼎记》应该是最为彻底的一部。金庸无论哪一部小说，主人公都是英雄，只有在《鹿鼎记》中男主人公韦小宝纯粹是个卑鄙小人，"反"得很彻底。那么，《鹿鼎记》反的是哪一部小说呢？我觉得是《笑傲江湖》。《鹿鼎记》中江湖好汉们最热衷的事情是反清复明，可以说"反清复明"是书中的头等大事。我仔细想来，反清复明应该也是像"斗转星移"一般，是作者的一种暗示。《鹿鼎记》发生的时代是清代，《笑傲江湖》则是金庸作品里唯一一部发生在明代的。由此可知，反清复明即《鹿鼎记》反《笑傲江湖》。

（一）韦小宝对应令狐冲

第一，令狐冲曾被冤妓院嫖宿，在众多小说主人公中，独一无二；韦小宝则成长于妓院，且立志开妓院。

《笑傲江湖》第五章：

余沧海一见到枕上的长发，好生失望，显然被中之人并非那个光头小尼姑了，原来令狐冲这厮果然是在宿娼。

《笑傲江湖》第二十七章：

余沧海冷笑道："倒是有情有义得紧。只可惜这令狐冲品行太差，当年在衡阳城中嫖妓宿娼，贫道亲眼所见，却是辜负任大小姐一番恩情了。"

《鹿鼎记》第二回：

这小孩生于妓院之中，母亲叫做韦春花，父亲是谁，连他母亲也不知道，人人一向都叫他小宝，也从来无人问他姓氏。此刻那人忽然问起，他就将母亲的姓搬了出来。这韦小宝生于妓院，长于妓院，从没读过书。

第二，韦小宝靠假哭把敌人骗了过来，令狐冲则是真心的关怀诱骗了敌人。《鹿鼎记》第二回：

那两人低声商议了几句，转身便奔。那人急跃而起，待要追赶，"嗳"的一声，复又坐倒。他重伤之余，已无力追人。那小孩心道："驴车已去，我们两人没法走远，这两人去通风报讯，大队人马杀来，那可糟糕。"突然间放声大哭，叫道："啊哟，你怎么死了？死不得啊，你不能死啊！"

二名盐枭正自狂奔，忽听得小孩哭叫，一怔之下，立时停步转身，只听得他大声哭叫："你怎么死了？"不由得又惊又喜。一人道："这恶贼死了？"另一人道："他受伤很重，挨不住了。这小鬼如此哭法，自然是死了。"远远望去，只见那人蜷成一团，卧在地下。先一人道："就算没死，也不用怕他了。咱们割了他脑袋回去，岂不是大功一件？"另一人道："妙极！"两人挺着单刀，慢慢走近。只听那小孩兀自在捶胸顿足，放声号啕，一面叫道："老兄，你怎么忽然死了？那些贩私盐的追来，我怎抵挡得了？"

那二人大喜，奔跃而前。一人喝道："恶贼，死得正好！"抓住了那小孩的背心，另一人便举刀往那人颈中砍去。突然间刀光一闪，一人脑袋飞去，抓住小孩之人自胸至腹，开了一道长长的口子。那人哈哈大笑，撑起身来。

那小孩哭道："啊哟，这位贩私盐的朋友怎么没了脑袋？你两位老人家去见了阎王，又有谁回去通风报信哪？这可不是糟了吗？"说到最后，忍不住大笑。

那人笑道："你这小鬼当真聪明得紧，哭得也真像。若不是这么一哭，这两个王八蛋还真不会过来。"

《笑傲江湖》第十八章：

他听到这凌厉的破空之声，自然而然的身子往地下一伏，却听得向问天大叫一声："啊哟！"似是身受重伤。

令狐冲大惊，纵身过去，挡在他的前面，急问："向先生，你受了伤吗？"

向问天道："我……我不成了，你……你……快走……"令狐冲大声道："咱二人同生共死，令狐冲决不舍你独生！"

只听得追敌大声呼叫："向问天中了飞锥！"白雾中影影绰绰，十几个人渐渐逼近。

便在此时，令狐冲猛觉一股劲风从身右掠过，向问天哈哈大笑，前面十余人纷纷倒地。原来他将数十枚飞锥都接在手中，却假装中锥受伤，令敌人不备，随即也以"满天花雨"手法射了出去。其时浓雾弥天，视界不明；而令狐冲惶急之声出于真诚，对方听了，尽皆深信不疑；再加向问天居然也能以"满天花雨"手法发射如此沉重暗器，大出追者意料之外，是以追在最前的十余人或死或伤，竟无一人幸免。

向问天抱起令狐冲，转身又奔，说道："不错，小兄弟，你很有义气。"

他想令狐冲挺身而出，胡乱打抱不平，还不过是少年人的古怪脾气，可是自己适才假装身受重伤，装得极像，令狐冲竟不肯舍己逃生，决意同生共死，那实是江湖上最可宝贵的"义气"。

第三，韦小宝没有被"以大欺小"，于是"大人"派了小辈打他，但韦小宝自己不愿意"以大欺小"；令狐冲也同样没有被"以大欺小"，但被"大人"派了小辈打他，在面对小辈的时候，令狐冲同样没有"以大欺小"。

《鹿鼎记》第二回：

他平日在妓院之中，街巷之间，时时和人争闹，打不过时便耍这无赖手段，对手都是大人，总不成继续追打，将他打死？生怕被人说以大欺小，只好摇头退开。

《鹿鼎记》第二十二回：

哈哈一笑，说道："老子是正黄旗副都统，名叫花差花差小宝的便是。你要杀便杀，要赌便赌！嘿嘿，以大欺小，不是好汉。"最后这八个字，实在是讨饶了，不过说得倒也颇有点英雄气概。

那青年微微一笑，道："以大欺小，不是好汉。这句话倒也不错。小师妹，你年纪跟他也差不多，就跟他斗斗。"那少女笑道："好！"提剑而出，笑道："喂，花差花差小宝将军，我领教你的高招。"韦小宝身旁三人长剑微挺，碰到了他衣衫，齐道："出去动手！"

那青年一挥手，长剑飞起，插在韦小宝面前桌上。

韦小宝寻思："我剑术半点儿也不会，一定打不过这小姑娘。"说道："以大欺小，不是好汉。我比小姑娘大，怎能欺她？"

《笑傲江湖》第五章：

余沧海喝道："放你的狗屁！"右掌呼的一声劈出，令狐冲侧身一闪，避开了掌风，重伤之下，转动不灵，余沧海这一掌又劈得凌厉，还是被他掌风边缘扫中了，站立不定，一跤倒在床上。他用力支撑，又站了起来，一张嘴，一大口鲜血喷了出来，身子摇晃两下，又喷出一口鲜血。余沧海欲待再行出手，忽听得窗外有人叫道："以大欺小，好不要脸！"

……

余沧海怒气更增，但"以大欺小，好不要脸"这八个个，却正是说中了要害，眼前这二人显然武功远不如己，苦欲杀却，原只一举手之劳，

但"以大欺小"那四个字，却无论如何是逃不过的，既是"以大欺小"，那下面"好不要脸"四字便也顺理成章的了。但若如此轻易饶了二人，这口气如何便咽得下去？他冷笑一声，向令狐冲道："你的事，以后我找你师父算账。"回头向林平之道："小子，你到底是哪个门派的？"

林平之怒叫："狗贼，你害得我家破人亡，此刻还来问我？"

余沧海心下奇怪："我几时识得你这丑八怪了？甚么害得你家破人亡，这话却从哪里说起？"但四下里耳目众多，不欲细问，回头向洪人雄道："人雄，先宰了这小子，再擒下了令狐冲。"是青城派弟子出手，便说不上"以大欺小"。洪人雄应道："是！"拔剑上前。

《笑傲江湖》第七章：

令狐冲摇了摇头，说道："这女娃娃的祖父和衡山派刘师叔结交，攀算起来，她比我也矮着一辈，小侄如杀了她，江湖上也道华山派以大压小，传扬出去，名声甚是不雅。再说，这位曲前辈和刘师叔都已身负重伤，在他们面前欺侮他们的小辈，决非英雄好汉行径，这种事情，我华山派是决计不会做的。尚请费师叔见谅。"

第四，韦小宝打架手段下流，令狐冲则堂堂正正。

《鹿鼎记》第二回：

韦小宝这才明白，原来用石灰撒人眼睛，在江湖上是极其下流之事，自已竟是犯了武林中的大忌，而钻在桌子底下剁人脚板，显然也不是什么光彩武功，但给他骂得老羞成怒，恶狠狠的道："用刀杀人是杀，用石灰杀人也是杀，又有什么上流下流了？要不是我这小鬼用下流手段救你，你这老鬼早就做了上流鬼啦。你的大腿可不是受了伤么？人家用刀子剁你大腿，我用刀子剁人家脚板，大腿跟脚板，都是下身的东西，又有什么分别？你不愿我跟你上北京，你走你的，我走我的，以后大家各不相识便是。"

《笑傲江湖》第四章：

田伯光笑道："话是如此，然而你这一剑若再向前送得三四寸，我一条胳臂就此废了，干么你这一剑刺中我后，却又缩回？"令狐大哥道："我是华山弟子，岂能暗箭伤人？你先在我肩头砍一刀，我便在你肩头还了一剑，大家扯个直，再来交手，堂堂正正，谁也不占谁的便宜。"

第五，韦小宝总是脚底抹油跑路，令狐冲则是宁死不跑。

《鹿鼎记》第三回：

韦小宝见茅十八被擒，想起说书先生曾道："留得青山在，不怕没柴烧。"须得脚底抹油，三十六计，走为上着。他沿着墙壁，悄悄溜向后堂，眼见谁也没留意到他。

《鹿鼎记》第三十四回：

"……这样罢，我铁剑门中有一项'神行百变'功夫，是我恩师木桑道人所创，乃是天下轻功之首。这项轻功须以高深内功为根基，谅你也不能领会。你没一门傍身之技，日后遇到危难，如何得了？我只好教你一些逃跑的法门。"

韦小宝大喜，说道："脚底能抹油，打架不用愁。师父教了我逃跑的法门，那定是谁也追不上的了。"九难微微摇头，说道："'神行百变'，世间无双，当年威震武林，今日却让你用来脚底抹油，恩师地下有知，定是不肯认你这个没出息的徒孙。不过除此之外，我也没甚么你学得会的本事传给你。"

韦小宝笑道："师父收了我这个没出息的徒儿，也算倒足了大霉。不过赌钱有输有赢，师父这次运气不好，收了我这徒儿，算是大输一场。老天爷有眼，保佑师父以后连赢八场，再收八个威震天下的好徒儿。"

《笑傲江湖》第七章：

刘正风道："令狐贤侄，你和此事毫不相干，不必来赶蹚浑水，快快离去，免得将来教你师父为难。"

令狐冲哈哈一笑，说道："刘师叔，咱们自居侠义道，与邪魔外道誓不两立，这'侠义'二字，是甚么意思？欺辱身负重伤之人，算不算侠义？残杀无辜幼女，算不算侠义？要是这种种事情都干得出，跟邪魔外道又有甚么分别？"

曲洋叹道："这种事情，我们魔教也是不做的。令狐兄弟，你自己请便罢，嵩山派爱干这种事，且由他干便了。"

令狐冲笑道："我才不走呢。大嵩阳手费大侠在江湖上大名鼎鼎，是嵩山派中数一数二的英雄好汉，他不过说几句吓吓女娃儿，哪能当真做这等不要脸之事，费师叔绝不是那样的人。"说着双手抱胸，背脊靠上一株松树的树干。

费彬杀机陡起，狞笑道："你以为用言语僵住我，便能逼我饶了这三个妖人？嘿嘿，当真痴心梦想。你既已投了魔教，费某杀三人是杀，杀四人也是杀。"说着踏上了一步。

《笑傲江湖》第十八章：

只听得凉亭外一条大汉粗声喝道："兀那小子，快快出来。咱们要跟向老头拚命，别在这里碍手碍脚。"令狐冲笑道："我自和向老前辈喝酒，碍你甚么事了？"又斟了一杯酒，咕的一声，仰脖子倒入口中，大拇指一翘，说道："好酒！"

左首有个冷冷的声音说道："小子走开，别在这里枉送了性命。咱们奉东方教主之命，擒拿叛徒向问天。旁人若来滋扰干扰，教他死得惨不堪言。"

……

向问天向令狐冲叫道："小朋友，你快走吧！"喝声未绝，八根长枪已同时向他刺去。便在此时，四柄铜锤砸他胸腹，双怀杖掠地击他胫骨，两块铁牌向他脸面击到，四面八方，无处不是杀手。这十二个魔教好手各奋平生之力，下手毫不容情。看来人人均知和向问天交手，那是世间最凶险之事，多挨一刻，便是向鬼门关走近了一步。

令狐冲眼见众人如此狠打，向问天势难脱险，叫道："好不要脸！"

第六，韦小宝为了活命愿意冒充"汉奸"，令狐冲宁死不入魔教。

《鹿鼎记》第三回：

吴三桂带清兵入关，以致明室沦亡，韦小宝在市井之间，听人提起吴三桂来，总是加上几个"汉奸""臭贼""直娘贼"的字眼，心想："听这老乌龟的口气，只要茅大哥冒认是吴三桂的心腹，便可放了我们。偏偏茅大哥骨头硬，不肯冒充。但骨头硬，皮肉就得受苦了。常言道得好：'好汉不吃眼前亏'，吃眼前亏的自然不是好汉。咱们不妨胡说八道一番，说道吴三桂对咱哥儿俩如何如何看重，等到溜之大吉之后，再骂吴三桂的十八代祖宗不迟。"

《笑傲江湖》第二十二章：

令狐冲知他所言不假，又知向问天和他说这番话，用意是要自己向他求教，但若自己不允加入日月神教，求教之言，自是说不出口，心想："练了他这吸星大法，原来是吸取旁人功力以为己用。这功夫自私阴毒，我决计不练，决计不使。至于我体内异种真气无法化除，本来便已如此，我这条性命原是捡来的。令狐冲岂能贪生怕死，便去做大违夙愿之事？"

《笑傲江湖》第二十八章：

令狐冲踌躇未答，任我行又道："你习了我的吸星大法之后，他日后患无穷，体内异种真气发作之时，当真是求生不能，求死不得。老夫说过的话，决无反悔，你若不入本教，纵然盈盈嫁你，我也不能传你化解之道。就算我女儿怪我一世，我也是这一句话。我们眼前大事，是去向东方不败算账，你是不是随我们同去？”

令狐冲道：“教主莫怪，晚辈决计不入日月神教。”这两句话朗朗说来，斩钉截铁，绝无转圜余地。

第七，韦小宝不会喝酒，令狐冲嗜酒如命。

《鹿鼎记》第二回：

十八躺在树边睡觉，听到他脚步声，便即醒了，打开酒瓶，喝了两口，大声赞好，说道：“你喝不喝？”韦小宝从来不喝酒，这时要充英雄好汉，接过酒瓶便喝了一大口，只觉一股热气涌入肚中，登时大咳起来。茅十八哈哈大笑，说道：“小英雄喝酒的功夫可还没学会。”

《鹿鼎记》第七回：

韦小宝不会喝酒，顺口跟他们胡说八道。

《鹿鼎记》第四十七回：

罗刹国气候严寒，人人好酒。韦小宝虽不喜饮，军中所备却是极品高粱，一端出来便满帐皆香。

《笑傲江湖》第二章：

“……他把葫芦凑到嘴上，张口便喝。哪知他这一口好长，只听得咕嘟咕嘟直响，一口气可就把大半葫芦酒都喝干了。原来大师哥使出师父所授的气功来，竟不换气，犹似乌龙取水，把大半葫芦酒喝得滴酒不剩。”

众人听到这里，一齐哈哈大笑。

那六猴儿又道：“小师妹，昨天你如在衡阳，亲眼见到大师哥喝酒的这一路功夫，那真非叫你佩服得五体投地不可。他‘神凝丹田，息游紫府，身若凌虚而超华岳，气如冲霄而撼北辰’，这门气功当真使得出神入化，奥妙无穷。”那少女笑得直打跌，骂道：“瞧你这贫嘴鬼，把大师哥形容得这般缺德。哼，你取笑咱们气功的口诀，可小心些！”

第八，韦小宝是个假太监，但总是被各种各样的人认为是太监；令狐冲没有偷拿《辟邪剑谱》，但总被冤枉学了辟邪剑法，而辟邪剑法首先要自宫，相当于太监。

《鹿鼎记》第八回：

总舵主又是吃惊，又是好笑，左手在他胯下一拂，发觉他阳具和睾丸都在，并未净身，的的确确不是太监，不由得吁了口长气。

《笑傲江湖》第二十四章：

林平之的父母临死之时，有几句遗言要自己带给他们儿子，其时只有自己一人在侧，由此便蒙了冤枉。偏生自己后来得风太师叔传授，学会了独孤九剑的神妙剑法，华山门中，人人都以为自己吞没了辟邪剑谱，连素来知心的小师妹也大加怀疑。平心而论，此事原也怪不得旁人，自己上思过崖那日，还曾与师娘对过剑来，便挡不住那“无双无对，宁氏一剑”，可是在崖上住得数月，突然剑术大进，而这剑法又与本门剑法大不相同，若不是自己得了别派的剑法秘笈，怎能如此？而这别派的剑法秘笈，若不是林家的辟邪剑谱，又会是甚么？

他身处嫌疑之地，只因答允风太师叔决不泄漏他的行迹，实是有口难辩。

《笑傲江湖》第三十五章：

岳灵珊失声道：“你……你自……自宫练剑？”林平之阴森森的道：“正是。这辟邪剑谱的第一道法诀，便是：‘武林称雄，挥剑自宫’。”

……

岳灵珊哽咽道："我不恨你，你是为情势所逼，无可奈何。我只恨……只恨当年写下那《辟邪剑谱》之人，为甚么……为甚么要这样害人。"林平之嘿嘿一笑，说道："这位前辈英雄，是个太监。"

第九，天地会为了顾全沐剑屏名声让韦小宝看管她；令狐冲则为了顾全依琳名声而冒充劳德诺。

《鹿鼎记》第十回：

韦小宝见他神色忸怩，想了一想，这才明白："原来你说我是太监，因此小郡主交我看管，于她声名无碍。你可不知我这太监是冒牌货。"

《笑傲江湖》第三章：

定逸登时恍然，才知令狐冲是为了顾全仪琳。其时山洞中一团漆黑，互不见面，仪琳脱身之后，说起救她的是华山派劳德诺，此人是这么一个干瘪老头子，旁人自无闲言闲语，这不但保全了仪琳的清白声名，也保全了恒山派的威名，言念及此，不由得脸上露出了一丝笑意，点头道："这小子想得周到。仪琳，后来怎样？"

第十，韦小宝擅长赌博，技术一流，赌品好，还鄙视赌品不好的人；令狐冲赌钱技术差，赌品差。

《鹿鼎记》第三回：

韦小宝听说是掷骰子，精神为之一振，他在扬州，除了听说书，大多数时候便在跟人掷骰子赌钱，年纪虽小，在扬州街巷之间，已算得是一把好手。

……

韦小宝赌钱之时，十次中倒有九次要作弊骗人，但对赌友却极为豪爽。他平时给人辱骂殴打，无人瞧他得起，但若有人输光了，他必借钱给此人，那人自然十分感激，对他另眼相看。韦小宝生平偶有机会充一次好汉，也只在借赌本给人之时。那人就算借了不还，他也并不在乎，反正这钱也绝不是他自己掏腰包的。

《鹿鼎记》第三十三回：

韦小宝笑骂："他妈的，你们这批家伙不要脸，明明输了，却去撒赖。别说连开十四记大，就是连开廿四记，我也见过。"

……

韦小宝笑道："他奶奶的，这些家伙狗皮倒灶，输了钱就混赖。吴大哥给他们吃点儿苦头，教训教训，教他们以后赌起钱来规规矩矩。兄弟还得多谢你呢。"

《鹿鼎记》第四十八回：

韦小宝却觉得他的名字也太差劲，图赖，图赖，说明赌输了想赖，堂堂国丈，算甚么玩意儿？

《笑傲江湖》第十三章：

一连数日，他便和这群无赖赌钱喝酒，头几日手气不错，赢了几两，第四日上却一败涂地，四十几两银子输得干干净净。那些无赖便不许他再赌。

……

陈歪嘴笑道："输了呢？"令狐冲道："输了？明天还你。"陈歪嘴道："谅你这小子家里也没银子，输了拿甚么来还？卖老婆么？卖妹子么？"令狐冲大怒，反手便是一记耳光，这时酒意早有了八九分，顺手便将他身前的几两银子都抢了过来。陈歪嘴叫道："反了，反了！这小子是强盗。"众无赖本是一伙，一拥而上，七八个拳头齐往令狐冲身上招呼。

第十一，韦小宝对女人下流且多情；令狐冲对女子有君子风范，且专情。

多情专情就不举例了，韦小宝下流的例子多得不可胜数，随便挑选。

《鹿鼎记》第三十六回：

韦小宝听到这里，心道："这老狗居然备了这许多礼物，倒也神通广大。"突然觉得脸上一热，那女子将脸颊贴了过来，跟着又觉她伸手来自己身上摸索。韦小宝低声道："你摸我，我也不客气了。"伸手向她胸口摸去。那女子突然格的一声，笑了出来。

《笑傲江湖》第三章：

定逸登时恍然，才知令狐冲是为了顾全仪琳。其时山洞中一团漆黑，互不见面，仪琳脱身之后，说起救她的是华山派劳德诺，此人是这么一个干瘪老头子，旁人自无闲言闲语，这不但保全了仪琳的清白声名，也保全了恒山派的威名，言念及此，不由得脸上露出了一丝笑意，点头道："这小子想得周到。仪琳，后来怎样？"

《笑傲江湖》第十七章：

令狐冲奋起力气，轻轻扶起她肩头，自己侧身向旁滚了开去，笑道："你便怎么？"说了这句话，连连咳嗽，咳出好几口血来。他一时动情，吻了那姑娘一下，心中便即后悔，给她打了一掌后，更加自知不该，虽然仍旧嘴硬，却再也不敢和她相偎相依了。

那姑娘见他自行滚远，倒大出意料之外，见他用力之后又再吐血，内心暗暗歉仄，只是脸嫩，难以开口说几句道歉的话，柔声问道："你……你胸口很痛，是不是？"

第十二，韦小宝擅长阿谀奉承做"奴才"，令狐冲则不喜欢这一套。

《鹿鼎记》第五回：

皇太后微笑点了点头，道："起来！"待韦小宝站起，说道："听皇帝说，今日擒拿叛臣鳌拜，你立了好大的功劳。”

韦小宝道：“回太后：奴才只知道赤胆忠心，保护主子。皇上吩咐怎么办，奴才便奉旨办事。奴才年纪小，什么都不懂的。”他在皇宫中只几个月，但赌钱时听得众太监说起宫里和朝廷的规矩，一一记在心里，知道做主子最忌奴才居功，你功劳越大，越是要装得没半点功劳，主子这才喜欢，假使稍有骄矜之色，说不定便有杀身之祸，至于惹得主子憎厌，不加宠幸，自是不在话下。

他这样回答，皇太后果然很是喜欢，说道：“你小小年纪，倒也懂事，比那做了少保、封了一等超武公的鳌拜还强。孩儿，你说咱们赏他些什么？”康熙道：“请太后吩咐罢。”皇太后沉吟道：“你在尚膳监，还没品级罢？海大富海监是五品，赏你个六品的品级，升为首领太监，就在皇上身边侍候好了！”韦小宝心道：“辣块妈妈的六品七品，就是给我做一品太监，老子也不做。”脸上却堆满笑容，跪下磕头，道：“谢皇太后恩典，谢皇上恩典。”

《鹿鼎记》第三十四回：

韦小宝善于拍马，对别人的谄谀也不会当真，但听人奉承，毕竟开心。

《鹿鼎记》第三十七回：

走过去将玉碗捧在手里，心想：“‘加官晋爵’，这四字的口彩倒灵，他送我这只玉碗时，我是子爵，现下可升到伯爵啦。我凭了甚么本事加官晋爵？最大的本事便是拍马屁，拍得小皇帝舒舒服服，除此之外，老子的本事实在他妈的平常得紧。看来凡事有本事之人，不肯拍马屁，喜欢拍马屁的，便是跟老子差不多。”

《笑傲江湖》第三十一章：

令狐冲站在殿口，太阳光从背后射来，殿外一片明朗，阴暗的长殿之中却是近百人伏在地下，口吐颂辞。他心下说不出厌恶，寻思：“盈盈对我如此，她如真要我加盟日月神教，我原非顺她之意不可。等得我去了嵩山，阻止左冷禅当上五岳派的掌门，对方证大师和冲虚道长二位有了交代，再在恒山派中选出女弟子来接任掌门，我身一获自由，加盟神教，也可商量。可是要我学这些人的样，岂不是枉自为人？我日后娶盈盈为妻，任教主是我岳父，向他磕头跪拜，那是应有之义，可是甚么‘中兴圣教，泽被苍生’，甚么‘文成武德，仁义英明’，男子汉大丈夫整日价说这些无耻的言语，当真玷污了英雄豪杰的清白！我当初只道这些无聊的玩意儿，只是东方不败与杨莲亭所想出来折磨人的手段，但瞧这情形，任教主听着这些谀词，竟也欣然自得，丝毫不觉得肉麻！”

第十三，棺材藏宝被发现和棺材藏宝躲过一劫。

《鹿鼎记》中是韦小宝将宝物藏棺材中躲过一劫；《笑傲江湖》棺材中的宝物并非令狐冲所藏，是福威镖局的人藏的，但是被人发现了。

《鹿鼎记》第十五回：

当下将五部经书连同师父所给的武功秘诀，用油布一层一层的包裹完密，到灶下去捧了一大把柴灰，放在骨灰坛中，心想：“最好棺材之中放一具真的尸首，那么就算有人开棺查检，也不会起疑。只不过一时三刻，也找不到个坏人来杀了。”于是醮些清水，抹在眼中脸上，神情悲哀，双手捧了油布包和骨灰坛，走到后厅，将包裹和骨灰坛放入棺材，跪了下来，放声大哭。

（之后就被人各种搜查，没有查到。）

她见韦小宝天真烂漫，心想：“我刚救了他性命，他心中对我感激之极，小孩子又会说什么假话？何况我已亲自查过他的包袱？”点了点头，道：“我见他们打开你的包袱细查，见到许多珠宝，又有几十万两银子的银票，好生眼红，商量着如何分赃。我听着生气，便进来一起都料理了。”

《笑傲江湖》第二章：

那姓吉的一拍大腿，说道："这些湖南驴子干的邪门事儿太多。你想这姓张的镖头是这里一局之主，他睡觉的房间隔壁屋里，却去放上一口死人棺材，岂不活该倒霉，哈哈！"姓申的笑道："你得动动脑筋啊。他为甚么在隔壁房里放口棺材？难道棺材里的死人是他老婆儿子，他舍不得吗？恐怕不见得。是不是在棺材里收藏了甚么要紧东西，以便掩人耳目……"

第十四，韦小宝一见和尚就生气，令狐冲则是一见尼姑就生气。

《鹿鼎记》第十六回：

韦小宝骂道："死贼秃，老子一见和尚便生气，非杀不可！"

《笑傲江湖》第三章：

仪琳泫然欲涕，说道："师父，令狐大哥忽然骂起我来啦。他说：'这小尼姑脸上全无血色，整日价只吃青菜豆腐，相貌决计好不了。田兄，我生平一见尼姑就生气，恨不得杀尽天下的尼姑！'……"

第十五，韦小宝做了少林寺高僧，但少林寺不愿意教他武功；少林寺要传令狐冲武功，但令狐冲不愿入少林派。

《鹿鼎记》第二十二回：

康熙要他去五台山做和尚，他是答应了的，万料不到竟会叫他在少林寺剃度。这道圣旨一直在他身边，可是不到地头，怎敢拆开偷看？何况就算看了，也不识其中写些什么。

晦聪禅师率僧众谢恩。众军官取出犒赏物事分发。韦小宝在旁看着，心下蛮不是味儿。

晦聪禅师道："韦大人代皇上出家，那是本寺的殊荣。"当即取出剃刀，说道：“韦大人是皇上替身，非同小可，即是老衲，也不敢做你师父。老衲代先师收你为弟子，你是老衲的师弟，法名晦明。少林合寺之中，晦字辈的，就是你和老衲二人。”

韦小宝到此地步，只得满目含泪，跪下受剃。晦聪禅师先用剃刀在他头顶剃三刀，便有剃度僧将他头上本已烧得稀稀落落的头发剃个精光。

……

沉吟半晌，又明白了一事：“住持老和尚教我做他师弟，原来就是要让我没有师父，这老贼秃好生奸猾。嗯，是了，他见我是皇帝亲信，乃是满洲大官，决不肯把上乘武功传给我这小鞑子。哼，你不教我，难道我不会自己瞧着学吗？”

韦小宝在少林寺出家期间，金庸先生还提了一下令狐冲。

《鹿鼎记》第二十三回：

“师叔心地仁厚，要我将首座之位让了给这位女施主，这话一时却说不出口。”但见那女郎拳脚越来越乱，心想：“古人说道，武功到于绝诣，那便羚羊挂角，无迹可寻。听说前朝有位独孤求败大侠，又有位令狐冲大侠，以无招胜有招，当世无敌，难道……难道……”

《笑傲江湖》第十八章：

方生喜道：“恭喜少侠，我方丈师兄生平只收过两名弟子，那都是三十年前的事了。少侠为我方丈师兄的关门弟子，不但得窥《易筋经》的高深武学，而我方丈师兄所精通的一十二般少林绝艺，亦可量才而授，那时少侠定可光大我门，在武林中放一异彩。”

令狐冲站起身来，说道：“多承方丈大师美意，晚辈感激不尽，只是晚辈身属华山派门下，不便改投明师。”

（二）陈近南对应“师父”

这次“反”得很彻底。“师父”在大部分时候都是卑鄙小人，但在《鹿鼎记》中陈近南真的是英雄一个，人人钦佩；而《笑傲江湖》中岳不群经常被骂伪君子。

《鹿鼎记》第三回，茅十八没有见过陈近南，死不瞑目：

茅十八道：“我……我……我不是天地会。”突然放大喉咙，说道：“我这可不是抵赖不认。姓茅的只盼加入天地会，只是一直没人接引。江湖上有句话道：‘为人不识陈近南，就称英雄也枉然。’海老公，这话想来你也听见过。姓茅的是堂堂汉人，虽然没入天地会，然而决意反清复明，哪有反投满清去做汉奸的道理？你快快把我杀了罢！姓茅的杀人放火，犯下的事太大，早就该死了，只是没见过陈近南，死了有点不闭眼。”

《鹿鼎记》第十四回：

柳大洪道：“陈总舵主，姓柳的生平佩服之人，没有几个。你的丰采为人，教我打从心底里佩服出来。日后赶跑了鞑子，咱们朱五太子登了龙庭，这宰相嘛，非请你来当不可。”

……

李西华哈哈一笑，道：“人道天地会陈总舵主待人诚恳，果然名不虚传。”

《笑傲江湖》第十章：

风清扬大喜，朗声道：“好，好！你说这话，便不是假冒为善的伪君子。大丈夫行事，爱怎样便怎样，行云流水，任意所至，甚么武林规矩，门派教条，全都是放他妈的狗臭屁！”

令狐冲微微一笑，风清扬这几句话当真说到了他心坎中去，听来说不出的痛快，可是平素师父谆谆叮嘱，宁可性命不要，也决计不可违犯门规，不守武林规矩，以致败了华山派的清誉，太师叔这番话是不能公然附和的；何况“假冒为善的伪君子”云云，似乎是在讥刺他师父那“君子剑”的外号，当下只微微一笑，并不接口。

《笑傲江湖》第十一章：

只听得鲁连荣大声道：“哼，甚么‘君子剑？’‘君子’二字之上，只怕得再加上一个‘伪’字。”令狐冲听他如此当面侮辱师父，再也忍耐不住，大声叫道：“瞎眼乌鸦，有种的给我滚了出来！”

《笑傲江湖》第二十四章：

劳德诺道：“你们跟魔教勾勾搭搭，那便是同流合污了。”仪和怒道：“这位令狐大侠见义勇为，急人之难，那才是真正的大英雄、大丈夫，哪像你们这种人，自居豪杰，其实却是见死不救、临难苟免的伪君子！”

岳不群外号“君子剑”，华山门下最忌的便是“伪君子”这三字。劳德诺听她言语中显在讥讽师父，刷的一声，长剑出鞘，直指仪和的咽喉。

《笑傲江湖》第二十七章：

向问天赞道：“究竟人家是有道高僧，气度胸襟，何等不凡？与甚么伪君子（岳不群）、甚么真小人（余沧海），那是全然不同了。”

《笑傲江湖》第二十八章：

那带头的道：“别杀他，捉活的。拿了岳不群的女儿女婿，不怕那伪君子不听咱们的。”

……

任我行道："难道是东方不败的主意？他跟这伪君子又有甚么梁子了？"

……

任我行笑道："岳不群这伪君子是甚么东西？他的女儿又怎能和我的女儿相比？……"

《笑傲江湖》第三十四章：

左冷禅嘴角边也现出一丝微笑，说道："不必客气。"心想："岳不群号称君子，我看还是伪君子的成份较重。他对我不露丝毫敌意，未必真是好心，一来是心中害怕，二来是叫我去了戒惧之意，漫不经心，他便可突下杀手，打我一个措手不及。"

他左手向外一分，右手长剑向右掠出，使的是嵩山派剑法"开门见山"。他使这一招，意思说要打便打，不用假惺惺的装腔作势，那也含有讽刺对方是伪君子之意。

……

数丈外有数百人等着，待岳不群走近，纷纷围拢，大赞他武功高强，为人仁义，处事得体，一片谄谀奉承声中，簇拥着下峰。

令狐冲目送着师父的背影在山峰边消失，各派人众也都走下峰去，忽听得背后一个女子声音说道："伪君子！"

《笑傲江湖》第三十五章：

林平之冷笑道："从来不口角？那只是装给外人看看而已。连这种事，岳不群也戴起伪君子的假面具。我亲耳听得清清楚楚，难道会假？"

（三）刘一舟、郑克塽、吴应熊对应"林平之"

郑克塽是延平王郑经的次子，吴应熊是平西王吴三桂的儿子，两人都是公子哥。只有刘一舟比较普通，但也很英俊。感情方面也是反的，韦小宝抢了他们三个的对象。

《鹿鼎记》第十回：

这平西王世子二十四五岁年纪，相貌甚是英俊，步履矫捷，确是将门之子的风范。

《鹿鼎记》第二十九回：

他回宫不久，便有太监宣下朝旨，封韦小宝为一等子爵，赐婚使，护送建宁公主前赴云南，赐婚平西王世子吴应熊。吴应熊封三等精奇尼哈番，加少保，兼太子太保。

《鹿鼎记》第十二回：

韦小宝道："那不是一个身材高高，脸孔白白，大约二十几岁的漂亮年轻人？这人武功可着实了得，是不是？"他自然并不知道刘一舟是何等样人，但想此人既是方怡的意中人，谅必是个漂亮的年轻人，既是她们师哥，说他武功很高也不会错。

果然沐剑屏道："对了，对了，就是他。方师姊说，昨晚她受伤之时，见到刘师哥给三名侍卫打倒了，一名侍卫按住了他，多半是给擒住了。不知现今怎样？"

《鹿鼎记》第十三回：

小宝见他额头青筋暴起，眼中要喷出火来，情急之状已达极点，料想这人便是刘一舟了，见他一张长方脸，相貌颇为英俊。

……

刘一舟是她倾心相恋的意中人，虽无正式婚姻之约，二人早已心心相印，一个非君不嫁，一个非卿不娶。

……

方怡收起笑容，肃然道："皇天在上，后土在下，桂公公若能相救刘一舟平安脱险，小女子方怡便嫁桂公公为妻，一生对丈夫忠贞不贰。就算桂公公不能当真娶我，我也死心塌地的服侍他一辈子。若有二心，教我万劫不得超生。"说着将一杯酒泼在地下，又道："小郡主便是见证。"

《鹿鼎记》第二十六回：

韦小宝见阿珂双颊晕红，眼中满是光彩，又是高兴，便如遇上了世上最亲近之人一般，霎时之间，他胸口便如给大锤子重重捶了一下，心想："难道是她的意中人到了？"低声道："咱们避难要紧，别跟不相干的人说话。"

阿珂全没听见他的说话，问道："河间府有什么热闹事？"

那人道："你不知道么？"车帷一掀，一张脸探了进来。

那人面目俊美，约莫二十三四岁年纪，满脸欢容。

……

眼看郑克塽的神情，对阿珂大为有意，他是坐拥雄兵、据地开府的郡王的堂堂公子，比之流落江湖的沐王府，又不可同日而语，何况这人相貌比自己俊雅十倍，谈吐高出百倍，年纪又比自己大得多。武功如何虽不知道，看来就算高不上十倍，七八倍总是有的。阿珂对他十分倾心，就是瞎子也瞧得出来。倘若师父知道自己跟郑公子争夺阿珂，不用郑公子下令，只怕先一掌将自己打死了。师太又在赞他是忠良后代，自己是什么后代了？只不过是婊子的后代而已。

……

韦小宝下得车来，但见那郑克塽长身玉立，气宇轩昂，至少要高出自己一个半头，不由得更兴自惭形秽之感，又见他衣饰华贵，腰间所悬佩剑的剑鞘上镶了珠玉宝石，灿然生光。

另外，在《笑傲江湖》中，令狐冲被岳灵珊和林平之等冤枉；而在《鹿鼎记》中则反过来了，"林平之"等被韦小宝等冤枉。

吴应熊被公主冤枉强奸，还把他阉割了，和林平之一样了。

《鹿鼎记》第三十一回：

韦小宝大吃一惊，问道："你……你甚么？"公主在他耳中吹了一口气，低声笑道："我用火枪指住他，逼他脱光衣服，然后用枪柄在他脑袋上重击一记，打得他晕了过去，再割了他的讨厌东西。从今而后，他只能做我太监，不能做我丈夫了。"

韦小宝又是好笑，又是吃惊，说道："你大胆胡闹，这祸可闯得不小。"

公主道："闯甚么祸了？我这可是一心一意为着你。我就算嫁了他，也只是假夫妻，总而言之，不会让你戴绿帽做乌龟。"

韦小宝心下念头急转，只是这件事情实在太过出于意外，不知如何应付才好。公主又道："强奸无礼甚么都是假的。不过我大叫大嚷，你们在外面都听见了，是不是？"韦小宝点点头。公主微笑道："这样一来，咱们还怕他甚么？就算吴三桂生气，也知道是自己儿子不好。"韦小宝唉声叹气，道："倘若他给你一刀割死了，那可如何是好？"公主道："怎么会割死？咱们宫里几千名太监，哪一个给割死了？"

韦小宝道："好，你一口咬定，是他强奸你，拿了刀子逼你。你拚命抗拒，伸手推他。他手里拿着刀子，又脱光了衣服，就这样一推一挥，自己割了去。"

公主埋首锦被，吃吃而笑，低声道："对啦，就这样说，是他自己割了的。"

韦小宝回到房外，将吴应熊持刀强逼、公主竭力抗拒、挣扎之中吴应熊自行阉割之事，低声向众侍卫说了。众人无不失惊而笑，都说吴应熊色胆包天，自遭报应。有几名吴应熊的家将留着探听动静，在旁偷听到后，都是脸有愧色。

郑克塽是被冤枉最多的。

《鹿鼎记》第二十六回：

先前他摸阿珂的腰肢和胸口，口中大呼小叫，阿珂还道真是郑克塽在草堆中乘机无礼，不禁又羞又急，接着又是一只冷冰冰的大手摸到自己脸上，心想韦小宝的手掌绝没这么大，自然是郑克塽无疑，待要叫嚷，又觉给师父和韦小宝听到了不雅，忙转头相避，那只大手又摸到了自己胸口，心想：

"这郑公子如此无赖。"不由得暗暗恼怒，身子向右一让。

韦小宝反过左手，啪的一声，重重打了郑克塽一个耳光，叫道："阿珂姑娘，打得好，这郑公子是个好色之徒，啊哟，郑公子，你又来摸我，摸错人了。"郑克塽只道这一记耳光是阿珂打的，怒道："是你去摸人，却害我……害我……"阿珂心想："这明明是只大手，绝不会是小恶人。"

在《笑傲江湖》中，林平之和岳灵珊冤枉令狐冲偷了辟邪剑谱；在《鹿鼎记》中则是韦小宝冤枉郑克塽拿了经书。

《鹿鼎记》第二十六回：

韦小宝一指郑克塽，道："这一部经书，我师父早就送了给他，你们问他要便是。"这时郑克塽刚从地下爬起，还没站稳，一名喇嘛扑过抓住他双臂，另一名喇嘛便扯他衣衫，嗤嗤声响，外衫内衣立时撕破，衣袋中的金银珠宝掉了一地，却哪里有什么经书？韦小宝叫道："郑公子，你这部经书藏到哪里去啦？跟他们说了罢，那又不是什么贵重东西。"

郑克塽怒极，大声道："我没有！"

《鹿鼎记》第二十七回，冤枉郑克塽嫖娼欠钱：

刚说到这里，众侍卫已奔上城头，一名侍卫指着郑克塽，叫道："是他，欠我银子的是这小子。"韦小宝低声道："郑公子，师姊，咱们快走。鞑子官兵胡作非为，惹上了很是麻烦。"

阿珂也有些害怕，道："好，回去罢。"一名侍卫抢上前来，指着郑克塽道："前晚在河间府妓院里玩花姑娘，你欠下我一万两银子，快快还来。"

郑克塽怒道："胡说八道，谁到妓院里去啦，怎会欠了你银子？"一名侍卫道："还说不是呢？前天晚上，你膝头上坐了两个粉头，叫作什么

名字哪？”另一名侍卫道：“年纪大的那个叫阿翠，小的那个叫红宝。你左边亲一个嘴，喝一口酒，右边摸一摸人家脸蛋，又喝一口酒，好不风流快活，还想赖么？”又一名侍卫道：“你搂着两个粉头，跟我们掷骰子，输了二千两银子，要翻本，向我借了三千，向这位老兄借了二千，后来又向他借了一千五，向那一位借了二千两……”另一人道：“再向我借了一千五百两，一共是一万两白花花的银子。”五人一齐伸手，道：“杀人偿命，欠债还钱！快快还来！”

阿珂想起当日在妓院中见到韦小宝跟众妓胡闹的情景，又想起前几日在草堆之中，郑公子在自己身上乱摸乱捏，看来这事多半不假，再一算日子，前晚正是“杀龟大会”的前夕，郑公子深夜不归，次日清晨却见他满脸酒意，说是什么英雄豪杰邀他去喝酒，喝酒不假，请他的却不是英雄豪杰，而是妓院中的下贱女子，想到此处，不由得珠泪盈盈欲滴。

《鹿鼎记》第二十八回，冤枉郑克塽强奸。

阿珂见那乡下姑娘如此丑陋，不信郑克塽会跟她有何苟且之事，只是她力证其事，这些乡下人又跟他无冤无仇，想来也不会故意诬赖，不由得将信将疑。韦小宝皱眉道：“郑公子也未免太风流了，去妓院中玩耍那也罢了，怎地去……去……去……唉，这乡下姑娘这样难看，师姊，我想他们一定认错了人。”阿珂道：“对，准是认错了。”

吴立身对那乡姑道：“快说，快说，怕什么丑？他……这小贼给了你什么东西？”

那乡姑从怀里取出一只一百两的大银元宝，说道：“他给我这个，叫我听他的话。他说他是台湾来的，他爹爹是什么王爷，家里有金山银山，还有……还有……”

阿珂“啊”的一声尖叫，心想这乡下姑娘无知无识，怎会捏造，自然是郑克塽真的说过了，不由得心下一阵气苦。郑府众伴当也都信以为真，均想凭这乡下姑娘，身边也不会有这大元宝，纷纷喝道：“让开，让开！你拿了元宝还吵些什么？别拦了大爷们的道路。”

在《射雕英雄传》中，黄蓉帮郭靖对付郭靖的情敌欧阳克；而在《鹿鼎记》中，阿珂帮郑克塽对付他的情敌韦小宝。

《鹿鼎记》第三十九回：

只听郑克塽道："珂妹，这小子是迷上你啦，对你是从来不敢得罪半分的。我知道你要杀他，其实是为了给我出气。你这番情意，我……我真不知如何报答才是。"

阿珂柔声道："他欺辱你一分，比欺辱我十分还令我痛恨。他如打我骂我，我瞧在师父面上，这口气也还咽得下，可是他对你……对你一次又一次的这般无礼，叫人一想起，恨不得立即将他千刀万剐。"

在《笑傲江湖》中，林平之是个很有气节的人；而在《鹿鼎记》中，"林平之"们则很没有骨气了，基本上都是窝囊废。

《鹿鼎记》第十三章，刘一舟贪生怕死：

刘一舟突然说道："公公，我……我就是刘一舟！"

韦小宝一怔，还未答话。吴立身和敖彪已同时喝了起来："你胡说什么？"刘一舟道："公公，求求你救我一救，救……救我们一救。"吴立身喝道："贪生怕死，算什么英雄好汉，何必开口求人？"

《鹿鼎记》第十六回，刘一舟又一次贪生怕死：

刘一舟吓得魂飞天外，叫道："好兄……韦……韦兄弟，韦香主，请你瞧着沐王府的情份，高……高抬贵手。"韦小宝道："我从皇宫里将你救了出来，你却恩将仇报，居然想杀我，哼哼，凭你这点儿道行，也想来太岁头上动土？你叫我瞧着沐王府的情份，刚才你拿住我时，怎地又不瞧着天地会的情份了？"刘一舟道："确实是我不是，是在下错了！请……请……请你原谅。"

《鹿鼎记》第三十二回，刘一舟告密做叛徒：

柳大洪恨恨的道："刘一舟这小贼，总有一日，将他千刀万剐。"韦小宝问道："是他告的密？"

柳大洪道："不是他还有谁？这家伙……这家伙……"说到这里，只气得白须飞扬。韦小宝道："他留在吴三桂那里了吗？"

沐剑声道："多半是这样。那天柳师父派他去打探消息，给吴三桂的手下捉了去。当天晚上，大队兵马就围住了我们住所。我们住得十分隐秘，若不是这人说的，吴三桂决不能知道。"

《鹿鼎记》第二十七回，郑克塽求韦小宝：

郑克塽气得几欲晕去，但见钢刀在脸前晃来晃去，怕他们真的割了自己耳朵，心下也真害怕，眼望韦小宝，露出祈求之色。

《鹿鼎记》第二十八回，郑克塽不愿为阿珂割鼻子：

阿珂死倒不怕，但想到割去了鼻子，那可是难看之极，只惊得脸上全无血色。

韦小宝道："别割我师姊的鼻子，割我的好了。"

吴立身道："要割两个鼻子祭煞神，你只有一个。喂，姓郑的，割了你的鼻子代这姑娘的，好不好？"阿珂眼望郑克塽，眼光中露出乞怜之意。郑克塽转开头不敢望她，却摇了摇头。

《鹿鼎记》第三十四回，郑克塽贪生怕死：

郑克塽喝饱了江水，早已萎顿不堪，见到韦小宝凶神恶煞的模样，求道："韦大人，求你瞧在我爹爹的份上，饶我一命。从今而后，我……再也不敢跟阿珂姑娘说一句话。"

郑克塽道："我也不答，否则……否则……"否则怎样，一时说不上来。韦小宝道："你这人说话如同放屁。我先把你舌头割了，好教你便想跟阿珂说话，也说不上。"说着拔出匕首，喝道："伸舌头出来！"郑克塽大惊，忙道："我决不跟她说话便是，只要说一句话，便是混帐王八蛋。"

韦小宝生怕陈近南责罚，倒也不敢真的杀他，说道："以后你再敢对天地会总舵主和兄弟们无礼，再敢跟我老婆不三不四，想弄顶绿帽给老子戴，老子一剑插在你这奸夫头里。"

提起匕首轻轻一掷，那匕首直入船头。郑上塽忙道："不敢，不敢，再也不敢了。"

韦小宝转头对马超兴道："马大哥，他是你家后堂拿住的，请你发落罢。"马超兴叹道："国姓爷何等英雄，生的孙子却这么不成器。"吴六奇道："这人回到台湾，必跟总舵主为难，不如一刀两段，永无后患。"郑克塽大惊，忙道："不，不会的。我回去台湾，求爹爹封陈永华陈先生的官，封个大大的官。"

《鹿鼎记》第四十回：

郑克塽身上的毒针远较冯锡范为少，这时伤口痛痒稍止，听得陈近南饶了自己性命，当真大喜过望，可是债主要讨债，身边却没带着银子，哀求道："我……我回到台湾，一定加十倍，不，加一百倍奉还。"

《鹿鼎记》第四十一回：

郑克塽料想如此胡缠下去，终究不是了局，眼望阿珂，只盼她来说个情，可是她偏偏站得远远地，背转了身，决意置身事外。他心中大急，瞧韦小宝这般情势，定是要砍去自己一手一足，不由得连连磕头。

《笑傲江湖》中的林平之虽然是个反面角色，但是其实非常有骨气，也是个英雄。在这里仅仅简略引用，原著中这样的描述非常多。

《笑傲江湖》第八章：

岳灵珊出了会神，道："怪不得爹爹赞他为人有侠气，因此在'塞北明驼'的手底下救了他出来。我瞧他傻乎乎的，原来他对你也曾挺身而出，这么大喝一声。"说到这里，禁不住嗤的一声笑，道："凭他这一点儿本领，居然救过华山派的大师兄，曾为华山掌门的女儿出头而杀了青城掌门的爱子，单就这两件事，已足以在武林中轰传一时了。只是谁也料想不到，这样一位爱打抱不平的大侠，嘿嘿，林平之林大侠，武功却是如此稀松。"

令狐冲道："武功是可以练的，侠义之气却是与生俱来，人品高下，由此而分。"岳灵珊微笑道："我听爹爹和妈妈谈到小林子时，也这么说。大师哥，除了侠气，还有一样气，你和小林子也不相上下。"令狐冲道："甚么还有一样气？脾气么？"岳灵珊笑道："是傲气，你两个都骄傲得紧。"

（四）神龙教对应日月神教

第一，教主武功都是天下第一，且"不近女色"，喜欢"小白脸"。

《鹿鼎记》第二十回：

又想："章老三不知是不是在岛上？他多半不敢禀报教主，说我就是小桂子，否则教主听他说已捉到了我这么个大人物，转手又即放了，非杀他的头不可。他是老家伙，不是小白脸，教主和夫人本来就要杀了，犯了这样的事，那还有不杀他妈的十七、十八次？对！胖头陀不敢拆穿西洋镜，章老三也不敢拆穿东洋镜。只不过有一件事弄不明白，夫人喜欢小白脸，倒不奇怪，教主为什么也喜欢？"

《鹿鼎记》第四十四回：

公主叫道："她是你老婆，这孩子自然是你的，又瞎疑心什么？真正胡涂透顶。"洪教主喝道："闭嘴！你再多说一句，我先扭断了你脖子。"公主不敢再说，心中好生不服。她哪里知道，洪教主近年来修习上乘内功，早已不近女色，和夫人伉俪之情虽笃，却无夫妇之实，也正因如此，心中对她存了歉仄之意，平日对她加倍疼爱。

……

洪夫人摇摇头，说道："你武功天下第一，何必要人帮？"

《笑傲江湖》第三十一章：

令狐冲道："正是。其实我们便是四人联手，也打你不过，只不过你顾着那姓杨的，这才分心受伤。阁下武功极高，不愧称得'天下第一'四字，在下十分钦佩。"

东方不败微微一笑，说道："你二位能这么说，足见男子汉大丈夫气概。唉，冤孽，冤孽，我练那《葵花宝典》，照着宝典上的秘方，自宫练气，炼丹服药，渐渐的胡子没有了，说话声音变了，性子也变了。我从此不爱女子，把七个小妾都杀了，却……却把全副心意放在杨莲亭这须眉男子身上。"

第二，教主的"爱人"毁教，教主不念旧情诛杀元老。

《鹿鼎记》第二十回，不念旧情：

黑龙使膝行而前，叫道："教主，我跟着你老人家出生入死，虽无功劳，也有苦劳。"洪夫人冷笑道："你提从前的事干什么？你年纪这样大了，还能给教主办多少年事？黑龙使这职位，早些不干，岂不快活？"黑龙使抬起头来，望着洪教主，哀声道："教主，你对老部下，老兄弟，真没半点旧情吗？"

《鹿鼎记》第二十回，"爱人"毁教：

钟志灵怒叫："杀我姓钟的一人，自然不打紧。就只怕如此杀害忠良，诛戮功臣，神龙教的基业，要毁于夫人一人之手。"

《笑傲江湖》第三十章，“爱人”毁教：

任我行精神勃勃，意气风发，说道：“这些日子来，我和向兄弟联络教中旧人，竟出乎意料之外的容易。十个中倒有八个不胜之喜，均说东方不败近年来倒行逆施，已近于众叛亲离的地步。尤其那杨莲亭，本来不过是神教中一个无名小卒，只因巴结上东方不败，大权在手，作威作福，将教中不少功臣斥革的斥革，害死的害死。若不是限于教中严规，早已有人起来造反了。那姓杨的帮着咱们干了这桩大事，岂不是须得多谢他才是。”

《笑傲江湖》第三十一章，不念旧情：

童百熊仰天大笑，说道：“我和东方兄弟交朋友之时，哪里有你这小子了？当年我和东方兄弟出生入死，共历患难，你这乳臭小子生也没生下来，怎轮得到你来和我说话？”

……

东方不败叹道：“那可不得不提。童大哥，做兄弟的不是没良心，不顾旧日恩情，只怪你得罪了我莲弟。他要取你性命，我这叫作无法可施。”

第三，都是肉麻的谀词。

《鹿鼎记》第二十一回，正面的内容写了很多，也有侧面描写的，如韦小宝自神龙岛归来后，拍马屁功夫有很大长进。

他在神龙岛上走了这一遭，耳听得人高呼“教主永享仙福，寿与天齐”，丝毫不以为耻，不免脸皮练得更厚，拍马屁的功夫大有长进，但教讨人欢喜，言语更是夸张。

《笑傲江湖》第三十章：

上官云道：“教主令旨英明，算无遗策，烛照天下，造福万民，战无不胜，攻无不克。属下谨奉令旨，忠心为主，万死不辞。”

任我行心下暗自嘀咕：“江湖上多说‘雕侠’上官云武功既高，为人又极耿直，怎他说起话来满口谀词，陈腔滥调，直似个不知廉耻的小人？难道江湖上传闻多误，他只是浪得虚名？”不由得皱起了眉头。

盈盈笑道：“爹爹，咱们要混上黑木崖去，第一自须易容改装，别给人认了出来。可是更要紧的，却得学会一套黑木崖上的切口，否则你开口便错。”

任我行道：“甚么叫作黑木崖上的切口？”盈盈道：“上官叔叔说的甚么‘教主令旨英明，算无遗策’，甚么‘属下谨奉令旨，忠心为主，万死不辞’等等，便是近年来在黑木崖上流行的切口。这一套都是杨莲亭那厮想出来奉承东方不败的。”

第四，都用“药”控制人。

《鹿鼎记》第二十回：

洪教主从身边取出一个黑色瓷瓶，倒了三颗朱红色的药丸出来，说道：“三人奋勇赴北京干事，本座甚是嘉许，各赐‘豹胎易筋丸’一枚。”

胖头陀和陆高轩脸上登时现出又是喜欢、又是惊惧的神色，屈右膝谢赐，接过药丸，吞入肚中。韦小宝依样葫芦，跟着照做，接过“豹胎易筋丸”，当即吞服，过不多时，便觉腹中有股热烘烘气息升将上来，缓缓随着血行，散入四肢百骸之中，说不出的舒服。

……

胖头陀道：“这豹胎易筋丸药效甚是灵奇，服下一年之内，能令人强身健体，但若一年满期，不服解药，其中猛烈之极的毒便发作出来。却也不一定是拉高人的身子，我师哥瘦头陀本来极高，却忽然矮了下去，他本来极瘦，却变得肿胀不堪，十足成了个大胖子。”

《笑傲江湖》第二十二章：

鲍大楚道：“服了教主的脑神丹后，便当死心塌地，永远听从教主驱使，否则丹中所藏尸虫便由僵伏而活动，钻而入脑，咬啮脑髓，痛楚固不必说，更且行事狂妄颠倒，比疯狗尚且不如。”任我行道：“你说得甚是。你既知我这脑神丹的灵效，却何以大胆吞服？”鲍大楚道：“属下自今而后，永远对教主忠心不贰，这脑神丹便再厉害，也跟属下并不相干。”

第五，教主最后都是死于四人的围攻，教主死前都是顾念着“爱人”。

（五）锄奸盟对应五岳剑派

一个是岳不群做总掌门，一个是陈近南做总军师。两派虽然自我标榜正派，但可惜都喜欢窝里斗。而岳不群和陈近南则都希望大家和平共处。

《鹿鼎记》第二十七回，杀龟大会陈近南成为总军师：

众盟主商议了一会，冯难敌又道：“咱们恭请顾亭林先生与天地会陈总舵主两位，为一十八省‘锄奸盟’的总军师。”

《笑傲江湖》第三十四章，岳不群希望各派和衷同济：

《鹿鼎记》第九回，互相争斗：

白寒枫一引述徐天川这句话，苏冈、姚春、王武通等人便知原来双方争执是由拥桂、拥唐而起。崇祯皇帝吊死煤山，清兵进关，明朝的宗室福王、唐王、鲁王、桂王分别在各地称帝，当时便有纷争，各王死后，手下的孤臣遗老仍是互相心存嫌隙。

白寒枫续道：“那时我听了老贼这句话，便问：‘我们小皇帝几时到台湾去了？’那老贼道：‘我说的是隆武天子的小皇帝，不是桂王的子孙。’我哥哥道：‘徐老爷子，你是英雄豪杰，我兄弟俩是很佩服的，只不过于天下大事，您老人家见识却差了。崇祯天子崩驾，福王自立。福王为清兵所俘，唐王不幸殉国，我永历天子为天下之王。永历天子殉国之后，自然是由他圣上的子孙继位了’。”隆武是唐王的年号，永历是桂王的年号。他们是唐王、桂王的旧臣，对主子都以年号相称。

樊纲听到这里，插口道："白二侠，请你别见怪。隆武天子殉国之后，兄终弟及，由圣上的亲兄弟绍武天子在广州接位。桂王却派兵来攻打绍武天子。大家都是太祖皇帝的子孙，不打满清鞑子，自己打了起来，岂不是大错而特错？"白寒枫怒道："那老贼的口吻，便跟你一模一样！可是这到底是谁起的衅？我永历天子好好派了使臣到广州来，命唐王除去尊号。唐王非但不奉旨，反而兴兵抗拒天命。唐王这等行为明明是犯上作乱，大逆不道，可说是罪魁祸首。"

《鹿鼎记》第十四回，陈近南希望大家不要争了：

陈近南道："柳老爷子请勿动怒，咱们眼前大事，乃是联络江湖豪杰，共反满清，至于将来到底是朱三太子还是朱五太子做皇帝，说来还早得很，不用先伤了自己人和气。大明帝系的正统谁属，自然是大事，可也不是咱们做臣子的一时三刻所能争得明白。来来来，摆上酒来，大伙儿先喝个痛快。只要大家齐心协力，将鞑子杀光了，什么事不能慢慢商量？"

……

陈近南这次来到北京，原是得悉徐天川为了唐王、桂王正统谁属之事，与沐王府白氏兄弟起了争执，以致失手打死白寒松。他一心以反清复明大业为重，倘若鞑子尚未打跑，自己伙里先争斗个不亦乐乎，反清大事必定障碍重重。是以他得讯之后，星夜从河南赶到京城，只盼能以极度忍让，取得沐王府的原宥。

《笑傲江湖》中五岳剑派表面"同气连枝"，其实相互仇杀。岳不群希望大家放下争斗。

岳不群道："咱们五岳剑派今日合派，若不和衷同济，那么五派合并云云，也只有虚名而已。大家今后都是份属同门，再也休分彼此。在下无德无能，暂且执掌本门门户，种种兴革，还须和众位兄弟从长计议，在下不敢自专。现下天色已晚，各位都辛苦了，便请到嵩山本院休息，喝酒用饭！”群雄齐声欢呼，纷纷奔下峰去。

岳不群道：“我五派合并之后，如欲张大己力，以与各家门派争雄斗胜，那么只有在武林中徒增风波，于我五岳派固然未必有甚么好处，于江湖同道更是祸多于福。因此并派的宗旨，必须着眼于‘息争解纷’四字之上。在下推测同道友好的心情，以为我五派合并之后，于别派或有不利，此点诸位大可放心。”

（六）阿珂和任盈盈软禁少林

韦小宝的7个夫人都一一对应于谁？这个我实在想不出来了。但阿珂和任盈盈两人都有被软禁在少林寺的经历，只能说明情节可能有对应关系，但并不能说明阿珂对应任盈盈。

《鹿鼎记》第二十三回，韦小宝骗少林高僧澄观把阿珂软禁了。

韦小宝心想：“良机莫失。这小美人儿既落入我手，说什么也不能放她走了。”

……

韦小宝道：“好，我便听你的。除非你不让别人知晓，待她将各种招数演毕，咱们悄悄送了她出去，否则的话，我只好割伤她了。”

《笑傲江湖》第二十五章：

莫大先生道：“好！江湖上都说，那日黑木崖任大小姐亲身背负了你，来到少林寺中，求见方丈，说道只须方丈救了你的性命，她便任由少林寺处置，要杀要剐，绝不皱眉。”

……

莫大先生叹道：“这位任大小姐虽然出身魔教，但待你的至诚至情，却令人好生相敬。少林派中，辛国梁、易国梓、黄国柏、觉月禅师四名大弟子命丧她手。她去到少林，自无生还之望，但为了救你，她……她是全不顾已了。方证大师不愿就此杀她，却也不能放她，因此将她囚禁在少林寺后的山洞之中。”

以上内容是对金庸小说爱情故事的解读，我自己写的内容很少，但我也觉得我没什么要说的，金庸已经将该说的都说了，尽量去感悟原著要更好些。下面的内容则是对金庸一些别的方面的解读。

八、英雄所见略同

金庸的小说和《水浒传》一样，都是写的侠义英雄，我想金庸大概在写书时也深受《水浒传》的影响吧；也可能是为了致敬《水浒传》，金庸的小说中曾多次出现《水浒传》中的人物和故事。下面是我统计出来的金庸小说中提到《水浒传》的内容：

《书剑恩仇录》第三章：

余鱼同道：“一敬桃园结义刘关张，二敬瓦岗寨上众儿郎，三敬水泊梁山一百零八将。”

……

这少女正是铁胆庄的大小姐周绮。她性格豪迈，颇有乃父之风，爱管闲事，好打不平，西北武林中人送了她个外号，叫作“俏李逵”，那天她打伤了人，怕父亲责骂，当天不敢回家，在外挨了一晚，料想父亲气平了些，才回家来，途中遇到骆冰昏倒在地，救了她转来，得知兄弟为父亲打死，母亲出走，自是伤痛万分。

……

兵器是铁桨，使的却是“鲁智深疯魔杖”的招术，他是将铁桨当作禅杖使，这一记“秦王鞭石”，铁桨从自己背后甩过右肩，猛向周仲英砸来，呼的一声，猛恶异常。

《书剑恩仇录》第四章：

蒋四根铁桨“倒拔垂杨”，桨尾猛向剑身砸去，对方不等桨到，剑已变招，向他腿上削去。

《射雕英雄传》中男主人公郭靖直接是梁山好汉的后人。

《射雕英雄传》第一回：

曲三道：“哼，我怕你们泄漏了秘密？你二人的底细，我若非早就查得清清楚楚，今晚岂能容你二位活着离开？郭兄，你是梁山泊好汉地佑星赛仁贵郭盛的后代，使的是家传戟法，只不过变长为短，化单为双。杨兄，你祖上杨再兴是岳爷爷麾下的名将。你二位是忠义之后，北方沦陷，你二人流落江湖，其后八拜为交，义结金兰，一起搬到牛家村来居住。是也不是？”

……

杨铁心以前与郭啸天谈论武艺。知道当年梁山泊好汉中有一位霹雳火秦明，狼牙棒法天下无双，但除他之外，武林豪杰使用这种兵刃的向来极少，因狼牙棒份量沉重，若非极大膂力不易运用自如。只有金兵将官却甚喜用，以金人生长辽东苦寒之地，身强力大，兵器沉重，则阵上多占便宜。

《神雕侠侣》第三十九回：

宋时战阵之中，原有连环甲马一法，当年双鞭呼延灼攻打水泊梁山，即曾以连环马阵法取胜。杨过将这八匹马连成二列，宛然是个小小的连环马之阵。

另外，在此回合中，黄药师所排的二十八星宿镇，我想也是源自于《水浒传》中的各种斗阵。

《飞狐外传》第一章提到燕青和鲁智深：

马行空号称“百胜神拳”，少林派各路拳术，全部烂熟于胸，眼见查拳奈何不得对方，招数一变，突然快打快踢，拳势如风，旁观者登时目为之眩，他使的是一路“燕青拳”。

那燕青是宋朝梁山泊上好汉，当年相扑之技，天下无对。……

马行空的拳招却是变幻百出。

一套“燕青拳”奈何不了对方，忽然拳法又变，使出一套“鲁智深醉跌”，但见他如疯如癫，似醉似狂，忽而卧倒，忽而跃起，“罗汉斜卧”，“仙人渴眈”，这路拳法似乎虽乱打乱踢一般，其实是精彩之极。

《飞狐外传》第十三章提到八臂哪吒，也就是项充：

程灵素听了，也是黯然叹息，说道：“原来那瘦老头儿是八极拳的掌门人秦耐之。他有个外号，叫作八臂哪吒。这种人在权贵门下作走狗，品格儿很低，咱们今后不用理他。”

《倚天屠龙记》第二十四章：

殷野王道：“多转几个圈儿也不算丢脸，古人不是说‘三十六着，转为上着’么？”说不得道：“当年梁山泊好汉中有个黑旋风，那旋风嘛，原是要转的！”

《笑傲江湖》第三十章，这里没有直接提到《水浒传》，但故事内容和《水浒传》中“青面兽双夺宝珠寺”如出一辙：

盈盈笑道：“此计大妙，咱们便扮作上官叔叔的下属，一同去见东方不败。只要见到他面，大伙儿抽兵刃齐上，凭他武功再高，总是双拳难敌四手。”

向问天道："令狐兄弟最好假装身受重伤，手足上绑了布带，染些血迹，咱们几个人用担架抬着他，一来好叫东方不败不防，二来担架之中可以暗藏兵器。"任我行道："甚好，甚好。"

《水浒传》第十七回：

曹正道："小人有条计策，不知中二位意也不中？"杨志道："愿闻良策则个。"曹正道："制使也休这般打扮，只照依小人这里近村庄家穿着。小人把这位师父禅杖、戒刀都拿了，却叫小人的妻弟，带六个火家，直送到那山下，把一条索子，绑了师父，小人自会做活结头。却去山下叫道：'我们近村开酒店庄家，这和尚来我店中吃酒，吃得大醉了，不肯还钱，口里说道，去报人来打你山寨，因此我们听的；乘他醉了，把他绑缚在这里，献与大王。'那厮必然放我们上山去。到得他山寨里面，见邓龙时，把索子曳脱了活结头，小人便递过禅杖与师父。你两个好汉一发上，那厮走往那里去！若结果了他时，以下的人，不敢不伏。此计若何？"鲁智深、杨志齐道："妙哉！妙哉！"

《鹿鼎记》第二回：

那小孩道："干么不讲？好朋友有福同享，有难同当。"

扬州市上茶馆中颇多说书之人，讲述《三国志》《水浒传》《大明英烈传》等英雄故事。

……

茅十八嘿的一声，道："不错，你怕不怕我？"韦小宝笑道："怕什么？我又没金银财宝，你要抢钱，也不会抢我的。江洋大盗又打什么紧？《水浒传》上林冲、武松那些英雄好汉，也都是大强盗。"茅十八甚是高兴，说道："你拿我和林冲、武松那些大英雄相比，那可好得很。官府要捉拿我，你是听谁说的？"

《鹿鼎记》第十七回：

他嘴里吃糖，心中寻思：“有钱能使鬼推磨，叫和尚推磨，多半也行罢。曾听说书先生说《水浒传》，鲁智深到五台山出家，一个甚么员外在庙里布施了不少银两，鲁智深在庙里乱闹一通，又喝酒又吃狗肉，老和尚也不生气。”

《鹿鼎记》第三十三回：

这一招“卧云翻”，相传是宋代梁山泊好汉浪子燕青所传下的绝招，小巧之技，迅捷无比，敌人防不胜防。

《鹿鼎记》第三十六回：

总而言之，要做皇帝，非打不行。就算做了皇帝，如果打不过人家，皇帝还是会给人家抢去做，就算不抢去，也会出丑倒霉。说书先生说《水浒传》，“林教头火并王伦”，晁盖要做强盗头子，串通林冲，杀了梁山泊上原来的大头子王伦。可见就算做强盗头子，也是要打。

……

中国人绿林为盗，入伙之时，盗魁必命新兄弟去做件案子，杀一个人。这人犯了杀人大罪之后，从此不会去出首告密。《水浒传》中林冲上梁山泊入伙，王伦叫他去杀人作案，缴一个“投名状”。

《鹿鼎记》后记：

《水浒》的读者最好不要像李逵那样，赌输了就抢钱，也不要像宋江那样，将不断勒索的情妇一刀杀了。

这些都是直接提到了《水浒传》人物故事或者参照《水浒传》写出来的，但金庸小说中不仅有这样的引用，而且在部分文字上还模仿《水浒传》。在

《水浒传》中很多常用的词语，在金庸的小说中一样常见，如“骇然”一词。

这些内容应该可以反映出金庸对《水浒传》的特殊感情。我甚至觉得《水浒传》才是金庸真正的“师父”，金庸一定从《水浒传》中学到了很多东西，因而在自己的小说中屡次提到水浒故事，这应该是一种致敬吧。

但是，可能金庸自己都没有想到，他的作品和《水浒传》的写法有着惊人的一致，都有“反”自己的另一部书，真是神奇！对此我也很遗憾，未能在金庸在世时完成此书，那样可能有机会让金庸知道这个惊人的巧合。但“英雄所见略同”的不止如此，在读《鹿鼎记》时，我觉得金庸可能还是一个欣赏曹操的人，有替曹操平反的想法。

金庸小说提到三国故事主要体现在《鹿鼎记》中，之前的作品中都没有看到过，我也没有做记录，唯一有印象的是金庸山寨了一次“度祸”。

《天龙八部》第五十章：

> 萧峰哼了一声，便不再问，心想：“皇上倘若势如破竹，取了大宋，便会解我去汴梁相见。但如败军而归，没面目见我，第一个要杀的人便是我。到底我盼他取了大宋呢，还是盼他败阵？嘿嘿，萧峰啊萧峰，只怕你自己也是不易回答吧！”

《三国演义》第三十一回：

> 却说田丰在狱中。一日，狱吏来见丰曰：“与别驾贺喜！”丰曰：“何喜可贺？”狱吏曰：“袁将军大败而回，君必见重矣。”丰笑曰：“吾今死矣！”狱吏问曰：“人皆为君喜，君何言死也？”丰曰：“袁将军外宽而内忌，不念忠诚。若胜而喜，犹能赦我；今战败则羞，吾不望生矣。”狱吏未信。忽使者赍剑至，传袁绍命，欲取田丰之首，狱吏方惊。丰曰：“吾固知必死也。”

不过直接提到且提到很多三国的是《鹿鼎记》，可能因为《鹿鼎记》讲的是逐鹿中原的故事吧。其中有几次提到曹操，都是在替曹操申冤，当然明着的都是申小冤，申大冤则是隐晦的。

第一次提到曹操，是在注释中。

《鹿鼎记》第十八回，注三中：

……南望仓舒坟（以曹操幼年夭折的儿子邓哀王曹仓舒比荣亲王），掩面添凄恻。戒言秣我马，遨游凌八极。（述顺治以爱妃逝世，内心伤痛及生出世之想。）

第二次提到曹操。

《鹿鼎记》第二十一回：

韦小宝叫道："诸葛亮并没有烧死孟获。你烧死了我，你就不是诸葛亮，你是曹操！"公主拈起他衣角，正要凑烛火过去点火，忽然见到他油光乌亮的辫子，心念一动，便用烛火去烧他辫尾。

头发极易着火，一经点燃，立时便烧了上去，嗤嗤声响，满屋焦臭。韦小宝吓得魂飞天外，大叫："救命，救命！曹操烧死诸葛亮啦！"

第三次提到曹操（注：这一处有两个要点，第一"韦小宝"们都认为曹操做了皇帝，而事实上没有，申了个冤；第二，根据小说内容，是否能产生这样的疑问：周武王、刘备、赵匡胤能做皇帝？曹操为什么不能呢）。

《鹿鼎记》第三十六回：

他对中国历史的知识有限之极，只知道不打仗而做皇帝的，只是康熙小皇帝一人，那是老皇爷出家而让位给他的。这法子当然不能学样。再想：看过的许多戏文之中，有一出《斩黄袍》，宋朝皇帝赵匡胤杀了大将郑恩，他妻子起兵为夫报仇。赵匡胤打不过，只好苦苦哀求，脱下黄袍来让她一刀斩为两截，算是皇帝的替身，好让郑夫人出气，皇帝大大出丑。有一出《鹿台恨》，纣王无道，姜太公帮周武王起兵，逼得纣王在鹿台上烧死，周武王做了皇帝。（韦小宝自然不知道，那时候还没有皇帝。）曹操这大白脸奸臣是怎么做了皇帝的呢？有一出戏文《逍遥津》，曹操带兵逼死了汉甚么帝，自己就做了皇帝，他手下大将有个张甚么、许甚么，都是很厉害的。(韦小宝记错了，曹操没有做皇帝。)刘备怎么做皇帝的?

不知道，一定是关公、张飞、赵云给他打出来的。

第四次提到曹操，既肯定《三国演义》，但同时也在说《三国演义》杜撰、歪曲了曹操，又替曹操伸了个冤。

《鹿鼎记》第三十六回：

其实此事说来亦不稀奇，满清开国将帅粗鄙无学，行军打仗的种种谋略，主要从一部《三国演义》小说中得来。当年清太宗使反间计，骗得崇祯皇帝自毁长城，杀了大将袁崇焕，就是抄袭《三国演义》中周瑜使计、令曹操斩了自己水军都督的故事。

实则周瑜骗得曹操杀水军都督，历史上并无其事，乃是出于小说家杜撰，不料小说家言，后来竟尔成为事实，关涉到中国数百年气运，世事之奇，那更胜于小说了。满人入关后开疆拓土，使中国版图几为明朝之三倍，远胜于汉唐全盛之时，余荫直至今日，小说、戏剧、说书之功，亦殊不可没。

第五次提到曹操。

《鹿鼎记》第三十七回：

奴才曾在宫里服侍皇上，可也从来没见过这样的白老虎皮。吴三桂说，这种白老虎几百年难得见一次，当年宋太祖赵匡胤打到过，朱元璋打到过，曹操和刘备也都打到过的。他把白老虎皮垫在椅上，说道："白老虎皮难得，可惜椅子太也寻常。"康熙又点点头，心中暗暗好笑，知道韦小宝信口开河诬陷吴三桂；又知他毫无学问，以为曹操也做过皇帝。

第六次提到曹操。

《鹿鼎记》第四十二回：

韦小宝道："皇上英断。奴才看戏文《群英会》，周瑜和鲁肃对孙权说道，我们做臣子好投降曹操，主公却投降不得。咱们今日也是一般，他们王公大臣及跟吴三桂讲和，皇上却万万不能讲和。"

第七次提到曹操。

《鹿鼎记》第四十三回，提到了《水浒传》中的时迁。在韦小宝眼中，董卓和曹操是一路货色：

康熙哼了一声，说道："你是甚么忠臣了？你是大白脸奸臣。"韦小宝道："皇上明鉴：奴才瞒了皇上，有些事情不说，那是有的。不过的的确确不是大白脸奸臣。董卓、曹操，我是决计不做的。"康熙道："好！就算你不是大白脸奸臣，你是白鼻子小丑。"韦小宝得皇帝如此分派他这样一个角色，登时松了口气，忙道："小丑就小丑罢，好比……好比时迁、朱光祖，也能给皇上立功。"

第八次提到曹操。

《鹿鼎记》第四十四回：

陈近南回剑入鞘，走近去握住他手，说道："施兄弟，为人讲究的是大义大节，只要你今后赤心为国，过去的一时糊涂，又有谁敢来笑你？就算是关王爷，当年也降过曹操。"

第九次提到曹操。

《鹿鼎记》第四十七回：

清军列队已定，后山大炮开了三炮，丝竹悠扬声中，两面大旗招展而出，左面大旗上写着"抚远大将军韦"，右面大旗上写着"大清鹿鼎公韦"，数百名砍刀手拥着一位少年将军骑马而出。这位将军头戴红顶子，身穿黄马褂，眉花眼笑，贼忒兮兮，左手轻摇羽扇，宛若诸葛之亮，右手倒拖大刀，俨然关云之长，正乃韦公小宝是也。

他纵马出队，“哈哈哈”，仰天大笑三声，学足了戏文中曹操的模样，只可惜旁边少了个凑趣的，没人问一句：“将军为何发笑？”

在《三国演义》中，曹操每次大笑都把埋伏的军队笑出来，而韦小宝的大笑就略显有些憨了。要知道，在《三国演义》中，曹操的大笑令他的随从感到担心。我想，此处要“反”过来看，表明韦小宝对曹操的认识“反”了，那么，韦小宝认为曹操和董卓是一路货色是否应该是反的呢？

《三国演义》记载为：

操坐于疏林之下，仰面大笑。众官问曰：“适来丞相笑周瑜、诸葛亮，引惹出赵子龙来，又折了许多人马。如今为何又笑？”操曰：“吾笑诸葛亮、周瑜毕竟智谋不足。若是我用兵时，就这个去处，也埋伏一彪军马，以逸待劳；我等纵然脱得性命，也不免重伤矣。彼见不到此，我是以笑之。”正说间，前军后军一齐发喊、操大惊，弃甲上马。

凭着这些可以证明金庸在替曹操平反？当然还不够，还最缺关键的两处，但这两处都未提曹操。我想或许是一种隐晦吧。

《鹿鼎记》第三十七回：

韦小宝道：“皇上起这祠堂，大家知道做忠臣义士是好的，做反叛贼子是不好的。吴三桂要造反，那是反贼，老百姓就瞧他不起了。”

康熙伸手在他肩头重重一拍，笑道：“对！咱们须得大肆宣扬，忠心报主才是好人。天下的百姓哪一个肯做坏人？吴三桂不起兵便罢，若是起兵，也没人跟从他。”

韦小宝道：“我听说书先生说故事，自来最了不起的忠臣义士，一位是岳飞岳爷爷，一位是关帝关王爷。皇上，咱们这次去扬州修忠烈祠，不如把岳爷爷、关王爷的庙也都修上一修。”康熙笑道：“你心眼儿挺灵，就可惜不读书，没学问。修关帝庙，那是很好，关羽忠心报主，大有义气，我来赐他一个封号。那岳飞打的是金兵。咱们大清，本来叫作后金，金就是清，金兵就是清兵。这岳王庙，就不用理会了。”

统治者宣传忠义，只是有利于自己的统治。虽然忠义，但是不利于自己统治的，一样不宣传。反过来，不利于统治的“不忠义”肯定是要贬低的。这可能就是曹操被贬低的重要原因，如果宣扬曹操，那么，别人学习曹操篡权，对统治者来说大大地不利，而贬低曹操，让别人不想做曹操，这样大大地有利于统治者。赵匡胤同样篡权，为什么没有人骂呢？因为宋代持续了很长时间，他的后代作为统治者，怎么会贬低赵匡胤呢？肯定要大大地褒扬、美化一番才是。而曹操就很不幸了，接任他的曹丕就是个废物，之后终于被司马氏篡权。在金庸先生第一次提到曹操时，“南望仓舒坟，掩面添凄恻”，我想就是为曹操而遗憾，曹仓就是曹冲，称象的那个聪明孩子，如果曹冲不死，那么，魏国可能会延续下去。

前面提到的两处替曹操平反，上边即为第一处。还有一处，下边摘录给大家。

《鹿鼎记》第五十回：

> 韦小宝乘机说道：“是啊。小皇帝说，他虽不是鸟生鱼汤，但跟明朝那些皇帝比较，也不见得差劲了，说不定还好些。他做皇帝，天下百姓的日子，就过得比明朝的时候好。兄弟没学问，没见识，也不知道他的话对不对。”
>
> 顾查黄吕四人你瞧瞧我，我瞧瞧你，想起了明朝各朝的皇帝，自开国的明太祖直至末代皇帝崇祯，若不是残忍暴虐，便是昏庸糊涂，有哪一个及得上康熙？他四人是当代大儒，熟知史事，不愿抹煞了良心说话，不由得都默默点头。

曹操相对于汉末的那些皇帝，应该就是康熙皇帝和明代皇帝的对比了。除非“抹煞良心”才会说曹操不好，凭良心讲，曹操这样的大英雄篡汉明显是有利于国家的。在这两处虽未提到曹操，但我想金庸应该就是在隐晦地替曹操平反了。说到这儿，我不得不说，真是英雄所见略同啊。金庸可能也没有想到，居然和罗贯中有这么多共同点，二人可谓“知己”！

但金庸和罗贯中的缘分还远未结束，在《鹿鼎记》中，金庸还反讽了一下宋江。

《鹿鼎记》第四十四回：

陈近南身子一颤，忙道："不，不！我是郑王爷的部属。国姓爷待我恩重如山，咱们无论如何，不能杀害国姓爷的骨肉……宁可他无情，不能我无义，小宝，我就要死了，你不可败坏我的忠义之名。你……你千万要听我的话……"他本来脸含微笑，这时突然面色大为焦虑，又道："小宝，你答应我，一定要放他回台湾，否则，否则我死不瞑目。"

对比一下，请看《水浒传》中的这一段：

宋江道："兄弟，你休怪我！前日朝廷差天使赐药酒与我服了，死在旦夕。我为人一世，只主张忠义二字，不肯半点欺心。今日朝廷赐死无辜，宁可朝廷负我，我忠心不负朝廷。我死之后，恐怕你造反，坏了我梁山泊替天行道忠义之名，因此请将你来，相见一面。昨日酒中已与了你慢药服了，回至润州必死。你死之后，可来此处楚州南门外，有个蓼儿洼，风景尽与梁山泊无异，和你阴魂相聚。我死之后，尸首定葬于此处，我已看定了也！"

陈近南所说的"宁可他无情，不能我无义"是不是很像宋江所说的"宁可朝廷负我，我忠心不负朝廷"？而"你不可败坏我的忠义之名"是不是像宋江死前赐毒酒给李逵，以防李逵造反坏了梁山忠义之名时说的？这样的"照抄"宋江，为何我觉得是反讽呢？因为整个《鹿鼎记》都是反着写的，而陈近南的原型恰恰是伪君子岳不群。当然还没有完，陈近南还有个绰号"台湾诸葛亮"。

后记

在成书的过程中，编辑老师也对作品提出了一些问题，这也可能是后边读者会有的疑问，我在这里做一些说明。

一、《水浒传》作者的问题

你怎么能确定罗贯中是《水浒传》的作者？这应该是很多人有的问题吧。但其实大家想错了，我是从本书内容推断出《水浒传》作者是罗贯中，而不是认定罗贯中是《水浒传》的作者，才产生了书中的内容。主流思想不是认为《水浒传》是施耐庵著、罗贯中编次的吗？刚开始我能有多少见识，还不是跟大家一样这样认为。当我开始觉得两者有关联时，只是怀疑罗贯中编次的时候把自己的思想加了进去。但随着解读的深入，我发现不对，才开始怀疑罗贯中是《水浒传》作者的。

“俺乃是罗贯中”，这是有天我偶然在央视新闻上看到专家们对《水浒传》作者“施耐庵、罗贯中”的解读。当时好像就是一个研讨会得出的结论，罗贯中是《水浒传》的作者。不过已经差不多是十年前的事了，我也没有记住专家的名字，更记不起是什么研讨会了。

虽然现在《水浒传》作者是谁依然在争议中，但这期新闻对当时的我来说，启发价值很大，心里越发肯定《水浒传》作者就是罗贯中。

另外，对于《水浒传》名称“水浒”两个字，我也有点儿想法，因为太邪，我没有将它写在正文里，借着“俺乃是罗贯中”的“邪气”，我就在这里也写出来。“水浒”两字，我将“浒”字拆开，拆为“三点水”和“许”，三点水解为水，和水浒的水合一起，沝，读（zhuǐ 三声），谐音“追”，去掉三点水后的“许”谐音“叙”。总的来说，水浒即为“追叙”，追叙《三国演义》。

二、思路的问题

你是怎么想的？这书只有思索的结果，没有思索的过程。这是一个问题。

不同作者之间会相互借鉴，导致各自的作品之间有相似的地方，很正常，不用大惊小怪。这是一种质疑。

是否应该听从劝告，忽视这些相似的地方呢？“仁者见仁，智者见智”。但我想我的孩子们会是本书最重要的读者，在这里我想跟他们说：事物本质都是相通的，发现并探索生活中的共同点，可以让我们找到本质，生活中处处如此。而我此书的思路，也就是发现共同点，然后猜测，再验证。

为什么我会猜测诸葛亮是伪君子呢？因为他和岳不群这样的伪君子很像、很完美。为什么我又猜测任盈盈和小龙女为“梦姑”？还是因为她们太完美了。而人无完人，亘古不变。

为什么我会猜测金庸几部小说之间有关联？因为《连城诀》中的水笙和《笑傲江湖》的岳灵珊，死的时候情节几乎一样。这太蹊跷了！

为什么我会猜测《水浒传》和《三国演义》有关联？因为人心都是一样的，既然金庸会将不同的作品关联，同样是人的罗贯中为什么就不可以呢？

但猜测不是最重要的，最重要的是验证。猜测后，再验证，验证失败，再猜测，也就是我的思路。例如，在字谜一段中，我就曾长期猜测晁盖是孙坚，但怎么都验证不上。其他人物也一样，我猜测这个人是谁，那我得去验证。验证失败了，就再猜测是别人。总而言之，就像红学考证派胡适说的，“大胆假设，小心求证”。

另外，“解铃还须系铃人”，正如我觉得是罗贯中让我认为诸葛亮是伪君子一样，我想我能看透金庸小说，也是金庸先生教的。

“人无完人”，这是本书的起源之一，而“人无完人”，在我的心里，发源于“事物皆有两面性”，而我对“事物皆有两面性”的深入思考，完全开始于金庸小说中的“阴阳”。

可能因为存在反写的原因，金庸先生在小说中灌注了大量的“阴阳”思想。我作为金庸迷，当然也就深受影响了，而这种影响，我想应该是金庸先生有意而为之的吧。

三、曹魏政权短命的原因

因为对共同点感兴趣，我还找到了一小条历史规律，但不是我首先发现的，应该是早已被发现，而我不知道而已。

曹魏政权短命，原因何在？司马氏太厉害，还是曹操子孙太弱。我想这些都是表因。按我找共同点得出来的结论，曹魏即使曹冲、曹植这样聪明的人继位，无论有没有司马懿，都一样不会长久。

秦和隋，这两个朝代，我发现特别像。首先，开国皇帝秦始皇和隋文帝都是雄才大略，难得的英雄人物，但建立的王朝都很短命。其次，继承人之间都发生了内斗，秦有扶苏被胡亥赐死，隋有杨勇被杨广赐死。你看曹魏是不是也很像这两个王朝，曹操文韬武略，文武双全，但魏国短命。

曹操死后，曹丕差点儿杀了曹植。为什么会如此巧合？真的只是巧合还是另有真相，我还是觉得巧合千万别当作巧合。

秦、隋、魏三个朝代除了上边的共同点之外，其实还有个共同点：改革。我觉得改革这个共同点，才是导致这三个不同的王朝一致短命的真正原因。秦朝对中国的改革是全方位的，得罪的人也多。而隋朝有科举制度，曹魏有九品中正制曹丕确立，但是继承于曹操的任人唯贤，都是提拔普通人而打击士族豪强。秦始皇、曹操、隋文帝都是很伟大的帝王，他们敢于改革，并且能力很强。

他们能完成改革，但这些改革一定触动了很多权贵的利益。在他们活着的时候，这些权贵们不敢轻举妄动，敢怒不敢言。而在他们死后，继承人能力赶不上这些创始人，被触动了利益的权贵们自然就开始兴风作浪，导致王朝迅速土崩瓦解。而继承人之间的仇杀，我想多半是因为有权贵在挑拨离间，人心险恶啊！而只要有了成功的先例，后人便会学习。

不得不说，改革是一项风险很高的事情。商鞅、王莽都是例子，只是他们实力太差了，都不得善终。秦始皇、曹操、隋文帝，实力很强，得到善终，但死后政权也很快瓦解。而这些改革家，往往口碑都不怎么好，商鞅、李斯都被司马迁说成人品不好，秦始皇是个暴君，曹操是个奸贼，只有隋文帝没有被骂（李渊的舅舅）。

而司马光的政敌王安石也是个改革家。他把曹操一顿臭骂，此处也可能

是个原因。但我觉得这些改革家们才是最值得尊敬的人，比那些名将、名臣更值得歌颂。他们的改革都是为真正造福天下百姓，推动社会进步。这种真心对老百姓好的人却被骂，真的太冤了。史学家们确实有问题！